绿宝石

Fall into your light

我不相信。我再问你一次，你确定吗？

一公里的幸运就够了吗？

你要不要再试一试？

码代码的didi

黎明破晓前

码代码的Gigi ⓩ著

北京联合出版公司
Beijing United Publishing Co.,Ltd.

看过很多风景，经历很多事。这一刻，她想回到他的身边。

黎明破晓前。

★ 目录 DIRECTORY

第一章　相逢是不敢承认的运气

都十年没见了，不会还以为我对你念念不忘，要对你死缠烂打吧？

宁清是周四下午请假赶回老家的。

宁国涛已经半个月没有联系过她了，她前天给他发了信息，他没回。昨天她又打了电话，没有人接。

这不正常。

父女俩很少打电话，但宁国涛时不时在微信上问她一句“吃了吗”维系着不知深浅的感情。他是开货车的，有时开车到了新地方，还会给她发个定位。

宁清还记得有一次宁国涛到了她所在的城市，两人一南一北，坐地铁要一个多小时。她纠结了许久，想问要不要一起吃个饭。

她还没问出口，他就给她发了语音，说要回去了，晚上还能再拉一车。

她只是回了句：“那你注意安全。”

在昨天那个未接听的电话后，宁清起了疑心，晚上打电话给蒋月，问她：“最近我爸跟你联系过吗？”

电话那头传来了婴儿的啼哭声，一支铅笔被她不耐烦地转着，这是她高二时学的坏习惯。外接显示屏上的挂灯亮堂的光打在面前的图纸上，还有插线板和一堆杂乱的数据线摆在书桌上，便再无他物。

书桌被摆在了朝南的飘窗前，床就在椅子后边，两米距离都不到。再往外看，有一扇门隔开了卧室与外边的卫生间和厨房。没有客厅，进门走两步，左边就是厨房，一台冰箱、煤气灶与洗菜池搭成了简易的开火间，灶面十分干净，不知是主人爱干净，还是不常做饭。夹在厨房与卧室之间的是个卫生间，没有干湿分离，实在是太小了，马桶与冲凉处连块简易的布帘都没有，一转身就是洗漱台。

这是标准的单室套，四十来平方米，采光最好的就是卧室，没有独立阳台。要晾衣服就打开窗户，爬上窗台，挂在外边房东特地装的晾晒杆上。

这样的空间虽看似局促，对一个人来说却有些奢侈。租房，地段、舒适度与租金是不可能兼顾的。宁清不想花在通勤上过长时间，这样的地段，单室套价格普遍不便宜，且是情侣共同租住居多。她虽工作了三年，但无能力租住高档单身公寓，加班多，房子对她来说就是个睡觉的地方，她当时看了好几套房，最后挑了个最便宜的。除了屋子简陋些，就是底下是个商铺，晚上不免吵闹些，但她加班多，睡得晚，这一切都不是问题。而夜深时马路上偶尔响起的车流声，她也习惯了。

宁清等了许久，电话那头安抚完小孩的蒋月才回她说："没有联系，他不主动联系我，我联系他干吗？"

转动的笔忽然脱离指腹的控制，啪嗒落下，笔头在虎口处留下一道浅浅的划痕，随手可拭去。

"我联系不上他。"

"你管他呢。"

宁清一阵烦躁，应付了两句，挂了电话后，又接连给宁国涛打了两个电话，毫无意外，没有人接。

盯了一天屏幕的眼很干涩，她滴了人工泪液，闭了眼。她晚上要加班，明早有会议要做报告，下午可以请假。对了，还得先买张车票。

她不知道，宁国涛的这一次失踪等待她的是什么。

出了火车站，宁清不知道要去哪儿。

她拖着行李箱，里面放着电脑和几套衣服，她干脆去了便宜的宾馆。安顿下来后，她给她姑姑——宁国梅打电话。

当听到电话铃声时，宁国梅正在家中拖地，她看着陌生的号码，按了接听键。听着电话那头的人喊了声"姑妈"，她明显一愣。

这些年她几乎与这些亲戚都断了联系，亲戚是什么？蒋月曾跟宁清说："亲戚就是你有钱时巴结你，你没钱时嫌弃你丢人避之唯恐不及的物种。"

"姑妈，我是宁清。"对方要真没听出来就尴尬了，宁清自报了姓名。

"清清啊。"回过神来的宁国梅变得热络，"接到你的电话真难得啊，怎么想起来给姑妈打电话了？你现在在哪儿啊？"

宁清盘着腿坐在宾馆的床上，摸着带着潮意的被子，说："我回来了，我联系不上我爸，你有他的消息吗？"

宁国梅放下了拖把，弯着的腰有些酸痛，站起了身，心想：她这个从小就聪慧的侄女从没学会迂回，上来就问她哥的事。她沉默了许久后，说："清清，你真的要管这件事吗？"

宁清看着放在床上的行李箱，不说话。

"这件事，你帮不了什么忙，那就不要管了，影响自己的生活。"宁国梅很直接，这样的话也许不该由一个长辈说，但看着这么个晚辈——亲侄女，但凡有一丝怜惜，也应该让她过好自己的生活。

"姑妈，"宁清苦笑一声，"他是我爸，我怎么能不管他？"

"那你来我家吃晚饭吧，我好久没见你了。"

宁清骑车骑了大概十公里，九月的最后一天，天气并不热，傍晚时还有微风，她到达目的地时只是微微出汗。

她先去附近的超市买了坚果礼盒和一箱牛奶，没有空手上门做客的道理。公司是十号发工资，她将要交的房租钱和固定存款转到一张银行卡上，给自己剩余三千用于花销。手上这点儿东西就花了她三百五十块，她身上就剩一千多了。

宁国梅的新家位于城市的南边，地段十分不错，看起来是个新小区，刚才骑行的路上她都能看到新楼盘打的满屏广告，区域的发展可从房价中窥得一二。这些年，城南这一片黄金地段的位置就没变过，临近市中心，本城最好的高中就在附近。

宁清第一次对城市格局分布有意识还是上高中时，班里好多人都住在学校附近，可以选择走读，甚至他们都是同一个初中的。

“来就来，你拎东西干吗？一会儿给我拿回去。”宁国梅看着她手上的礼盒皱眉头。

她笑着说：“姑妈，我好久没来看你，心中有愧，我还觉得这点儿东西拿不出手呢，你就收下吧。”

宁国梅拿过礼盒放在了玄关处，才好好打量侄女。侄女穿着牛仔裤和简单的T恤，脚上的帆布鞋还有了开胶的征兆，后边背着黑色书包，活脱儿一个大学生的样子。她哥长得俊，侄女随她哥，长着一张瓜子脸，皮肤白皙，且干干净净，连个痘印都没有，浓眉之下是一双灵动的眼睛。但侄女瘦了很多，原本正常的身材，这一瘦，面相会显得凶。唉，不过，侄女都二十七岁了，哪能跟她印象里高中时的稚嫩、可爱相比？

“去洗手，来吃饭。”宁国梅走去厨房，盛了两碗饭。这顿饭做得匆忙，她便打电话从附近饭馆订了老鸭煲和糖醋排骨，再搜刮了冰箱，炒了俩素菜。

宁国梅往侄女碗里夹着排骨：“你多吃点儿，别太瘦了，人一瘦脸就会变老。”

“不等姑父回家吃吗？”

“他今晚有应酬，不回来吃。”说起老公王锁明，宁国梅抱怨道，“他最近老讲究了，不吃我做的饭，说我做饭油多不健康。他要控制‘三高’，在家都要买生的三文鱼吃，说能减肥。”

宁清还没接话，就被姑妈追问这几年过得怎么样，在做什么工作，有没有谈男朋友，说有消息了总该通知他们一声。

宁清三言两语交代了一番，大学毕业后去了土木研究所，读研三年，回来已经工作三年了，没有男朋友。

“姑妈，我爸现在在哪儿？”一顿饭还没吃完，她还是扫兴地问出了口。

宁国梅放下了筷子：“看守所。”

这个回答在宁清的猜测选项内，一个人能毫无音信，要么是遇上事躲了起来，切断一切与外界的联系，要么是被关进局子了。

“为什么不联系我？”

“清清，姑妈是为你好。”宁国梅看向侄女，“你好不容易读完大学，有工作能自己生活了，不要往回看了。”

“他在哪个看守所？”

宁清从姑妈家出来，天已黑。纵然傍晚短得可怜，深秋的寒意未抵前倒是散步的时节，她骑着自行车在这个城市的一角晃悠着。与其说是太晚了无法去看守所，不如说她没做好这个心理准备。

她随着导航的指示左转，脚蹬了两圈，高中母校就猝不及防地出现在了眼前。

听到铃声时，宁清扫了眼校内高耸的钟楼，六点，晚自习开始了。外边三三两两的学生压根儿不急，慢悠悠地往校门口走着，倒是保安在催促他们快些。宁清甚至看到一对小情侣，他们穿着短袖校服，光明正大地牵着手走进校门。

她曾在这儿有过无比精彩的高中生活。

宁清停在路边，单脚着地坐在自行车上看了两分钟，就离开了。

年少时人们总自认是特别的，但寥寥几句做生活轨迹概括时，才意识到对大部分人而言都并无不同，读书、工作、活着，普通得不能再普通。

只是有时浪花打来时几乎能将一些人掀翻，造就了彼此截然不同的境遇。

✦ ✦ ✦

一中分数线是最先出来的，宁清查了后，发现自己能上一中，就继续躺回床上，切了一半的西瓜被她放在凉席中间。她双腿盘膝，身子对着空调，把薄毯披在肩上，挖着最中间的西瓜，边吃边看《古灵精探》。

同学阿雯约她去市里看电影、买奶茶被她拒绝了，虽然七月还没到，但天不凉快了。从宁家村到市里要坐公交，她得走十五分钟到公交车站，等四十分钟一班的公交车，要坐五十分钟才能到市里，她不想去。

她让阿雯来她家一起看电视，阿雯说：“谁要待在家啊，我要去KTV。”阿雯炫耀着刚学来的新鲜词。

果然，宁清问：“KTV是干吗的？有电视看吗？”

阿雯斜睨了她一眼，觉得学霸也挺土的，说：“是唱歌的。”

宁清点了点头，问："是不是有舞女？"

阿雯笑出了声："你思想好龌龊哦，就是大家点歌唱歌的地方，要跟我一起去玩吗？"

宁清摇头，说："我想在家看电视。"

正如她学习时的专注与定力，她能专心致志地看一整天电视，晚上再见鬼地找出本书，在爸妈面前翻几页。

她被爸爸问起白天干吗了，奶奶孙英总能给她打掩护，说："上午陪我去地里干活儿，下午在看书呢。"

宁国涛总是被她糊弄过去，说："别一天到晚待在家看书，暑假不跟同学出去玩吗？"

宁清为难地说："阿雯来找我去市里看电影，估计她还要在外面吃饭，我没钱，所以没去。"

宁国涛对女儿从不小气，立马从兜里掏出两张红票子给她，叮嘱着："要多出去多交朋友，死学习是没用的，多个朋友才能多条出路。"

宁清不置可否，前些日子蒋月还在她面前抱怨说："你爸净交些狐朋狗友，他还非得装阔，动不动就请他们去饭馆吃喝。"

在这个小小的宁家村，她家算得上阔的，但阔是一个相对概念。

面朝黄土背朝天是这个村子里老一辈的命运，他们年轻时在生产大队里出工记工分拿粮食，后来有了自己的地，便种自家粮食。种地是赚不了钱的，男人会外出，各凭本事找点儿事。

宁国涛这一辈种地的少，随着民营制造业的兴起，村子里文化程度不高的年轻人大多选择了进厂。做体力劳动，多劳多得，要想挣多点儿就选个三班倒的厂。蒋月是其中一员，她在纺织厂上班，一天十个小时，周日休息一天，月薪三千多。

宁国涛不是读书的料，初中毕业后在他爹的拖拉机维修铺帮忙干活儿。他性格散漫，不是能按部就班老老实实去厂里上班的人。他帮着修了三年拖拉机后，他爹拿出了所有积蓄，再跟亲戚借了点儿钱，一家人坐着绿皮火车，去外地买了辆二手的渣土车给他。

孙英现在都对那段经历如数家珍，那时火车上小偷多，所有钱都藏在她衣服的最里层，裹得严严实实，她一夜都不敢睡。那是她这辈子第二次出远门，第一次出远门是十二岁时跟着十四岁的哥哥去上海看被关在监狱里的父亲。

开渣土车搞运输，看天吃饭，每逢雨雪天，宁国涛就躺在家里睡大觉，睡醒起来就去镇上打麻将。

他脑子活络，爱请客，搞关系十分在行。他找的活儿对方总是给更多的运输费，有时还能拉起一支卡车队给老板搞运输，自己从中多赚一笔。

事实就是这样，占据生产资料的人就会挣钱多点儿。

比起村中其他人家，宁国涛家是不拮据的。家中顿顿有肉吃，换季时他还会带一家子去市里逛街买衣服。去年，他还买了辆二手皮卡，算家中有车了，村里可没几户人家有车。

宁清觉得自己家挺有钱的，她想要什么爸爸都能满足她，零花钱也给足了。她说要出门玩，宁国涛会多给一百，说如果同学没钱，那她就大方点儿请吃饭。

打破她这一认知的是高一开学时，她看着一中门前的轿车，其中不乏她认识的唯一豪车品牌——宝马，再想起皮卡车后边敞篷货厢里放着的用蛇皮袋装着的被子、衣物时，心中滋味复杂。当然，这是后话。

当听到渣土车驶近的声音时，宁清扫了眼挂在墙上的钟，五点二十了，还有五分钟蒋月也将到家。她啪地关掉电视跑出房门，到外边走廊上帮奶奶剥毛豆。

她猛地看到太阳，眼睛里都出现了光点，还有一圈光晕浮现在眼前。她揉了揉眼睛，心想：明天一定少看点儿电视，不能把眼睛弄近视了。

孙英瞧了她一眼："我正打算去叫你呢。"

"哎呀，这点儿自觉，我还是有的嘛。"宁清把豆子扔进篮子里，"今晚吃丝瓜炒毛豆吗？"

"对，一会儿，你再去帮我摘个黄瓜，晚饭煮了粥，再凉拌个黄瓜。"孙英叮嘱孙女，"你爸回来了，告诉他你考上一中了，让他高兴高兴。"

说话间，渣土车在家门旁的空地上停了下来，宁国涛待在车上整理完今天的运输凭证才下车。

凌晨四点就出门拉黄沙，他装完货，还爬到后面拿着铁锹把不平整的黄沙压了压，又装了点儿，再拿薄膜盖上，弄得鞋子里都是沙子，身上都是灰尘。

他回家先到后院提了桶井水，拿着毛巾洗了脸。今天下午，他拉最后一车时，车跑到半路，看到有满载的车掉头，他赶忙跟着掉了头，打电话通知后边的兄弟换条路走。后来他问了下，果不其然，前面在查超载。

蒋月这时骑着电动车到了家，最近厂里很忙，她的同事们都去厂外边的摊贩处买点儿炒饭炒粉，吃了就回去继续做。纺织厂是多劳多得，有些要钱不要命的都上到了夜里十二点，第二天早上七点还能准时到，接着干。她不想加班，想回家多陪陪女儿。

孙英烧了一辈子的饭，以前没有煤气灶时，她一个人边塞稻草把握着火候，边把菜放进大锅里炒，火正旺、菜在炒时，还得把下一个菜给切好。现在有了煤气灶，她更是如鱼得水。她把丝瓜放进左边炒得半熟的毛豆里，再顺手打了三个鸡蛋，煤气灶上右边是番茄蛋汤。砂锅下面垫着湿抹布，里面的排骨已经熟透了。

蒋月进来喊了声“妈”，就接过锅铲，翻炒着丝瓜，问：“放盐了没有？”

“没有。”用筷子搅着鸡蛋的孙英还不忘跟蒋月八卦，“你看到隔壁门口停的车没有？”

蒋月透过厨房的窗户看到邻居李老太婆在门口树下的石凳上坐着，被一群人包围着，便问：“都住在城里儿子家一个多月了，她怎么想着回来了？”

“是儿子女儿一起回来了。”

“她女儿难得回来啊，这么些年我都没见过几次。”

“她女儿的男人挺有本事的，是当官的，听说这次回来是调到我们这儿当……”孙英压低声音告诉了儿媳妇。

蒋月惊讶：“这么厉害啊？”

孙英冷哼一声：“你没看到宁建国跟个孙子一样，在家里烧了两盘龙虾，特地端了过去，还留在人家厨房里打下手呢。”

宁建国是村长，平日里邻里跟他打招呼，他那哼唧声都若有若无，此时一张老脸笑成朵菊花，在李老太婆家忙前忙后。

李老太婆人品不行，奈何命好。她儿子年轻时在供销社当采购员，后来办了厂，一步步做大，到现在城里别墅住着，宝马车开着。

想不到她女儿也嫁得这么好。都是一个村里的，看见恶人风光，孙英心里怎能不酸呢？

宁国涛洗完手，看见女儿正从屋里把折叠小桌搬到屋前空地上，便问：“分数线出来了吗？”

“出来了，能上一中。”宁清问她爸，“你吃饭还是喝粥？”

宁国涛愣住了，他上过初中，知道一中有多难考。一所建校几十年的本地王牌高中，有着超高的一本率，考名校的更是不少。

但他还是被女儿淡定的态度惊讶到了，他本来对女儿能考上一中没把握，女儿在乡下初中上的，他让她妈每晚都做消夜给她吃，到了十点就赶她上床睡觉，不让她再学了。

孙英端着菜走出厨房，就听儿子问：“晚饭有什么肉？”

“就一个中午烧的排骨。”

“那我去镇上买个烤鸭和卤牛肉。”宁国涛看向走过来的蒋月，长期开车被晒得黝黑的脸笑得很憨，“你女儿厉害，考上一中了，我们家未来的第一个大学生。”

蒋月小心地将汤放在桌子上，看着宁清发红的眼圈，就知道她今天看了一天电视：“我知道我女儿肯定可以，我早就说了。只要她把看电视一半的劲头放在学习上，考个大学算什么？”

宁国涛推了电动车出来：“咱还得考个名牌大学呢，老婆，你还想吃什么熟菜？”

“买几只鸡爪回来。”

被夸了的宁清还是得干活儿，她拿着剪刀就去门前的蔬菜地摘黄瓜。

家门前有块空地，孙英种了时令蔬菜，供应他们一家四口的日常伙食是绰绰有余的。国梅每次来，孙英都摘两大袋子蔬菜让女儿带回家吃。

孙英一早便拿着从小山上拾回的竹竿给黄瓜搭起了架子，藤蔓顺着架子攀爬而上，长满刺的黄瓜结实地挂在架子上，瓜蒂处的小黄花格外显眼。

旁边还分了几栏种了茄子、豇豆和苦瓜。宁国涛随了他爸的“三高”，才四十多岁，就挺着将军肚，但腿很细。孙英听说苦瓜能降血压，便种了一栏给儿子吃。

新鲜黄瓜是扎手的，宁清挑了根挂满刺的，用袋子包裹着，咔嗒，剪断了头。脆生生的黄瓜，用菜刀背拍几下，再放入蒜瓣，淋上生抽和芝麻油，夏日里配白粥是一绝。

当她踩着拖鞋，从半米高的石墙上跨出来时，听到有人在喊她的名字，她循声看过去。

“清清都是个大姑娘了，再过几年都要嫁人了。”

李老太做饭时没葱了，便到她家菜地的角落里采了一把，跟蒋月打了声招呼。

你个死老太婆，瞧不起谁呢？

蒋月面色未改，笑着说：“还早呢，这不，她才考上一中。后头还得读大学，嫁人早着呢。”

“这么巧呀？我家昕远也要在一中读高中了。”站在李老太旁边的女人宁真插了话。

宁真身着牛仔半裙配T恤，脚蹬一双运动鞋，看起来十分年轻。宁清再往她身后看去，那里站着一个又高又瘦的男生，人挺白的。

当她看向他时，他的眼神也扫到了她身上，两人目光交会了三秒又各自移开。

“昕远，你们会在一个班级吗？”宁真看向儿子。

赵昕远兴致缺缺，他没有认识新同学的兴趣：“不知道。”

宁真的声音依旧很温柔：“在学校里见到要彼此多关照啊。”

蒋月看着自己一身邋遢的工作服，不免有一丝局促，但又挺直了腰杆：“太巧了，是要互相照应的。”

宁国涛带着一大袋熟菜到了家，孙英边埋怨他买多了，边将卤味装进碗里。

“明天起早拉一上午，中午回家，下午去大队里。前几天找人写了个土地转让说明，我拿去大队，问问是不是盖个章就算证明文件了。”

孙英把鸭腿夹给孙女：“我已经跟你二叔讲好了，你这里定下来，就让他来帮忙搭棚子。旁边要盖三间屋子，洗澡、做饭和睡觉的。”

宁国涛点头：“等过两天下雨，我就去看设备，营业执照也在办了。”

“都弄好了估计要两个月，刚好天凉快了，可以养鸡了。天热是养不住的，死得多。”

宁清啃着鸭腿：“爸，这个养鸡棚一年能赚多少钱啊？”

“能把你上大学的钱给赚出来，你要是考不上大学，至少咱家还有个鸡棚能让你回家养鸡。”

✦ ✦ ✦

宁清回到宾馆，才不到九点。

国庆假期，她并没有出行计划。她打算窝在家里睡觉、加班，或许会出去看场电影，外食一顿。

无聊吗？

谈起大城市，总有万般好，有艺术展、音乐会、话剧、各色酒吧、不同菜系的美味、高端商场……

也许她是寡淡之人，灯红酒绿的场所从来不爱；收入限制了她与奢侈品的深层关系；话剧、音乐会票价不便宜。或者说，要花钱的爱好，她都会远离。

这几年，她几乎没有享受过城市的光鲜亮丽，留在那儿只是因为行业整体报酬高，工作机会多。

她大学就考到了京州，只是所“211”。她的高考分数很尴尬，如果她硬要挑“985”的学校，只能去偏远的省份。每一届高考生中，总有人做这样的选择。她选择去省城的一所大学，省内分数线不低，她的分数倒也没浪费。

大学里交流机会很多，她大二暑假去对岸上了暑期学校。当时，所有费用由学校和省教育厅共同承担，她只需要出自己的生活费。

大四时，班里同学各有打算——考研、出国、工作。有毕业直接去施工方的，也有去大型房企的，那时这个行业正如日中天。想去设计院、研究所的，学历卡在那儿，便一口气读了研。想出国的考语言，学结构的一部分人都留学转了建筑方向。

宁清大四时去了个工地实习，工作完，晚上就捧着电脑，在网上找了上暑期学校时授过课的教授邮箱，发邮件套磁了一番。也许是她语气太诚恳，也可能是她GPA（平均成绩点数）不差，大学期间也有过项目和比赛经历，她顺利地收到了offer（录取通知书），还拿了奖学金，学费能减免大半。加上那时蒋月的工作顺利了些，能资助她一些，她便选择去读了三年研。

宁清硕士毕业后回了京州，进了一家设计院。工作第一年，拿固定薪酬，第二年开始，工资便由基础工资和绩效组成，想多拿钱，就要拼绩效和项目数量。

今年以来，地产进入寒冬。房地产企业的竞争尤为激烈，大型房企，本科生只面试头部学校的，月薪到不了五位数，且稳定期一年。之后，绩效、工资都要与公司业绩挂钩。

当行业不景气时，公司也开始作妖，升职不加薪，反正职位不要钱，给你好了，降低基础工资，福利砍大半，年终奖拖延发放。你忍不了就走，还无须支付赔偿金。公司招人很少，对着HR都能说你们要转型成HRBP（人力资源业务合作伙伴），跟着外企学了高大上的title（头衔，职称）术语，说白了就是让他们搞点儿绩效出来。

上个月宁清遇到了大学同学，听到对方猛一顿吐槽。同学略有些庆幸地说，幸亏早工作了几年。转瞬她又叹气，她当初毕业后也算拿着不低的工资进去，满怀雄心壮志，想着三年翻一倍，五年攒出个首付，结果现在年终要么不涨薪，要涨就涨一个档位，四位数都不到。谁能想到，毕业于一所不差的学校，工作了几年，以为积累了经验，可以跃入中层，可以大展宏图，七位数年薪都不是梦时，却要面临降薪甚至被裁的风险？

宁清笑了笑，附和了几句形势艰难，忍住了没说，要真遇上裁员，裁中层的性价比挺高。一刀砍下去，一个中层的工资可以养好几个新人，还很可能裁完后发现对部门运行一点儿影响都没有。

不过，她心知同学五年前毕业时进房企工资不会低，就算这两年涨幅不尽如人意，现在也差不到哪儿去。

人是在历史进程中活着的。当市场有信心时，毕业生人均好几个offer，任君挑选。2008年金融危机时，大公司都开始人人自危，要么裁员要么降薪，优秀的毕业生找到满意的工作也很难。

大家只能等，先找一份工作暂时做着，等到市场回暖、再次繁荣时，情况自然好转。漫长的蛰伏期只能让人甘心做个长期主义者。

然而，行业不论上行还是下坡，于宁清而言，这份工作都是安身立命的保障。

宁清洗完澡就把电脑从行李箱中拿出来，电视机旁放了张小圆桌，她插上电源线，拿了瓶矿泉水放在手边，就开始工作。

在这个行业，加班是常态。新人刚入职时总是从配筋图开始画起，先做上部结构，再到下部地基。随着专业能力的提升，工作时间一再延长。

她已经过完了最忙的一阵，上一个项目建筑结构复杂，美观的建筑总这样，不太符合力学原理，难实现，若论轻松，谁都想画方方正正的结构。

原本这么复杂的项目是轮不到她来做的，但她师傅刘明给了她这个机会，结构几乎都交给她做，他给她审核，太过复杂时指点一二。其实这样他轻松不到哪儿去，花在她身上的时间完全可以自己做了。

也许是宁清幸运，遇上了专业能力极强且愿意给徒弟机会的师傅。但她在工作以外付出得并不少，逢年过节跑去他家给师母送礼，还帮他女儿辅导过功课。

那个项目，她熬了大半个月的大夜。那段时间，每当吃完晚饭再次开工时，她就觉得胸闷、喘不上气，到底年轻，睡了两天就补回来了。这样的项目在手，就是她的代表作之一了。

厕所的门已被她关上，可仍飘来若有若无的混着洁厕灵的发霉的气味。圆桌很小，鼠标可滑动的空间有限。十一点了，隔音实在不好，她都能听到隔壁的人事后聊天。

她心中一阵烦躁。她工资不算低，住得起卫生条件更好的酒店，却抠抠搜搜地选了个便宜的。

宁国梅说好了下午开车带宁清去看守所。

她做着光怪陆离的梦，醒醒睡睡，极不踏实。快天亮时，她梦到了奶奶，奶奶在家门口剥豆子，看着孙女笑着说："回来了啊。"

她惊醒时，心跳都漏了一拍。

她起床洗漱后，看着房间里的行李箱，拿在手中也不方便。昨天姑妈问她住在哪儿时，她借口说住在朋友家。她在下楼时，又跟前台女孩说续住一晚。

在宾馆附近的面馆吃了碗拉面，她又沿着昨天的路，骑车来到了姑妈家。

秋天的阳光没了夏日的毒辣，但紫外线一点儿都不会少。宁国梅开车都戴着墨镜和袖套，看着坐在副驾驶座上的侄女，她沉默得很。宁清除了刚上车时打了声招呼，到车上一句话都没说。她也坐得住，很有礼貌，不看手机，看着前方的路况，一顶深绿色的鸭舌帽掩盖了她的神情。

哪像以前，叽叽喳喳，连嫂子都觉得自己女儿话太多了，不像他们夫妻俩。

哥哥家只有一个女儿，全家人都宠着这个孩子。当时宁国梅还有点儿吃味，自己生的是儿子，爸妈却更喜欢这个孙女，就因为她儿子是外孙吗?

侄女小时候太可爱了，雪白粉嫩，口齿伶俐。宁国梅现在都记得，当时她爸修机器时弄破了手，随意贴了个创可贴，到家时家里人都没当回事，不就是弄破了手吗？结果宁清抱着她爷爷大哭，说心疼爷爷。她当时惊呆了，这也太会撒娇了吧？这样的孩子，谁能不喜欢？

也许生活的巨变会彻底改变一个人的性格，旁人无心力去探知为何会变成这样，就算知道了，也因自己生活得匆忙而无法施以援手。扶上马，送一程，都是极为难得的胸襟。

看守所的会客室是一个小房间，宁清不知此时心情应该如何，面无表情地看着宁国涛缓缓走入。

她从没来过看守所，幼时只在席间听过亲戚的一个笑话。此亲戚白天上班，晚上打麻将，日夜操劳，瘦得跟排骨似的，结果夜间骑摩托车醉驾了，被关了两个月。他出来后，面色红润，甚至微微发福了。原因无他，作息变规律了。

但宁国涛是另一副神情，他变瘦了，脖子更显得粗壮，脖颈后边黑得格外明显。原本中年发福有“三高”的他，这一变瘦，人更显得苍老，双眼皮无力地耷拉着，年轻时英俊的相貌一去不复返。

原本黯淡的眼神看到宁清时诧异了，难以相信她竟然来了。宁国涛坐下后，第一句话就是对妹妹的责问：“你告诉她干吗？”

宁清气笑了：“你当我是傻子？这么大的事不通知我？”

为人父母，谁愿意让子女见到自己的窘迫，还是在这种地方？

宁国涛一脸疲惫，在她面前却表现得格外轻松，跟被冤枉了似的：“这件事检察院都因为证据不足无法批捕，是我老板做错了事，我就是一个驾驶员，能有多大点儿事？”

宁清抿抿唇：“我给你找律师。”

“你找律师干什么？律师来两趟就要一万多，屁事都不能解决。”

“这个钱，我出。”

“不要。”宁国涛瞪着她，“你有钱烧得慌？我要再等等看，现在老板那儿还没有消息，这儿最多关押我三十七天。”

他坐不住，在板凳上挪了挪，转移了话题：“最近工作忙不忙？”

“很忙。”

“你妈最近怎么样？”

“就那样。”

“有男朋友了吗？”

宁清没了耐心：“我特地跑到这儿是跟你叙旧的吗？爸爸，你都五十多岁了，还要把自己折腾到这个地方来吗？”

“我都说了是小问题，现在是老板那儿没个说法，连带着我也要被抓来问讯。我在这儿挺好的，六点起，九点睡，吃饱喝足，还有空调吹。”宁国涛不以为意，“我又没犯法，你这么紧张干什么？”

“回去好好上班，我这儿解决好了给你打电话，不要耽误你的工作。”他看向宁国梅：“带她回去吧，这么小的人来这儿干吗？”

宁国梅从看守所出来时，已经下午四点了。

老公王锁明昨天听说侄女回来了，虽然他们是长辈，但按礼数要请侄女吃饭，还说要去会所吃饭。那家会所是本城数一数二的吃饭地。宁国梅觉得没必要，都是一家人，何必吃个场面？

王锁明执意要去，连理由都懒得跟老婆说。他这辈子见多识广，眼光长远。

人的运数要放在一个足够长的范围内看，不论朝夕，而以数年计。有些人在流年遭遇了困窘，被抑制着无法发挥。潜龙是无法被用的。

在蛰伏期，给他们一些帮助，不求回报的帮助，都会被他们牢记于心。

宁清跟着姑妈从停车场走出来，从大门走到了大堂。她看了主体建筑和周围的建筑群与环境，从建筑结构上说并不复杂。

室内设计花了心思。灯光、屏风、盆景与特色摆设等都下了大功夫，才能营造出如此精巧中透着贵气的古典氛围。

“就我们三个人吃饭？”她停住了脚步，这儿并不便宜。

“对啊，姑妈请你吃顿好的。”宁国梅挽住了她的手臂往里走去，穿过很长的过道，内里有一个大厅，一张张圆桌隔着较远的距离摆放着。

这是堂食处，若她没猜错，包间是在刚才那条过道的两旁。

姑父王锁明已经在位置上等着了，他低着头在发呆。姑父不论走路还是坐着，都躯干前倾，佝偻着胖硕的身子，眼睛也随着往下看。他话不多，看起来是个憨厚的人，实则不然，心眼比谁都多。

“姑父。”宁清客客气气地打了声招呼。

王锁明点了头：“回来了。昨天没见到你，今天一起吃顿饭。”

服务员拿上了菜单，宁清递给了宁国梅，她刚刚在车上渴得灌了一整瓶矿泉水，她说：“姑妈，你点吧，我去卫生间。”

她把包放在了座位上，拿了手机就往外走。上厕所时，她认真翻了下几张银行卡里的存款，想着到底能拿出多少钱来给她爸解决这件事。

在洗手台，她用洗手液仔细洗了手指，泡沫随着流水冲刷而下。

“昕远，你帮我把包带回去。”

宁清听到这个名字时，用纸擦拭湿漉的手的动作一顿。也许听错了，她把纸巾揉成团，扔到了垃圾桶内，便往外走去。

宁清走出去，扫了一眼。

女人一袭复古红裙，乌黑的头发垂到肩上。她拿着手袋央求着男人帮忙带回去，手袋有着十分显眼的logo（标志）。

旁边的男人个子高挑，穿着一身休闲装，懒懒地回："自己拿。"

宁清听到这熟悉的嗓音时，再次被吸引了注意，又往这个男人身上看了一眼。

李慧的视线被盯着赵昕远的眼神吸引，往他身后看去，只一眼，便僵住了身形。

"你就帮我拿一下嘛。"李慧看到宁清没有与赵昕远打招呼、若无其事地继续往前走时，松了口气。

赵昕远没了耐心："我先走了。"

他转身时，李慧的心跳漏了一拍，他正走在宁清的身后。

✦ ✦ ✦

王锁明这两年算是小有名气的包工头，平日里项目不断，挺着的大肚子就是在饭局上喝出来的。一顿饭也算有话说，他与宁清聊着施工层面的事情。

宁清下工地也不少，当施工方无法理解图纸或构图有问题时，师傅总带着她一起出勤。

她当初选土木工程这个专业，也跟家中亲戚有关。亲戚们除了进厂的，便是做包工头、木匠和泥瓦匠的。彼时基建与房地产热火朝天，她便选了个容易找工作的专业。

吃完了往外走时，角落里的一扇门被推开。王锁明眼尖地看到了走出来的人，连忙迎了上去打招呼："李校长，在这儿吃饭啊？"

这是三中的副校长，他们在一次饭局上认识，之后便将三中一栋宿舍楼的重建工作交给了王锁明。

宁清站在身后，好奇地往包间内看去，想看包间的设计和装修是什么样的。

一双眼攫住了她，赵昕远抓着筷子的手僵住，嫩滑的鱼肉掉落在盘子里。他霍然站起身，往外走去。

"你干什么去？"李慧在座位上问。

宁清下意识的动作是逃，她的一身穿搭与此地的环境格格不入，穿着运动鞋的脚近乎小跑的步伐凭借着印象中的地理位置往外走着。

如此长的过道，人影寥寥，她仓促的身影并不难捕捉。

赵昕远多跨了两三步便抓住了她的肩膀。如此大的力道，生生让她整个人旋转了一百八十度，面向了他，他道：“你跑什么？”

宁清被他扯得很疼，他的脸直直撞到了她的眼内。在她梦境中出现过无数次的脸庞依旧清俊，在时间的雕刻下，棱角变得更加分明，两道凌厉的眼神是她从没有见过的。

赵昕远笑了：“见到老同学逃什么啊？都十年没见了，不会还以为我对你念念不忘，要对你死缠烂打吧？你还挺有自信的啊。”

“既然是老同学，那你何必这么激动地追呢？”宁清看着他仍放在她肩膀上的手，力道未减，疼痛感让她清醒，“既然打过招呼了，那可以让我走了吗？”

“什么时候回来的？”

宁清知道他的脾气，不达目的不罢休，便说：“昨天。”

“什么时候走？”

“不知道，最晚七号。”

“好。”赵昕远嘲笑着自己，刚刚讽刺她的话，立马现世报到了自己头上，“你选，明天中午还是晚上，我请你吃饭。”

他不等她回答，便拿出了手机，问她：“你的手机号是多少？”

宁清才报完号码，裤兜里的手机就开始振动。

离他们五米远的李慧感到了一种叫宿命的东西。为什么，他们还是再次相见了？

宾馆窗帘的遮阳效果还挺好，只是昨晚没拉严实，中间留着一道缝隙，下午两点的阳光格外灿烂，透过缝隙照在了被子上。

宁清清晨醒了一次后又无意识地昏睡过去，等到第二次醒来后，她一片茫然，不知今夕是何夕。

手机被她扔在了靠近床尾的单人沙发上，她凌乱着头发从床头爬到床尾，站起身去够手机的那一刻，感觉天旋地转。

她年纪大了，起床都不能像年轻时那样一蹦而起，得缓缓地支起身子。这一晕，她再次躺在了床上，手机被抓在了左手上。

黑暗的房间里，手机屏幕的光亮起，她的眼下意识地闭了下，再看了下时间，竟然两点钟了。她怎么会昏睡了十二个小时？

手机上有十个未接电话。同一个号码，那人极有耐心地每二十分钟打一个。

她习惯了将手机调成振动，振动声被厚厚的棉垫沙发吸收，没有一个电话将她吵醒。

还有一条姑妈发来的短信，宁国涛的老板已经认罪认罚，家里花了两百多万，把他保出去了。

宁清锁了屏，房间又归于一片黑暗，她看着窗帘缝隙处的一丝光亮发呆。

宁国涛老板被关了一阵子看守所后，就被转为监视居住。看守所是一群人一同关押，而监视居住是一个人一间屋子，二十四小时有人轮流看守。说得难听点儿，如果非要进局子，肯定是前者舒服。

三天，那个老板只被关了三天，就被击垮了心理防线。家人出钱，将他领了回去。

宁国涛吃得了苦，就是不想花钱，那就撑过六个月，检察院如果依旧证据链不足，就得放人。

宁国涛小聪明太多了，不知他从哪儿看到的机会，谁都没告诉，从年初就开始运输污泥。被问最近在干什么，他总说混得不行，找不到生意，只能运输点儿废弃垃圾。

光伏企业生产过程中会产生大量的氟废水，就有了专门帮忙处理废弃物的行业。一般采用钙盐沉淀法来处理，会生成大量的氟化钙污泥。填埋处理的成本很高，此时下游行业又出现了。氟化钙污泥中有水泥生产过程中的副原料，水泥制造厂会低价买回去，掺在石灰石里当水泥，最后可以做路基使用。

以往给人运输货物，帮A公司运货到B公司，驾驶员只能拿到A公司给的运费。宁国涛是两头都有钱拿，他认为这是对勤于动脑、发现机会的人的褒奖。

他从前运输黄沙、石子，四五点就得起床。夏天天热，遇上爆胎，只能自认倒霉。大型卡车，修个车就得一两千，耽误了运货，一天都赚不到多少钱。遇上非法开采石矿的老板，工作时间颠倒，晚上干活儿。

若是只当个运输司机，事情于他还没那么严重，可他在其中还承担了业务员的角色。

他可能也知道这事没那么干净，对谁都不提，挣钱比别人舒服，就要低调。

近年来国家在环保上抓得很紧。如果这次的货物腐蚀性、毒性物质含量等检测项不过关，就证明氟化钙污泥是危险固体废弃物，会造成二次污染。

这次是本地公安局联合了本省几个市的公安联合抓捕，但检察院到今天都没有批准逮捕。

宁清都不知道要夸她爸爸聪明，还是太蠢。

宁国涛年轻时的口头禅就是："赚大钱的有几个好人？那些有钱人发家，有几个是干净的？"他认为，这个社会就是穷人老实、本分地赚死工资，有钱人打擦边球发财。所以他从没进厂上过班，一直在社会上察言观色，用自己的处世规则摸索赚钱的机会。

宁清躺在床上，她已经做好了准备，认罪认罚，估计要交二十多万元罚款。

老一辈偏好固定存款，宁清不碰股票、基金，所有的钱都是活期。工作三年，这笔钱，她是能拿出来的。

这件事，她压根儿就没跟蒋月说，说了，蒋月不会让她出一分钱。

此时手机再次振动，宁清看了眼号码，接了电话："喂，干吗？"

这是她醒来后的第一句话，连她自己都没意识到沙哑的嗓音说"干吗"时带着的一丝撒娇的意味。

赵昕远没想到这次电话竟然打通了，听她的声音，明显是刚睡醒。她刚睡醒时脾气差，跟她说话都爱搭不理，就喜欢一个人发呆。

他抬头看了眼家里的钟表："我饿着肚子等你到现在。"

宁清揉了揉眼睛，手肘撑着床想爬起来，结果刚坐起身，眩晕带来的恶心感就让她骤然失去对身体的自我控制，又跌回床上，只有平躺时才能不那么晕。

赵昕远听到电话那头的声音："怎么了？"

估计是这一阵子睡觉太晚，三餐不规律，宁清没力气跟他打太极："我刚醒，头有点儿晕，等我躺一会儿再给你打电话，好吗？"

"等我去找你。"赵昕远从沙发上站起身，跑下楼，从玄关处拿了车钥匙就出门了。

"不用，我躺十分钟就好了。"宁清说完，才发现他把电话挂了。

前几天起床时，她就已经感受到轻微的眩晕、腿软，平衡感弱得要扶着椅子站一会儿。

宁清倒是十分淡定，平躺着，将手机拿到眼睛的正上方，成九十度，开始上网搜"早起头晕怎么办"。

看电子屏幕头还是晕，但闭上眼更晕，她只能把手机关了，瞪大了眼看着天花板。

不知过了多久，她又接到赵昕远的电话："你住哪个房间？"

躺了半刻钟的宁清已经恢复了大半："给我十分钟下楼。"

宁清的动作很利索，她洗漱、换衣服，把房卡塞进包里，拿了手机就出了门。

所谓的大堂，一张沙发都没有，赵昕远在前台处站着。身形挺拔、长得好看的年轻男人出现在廉价的宾馆内，只能让人有一种猜想。

下午，宾馆里反而人来人往，本地不是旅游城市，这个点来，钟点房居多。

宁清从电梯口走出来，看到他牛仔裤配白T恤，还是那副干干净净的样子，细长的指节在手机屏幕上滑动着，都未注意到她的到来，她说："走吧。"

第二章　她还是喜欢喝可乐

宁清反思过，自己当年是不是太过自私、任性，才将运气挥霍殆尽。

宁清第二次见到赵昕远是在高二。

高一期末面临文理分科，宁清家中没一个人读过高中，没人能给她意见。

宁国涛跟她说：“我去了家长会，听你们老师的意思是，语文好的就选文科，数学没那么好的别选理科。我不知道他说得对不对，但有时候老师的意见也不一定是对你好的，所以你自己想好再做决定。”

倒是她姨夫不请自来，说：“你一个女生，当然选文科了，到了高二，你数理化不一定跟得上。”

当时宁清已经想好了选理科，纠结是物生，还是物化。听了姨夫那句话，她就做了决定，选了热门且竞争最激烈的物化。

高一暑假，家里人都很忙。

蒋月辞了工作，跟孙英一起去自家养鸡棚养鸡。宁国涛白天开渣土车，晚上与蒋月睡在养鸡棚里看门。

卖鸡那一天，全家人出动，还请了宁国梅一早来帮忙，把所有的鸡都抓到塑料笼子里，宁国涛开车送到批发处卖掉。回来时他又买了一车的小鸡来养，吃激素的鸡，三个月就能养大。

那个夏天，宁国涛给一家地产公司拉黄沙、水泥。这些原材料的钱都是他垫付的。他拉了三个月，结束了，钱都没给。他打电话催了好几次，都没下文。他便直接上门找开发商老板，老板一副愁容，资金暂时周转不过来，多少人催着要账，便跟他说：“要不你贴点儿钱，我卖你一套房吧？这个欠款就这么了结了，不然，我就得欠着过年再给。”

宁国涛回来跟老婆商量。蒋月没主意，她从没考虑过在城里买房，这个钱，家里是拿得出的，但不是个小数目，她有点儿犹豫。

宁国涛还是拒绝了，理由倒是干脆利索，生的是女儿，儿子才需要到城里买房、娶媳妇，乡下人也不习惯住到城里。钱欠个半年也不是事，毕竟这一行，都是上游欠下游，过年才是要债的日子。

命运总有垂青普通人之时，但转瞬即逝，错过了就毫无情面可讲。

宁清觉得自己更努力了些，暑假每天都学习半天，下午才开始看电视。那时家里有了台式机，宏碁的。网上电视剧资源很多，没有盗版的概念，就是每次关掉弹窗很烦，还是带颜色的。她并没有点开弹窗的念头，毕竟毫无美感，这些场景都能在美剧里看到，看多了觉得不就那么回事。

有次蒋月下午回家洗澡，进房间时发现女儿一边看电视，一边在关跳出来的广告弹窗，她再一看片名《闻香识女人》，便绷着脸问女儿："你到底在看什么东西？再看这些乱七八糟的，就不允许上网了。"

高二八月中旬就开学了，是下午两点到教室报到。

宁国涛早上先拉完了一车回来，再开着皮卡载着宁清去学校，露天的后备厢里放着用蛇皮袋装着的衣物。车子大大咧咧地开到了宿舍楼下，他帮她把东西拿到了宿舍，又给了她一千块当生活费。她的生活费原本是六百一个月，但开学第一个月多给点儿，以防万一。

收拾了床铺和衣柜，宁清拿了六百块钱去充饭卡，学校里的食堂、小店和书店都能刷饭卡。

宁清吃完饭就往教学楼走，新教室在五楼，她正走到楼梯口时，楼梯口正对的连廊处也走来了同学。

"我们的数学还是老赵教，只有他才能带起物化班的数学。"一个女生步伐略快地跟在长腿轻迈的男生旁。

女生的出现为沉闷的教学楼增添了色彩，她鹅黄色的连衣裙配了双帆布鞋。而男生穿了条黑色短裤，T恤和球鞋是白色的，十分休闲。

这个天，宁清从食堂出来才走了五分钟，就快热晕了。手中的冰可乐在"冒冷汗"，要是没人，她就直接把可乐瓶贴到脸上降温了。

她往旁边看了眼，哟，这么巧。她虽然不记得他的名字，但这张脸还是很容易认出来的。

那个男生似乎也注意到了她的目光，向她看了过来。

宁清想："他认出我了吗？我需要先打招呼吗？"

她正想着时，赵昕远的眼神收回，他走到了她前边，先上了楼梯。

宁清内心翻了个白眼，把可乐拧开，跟在他们屁股后面走着。

一个暑假没爬过楼梯，等到她爬到三楼时，已经累得喘气了。她停下来喝可乐时，被人从后面拍了一掌，她差点儿喷出来，呛得直咳嗽。

"宁姐，咱俩一个班！"

走在前边的李慧听到后边的动静，往后看了眼。赵昕远自然也听到了声音，在楼梯的拐角处向下扫了那两人一眼。

宁清看到了徐晨，骂人的话卡在了嗓子眼，说不出，她把可乐盖拧上了，防漏气："哦。"

徐晨是宁清的高一同学，性格豪爽。当初她给他讲了两道数学题后，他就开始叫她宁姐。

“你暑假QQ怎么没上线？咱班一群人开学前组织去了KTV呢，你不去可惜了。”

“我没手机，怎么上QQ？”

徐晨一脸震惊：“你家没有电脑吗？”

宁清懒得搭理他，谎话随口就来：“没有，只能用我妈的手机上网。”

徐晨哑然，不知该说什么，怕说了不该说的伤了宁姐的自尊心。

沉默间，他们爬到了五楼，宁清看了看前边两人进的教室，再抬头看了眼牌子。

“看什么看，这不就是三班吗？”

宁清才发现，跟赵昕远在同一个班。

班主任是教英语的，叫夏丹。人长得好看，还很会化妆，眼尾微微上翘，挑出的眼线稍长于眼尾，更显得娇媚。这是她第一次做班主任。

刚刚与赵昕远说话的女生似乎与夏丹关系很好，夏丹先跟她打了招呼，佯怒道：“李慧，你怎么才来？快来帮我填写名册。”

座位是随机分配的，三组双人座，被夹在其中的两排是单人独座。宁清是后者，没有同桌。巧的是，徐晨坐在了她后边。

教室门口的墙上有张学生名册，听说是根据高一期末考的分数排名生成的。宁清扔完垃圾回来时看了眼，她是第十五名。她再往上看了眼，排名第一的是叫“赵昕远”的。

“哎，我都在二十名开外了，物化班大神好多啊。”徐晨从后面蹿到名册前，他的分数在高一班级里排名十二，结果到了物化班，直接往后移了十多位。

宁清手指着第一个名字：“中间这个字读什么？‘xī’吗？”

“宁清，你语文是怎么学的？”徐晨鄙夷她没文化，“不过，赵昕远你都不知道？高一年级排名稳居前五的大神。就期末那么变态的数学卷子，他好像是满分吧。”

“哦，我为什么要知道？”宁清兴致缺缺，反正她考不了第一。

徐晨一回头就看到了赵昕远在后面站着，手中拿着课表和胶带，估计是要贴到前边的墙上，他热络地打招呼：“赵哥好！”

徐晨随即扯了宁清：“给人让个位置。”

宁清被拉扯着回了头，才发现后边站了个男生，就刚刚在楼梯口见到的人。他长得还挺高，她连他肩头都够不到。她一米六七，在女生中个子算高的了。

在讲台上的李慧从夏丹手中拿了张表走了过来：“赵昕远，帮我贴一下卫生值日表。”

不觉得自己没文化的宁清从左边的缝隙中钻了出来，原来他叫赵昕远，不得不承认，刚刚近距离看了一下，蛮帅的。

身为学渣的她，对学霸学神不由得敬而远之。

其实，刚进校的时候，她挺有落差感的。她在乡下初中都是第一第二，踩着分数线上了一中。那个分数，在高一班级里是垫底的。在高手如林的一中，她再也不能考到第一了。

不过，宁清心大，认清了自己在天赋、专注力、耐力和体力上与别人的差距后，挫败感也消失了。她从未把同学当过对手，生出一定要超过谁、考第几的比较心。

她跟蒋月说过："你们俩都不是学习的料。我不是不努力，但在读书、考试上，我极大可能是平庸的，你们要接受这个事实，不要对我有过高的要求。"

蒋月被宁清噎住，想说"我小时候哪有你这么好的条件读书"，但好像也是，她初中时学习就跟不上了，读书太难了。她坐不住，不能好好写作业，天天晚上跑邻居家偷看《雪山飞狐》。她只对女儿说："你别给我糊弄，好好学习，别松懈。"

宁国涛想得更开，他的重点在："高中不是只用来学习的，你也多交点儿朋友啊。人家学习好，或者家里有资源，以后在社会上混得开，你认识人家，那就是你的人脉啊。这个社会是要拼人脉的。还有，要好好锻炼，每天去操场跑几圈，身体不好学习好有屁用。"

但交朋友这事，宁清可能不擅长。

物化班女生不多，开学一周，女生们迅速找到了一对一的玩伴，一起吃饭、上厕所和去小店。她们与班主任相处得似乎也不错，课间夏丹常在讲台旁的小桌子前坐着，与女生们聊天说笑。特别是李慧，夏丹很喜欢她。李慧性格很好，与班上同学关系都不错，遇到谁都能聊两句。

不知是不是宁清的错觉，夏丹对她很冷淡，从没主动跟她说过一句话。

✦ ✦ ✦

宁清在一中是有好朋友的，就是高一的同桌赵婷。

赵婷也来自一所乡下初中，兴许是因为两人同样的出身、背景，一直惺惺相惜。赵婷语文特别好，语文再难的卷子都能考130分打底，便选了文科。

高一语文老师培养了他们读报找素材的习惯，到了高二，两人依旧合订一份《南方周末》，换着看。

文科班在三楼，上午的大课间，赵婷走到五楼找宁清，看了一周的报纸，该给宁清了。

赵婷知道自己很胖，一米五八的身高，上一次体检，她已经一百六十多斤了。她大腿很粗，正在发育期，第二性征更加明显，即使是宽松的短袖校服，也无法挡住她硕大的胸部。面对偶尔不友好的眼神，她买过很紧的内衣，但勒不住，还是那么大，在做操、跑步时，还是那么大的晃动幅度。她便渐渐养成了低头走路的习惯。

九月末，没了燥热，还有几缕秋风，是让人舒服的时节。到了课间，五楼的学生们都到走廊上晒太阳。

赵婷踏到了五楼的楼梯，刚走两步就开始后悔。宁清的教室在最东侧，而她走的是西边的楼梯。有很多男生站在连廊的右侧，有一个男生用手指着她，对着旁边的男生笑着细语，当她走到这人正前方时，男生清嗓，说不许笑。结果他刚说完，自己就笑得前仰后合。

宁清是出来上厕所的，不知道赵婷来找她，出门就看到了这么一幕。

这个男生叫王宇，是隔壁班成绩倒数的。宁清在办公室听到过老师把他骂得狗血淋头，记住了这个名字。

宁清走到他面前，很友好地笑着问他："你在笑什么？"

王宇见到一个长得不差的女生走到自己面前，他不由得想歪，现在女生都这么主动吗？他自以为调情地问："你为什么想知道我在笑什么？"

"我觉得，你在嘲笑她的身材。"

王宇装傻，用手掏耳朵，假装听不见的样子："什么？"

"有胆子笑别人没胆子承认啊。"宁清耸耸肩。

王宇何时被女生用这么挑衅的眼神看过："关你屁事。"

"哦，那就是承认了。这么没家教吗？没人教过你要尊重别人吗？"

周围的人渐渐看过来，王宇愤怒了，当众被一个女生骂，非常丢人："我×你妈。"

他攥着拳头，威胁着要挥拳而上，被旁边的男生拉住了，说："不要跟她计较。"

宁清心态挺好，被骂这句话还能冷静地跟他探讨问题："这么喜欢骂这句话啊，难道是你妈经常被人从头看到脚，不光被看，还要被嘲笑，所以你心态失衡啊？"

"你他妈的有种再说一句。"王宇对旁边的男生低吼着，"你们放开我。"

赵昕远是物理科代表，下一节是物理课，他正捧着作业本从楼梯口走上来，就看到了前面这一场风波。

当看到男生竭力挣脱旁边人的束缚时，赵昕远觉得不对劲，那人力气很大，旁边的人已经快拉不住他了。

赵昕远如猎豹般大腿骤然发力，在他跑到现场之前，女生就已经被刚挣脱的手推了一把，幸而后面有个女生接住了她，她才没被推倒在地。

身高是种优势，更何况平日里不缺锻炼，赵昕远单手扣住男生的前侧肩膀，手臂稍加用力就把王宇掼在了地上，手中握着的作业本盖在了他的脸上。

地上的王宇还在挣扎，赵昕远按着他不放手，抬头对他认识的一个男生说："喊班主任过来，他打人。"

一句话，赵昕远就先给了结论，这就是打人事件。

他转头看向被搀扶着的宁清，问："你还好吗？需要去医务室吗？"

扶着宁清的赵婷都快哭了，她没想到宁清会为了她跟人吵架，还差点儿被打了，她紧紧地抓住宁清的手肘，问："你有没有事？"

这个时候，宁清应该"见好就收"，但她此时显然无法控制脾气，气得手都在颤抖。王宇刚才推了她，要不是赵婷在后面扶着，她整个人都会摔到地上，轻则屁股吃痛，重则尾椎骨受伤。

当周围同学都在看着，以为她受了伤吓得噤若寒蝉时，赵昕远看着她，觉得她不对劲。

他爱踢足球，把球踢出去的那一脚，若想有力量，得腰、腿和腹部同时发力。当他猜出宁清想干什么时，那一秒的反应时间，也只能让他手肘的动作更用力些。

宁清用尽全身力气，踢了躺在地上的人一脚。

周围人倒吸了一口凉气，王宇疼得腿迅速缩起，整个人在地上扭动，但被按压着无法动弹与回击。

上小学时，宁国涛就教她，要是被人欺负了，先还手再告诉老师。蒋月在旁边附和，说："出了事，我们给你担着。"

宁清没冲动。那一脚，她可以不踢，但心里会不舒服。

夏丹十分恼火，这是她当班主任的第一个月，就闹出了这样的事情，还让教导主任出面了。主任那个笑面虎，笑着对她说："夏老师，你们班上的女生还挺厉害的。"

不知是褒是贬。无论事情原委如何，在课间闹出这么大的动静，就是错。如果每个学生有点儿小矛盾都要闹到这个地步，那学校是不是要成少管所了？

所以出了事，不论对错，双方都要被批评，以儆效尤。但这是个女生，夏丹留了面子，把宁清叫到了外边。

事后学校把走廊的监控视频调出来看了，那个男生的动作很怪异，但仅从动作而言，并不能直接证明他在嘲笑别人。明显是宁清反应过激了，是她先挑的事。

夏丹先是批评了宁清反应过激，太敏感了，再批评她看什么报纸，语文再努力，能提升几分？应该把时间花在数理化上，以后少看这类杂书报纸，没用。

在说这些时，夏丹的嗓音忽然变得尖锐，教室里上晚自习的同学都能听到她的怒吼。

在做一道复杂数列题的赵昕远，笔尖停在草稿纸上，他听到了外边的声音，眉头皱起，思路被打断了。

最后，夏丹换了脸谱，用手轻柔地抚上宁清的肩膀，帮宁清整理了校服衬衫上不平整的领子，轻声细语地安抚刚刚被她恐吓的情绪："那个男生可能大学都考不上。我希望你能专注在学习上，与那种人计较不值得。你这次月考考得很好，班级第十一名。老师觉得你很有潜力，完全有实力进前十，并一直保持在前十。"她再拍了拍宁清的肩膀，"知道了吗？回去写作业吧。"

这个敏感、多疑的女生全程一句话都没说，点了头之后，看了她一眼，就走进了教室。

就那一眼，那个澄澈得毫无感情起伏的眼神，让夏丹觉得像被一条毒蛇看了眼一般，心里隐隐发凉。

她不喜欢宁清，太早熟了，非常敏感。那个眼神，仿佛把她刚刚的一番训斥加安抚看得通透，只是当个笑话看一般。谁会喜欢这种学生？

这是宁清第一次被一个老师如此批评，若是就她自己知道被批评也就算了，这下全班人都知道她被班主任骂了。

说不伤心是假，还很丢脸。女生的脸皮就是没有男生厚啊。

她才进教室没五分钟，就到了晚自习的课间时间。

十分钟，对成年人来说，刷个手机滑几个页面就过去了。对精力无比旺盛的高中生来说，可以到小店买夜宵垫肚子，可以趁着夜色与喜欢的人逛小半圈校园，还可以去操场跑两圈，再一口气不带喘地跨楼梯跑到教室。

宁清趴在桌子上，脸埋在手肘里，轻轻地吸鼻子。她没猜错，夏丹就是不喜欢她，甚至是讨厌她。夏丹何时这样严厉地批评过一个女生？还不停地说她敏感，好像这是她的错一样。

砰的一声，一个东西被扔到了她的桌上。她抬头看时，眼睛在小臂上擦拭而过。

是个饭团，徐晨扔的，他挠了挠头："我觉得你没错。"说完就回到了后边座位上。

赵昕远走进教室到座位上，要经过宁清那一侧的过道。他经过时看了眼

“当事人”。她的头发被随意地绑在了脑后，几缕发丝落在光洁、细长的脖颈上，她正低着头吃饭团，就跟有人逼她吃似的，一小口一小口地吃，跟个兔子一样。她眼睛放空地看着桌上，仿佛下一秒就要哭出来。

但他什么都没说，也不知道说什么，就走开了。

高中时的伤心都有一个时间，第二段晚自习，宁清疯狂地赶作业。听到下课铃声时，她匆匆把英语阅读理解的最后三题全选了C。

等她站起身时，班级里一大半人都走了。她突然想起什么，往后看了眼，幸好，他还在座位上。

宁清从座位底下拿了瓶可乐，径直走到了他的座位上，把可乐递到他的面前：“今天的事，谢谢你。”

赵昕远看着她微微发红的眼圈，可真是个兔子，兔子下午还咬了人。

看着眼前的可乐，他不知怎的就拒绝了：“我不喝可乐。”

“啊？”宁清没想到是这个回答，他不想收她的礼？

宁国涛说过，送礼是建立关系的第一步，也是表达谢意最好的方法之一。

只是，这么便宜的饮料配叫礼吗？

“哦。”她收回了手，你不喝我自己喝，反正她礼数上表达过感谢了，那她就走呗。

“我喝酸奶。”

“啊？”这是明着要礼吗？财大气粗的宁清应下了，“好，我明天给你买两瓶。”

三瓶是单数，不能送人送单数。四更不吉利，那就送两瓶。

“赵昕远，走了吗？”

宁清回头，发现背着书包的李慧正在她身后等待赵昕远。

刺激啊，他俩这是在恋爱啊。

宁清在女生宿舍夜聊时，听说过班里周冰跟男生在恋爱，夏丹是知道的，但没有明着批评过，人家现在还处着呢。

“总之，很谢谢你，再见。”说完她就回到了座位上，准备收拾东西回宿舍。

李慧和赵昕远是走读生，家长都相互认识，还住在同一个小区，两家人便说好了轮流接送孩子上学。

这不是赵昕远的性格，他拒绝了可乐，还要让人家给他买酸奶。

“你跟宁清很熟吗？”

“没有。”

“哦，我也是，我觉得她不太好相处，都不敢跟她说话。”李慧声音轻快，装作闲聊，不经意地问，“你为什么让她给你买酸奶啊？”

“当明天的早饭。”

✦ ✦ ✦

赵昕远开的是一辆特斯拉，相比机动车，电动车的起步加速性能更为优越，一脚油门下去就百米开外了。

他刚回国，在国外开的是一辆二手福特。这辆车是他妈的，借给了他开。年轻人都爱玩车，他开了两天，就想着到京州工作后，可以买个特斯拉在市内当代步工具。

“想吃什么？”这是他上车后跟宁清说的第一句话。

“麦当劳。”

“我不想吃麦当劳。”

“那你挑吧，我都可以。”

宁清缩在座椅上，着急出门，匆匆扎了丸子头，额边是零碎细散的茸毛，阳光透过车窗照在脸上，在茸毛附近形成若隐若现的光圈，她却闭着眼缩在角落里躲过阳光。

这不是她的性格，这个念头刚从心底浮出时，赵昕远都觉得自己可笑。谁都会有心软之时，回望过去，但坐在副驾驶座上的女人不会。

他踩了刹车减速，掉了头。

当宁清跟着赵昕远走到麦当劳门前，还没进去，就听到了里边的喧闹声。过了饭点，点餐处的队伍都排成了一个圈。

她想当场掉头，空腹时间过长，并没有多少胃口：“走吧，我不想吃了。”

赵昕远扫视了半圈，指着对面的Costa（咖啡专卖店）：“去那儿坐着等我。”

宁清看了他一眼，想说“帮我买杯可乐”，但又觉得有什么就吃什么，哪儿来这么多要求，就点头哦了声。

等赵昕远来找她时，都是二十分钟之后了。他把冰可乐递给她，看着她给他点的咖啡和可颂，问：“为什么给我点美式？”

刚刚一直萎靡不振的宁清看到可乐顿时精神了，插了吸管，猛吸了一大口，一脸正经地跟他说：“成功人士都喝冰美式。”

“很可惜，我不是。”赵昕远坐了下来，看着她咬着吸管，“还这么喜欢喝可乐？”

“嗯。”刚炸出来的薯条很脆，她不喜欢蘸酱，拿了根送进嘴里，血糖慢慢回升，人舒服了，话也多了起来，“我已经在控制自己了，每两天喝一瓶。”

宁清想起昨天与他的对话，他问她什么时候走，她好奇地问：“你怎么知道我不在本地工作？”

“猜的。”赵昕远喝了一小口咖啡，微皱眉，“那你现在在哪儿工作？”

“京州，在一家设计院做结构，你呢？”

赵昕远想了想，不知如何跟她解释他的工作，便说：“暂时还是无业游民。”

数字游民也是游民的一种。

宁清只是点了点头，她总是对与她无关的人与事无半分八卦之心，连好奇心都没有，他倒是心里不舒坦了：“不问我读了什么专业，这几年干了什么吗？”

“怕问你隐私冒犯到你。”

“呵。”他转移了话题，“你回来为什么要住宾馆？那个地方不是很安全。”

很破的宾馆，藏在一栋大楼的后边，没有停车的地方，走出来的路上还有个垃圾堆，散发着酸臭的腐朽味。那一块地曾经开过非法营业场所，还发生过一起轰动本城的命案。黑社会的两个小虾米因分赃不均而争斗，一个人被捅了两刀往外跑着求救时，人们都在围观，无一人敢上前施救，血迹被冲了好几遍，都无法除去那股腥味。

宁清低头咬了口汉堡，麦辣鸡腿堡有点儿辣，还挺呛鼻。其实，很多年都没有人问过她一个人住得是否安全。

她又笑自己，何必把他一句客套话当关心，会错意觉得自己应当被怜惜才尴尬：“现在那一片治安挺好的，就是房间隔音不太行，其他都还好。”

她刚说完，贴着小圆桌的手臂感受到一阵酥麻的振动，是她放在桌上的手机响了，赵昕远看着她听电话那头讲话时眉头紧皱，很紧张的样子。末了，她说：“那我现在过去。”

挂了电话，宁清匆匆站起身，跟他道歉：“对不起，我现在有事，我得先走。”

她说完就离开了，连他的回话都来不及听。赵昕远随即站起身，追上她，拉住了她的胳膊：“节假日难打车，我送你。”

宁清看着屏幕上的打车软件，她方向感很差，不知道该定位在哪个门，看着拉着自己的手，说：“谢谢你。”

他开车很稳，在红绿灯前都是缓慢减速平稳地隔着最佳距离而停。当宁清跟他说去看守所时，他没有流露出半分反应，更没问她任何问题。绿灯后，在平坦的路上，他把油门踩到底。

到达目的地之后，宁清又说了句“谢谢”，下了车，往门卫处跑去登记，宁国梅已经在等她了。

车停在路旁，赵昕远看着她狂奔着远去的背影，打了个电话：“帮我查件事。”

宁国涛本来就有“三高”，无论昨天在宁清面前表现得多豁达，可哪个被关在看守所里的人能心态平稳、不着急？今天他吃完午饭，突然视线模糊，一阵头疼，同时面部通红。

在他被关进来之初，宁国梅就找过熟人，帮忙联系了这个看守所的人，辗转了好几道程序送了礼。所以喊了医务人员来看宁国涛后，看守所里的人就给宁国梅打了电话。宁国梅在路上又给宁清打了电话。

不是大病，是宁国涛这段时间没吃降压药，昨天见了女儿，心里情绪起伏大，今天身体就不舒服了。宁清一阵自责，昨天看到他眼圈中的血点，就应该猜到他血压不正常。

宁国涛做了多年驾驶员，多年前前列腺就有问题，犯病时排便困难。在看守所里也是久坐，上厕所更困难了，他要过许久才能尿出来。

但，这次的探视并未被允许。

看着在打电话找关系的宁国梅，宁清觉得很奇怪，为什么通知了家人，又不让进去，说要在律师陪同下，或者经过审批才能进去。

宁国梅打完电话回来，看侄女双手捂着脸弯着腰，一动不动。有些孩子就是会在最好的年纪吃最多的苦，这就是命。宁国梅轻拍她的肩，安抚着："没事的，已经吃过药了，如果严重，早就送医院了。"

许久，宁清抬起头，眼神呆滞地看向前方："姑妈，我想好了，认罪认罚。麻烦你能不能找找人，让流程快一点儿，让我爸早点儿出来？"

三十七天，对普通人来说，一年中的一个多月，都可能觉得漫长，更别说待在看守所这么长时间，这对当事人是折磨，对家属来说，更是煎熬。

宁清转头看向姑妈："钱的事，你不用担心，我这里随时能交。"

宁国梅听了一阵不舒服。

可是这次，这么多钱，她拿不出来。这些年，王锁明的生意渐渐上了轨道，她不出去工作了，手里钱不多。夫妻之间是有两本账的，她无法开口问王锁明要这笔钱。

儿子明年就要结婚了，彩礼、办酒席都是开销。他在国企，过年会升迁，打点关系都是要钱的。这两件事要花的钱都要往六位数跑了，说到底，人只能顾着自己的小家。

所以，她只能找找关系、花点儿小钱，看着哥哥在看守所里吃苦，她心里哪能好受？

姑妈长得很像奶奶，越老越像，看着她们神似的轮廓，宁清抚上她的手，轻轻抚摸着她手背凸出的经脉，隔着一个人，在怀念另一个人。

"姑妈，谢谢你，一直在帮忙照顾爸爸，为他前后打点。没有你，我真不知道该怎么办。"

宁国梅抓着她的手背，许久无言。

宁清和宁国梅出来时，已是傍晚。

跟着姑妈去找她的车时，宁清发现赵昕远竟然还在，他的特斯拉太醒目了。

“姑妈，我朋友说来接我，已经在路上了，你先回去吧。”

宁国梅知道侄女住在朋友家，没怀疑她，嘱咐她注意安全。

目送姑妈的车离开后，宁清走到赵昕远的车旁。看他正坐在驾驶座上发呆，她敲了敲车窗。

赵昕远回过神来，指着副驾驶座，示意她上车。看她戳着不动，他开了车窗：“上车。”

“你是在等我吗？”

“不然我在这儿跑出租拉客吗？”他故作幽默。

宁清盯着他看：“你为什么要等我？”

他不回答，她又问了一遍：“为什么要等我？”

赵昕远下巴往前抬，指了指前边的天：“晚霞挺好看的。”

宁清顺着他的眼神往前边的天空望去，瞬间被吸引了所有的注意力，那是她走出来时没有看到的。

太阳挂在了地平线处，还未落下，最西边的天被火烧了一般，色泽壮烈到极致后，于烈火中藏了化为灰烬的阴霾，让人的心从震撼到莫名悲伤。云层的色彩是渐变的，再往前，就多了几分温柔，在大片蓝天的衬托下，一抹抹云彩涂层成了紫霞。幸而不多，大片的留白给了人无限遐想。

他坐在车里，她站在车旁，两人一同看着一轮落日。

“好看吗？”赵昕远看着她的侧脸，打破了宁静，“上车。”

宁清不再执拗地想要一个答案。

上了车，赵昕远递给她一瓶水：“喝点儿水，一起吃晚饭吧。”

“好，我请你。”

赵昕远笑了：“你是看我这个无业游民可怜吗？要请我吃饭。”

“我这个上班族可开不起特斯拉。”宁清也有电动车，只不过是两轮的。

“这是我妈的车，我借来开的。”前面红灯，赵昕远松了油门，任由汽车滑到前边。

听到某个词时，放松了神经的宁清再次紧张。她坐在这辆车内，仿佛被监视一样。

这时，宁清的手机铃声再次响起，回来后，她对接电话有了恐惧，因为总是坏消息。

电话是蒋月打的。

宁清这几天都没给她妈打电话，虽然觉得在车上可能会不方便，但还是接了，她轻声说："妈，什么事？"

"宁清，你是不是疯了？脑子有问题？"

刚接通，蒋月的吼声就弥漫在车内，宁清一阵尴尬，赵昕远装聋，根本没看她。

"妈，你等我回去——"

宁清还没说完，就被蒋月打断："他惹了事，你又要给他擦屁股，你那么有钱吗？你挣钱这么容易啊，没钱装什么大款啊？"

"好了，妈。"宁清低吼了一声，"我现在在外面，等我回去给你打电话。"

挂了电话后两分钟，她的手都在微微颤抖。天黑得很快，她咬着唇，抑制着情绪，平复后，对他说："能不能送我回宾馆？我有点儿不想吃晚饭了，下次请你吃，好吗？"

赵昕远转头借着路灯的光看了她一眼，她脸色苍白，这句话就像在求他，他说："好。"

约莫过了一刻钟，车停在了路边的树下。宁清如同逃亡一般，对他说"谢谢，再见"后，就开车门跑了出去。

她糟糕的一切，为什么要这样展现在他面前？

宁清走了五分钟，转了弯，到了弥漫着腐臭味的巷子时，蒋月的电话又打了过来。

宁国梅给蒋月打了电话，告诉了她这件事，蒋月当时就反复说："你们怎么能让一个小孩子来出这个钱？怎么能让她一个人面对这件事？你们做大人的要不要脸？"

她这个傻女儿，太憨了，一拍脑门装阔就要给出钱。

"清清，这不是一个小数目。你为什么要当傻子呢？宁国涛他卡里一分钱都没有吗？他一分钱不出，怎么好意思全让你出？这对兄妹就是在坑你。"

宁清一天都没怎么吃东西，无力地蹲在了路灯下："妈，他不知道这件事，是我自己要出的。"

"哼，他不知道？那你就告诉他，让他知道，让他先拿钱。"蒋月冷笑，"还有，他妹怎么好意思一分钱都不出？当初占了我们家多少便宜，现在装穷了？"

"姑妈帮了很多忙。"宁清无奈，"妈，看到爸爸在看守所里的那副样子，我不忍心让他继续在里面待着。"

憋了好几天的宁清，说完这句话，眼泪就掉了下来。她哭了好一阵，抽泣着对蒋月说："他有'三高'，还有前列腺炎，在里面还可能被人打。他是我爸爸啊，我怎么能看下去？”

“你是不是觉得就你爸可怜，我一把年纪在外面打工不可怜？他受的这些苦，都是他活该。”

眼泪密集地掉落在地面，她整个人缩在路灯下，头埋在了膝盖上：“妈，你就把我当成傻子吧。我觉得钱不重要，没了，可以再赚，但我得把他弄出来啊。”

✦ ✦ ✦

身处逆境时，不同性格的人会有不同的反应。有寻求精神寄托的；有降低期待等待运势来临的；也有彻底放弃底线，不认一切普世价值观，唯钱与权为信仰的。

在后来过得不是很顺遂的日子里，宁清反思过，自己当年是不是太过自私、任性，才将运气挥霍殆尽。

在玄学命理中有个概念叫“十年大运”，而农民出身、从未有过任何致富转机的宁家人，在她高中时看到了一点儿苗头。

宁国涛买了新车，新车的轮子更多了，被村里人略带妒意地戏谑说：“清清啊，你爸爸这个车，一个轮子就值一万，你算算他一年能挣多少钱。”

宁国涛带了个弟兄，俩人一起运货，不知运输什么，总是晚上干活儿，白天在家睡觉，但收入明显提高了。那时王锁明做工程，没收到款，年底给工人发不出工资，腊月二十八被人上门追债。追债的人半威胁半哭诉地说：“你总得给点儿钱，让我能过个年吧，不然，我大年初一都来要债。”

大年初一被人上门讨债是最不吉利的事情，混到山穷水尽才有如此“待遇”。当妹妹上门哭诉老公不争气时，宁国涛眼睛都没眨，直接跑去镇上的储蓄所，取了十万元现金给了妹妹。

孙英一辈子都是农民，早年在公社挣工分时，一个人就顶俩，养猪、养鸡、插秧、割麦什么都干，干活儿利落。现在将近六十岁的人了，在自家养鸡场干活儿更是卖力。

高温天气，小鸡的死亡率很高，但在孙英的照料下，即使是盛夏天，鸡也死得很少。夏天鸡喝水多，水喝多了就会腹泻。经验丰富的孙英每天都看鸡的粪便，一有拉稀的征兆，就赶紧喂药。她看到孱弱的鸡，就单独拎出来照料，在吃食上更用心些。

养鸡棚给宁家添了一笔收入，宁国涛按月给老婆和老妈发工资。

更让这三个人惊喜的是，他们听到了拆迁的风声。

为了连通省内东部城市的发展，推动地域经济的交融，市政做了规划。一条高速公路正在规划中，拆迁补偿是高速公路建造成本中的一部分。

养鸡棚在宁家村以东五公里开外的一片空地上，几乎会是这条公路的必经之地。本来宁家在这儿的土地面积并不大，还需要附近的另一块地，一并整合建个养鸡棚。

种地早已不是宁家村人主要的生活来源，收益太低，几乎没人种水稻了，大米才几块一斤？人力投入成本是多少？那块地顶多被用来种些玉米、山芋，或者播种些芝麻，将来能磨油。

宁国涛当初想选择省事点儿，干脆搞承包得了，一年给个几千块买断经营权。估计人家不乐意，就算今后把养鸡棚给拆了，那块地也很可能种不出粮食了。

好，那就搞土地交换，宁家拿了一块别处的土地跟人家换了养鸡棚这边的地。土地都属于宁家村大队这个集体，幸亏宁国涛工作自由，跑了无数趟大队找书记，连个证明都要写了去公证。

更别说后期办养殖证。蒋月买了本字典放在电脑旁，两根食指在键盘上敲击着，上网查办理流程。宁国涛请人吃饭，跟人称兄道弟装孙子，把一道道手续都给办了。

命运之神再次垂青了这家人。拆迁补偿可能会到几十万。

那块地的原承包者在家悔得捶胸顿足，还去了大队找书记，说："宁国涛当初骗我，那块地，我想租给他，他硬是要跟我换。"

书记无奈，说："白纸黑字的证明文件都在那儿摆着，你还亲自到场公证过，人家怎么逼你了？"

宁清并不知晓家中养鸡棚要拆迁的事，但她的生活费从一个月六百涨到了八百。

她花钱从不精打细算，午饭、晚饭都要吃肉，每天一瓶可乐，水果、牛奶不断，时不时还要溜去书店买杂志。她也从不为钱操心，若是超支超得厉害，她打个电话，宁国涛就会让住在附近的亲戚先给她送点儿钱过来。当然这种情况极少，她不想麻烦亲戚。

虽然班主任夏丹并不喜欢宁清，在班级里除了徐晨没别的朋友，但宁清挺享受专心学习、累了就偷看杂书放松、没有任何人际关系纷争的高中生活。

高中生的人际关系有时比成年人复杂多了。

在一个封闭的环境中，只有一个最终目标并且要求所有人全心全意地为这个目标服务时，结果往往会偏离预期。

宁清看着他们"没事找事"给单调的学习生活寻找刺激也挺累的，包括但不限于在班主任及任课老师面前争宠、你和他好那就不要跟我好的友情排他性、成绩排名上失衡的恶性竞争心态和谈一场恋爱的争风吃醋。

徐晨常常震惊于她的潇洒。怎么说呢？在一中，没有人是不在乎成绩的。大家都是从初中一路优秀过来的，就算再叛逆、表现得放浪形骸厌恶学习的人，也想要考出好成绩。有时，与其说他们是放纵与迷茫，不如说是怕很努力了还是不能考好，从而打破对自己的信心。有时，他们也想让人觉得自己聪明、有潜力，多的是说自己不学习晚上回去却偷偷用功到两三点的同学。

而夏丹也是这样做的，课间跟学生闲聊时，明着说男生到了高三成绩就会突飞猛进，鼓励女生要不松懈地努力学习。

坐在徐晨前边的宁清当然在乎学习，白天上课认真听讲，晚自习把老师布置的作业写完。徐晨不知如何精准地形容，好像她就能从这一套价值体系中脱离，并不在乎其中的每个人和每件事，只喜欢沉浸在自己的世界里。这样的人，在班级里就会显得很怪，格格不入。

然而宁清并不是徐晨所想的那样豁达。道理很简单，咬人的狗是不叫的。好相处与懒得计较，仅限于没惹到她。

而李慧惹到她了。

高二上学期的期中考来得格外晚，兴许是期末要四市统考，本城教育局为了摸底，在十一月份安排了高二市统考。

对一中这样的学校来说，由于生源优秀，早已不需要跟本市其他高中比较成绩，只要把成绩差距拉得足够大、高分段人数足够多就行。这次摸底是为了调整最后一个多月的教学，与其他三市最好高中的期末考试，才是硬仗。是骡子还是马，总要拉出来遛一遛。

在考试之前，年级组就做了决定：考完成绩出来就开家长会，你们这帮兔崽子可别让一中丢脸。

考前一天的课间，徐晨用笔戳了戳宁清的后背："宁姐，你是不是不紧张？怎么办？我好焦虑啊。"

宁清弯腰从书桌下边的柜子里捞了瓶可乐，转身递给他："伸脖子是一刀，缩脖子也是一刀。喝了它，主动把脖子递过去给它砍呗。"

赵昕远从旁边经过时，听到了她这两句话，轻笑着走开了。他回到座位上，都觉得她很有意思，她给他买的酸奶是草莓和黄桃口味的，他都不喜欢。

那天早上他睡过了头，到教室时早自习都过了一半，到座位上时，异常干净、整洁的桌面上只有用水杯压着的几张考卷和酸奶，别无其他。他昨晚有过遐想，她是不是会送他一张便利贴，上面写着"谢谢"，还可能有个可爱的笑脸。

从那天以后，宁清再没主动跟他说过话，一如她这人的风格，利落而漠然。有过一瞬自作多情的反而是他，他是不是对自己太自信了？

这次考试，宁清语数外三科总分在班级排名第十，选修双A。

相比月考，她进步了。

在班会课上，一向漠视她的夏丹竟然提到了她："物化选修的成绩要匹配上你的分数，不然，你总分再高，选修考差了，就是浪费了分数。就像李慧，总分靠近390分，但化学是B。就像宁清的成绩虽然没有一门特别突出，但很均衡。李慧要有她的A，就能上一个很好的学校了。"

正低头想晚饭吃什么的宁清听到自己名字时抬了头，夏丹的眼神从她身上扫过又离开。她感到莫名其妙，心想："你夸李慧，犯不着拿我来做比较，你怎么不把赵昕远的双A+拿去给人当榜样呢？还说我没一门突出。"

宁清生了会儿闷气，刚刚还在纠结吃宫保鸡丁还是糖醋里脊，她气得现在决定两个都要吃。她烦夏丹素质差，更烦被拿来与李慧比，她不理解自己在这件小事上怎么就这么不淡定。

不过，值得开心的是这周日的家长会，她考得算不错，给她爸露了一手，女儿还能在一中考班级前十嘛。而且宁国涛说会带蒋月一起过来，让蒋月带她去逛街，他开完家长会再一起去吃饭。

宁清逛街次数并不多，一年两个学期，都是开学前蒋月带她去买点儿小女生的内衣裤，毕竟在学校除了冬天都是穿校服。过年前再逛一次街，那时她买得多一点儿，会从头到脚都换身新的。

他们这届教导主任特别严格，高二的学生三个星期才能有个完整的周末，中间两周都只有半天假。开家长会还得安排在周日下午，把那半天假"物尽其用"。

周日结束了上午的四节课，高二学生就陷入了"躁动"。

夏丹拉了几个女生帮忙将成绩单和各类表格放到学生桌上，再让李慧拿了班费喊男生去小店搬矿泉水，为家长会做准备。

其他的一律作鸟兽散，难得的半天休息，他们可不想被讨厌的家长会打乱计划，先去玩了再说。

宁清吃完午饭就准备先回教室，把昨天买的杂志带回宿舍，再打电话问她爸什么时候来，让他不要迟到。毕竟夏丹最讨厌迟到，宁清自己看老师脸色就算了，可不想让她爸也遭白眼。

结果，她还没走到教学楼，肚子就疼起来了。她匆匆跑进了旁边的行政楼，行政楼的厕所干净、没异味，单独的隔间安静、不被打扰。不像教学楼的厕所，几乎没一个隔间的锁是不坏的，没人没有经历过上厕所时有人推开门、然后仓促地说一句"对不起"又重新关上的。

正当宁清蹲着苦思冥想是昨晚的炸鸡块还是今天中午的咸泡饭吃坏肚子时，厕所的外门被打开了。

“夏丹好好啊，你们去买水，她还自掏腰包请你们喝饮料。”

“这有什么？反正她又不缺钱。”

走进来的是两个女生，宁清还都认识，李慧和她的跟屁虫周冰。

周冰长得黑，嘴有点儿往外凸，个人特点就是爱八卦，不知是嘴凸带来八卦心，还是面相随着说人太多是非而变化。周冰以认识很多外班同学并且跟许多人交情深到能分享私密八卦为荣。每当在班级里她压低声音跟人说话时，大家就知道这个八婆又要开始讲别人坏话了。

她自以为得意，不知是否知道别人给她起了个外号：周黑鸭。姓周、长得黑、人聒噪。

李慧爸爸是三中的副校长，宁清还是从周冰那儿知道的，谁让她课间在班级炫耀与李慧关系好，透露了李慧的家世。李慧爸爸是副校长，妈妈在教育局，都是光鲜且具有社会地位的职业。

她觉得奇怪，周冰小道消息多如牛毛，却不知赵昕远的爸爸是干吗的。可能，背景越是深不见底，越是低调、沉稳，也说明李慧和赵昕远都挺有城府的。

宁清笑自己何时这么八卦了，报应也来得快。刚笑完周冰的她，瞬间就笑不出来了。

“你看到楼下的那辆皮卡了吗？”

“看到了。谁把那么破的车开进学校，不觉得丢人吗？”李慧想起了刚刚在他们那栋教学楼车位上的皮卡，说完觉得自己的措辞显得太过犀利，又解释道，“不是说嫌丢人，而是旁边都是大众、奥迪和宝马，只要他自己不觉得难堪就行。而且，那个地方是进教学楼的必经之路，让人看到有那么一辆车停在那儿，的确不合适。”

“是宁清她爸的车。”周冰又知道了。

“你怎么知道？”

“上次她爸晚自习来给她送东西，我看见的。那次才尴尬，她爸拎了一箱牛奶和一袋水果来到教室，夏丹在讲台上批作业。她爸喊了声‘夏老师好’，夏丹愣是当没听见，头都没抬。”

“啊？”

“对啊，还是徐晨认出了她爸，帮着把她的东西拿到座位上的。”

李慧叹了口气：“唉，谁让夏丹不喜欢宁清呢？不过，她这人敏感又孤僻，一个朋友都没有，你看哪个女生要跟她一起玩？”

“感觉她就是很努力，但人不聪明，一天到晚待在座位上学习，也只能排第十啊。”

周冰这次是第十五名，夏丹把她叫出去“谈心”，还跟她说：“要跟人比成绩才有动力前进，看女生的排名，你不要跟排在第十的宁清比，你比她更有潜力，要找个更好的对手。”周冰深谙秘密交换得越多交情才会越深的道理，自然是说给了李慧听。

“可能是乡下学校的吧，我爸说过，从乡下初中考上来的生源不太行。就差一点儿，后劲不足，能冒尖的更少。”

“管她呢。”周冰转移了话题，“你才厉害呢，随便学学都能考第三，就跟你家赵昕远隔了一个名次。以后第一、第二是不是就你俩轮流坐庄了？”

“你瞎说什么呢？”按压洗手液时，李慧偶然抬头看到镜子里嘴角的笑意无法隐藏的自己。她喜欢赵昕远，只限于默默喜欢，不敢有更深入的举动，怕打破他们俩之间现在的距离。他很少与女生聊天，而她是特别的。他们住在同一个小区，两个家庭常聚会，两人每天一同回家，她向他请教问题，他从不拒绝。

当两人离去后，第三个隔间的门被打开了。

第三章　我们是朋友了吗

作为一个与她形同陌路的前男友，他并无任何义务去关心她的生活。

蒋月为了来学校见女儿，来之前换掉了一身鸡屎臭的衣服，特地洗了澡，穿了件轻薄的玫红色棉袄。之前她去镇上服装店买衣服，老板娘说，这是今年秋天最时髦的颜色。

她知道老公万事不急的性子，一早就催促蹲厕所的宁国涛："动作快点儿，不然，痔疮复发可别让我给你涂药膏。"

宁国涛刚刚进校门时学校已经在对车子进行限流了，门口堵得水泄不通，要是开不进校门，就得开到附近的停车场，交了费再走过来。他这个懒鬼当然不乐意，他的驾驶技术自不必说，紧跟着前边的车子开进学校，连门卫都拦不住。

刚刚宁国涛在家没上出来，到学校后又跑去找厕所了。蒋月没去过女儿的教室，就在楼下大树下站着看小说。有手机真好，不像以前，她看书还得去镇上租书，只有台言和武侠。以前她在纺织厂里被领班看着，一刻都不得休息，这两年在自家养鸡棚里闲暇时间多了些，再加上买了手机，她闲下来就抱着手机看小说。

她看得也不安心，看一会儿就抬头扫一眼，不知会不会等到女儿。她等了一刻钟后，抬头时看到女儿正低着头慢慢从前边走过来。她走到自己身旁时，都没认出自己，蒋月从背后拍她："你走路不长眼吗？你老妈都没看见？"

当女儿回头，蒋月敏锐地发现她不正常，眼圈微微泛红，便问："怎么了？谁欺负你了？"

宁清没想到会在这儿遇上妈妈，她往旁边看了眼，果然宁国涛的皮卡停在一旁。昨天下了雨，轮胎上的泥点和稻草还没清理干净，露天后备厢更是脏乱，沾满了机油的毛巾被扔在上面，在一排轿车中间，的确格格不入。

李慧并没有说错，不是吗？

同学们陆续地走过来，是她的错觉吗？他们都有意无意地往她这处瞥来。她觉得尴尬又丢人，虽然她知道，可耻的是她觉得丢人这件事，但主观感受并不由理性决定。

"没有，就上午一道题没做出来，压力有点儿大。"宁清摇着头，扮乖巧地看着妈妈。

蒋月把她垂到脸庞的刘海儿捋到了耳后："干吗这么大压力？这次考了第十，多好的成绩。妈妈带你去逛街，你今天想要什么，我都能满足你。"

宁清听到“多好的成绩”时，只希望路过的人不要听到这句话。在卧虎藏龙的一中，她就是中游水平。

“哎，蒋月？”一个女声从后边传来。

宁清向后看去，是那个女人。

她穿了件咖啡色风衣，系紧的腰带衬托出其纤细的腰身。小脚裤下光裸的脚踝下是一双细跟高跟鞋，手里拎了个黑色包包。她妆容精致，耳垂上的珍珠耳环格外温润，如同她的待人接物。

蒋月有点儿不好意思了，今年最时髦的棉袄，在这样的穿搭前，她自己都觉得土，但自己个子不高，肚子上的赘肉松散着，学不来这样的穿搭。

“你来参加你儿子的家长会啊。”蒋月手搓着棉袄的袖口，略带拘谨地回应，看向了站在宁真旁边的她儿子。他长得挺高挺帅，不知道成绩怎么样，也不能尬夸他成绩好，万一人家就只是四肢发达头脑简单呢，“你儿子长得真帅，他在哪个班啊？”

“我儿子在三班，物化班，你女儿呢？”宁真看到站在蒋月旁边低着头的宁清，“你女儿真文静。”

“太巧了吧，我女儿也在三班。宁清，你怎么没跟我讲过你俩在一个班呢？”蒋月看着不大方的女儿，唉，她一见到生人就连话都不说，“打招呼叫阿姨啊。”

宁清抬头看了看赵昕远他妈，微笑着也跟着喊了声“阿姨好”，虽然声音有点儿小。

察觉到赵昕远在看自己时，宁清又低下了头，他从来没认出过自己。

“你女儿这次成绩怎么样？”

来开家长会都是攀比孩子成绩的，你再有钱有势，孩子成绩不行，脸上也无光。蒋月终于找到了场子，试图低调地扬扬自得：“考得就那样，班级第十名，你儿子呢？”

宁清现在只想让她妈闭嘴，再找个洞躲起来。为什么要在他妈面前卖弄？还是当着他的面。

她尴尬地偷看了一眼赵昕远，他却朝她笑了下，是在讽刺她吗？她恼怒地低了头，挽上妈妈的手臂，轻轻掐了妈妈一下，暗示妈妈别说了。

宁真面部表情僵硬了一下，这个炫耀样，不知道的还以为是年级第十呢，她很有涵养地没有让蒋月尴尬：“我儿子也还行。分数排名不重要，只要自己努力了说得过去就行。”

蒋月内心暗喜，这个回答像佐证了她的猜想，她刚要说些什么时，就有人走过来跟宁真打招呼。

“你怎么比我来得早？”女人语气似娇嗔，穿着一身剪裁得体的灰色西装，脚踩一双丝绒平底鞋，像刚从会议上赶过来的。

宁清看了看站在女人身旁的李慧，这应该是李慧她妈。

“我中午没事吃完饭就来了，你怎么晚了点儿？”

“上午教育局那边的会拖延了，我饭都没吃就赶来了，还是小慧给我买了个面包。”

“小慧真贴心。”

宁清盯着李慧看，刚刚在厕所说别人坏话，转头就遇上当事人，她是否会心虚？

宁清想多了。李慧对着宁真甜甜地喊了声“阿姨”，又转头跟赵昕远说悄悄话，连看都没看她一眼。

李慧喜欢赵昕远，瞎子都能看出来。

他们是成绩好、长相佳、有礼貌的好学生，双方父母工作体面，家里更不缺钱，夏丹对待他们的态度都不一样。

在学校，大家都穿着校服，除了成绩，没什么不同。此时，李慧妈妈刘娟在与赵昕远妈妈热络地攀谈，完全忽视了站在一旁略显无措的蒋月。他们显然是不同的，仿佛来自两个世界，几乎没有交集，也不需要有交集。

在那个日头不太足的秋日午后，懵懂的宁清生出一种恐惧——难以名状的恐惧。许多年后，她才能明白，她在恐惧什么。

她忽视了这种感觉，拉着蒋月的衣角，小声说：“妈妈，我们去逛街吧。”

宁真反应过来旁边还站着蒋月，便说：“你不参加家长会啊？”

“我老公去参加，我带女儿出去逛逛。”蒋月刚刚没走，就是想着跟宁真打声招呼再离开，这样才合礼数，“那我们就先走了。”

“好的，再见。”宁真招了招手，“那我们先去教室跟班主任打个招呼。”

宁清离开时看了赵昕远一眼，正好撞上他看向她的眼神，澄澈的眼神中带着些许疑惑，兴许想知道他们是不是从前见过。

在一中，他们就是得待在同一个世界，不是吗？

那一瞬，她鬼迷了心窍，走上前，第二次与他主动说话，语气如此轻快：“我俩早就见过，你是不是从来没认出我？”

赵昕远第一次看到宁清对他笑，嘴角弯弯，她竟然会如此可爱。

他见过她跟徐晨说笑，她不是沉闷的性子，只不过从不主动跟他讲话。他还以为她讨厌他。

他恍了心神，一时间想不起到底在哪里见过她。看着她的背影，离他两米距离，他赶忙追问：“在哪儿？”

宁清回头，看着李慧的一记眼刀，俏皮地吐了吐舌头：“你猜。”

蒋月带宁清来买内衣，女儿还在发育。

宁清就三件内衣轮流换，身上这件的肩带已经紧了，蒋月准备再给她买两件。

她将内衣递给女儿，站在试衣间外，说："清清，在学校真没发生什么事？"

宁清皮肤白皙，浓密的头发披散在肩头，她上半身只穿了件内衣。这件是聚拢型，虽有裸色的纱包裹着，但中间被挤出的痕迹还是若隐若现。纤长的睫毛盖着一双会说话的眼，这双眼茫然地看着镜子，她不习惯这样的自己。

"没什么。"她回应着妈妈。

她在厕所隔间里流过泪，最隐秘处被刺伤，无人能承受父母被嘲讽，还是笑话他们老土、落后。

她明白自己没有做错任何事，想戏剧般歇斯底里地问为什么的心情都没有，更没有倾诉的欲望。

她跟谁说？跟父母说了让他们去找夏丹吵架，还是抱怨了被问"为什么就你被针对"？

从情绪到目的只需要一步，受到了伤害，就要让别人以数倍偿还。这是她家的规矩，挨打了，先揍回去再说，不论以何种手段。

✦ ✦ ✦

赵昕远看着路灯下的一团，宁清很少哭，跟他分手时，都没有哭过。

这是她活该，不是吗？

作为一个与她形同陌路的前男友，他并无任何义务去关心她的生活，昨天和今天只是冲动，逾矩了。

人是不能踏入同一条河流两次的，相同的错犯两次就是蠢。

八月十五过后，月亮依旧圆，亮得很。

指节间烟在燃烧，抽烟的人只为了那一口的爽，但他没有烟瘾。他不会让自己陷入任何成瘾的嗜好中。

比如此时，他很想去找她，虽不知道说什么做什么，且没有找到任何合适的理由，看着她哭，他就想陪着她，仅此而已。但这是一种原始冲动，放任原始冲动就是瘾，他不会去，只会隔着很远的距离，抽着烟陪着她。看到她哭够了站起来走回宾馆后，他将烟头丢在地上，用脚踩灭，然后开车回家。

赵昕远父亲早已升迁，此城当年就是他的一块跳板。但他们在这儿安了家，李老太越来越老，去年在浴室摔跤后行动再没那么利索，宁真便两头跑。

赵昕远回家时，宁真正陪着外婆在看电视，他去厨房做了个三明治，拿了瓶啤酒，坐在吧台的高脚凳上吃晚饭。

宁真走了过来，给自己倒了杯刚醒好的红酒："没在外面吃晚饭吗？今天见了谁？"

赵昕远放下三明治，看着他妈，说："如果你知道我见了谁，就不要再问一遍。"

"你什么态度？"宁真不想跟儿子吵架，他刚回国，过了节又要离开，"不要再跟她见面了。"

"谁告诉你的？"赵昕远心中一阵不耐烦，"我是幼儿园小孩吗？见了谁都要跟你汇报。"

宁真冷笑一声："她是不是来求你帮忙了？她那个烂泥糊不上墙的老子，就得靠卖女儿来帮自己，是吧？"

赵昕远啪地放下叉子，没胃口吃东西了："妈，说话别这么难听。她没有找我帮忙，是我去找她。"

"这都多少年了。"一见那个女孩，儿子就能回家跟她高嗓门吵架，"你有的就只是回忆，是错觉。你知道自己在做什么吗？"

宁真从李慧那儿知道赵昕远又见了宁清之后，立马找了老公的秘书，让他查了宁清。谁知道，儿子也查了这件事。老公调任前跟她说："我的任务是带领咱家往前进，你的作用就是稳固好大后方。"

宁真听到这个女孩名字内心就发怵，她长得乖巧、温顺，可是太有心机了，当年就勾引自己儿子，教唆他变得如此叛逆，差点儿放弃了原有的大学规划。

当看到她老子进监狱时，宁真哭笑不得，有些人一辈子都不得安生。赵昕远要再招惹这样的家庭，她完全无法想象是何种场面，会给他们家埋多少雷。

儿子向来吃软不吃硬，宁真坐到儿子对面，放下质问的态度，好言好语地劝道："昕远，你爸爸现在所处的位置很重要，也很敏感。她爸这件事，背后牵涉的环保集团跨了好几个市，利益纠纷太大了，我希望你脑子清醒点儿。她爸说到底就是个司机，跑了几个业务，犯不着拿她爸开刀。"

"你为什么这么了解这件事？"赵昕远盯着她问。

"我是怕你冲动去帮她，咱们家现在是一步都不能错。"

赵昕远拿着喝剩的啤酒走上楼："你想多了，我为什么要帮她？"

"那就好。"

"你儿子大了，别这样跟他讲话。"李老太装了助听器，刚刚调低了电视声音，听到了吧台两人的对话。

"妈，你看他，一回来就跟我发火，像什么样子。"宁真抱怨，"这事处理不好，又得怪我没看好儿子。宁国涛真能折腾，都五十多岁的人了，还能把自己弄到监狱里去。”

“幸亏他妈走得早，不然还要跟着受罪呢。”

李老太年轻时在生产队里就跟孙英不对付，孙英总干最累的活儿，对李老太的活儿轻松还挣更多的工分心有不满，孙英阴阳怪气地说她睡了大队长才有好处。当然，这事是真的。李老太老公死得早，她要拉扯大两个孩子，就找个男人帮帮她怎么了？跟他睡的又不止她一个人。但大庭广众之下被孙英那么骂，两个女人在田地里拿着铁锹、镰刀就大打出手了。孙英这么一闹，大队里分配活计时，也不敢把苦活儿累活儿都分给她了。

孙英自以为生活作风好、道德水平高，什么亏心事都不做，勤勤恳恳操劳辛苦一辈子，到老来她终于运气好了点儿等到了拆迁，结果拿到钱没多久，就得了癌症，还是胃癌晚期，没拖多久就走了。听说，她走之前还在反复念叨说：“我妈生我的时辰不好，怎么就一辈子命苦呢？”

李老太一脸慈祥地躺在沙发上，茶几上是女儿剥好的柚子，说吃了这个对通便好。她的子女都有出息还孝顺，女儿家里请了保姆，她什么都不用做，享福就行。一家人和和美美，哪像邻居家，弄得妻离子散。

人到了这个岁数，倒是有了几分善心，她说：“人家姑娘也不容易，小小年纪，家里弄成这样，谁都靠不住啊。以后嫁人，人家一看她家这个条件，都会嫌弃，找不到好人家的。”

“人生在世，谁容易啊？自己不努力，活得不好怪谁？”宁真最听不得这个论调，“我年轻的时候在钢丝厂上班，几十斤的钢丝扛在肩膀上，颈椎病就是在那个时候落下的。她只要别来祸害昕远就行。”

赵昕远洗了澡，打开电脑看点儿资讯。

他硕士毕业后进了一家老牌互联网公司——一个盈利模式十分稳定的大公司，将风控与财报放在首位，注定在业界的创新不会多。公司利益与个人利益不一定在一个方向，在此环境下，个人成长速度很慢。进公司后，他没有选择热门方向，而是选了条新开辟的冷门业务线。

新的业务部门一切都在摸索中，没有标准、固定的工作流程和极度分化的岗位，员工个人的摸索空间和权限都大，客户群体、产品概念、发展方向……一切都是新的、需要被重塑的做事逻辑。互联网和移动互联网的出现带来了全面的产业与技术升级，那web3是否能催生新技术革命，并带动社会生产方式和管理方式的升级呢？

这是他喜欢的事，学习新东西，于新兴事物中挖掘信息点与创新点。在这个过程中，他自己投了点儿钱进去，准确地说，是投了一年半的工资进去。他不是个赌徒，这笔钱于他是闲钱，没有这笔钱也能照常生活。

现在，他顺便看了眼账户，从持有到现在，已经涨了二十多倍。这个时候，市场已经很热了。有蜂拥而进的投机者，有心中不踏实揣了收益到口袋的离场者，更有摇摆不定的观望者。

他推开门，站在栏杆前吹风。外边的阳台上放了张沙发，还有两盆绿植。小区绿化带不错，这一片的别墅区间距适宜，风吹过大树，飘来时无比凉快，还藏着隐隐的桂花香。

他没打算抛，还没达到最高峰，市场的不冷静还会持续一段时间。账户内虽有那么多钱，但钱拿到手之前，可能随时会被清空。他只是幸运地提前入场，进了个正在高速发展的行业。

硅谷里有句话: If you' re offered a seat on a rocket ship, you don' t ask what seat. You just get on.（当你看到一艘火箭，赶紧找座位就对了，不用多问坐在哪里。）

能否善终，全靠本事。

他头脑已经发热了一天，回来被宁真骂了一通。也许是自尊心作祟，他年少时被宁清甩过，冷漠如她，不会知道她说只是因为讨厌李慧才跟他在一起时他内心有多痛。这种疼痛，时隔多年再想起，他都有把井绳当蛇的悚然、心凉感。

他不是没想过，要她求着他回来，重归于好后让她尝一尝被心爱之人抛弃的滋味。可是，窥探了她一天的生活，他看到她毫无生气地从看守所走出来，见到夕阳时的惊喜面容，匆匆逃离他车子的窘迫，在路灯下的哭泣，她过得不是很好，他也没有变态得觉得开心。

他没有立场帮她，她更没开口让他帮。

唱诗班的歌声从屋子里的音响中传来，在循环 *Vois Sur Ton Chemin*（《救赎之歌》）。

赵昕远决定忘记她，他拥有的只有回忆。他们不会有未来，那就不要开始。

残存的月光照在这个男人清冷的面容上，他眼底深处的决绝远比月光更寒。

第二天宁清醒来就给姑妈发了信息，问今天能不能直接交钱，带她爸出来。

到了十一点多，宁国梅才给她打电话，说要办手续和走流程，找了人也得明天才能出来。

他又得多待一天。

宁清下楼，吃了碗盖浇饭，两顿合并成了一顿，吃完就打的去了乡下。

出租车开到镇上时，她让司机停下等她去个超市。过了五分钟，她拎了两大袋的锡箔元宝、天地银行钞票和金条。她买了两百多块钱的东西，要打开后备厢才放得下。

司机看向她的眼神变得诡异，她还要让他拉她到山上，是要做什么仪式吗？他便说："啊，进去多远啊？这里都是泥路，不好走啊。"

"没多远，看到那片树林了吗？从这条路直接下去就到了。"

司机往前开了三百米就再也不肯走了，收了她五十块，车子掉了头，一溜烟就跑了。

孙英的墓在山坡的一片树林中，十分幽静。

清明都快过去半年了，坟前杂草丛生，野竹肆意疯长，还长出了几棵小树苗。往年清明扫墓的一大工程就是将坟前的这些杂草割掉，再挖些新鲜的土块当坟帽子。宁清一个人没力气弄，就拿着一沓沓黄纸铺在了墓碑前，能给奶奶磕个头就好。

当年奶奶的骨灰是她抱回来的，在殡仪馆火化后，她挑了较大的骨头再敲碎，放进了骨灰盒里。出殡时，是她在最前方撑着旗子走完了全场。这个坟墓的最后一抔土是她捧的。

有些事是无法回忆的，隔着生死的界限，任何情绪都是枉然而无力。

她磕了头，就一屁股坐在黄纸上，跟奶奶唠嗑："我工作挺好的，虽然行业不景气了，但我一年能挣好多钱呢，如果你在，我肯定陪你去北京旅游，住豪华酒店。

"你说你两大愿望就是看到我上大学和结婚，我现在还没有对象，如果有，肯定会带他来这里。我会结婚的，如果找不到爱的人，那我就找一个喜欢我的人。

"我昨天见到了我很喜欢的男孩子，我们很久没见了。我还是喜欢他，是不是很傻？但我们绝对不可能重新在一起。

"爸的事，劳烦你在地下保佑保佑，让他不要再生事端，不然，我没钱捞他了。"

聊完后，宁清站起来将刚刚跪过的黄纸拿起点燃，再将两大袋的纸钱一并烧了。她再从旁边折了根树枝，将底部挑起，让氧气流入，火烧得更旺盛了。她看着都烧完无一丝余烬了，才离开。

走下土坡往公路口走时，宁清给蒋月打电话。

"你打电话来干吗？"蒋月还生着气，这个讨债鬼。

"妈妈，我错了嘛，昨天不该跟你发脾气。"宁清赶紧哄她妈。

"清清，你这是在逼我也出一份钱。"蒋月跟宁国涛没离婚，但这个年纪的夫妻，离不离婚没什么区别。反正这么多年，她不管他的钱，他更不伸手要她的钱。那一份法律证明有什么用？就这么过着呗，说不定到老了身体不行了，还得相互照应。

“不用。”宁清一脚将脚下的石子踢到了草丛里，“我这里钱够，你的钱，自己存着。”

“呵，有一天我出了事，你肯这么舍得为我花钱吗？”

“你瞎说什么呢？没事咒自己好玩吗？”她要贫道，“我把自己卖了也得给你凑钱啊。”

“你缺钱了跟我说，别自己逞强，妈妈养活你的钱还是有的。”

宁清走累了，停下，蹲在路上，掰了根毛茸茸的狗尾巴草：“妈，我有劳动能力，还有存款，有什么好怕的？过年我就去杭州找你，我们正月初一上灵隐寺求财去。”她安慰妈妈的语气，一如昨天安慰自己那样。

从高中毕业，家中骤然生变，之后遇到的每一个关口，她都试图让自己麻木，不问意义，更不问为什么。

如果非要放弃才能得到，那首先被她舍弃的就是感情。生存在她这儿是非常重要的东西。

宁清走到镇上，滴滴都不往乡下跑，她又花了七十块钱找了辆面包车。

这一天天的，不赚钱，净花钱。她不想再住宾馆了，明天交完钱就坐动车回京州。

✦ ✦ ✦

高二上学期，宁清感觉十分短暂，适应了新班级就到了期中考，家长会后还没上多久的课又开始复习期末考。一场场考试就是高中的节点划分，随着节点一张一弛。

宁清是住宿生，晚自习上到十点一刻，到了宿舍洗漱熄灯后她就睡觉了。入睡时能听到邻床被窝里书本的翻动声，偶尔半夜醒来时能看到对面床上被子缝隙处发出的亮光，这是高中女生宿舍的常态。

她不是没想过要熬夜多学习会儿，但她睡不到七个小时，第二天脑袋就会停止运行，更别谈学习效率了。她便干脆放宽心，熄了灯就睡，给自己培养一个稳定的作息，包括期末考前也到点就睡，还养成了晚自习课间去跑两圈的习惯。

家长会后，她变得更加孤僻，话很少，但她并不觉得孤独。

冬天时，学校后街新开了家二手书店，种类很杂。周日中午，宁清会跑去门口买个杂粮饼，再买杯珍珠奶茶，然后走到二手书店最里面，席地而坐看一下午书。她不好意思白看，走时会再买一本。她偶尔会被书名吸引而翻开一本书，比如《男人的一半是女人》，她随手翻了几页，不免觉得惊世骇俗，遂怀着瞻仰的心情，迅速阅读完，还把作者的其他几本书都找来看了。

其实，家长会那天，如果没有发生那件事，一切都是完美的。宁国涛带母女俩去了一家私房菜馆，那是她第一次吃鹅掌，鹅掌吸足了鲜香，软烂中保留了一丝本身的嚼头，剩余的鲍汁拌饭更是绝。看她那个馋样，她爸又打包了一份让她明天吃。吃完饭，又去附近的安踏店给她买了一双跑鞋，宁国涛让她每天都要运动。

那天晚自习下课时，赵昕远路过她桌旁，跟她说："你家在我外婆家旁边，是吗？"

宁清点了点头，说："对啊。"

赵昕远站在桌旁看着抬头的她，问："你怎么不跟我说？"

她对这个问题十分无语，心里正烦怎么整李慧呢，就来了句："没必要啊。"

一句话把他噎住，离开，到期末两人都没有说过一句话。

考完试，学校又拖着上了三天的新课，顺便等期末成绩。高二就要讲完所有内容，下学期还有小高考，时间安排得十分紧凑。

寒假临近，学生普遍效率都不高，敷衍着上完了课，拿了成绩单，不论好与差，都一溜烟地跑了。成绩再差也要回家过年吧，而且这才高二，考砸了还能下次努力嘛。

回到家的宁清毫无心思学习，村里过年的气氛很浓。从腊月二十六开始，每家每户的烟囱里都会飘出香味，蒸包子、炸肉圆和排骨，早一个月前腌好的咸鱼咸肉都拿出来，挂在门口，有时还会听到猪的嚎叫声。

今年家里没有养猪，宁清骑着电动车一天带奶奶去好几趟镇上，买够了面粉、猪肉和干货，回家蒸包子。

面团正在孙英床上的电热毯上等待发酵，她看到面团上有好多洞时赶忙喊奶奶，说发好了。

厨房里放了小方桌和几张板凳，萝卜馅、青菜香菇馅昨天就拌好了，放在面盆里。连红豆沙都是她们自己做的，将泡发的红豆蒸熟，碾碎后就放进锅里，加大量的猪油和白糖，绵密中带着些许颗粒感。

宁清被派在灶前看火递木头，乡下很冷，刚刚从外面进来的她冻得跷起脚，伸到了灶火前烤。

蒋月刚把包子捏了角，许久不包了，手都生疏了，一转头看到女儿就气不打一处来："你在干吗？赶紧放下来。"

"我在烤脚啊，太冷了。"宁清还把手放到光脚腕上焐着，她不喜欢穿袜子。

“你看看你那个鞋底。”

“啊！”宁清叫了声，她看了眼一只鞋的鞋底，另一只脚秒缩回。八块钱一双的棉鞋鞋底难道是泡沫塑料做的吗？已经煳掉了。要不是蒋月刚刚提醒她，就要烧到脚了。她赶忙把鞋子脱了，扔到一旁。

光裸的双脚跷在半空中，知道自己做错了事，她央求着：“妈妈，去给我拿双拖鞋。”

厨房是单独的一间屋子，需要经过外边的走廊，才能进里屋去找拖鞋，这个天太冷了。

蒋月看着被她扔在地上报废的鞋子，她刚回来时母女俩甜蜜蜜了两天，第三天，蒋月就想骂女儿了：“自己去，我在做事，一手面粉，怎么给你拿？”

“你下次不要买这么便宜的鞋子，帮我拿一下嘛。”

“多贵的鞋子经得起你这么烤？”蒋月看到孙英要起身帮孙女拿鞋子，就说：“妈，你别帮她拿，让她长点儿教训。”

宁清只得挪动身子打开厨房门，冷气瞬间袭来。她踮着脚奔向第一个门，钥匙不在上面。脚都快冻僵了，看到有一粒雪飘在棉袄上时，她往外看了眼，竟然下雪了，像飘来的雪粒子，估计下不大。

她余光扫到一个人站在外边的路上看着她，不知是哪个邻里经过，她看了眼，竟然是她的同学赵昕远。但她太冷了，连招呼都顾不上打，又踮着脚奔向另一个门，拧了钥匙，进门找鞋穿。

赵昕远被派去前边的小商店买料酒，经过她家门口时，就看见穿着一身橘色睡衣的人光着脚从里面出来，支着脚尖跟只熊一样左右摇摆着往前跑。她跑着跑着停下后往外看了眼，又接着往前跑。

这一看，果然是她。他摇头笑着，继续往前走。

宁清找了双橡胶底的鞋，跑去厨房的路上，看了眼李老太家门口，没有人。

蒸腾着热气的厨房里，婆媳俩边手脚麻利地做包子，边说笑。

“余家大儿子回来了，他老婆可是在家里歇了半年。”蒋月说完看了眼女儿的脚，又没穿袜子，她懒得说了。

“他老婆好像六月份就在家，之前说是在美容院做生意。”

“那个时候，城里在搞扫黄打非呢。”

婆媳俩默契地笑了声。

她们说的是邻居王丽芬，她嫁给了整天混日子的余家大儿子余文明，去年生了个女儿。

宁清对王丽芬的印象是长得漂亮、会来事，但又跟她接触过的所有女人都不一样。她心中觉得不对劲，但这种细微的感受无法清晰地描述，她想也没想就问："所以呢？"

孙英拿过孙女手上擀成方形的面团，给她整圆了，忽略了她的问题："听说她前两天又找了份工作，年后就去上班，在富豪酒店当客房经理。"

富豪酒店是本城一座老牌酒店，曾以宴席规格高出名，这几年高档酒店层出不穷，它虽趋于式微，但没没落。

"她一个人的工资要养一个家呢，真不知道嫁这种没用的男人干什么。"

"她那样的出身能嫁人就不错了，据说她妈年轻时就是在浴室里做的。反正她老公对她在外面干什么心知肚明，拿钱手短。"

两人放满了一个蒸笼，孙英走去灶前开了锅盖，再回来搬着一笼包子放在大锅上盖了盖子，回来对蒋月说："对了，我让国梅来拿包子，中午顺便留她和锁明在这儿吃饭。我给你钱，你帮我去买点儿卤牛肉和鸡爪，国涛还说要跟锁明喝两杯。"

这两个男人喝起酒来就没完没了，喝到女人们都下了桌，他们还在那儿吹牛。

王锁明人很胖，喝高了整张脸就涨得通红，看着坐在桌边啃鸡爪的侄女，说："你家女儿可是个会读书的料。"

他儿子读书读不进去，上了个中专，就被他花钱找关系送去当海员。这一顿饭，他就在讲儿子当海员的生活，儿子殷勤得把船长每天早上刷牙的牙膏都给挤好，更别说其他方面了。

宁国涛摇头："考个大学上班发不了财，顶多温饱不愁。她不擅长跟人打交道，你要让她给人挤牙膏，她只会问为什么。你儿子是个能混的人，现在被调回了公司，还是国企，有他师傅罩着他，简直前途无量。"

王锁明又给自己倒了杯酒："他也是在船上苦了那么多年，这些年我钱少花了？在我最穷的时候都得问哥哥你借钱送礼啊。在国企里面混，哪里容易？派系复杂，也会被人整。"

"整回去呗，你儿子能没这个手段？论心机，你儿子比你厉害。"

宁清抬头，看向她爸："如果报复会给别人带来伤害呢？"

宁国涛冷哼："别人都揍你了，你不揍回去，等着继续被打啊？老王，你来给她上上课。"

"如果只是忍一次，后面就无视呢？"宁清盯着姑父问。

"清清，听姑父讲一句，这个社会就是会欺负老实人。你担心别人会受伤害，那他们这么做之前考虑你没有？出来混，说错话做错事，就是要承担后果。你要真守规矩，就是死脑筋。一般是你忍了，对方就更蹬鼻子上脸了。你要有这个气量就不会问这个问题。"王锁明边说边拦住宁国涛给他倒酒的手，"够了够了。当然，法律禁止的事，我们是不干的。但你要全靠法律，请律师，开庭费多少？你们政治课本上不是有句话说，人是有主观能动性的吗？”

喝高了的宁国涛补了句：“坏事当然可以做，只要不被人看到就行。”

✦ ✦ ✦

自打结婚以来，这么些年，宁真都在老公赵泽诚家过年，扮演一个家庭女主人的角色，老公家是个大家族，过年事宜多，上至公婆小姑的礼仪，下至人情往来的打点，都需要她来安排。

她刚进门时，公婆对儿子娶的这个对他在仕途上毫无帮助的女人心怀不满，她家庭条件一般，当时只有个生意刚起步的哥哥做后盾帮衬着她。

结婚第一年，她就生下了儿子赵昕远，公婆对孙子万般宠爱，对她的态度转为一般。一个女人想在大家族里扎根，绝对不是靠生一个儿子。

后来她借着老公的东风做了点儿小生意，慢慢做大了，直到有一天能帮到老公时，她在这个家中的地位才稳固。

今年是第一次在她家过年，全家人都住到了乡下。锦衣不夜行，这次他们回家，门槛都要被人踩破了，还没到除夕，上门来拜早年的人便络绎不绝。她心中万般滋味，从当初过年时的隐忍，到今天受着众人的奉承，小时候她就知道，这个小小的宁家村困不住她。

乡下空气好，清晨幽静，赵泽诚难得睡了个懒觉。进了房间的宁真看到他醒了，从柜子里拿了衣服放在床尾：“醒了就起吧，给你留了早饭。”

“过年有几个下属带着家人来这儿拜年。”

宁真低头帮他扣衬衫扣子：“知道，回礼我都准备好了。”

“儿子呢？”

“在楼下厨房待着呢。”

赵泽诚皱了眉：“别让他进厨房做事，难得放假，别管着他。”

宁真扣完扣子抬头看丈夫，儿子锐利的眉眼随他，幸亏脾气没变成他这样：“我哪敢管这个大少爷，刚刚让他去买料酒，他给我拿了白醋回来。”

他笑了声：“他不爱做的事别强迫他。”

他穿完衣服走到窗边，看着远方的丛林，细雾蒸腾笼罩在其中，一年将尽，面对此景，他生出一丝只缘身在此山中的迷茫：“这一年年的，过得真快，明年昕远就要上高三了。明年暑假，你带他出去逛逛，游学长长见识。”

“我是觉得他在国内上挺好的，他这个成绩，上‘985’是稳的，就看能不能冲清北了。”

“不论在哪儿上，我们都能给他提供物质基础，就看他自己想在哪儿上。”

身边不少人早早就把孩子送出去念高中了，他们觉得要留下来上高中，这儿的基础教育是全世界领先的。对于大学在哪儿上，夫妻俩各执一词。虽然赵泽诚嘴上说让儿子自己选，但他这意思是已经决定了。

蒋月眼尖地发现李老太的女儿一家都回来了，看着守着电视看的女儿，她说：“清清，你怎么不去跟你同学打个招呼？”

宁国涛听了，问：“我们村有她哪个同学啊？”

“就李老太家外孙，我上次开家长会看到的，好像姓赵。清清，他叫什么名字来着？”

“赵昕远。”

“这个名字……”宁国涛记忆力惊人，“就是那个期中考试考第一名的，是吗？”

蒋月看着女儿点头，隔了几个月的尴尬浮上心头，没想到人家成绩这么好，自己当时也太丢人了。那个宁真还真会讲话，情商很高。算了，自己女儿也不差啊。

“那你主动去跟人打招呼，交个朋友啊。”宁国涛看着女儿，觉得她真不像他，“怎么这么不喜欢交朋友呢？”

电影正看到紧要关头，宁清眼睛眨都不眨地盯着电视，应付她爸：“人家很傲慢的，好吧，我跟人家打招呼，人家不一定肯搭理我啊。”

蒋月瞪了眼老公：“你干吗要让她热脸贴人家冷屁股？我们还不乐意跟人家做朋友呢。”

在旁边缝衣服的孙英附和媳妇：“对，清清，你要好好学习，成绩超过人家，才是硬本事。”

宁国涛喝多了酒，躺着叹气：“你俩不要把她教傻了。以后到了社会上，就难结识到这种同学了。人家可能说话态度就那样，你不要太敏感。”

宁清啪嗒一声关了电视，把遥控器摔到床上，对着宁国涛吼：“敏感是我的错吗？为什么都要这么说我？你交了那么多朋友，那你现在发财了吗？我们不还是过这种穷日子吗？”我不是还得在学校被嘲笑、被针对？

期末前女生宿舍夜聊，宁清参与其中说了两句话，刚好被宿管阿姨抓到了。只有她被夏丹叫出去骂得狗血喷头，说：“你下次再犯，就不要住宿舍了，到校外租房子，随你讲到几点。不要干扰宿舍纪律，影响别人睡觉。”末了，夏丹再次说她很敏感，一天到晚想太多，不把心思全放在学习上。

那一刻，宁清被骂得很害怕，都不说丢脸了，她是班里唯一一个被夏丹这么骂的女生。她更害怕真要被赶出去，她家租不起学校外的房子，一中那个地段，一个月房租是学校里一学期的住宿费。

宁清真不知道自己做错了什么，她没有惹任何人，话都很少，她完全想不到为什么要被针对，连女生都能看出她被针对，她能说是自己敏感、多想了吗？

她已经忍耐了一个学期，试图埋头学习，看书找乐子。但她是人，怎么可能做到完全忽视？

她不敢告诉家里人，他们没有任何解决方法。是换班，还是给老师送礼要求她态度好一点儿？

她在家里还听到这句话，听到来自亲人一模一样的指责时，她瞬间就爆发了："既然你一直说上学没用，那我不想上了。"

宁清说完就走出房间，隔着玻璃窗看到外面白茫茫一片。她下午窝在电视机前，看着积雪的厚度，估计是下了一下午。她找出了雪地靴，坐在板凳上套上，系鞋带，鞋带很长，她恼得直接打了死结。

蒋月跟上来，看着低头生闷气的女儿："你到底怎么了？"

"没什么。"宁清穿好了另一只雪地靴，站起身，"我想去外面玩雪，你能不能让我冷静一下？"

女儿小时候发脾气时，蒋月都把她关在房间里让她先自己冷静一下，停了哭闹再出来："好，那你注意安全。"

她出了门，脚就陷入了雪层中，雪比她想象的更厚。身体重量全压在一只脚上时，她能清晰地听到雪层闷厚的咔嚓声。冬天黑得早，但一片白茫茫的雪反射了白光，虽六点了，还是亮堂的。

前边菜地里的积雪更深些，她一步一个脚印走到了菜地上。她在边角的空地上徒手捏了一把，攥起就扔到了前边的树上，接二连三，雪团打在树干上，瞬间松散开，零碎地掉落在雪地上。若是她力气更大些，就能看到炸开的雪团了。她又捏了个更大的雪团，把那片丛林当成她讨厌的一切，发泄着愤怒的情绪。

令人愤怒的是无能为力感。

对，她打心底就没看得起过夏丹。她英语课讲课一般，就会搞手段恐吓人。是的，自己没用，真被她威胁到了。一所野鸡学校毕业的，都不知她是怎么当上一中老师的，又不是老教师，没有正经学历也情有可原。她才三十岁出头，说不定当年读书时就是个小太妹。

但这套手段就是行之有效，当众或私下疾风骤雨式地批评，将你收拾一番后，晾两天，再给予安抚，课下与你开个玩笑打趣，让人觉得她没那么坏，只是为你好。你完全不知她何时会突然暴怒，摸不清她的雷点，生怕挨一顿批评而缩手缩脚，她立下的规矩，无论好坏，一并自发遵守。

她这是把人当狗在训练，给了巴掌再给枣，宁清只想还一巴掌回去。她气得又狠狠地扔了个雪球出去，只是雪球还没飞到树上，就中途散架了，直直地掉落在地面。

突然，一个小雪球从她身旁飞过，撞击在了树上，蕴含的力道极大，爆发出一片片散落的雪粒子。在绿野丛林间，如同白色的烟花绽放。

宁清回头，是赵昕远。他穿着蓝色冲锋衣，身形被修饰得更为挺拔，他欣赏完自己的杰作，就低头拍着手套上的雪花。

“你要把雪团揉得更紧实，体积别太大，用扔铅球的姿势，手放在肩后，微微下蹲，再把球扔出去。”

“你来这儿干吗？”宁清就想一个人待着。

刚刚一大家子在吃火锅，舅舅一家人也来了，一张大圆桌都坐不下，赵昕远受不了他们太过热情，吃了几筷子牛肉就跑了。

小孩们都坐在客厅的沙发上看动画片，他在窗口看着雪景，好几年都未曾见过这么大的雪。他打开门，路上没有人，这个天，谁会出去串门？于一片寂静中，他听到了雪团的掉落声。

他循着声走过去，看到“一只愤怒的熊”正在丢雪团，穿的还是上午那身衣服。

赵昕远脾气再好，听了她这句十分没礼貌的话，也有点儿生气，他反问：“我为什么不能来？”

宁清低头看了眼，人家确实是站在她家菜地外边。

被他这一打岔，她的注意力便转移了，觉得自己那么说话真挺欠扁的：“对不起，我给你拜个早年吧。”

“谢谢。”赵昕远觉得冷，早上被他妈要求穿秋裤，他说“我不出门，在家暖和着呢”，就穿了条牛仔裤，“我先回去了，拜拜。”

“那个……”宁清看着他转身的背影，不知怎么就想喊住他，“要不要一起堆雪人？”

“多大了，还玩这个，你幼不幼稚？”

宁清的情绪来得快，去得也快，特别是在冰天雪地里进行体力劳动时，哪有心思伤心？堆雪人把附近的雪用完了，她小心地穿过菜地，跑去菜地的另一角搬雪团。

刚刚她在堆雪人，赵昕远说：“你这是椭圆，不是圆，而且这个椭圆离心率都趋近1了，马上就会倒。”而她嫌弃他搬过来的雪杂质太多，这个雪人脏了，不好看。

“哇！”她吸了吸鼻涕，忙活了一个小时，捧完最后一堆雪，看到他把雪人的头放在身子上时，还真像那么回事，是挺圆的，“赵昕远，你还是很牛的嘛。”

赵昕远听到她这句话，真不知是夸奖还是暗讽。他站着堆雪人，上半身暖和，腿都快冻僵了。

他抬头看她，她鼻尖冻得通红，吸着鼻子笑着看雪人，一扫刚刚的阴霾与暴戾。她把手放在嘴边哈着气，还觉得不够暖，试图将手伸进脖子里取暖，被冻得瞬间缩了回来。

“对了，你等我，我回去找个胡萝卜。”宁清说完就跑回了家，胡萝卜、土豆和红薯都放在桌角下，她挑了个最好看的。

她回去时，赵昕远已经找了两根树枝当雪人的手臂。

宁清把手伸进睡衣口袋里，掏出了一把刚刚在柜子里顺手牵羊的黑豆，看着把手插在衣服口袋里的他，说：“把手伸出来，你装眼睛。”

原来他的手指这么长，手心的黑豆滑落到他摊开的手掌中时，她的手背碰到了他的掌心，但两人都毫无感觉，手已经冻得通红。

他极有耐心地将黑豆一粒粒地嵌入雪球中，而宁清拿的胡萝卜有点儿大，雪球又太密实，她在拿树枝挖洞时差点儿把头都给弄掉。

“你把胡萝卜分一半，不需要放一整个。”赵昕远拿过她手上的树枝，挖了下，的确不好使，他干脆扔了树枝，用手指在雪团中抠出个洞。

他的侧脸还挺帅，一个男孩子的睫毛竟然会这么长，原本干净的指甲沾了土，他也毫不在乎。

“好了。”他再次确认了一下尺寸，“你放鼻子吧。”

宁清把胡萝卜放进了他挖的洞里，尺寸刚刚好：“好可爱啊。”

此时，一个雪人彻底成形，白白胖胖，有眼睛、鼻子，憨态可掬地面对着马路站立在菜田间。

她转头对着赵昕远认真地说：“谢谢你。”

他笑了：“谢什么？我也想玩雪。”

“那我们是朋友了吗？”

赵昕远看着她认真的表情，她是个界限感太过分明的人，又是一个极为聪明而敏感的人，好像界限感是为了保护自己，非常不容易接近。

可她坚硬的外壳下，到底是多柔软的内心。

当她小心翼翼地问出这句话时，已经是将他当成了朋友。

“为什么不是？”

赵昕远回家时，宁真看到他一身的雪：“你赶紧去洗澡，不要冻感冒了。你这是去哪儿了？刚刚一直在外面吗？”

宁真的小侄子跑过来告状：“他刚刚在外面跟一个姐姐一起堆雪人。”

宁真哥哥的大儿子都二十岁了，人到中年，老婆又怀孕了。家里有钱，当然选择生下，又生了这个小儿子。

小侄子叉着腰，胖嘟嘟的，宁真笑着掐他肥肥的脸蛋：“那你怎么不一起去玩？”

“哥哥说，不要打扰他和小姐姐的约会。”

赵昕远回头问“小胖墩”：“我什么时候说过这话？”

“我亲哥！你心虚啥呢？”

赵昕远懒得搭理这个古灵精怪的表弟，上楼去洗澡了。

第四章　因果难以匹配

她给自己画地为牢，从此与他无关。

宁家冬天是没有开空调的习惯的，乡下虽格外冷，但这么多年他们早已适应了。

宁清床上有三层垫被，盖的被子是孙英拿着旧被子去镇上重弹的。棉花被弹后棉絮变得更加柔软，还给换了新的碎花四件套。

脚丫处是汤婆子，是孙英傍晚在大锅中烧水时灌上就塞进宁清被窝的。家中的几个汤婆子还是孙英的陪嫁，她当年用白铁皮亲自打的。这么多年，汤婆子没坏过，保温性能强，到清早时水尚有余温，可将水倒出洗脸。

宁清躺在床上时，厚实、软绵的被子盖在身上暖乎乎的，略带寒意的脚紧贴着用布包得严实的汤婆子，就像掉入了公主的鹅绒被，虽然她不知道鹅绒被是什么质感。

蒋月挑个豆沙包加热了送去女儿房间，一开门，女儿的眼睛就转到了书上，看都不看她一眼。

"没吃晚饭，饿不饿？"

宁清将书翻了一页，头也没抬："不饿。"

她跟个孩子一样，就要蒋月哄着。

蒋月脱了鞋，坐到了床上，把脚伸进了女儿的被窝里。

宁清立马缩着往后逃："你的脚好凉，不要碰我的肚子。"

"你还知道你老娘脚凉，我舒舒服服地躺床上睡觉，不好吗？还得跑去厨房给你热豆沙包。"蒋月把豆沙包趁机塞到宁清手里，"赶紧趁热吃了。"

包子上放了颗红豆做区分。堆雪人是个体力活儿，她为了面子硬是没吃晚饭，肚子早已饿得咕噜叫，根本不能抵住香甜豆沙包的诱惑。

蒋月看着女儿嘴里鼓囊着一大团，还吃得下饭，说明没大事："在学校怎么了？谁惹你不开心了？"

宁清不想聊学校的事，转移了话题："你不觉得你老公有错吗？在姑父面前夸人家儿子有用，说我就只会死读书，他是不是就想要个儿子啊？"

"那你别理他呗，你不知道他喝了酒就开始放屁了。"蒋月也看不惯老公这个德行，"就因为他两句话，你就不想读书了？"

还有一年半就毕业，宁清沉默了许久，看着妈妈的眼睛，想要个答案："妈妈，你觉得我很敏感吗？"

“什么是敏感？”

女儿小学时，有一阵宁国涛跑长途，跑长途太容易疲劳驾驶了，蒋月便跟车当副驾驶员。当时家里还要种田，婆婆天不亮就要出门干活儿，公公不在家，住在租的修车铺上。家里没人照顾女儿，蒋月就把她送到当小学老师的表姐家，按月给钱，想着能照顾女儿的生活，也能辅导一下功课，让她在表姐家住了两年。

女儿回来后，她才猛然意识到，女儿变了。她变得非常敏感，心思细腻而复杂，会察言观色，会读人心事，与同龄小孩比起来，没了童真、可爱，显得很早熟。

但她年纪又太小了，将人一眼看透后，根本不会掩饰自己的情绪。

宁清不知道什么是敏感，只知道，这是不好的，是被夏丹讨厌的。

在温暖的被窝里，她把脚丫放在妈妈柔软的腹部取暖，妈妈的肚子上有条疤，是生她时留下的。她的眼泪忽然就流了下来：“班主任说我很敏感。我就是不懂，她对别的女生都和颜悦色，还会在她们的作业本上写加油，为什么对我就要说我敏感。有时我也想，她可能就是无心的一句话，是不是我想多了。”

蒋月骤然冷了脸：“她还说你什么了？”

宁清不敢说更多：“没有，就说我敏感，有时想太多。”

看着女儿这副可怜样，憋着又不敢说，蒋月几乎要落泪：“你不要听她放屁，等开学了，我就去找她，让她对你客气点儿。”说出最后一句话时，她几乎在咬牙切齿。

“不要。”宁清抓住妈妈的手臂，“妈妈，你不要去找她。”

“这种人有没有师德，有点儿文化就真把自己当个东西了？你有什么错？错的是她，她算什么东西。”

“妈妈，能不能答应我，不要去找她？”宁清看到妈妈这么生气，有些后悔，“我知道自己没有错，就是偶尔心里不爽而已。我还要再待一年半，我就当她是空气呗，我不会影响自己学习的。”

看蒋月不说话，她摆脸色：“妈妈，你要真去的话，我以后就什么都不跟你说了。你能不能相信我自己能解决？”

蒋月知道女儿说得有道理，说实话，即使她活到这个岁数，她也不知道该怎么办。一中这么好的学校，女儿肯定不能转校。她要是跟班主任闹起来，让女儿怎么待？别人对她的看法就更多了。

“妈妈能答应你，但你得答应我，下次受了委屈，第一时间跟我说。”蒋月摸着女儿的脸，擦去了她眼角的泪，“哭个屁，我恨不得把你的老师打哭。”

宁清被她逗笑，一脸正经地说：“我没事，我不会因为这件事再生气。如果她再敢对我这样，我就自己把她揍哭。”

“别跟你爸爸那么讲话，都要过年了，他的账才收回来一半，原材料的钱都搭在外头呢。幸亏今年养鸡有了点儿钱，不然，这个年都不知道该怎么过呢。”

蒋月心中对丈夫是不满意的，他的工作不像别人按月发放工资，刨去固定开支，一年能存几万。他的钱都在外周转，给人运货的原材料要自己垫钱，收不回账时日子就紧巴。今年他换了新车，之前存的那笔钱又贴了进去。

虽然家里和孩子的花销都是宁国涛出，但他自己的开销也大，过年就要出去玩麻将，输赢不让她知道，她弄不清他手里到底有多少钱。

蒋月心中恼火，这么多年了，宁国涛钱来得快，去得也快，根本存不住。他生的是个女儿，一丁点儿打算也没有，今朝有酒今朝醉。

村里人生了儿子的，就想着在城里给儿子买房娶媳妇。夫妻俩在厂里累得跟狗一样，吃饭过日子异常节省，还真活生生攒下来了。

蒋月管不住老公的钱，她干脆只存好自己那份钱，家里的开销，她能不出就不出，就跟榨油一样，要花钱的地方都逼他出钱。

当然，这些话，她不能跟女儿讲，只希望女儿能专心读书，考个好大学。

“比起你那些同学，我们家虽然算不上富裕，但你看看村里其他人家，我们家算得上条件很好了。爸爸妈妈只能给你提供这个条件，你想要更好的，就要自己去挣。你说那句话你爸很伤心，他很爱你。”

“我没有嫌我们家穷，我明天跟爸爸道歉。”宁清急切地否认，“就是觉得，很多问题，如果有钱就根本不是问题。”

“我知道你没这个意思，别想这件事了。好了，一个豆沙包还不够。我去给你煮包方便面，煎个蛋，里面再放点儿咸肉和青菜。”

蒋月走出房间，关上房门，无力感袭上心头。对啊，有钱，问题就不是问题了，哪会连女儿被老师针对都想不出办法，难道真要去送点儿礼吗？

宁清到底是小孩心性，伤心一通，转头就让这事过了，毕竟过年就是，一切都节后说。

除夕夜，贴春联。蒋月拿出面粉，倒在小锅里加水，烧热时不停地搅拌，熬成糊时就关了火，赶紧招呼女儿来贴春联。

宁清把糨糊抹在春联四周，拿着板凳把楼上楼下的门都贴了个遍，还特地把福字倒过来贴。

“你今天怎么这么爱表现，等着爸爸给大红包吗？”宁国涛路过时对女儿说。

“当然了，必须给个大红包。”帮孙女扶着板凳的孙英说，等宁国涛走过去后，她对孙女说，“表现乖一点儿，多问你爸要点儿钱，反正他也要出去乱花钱了。”

“他都在外面干吗啊？”正在对齐春联的宁清问。

“呵，你看他，今天晚上吃完饭就得没影。谁知道他过年打牌要输多少钱。”孙英看着今年又长了个儿的孙女问，“想要奶奶给你多少压岁钱？”

“当然是越多越好啊。”宁清刚说完就被奶奶打了屁股，“我以后上班了，肯定也给你压岁钱啊。你要会算账，现在你多给点儿，以后我给你养老呢。”

孙英眼泪都要笑出来了，对坐在走廊上择菜的媳妇说：“看看你女儿，小小年纪，多会骗人。”

“可不是，她也这么糊弄我，让我多给她点儿压岁钱，还说今年不上交了。”蒋月在择荠菜，女儿爱吃荠菜馄饨，大冬天的，她早两天骑着电动车带着婆婆去附近的山上采野菜，找了半天，一会儿焯了水，才一碗的量。

天刚暗下来，村子里的鞭炮声就此起彼伏了。

晚饭吃馄饨，孙英熬了鸡汤做汤底。除夕夜，一家人围着吃一碗简单的馄饨，在宁清看来是再平常不过且理所当然的事，她并不珍惜。那时她不知道，往后命运的骤然无情让这样的理所当然都成了妄念。

在她咬下最后一个馄饨时，窗外骤然亮起，一瞬如白昼后又暗淡，紧接着红光闪耀在天空。

是外面放烟花了，宁清把碗里的鸡汤喝完，就开了门出去看烟花。

果不其然，是邻居李老太家在放烟花，一大家人都聚集在门口。除了她家，谁家会这么烧钱?

难得有烟花看，村子里的人纷纷打开了门，不论远近，都能看到这接二连三绚烂到天际的烟花，在鞭炮声中渲染了过年的气氛。

过年的意义太过重大。列车上载满了归乡的务工人员，公路上是刚拿了工资揣着现金骑电动车的农民工。平日里不论多忙多节省，过年都要心安理得地休息。除夕家人团聚，春节邻里间拜年，从初二开始去亲戚家敞开了肚皮吃。平日里吃再多苦，也有个盼头在这儿。

宁清靠在门框上看烟花，每一朵烟花的绽放至凋零都是场梦，人于幻觉中成了梦的载体。

蒋月收拾完桌子，走到门口时看了最后一场，骤亮的光照耀在女儿姣好的面容上，她只希望女儿快乐。

“走吧，换上鞋，我们去庙里烧香。”

宁家村有座小庙，自打宁清记事起，这座庙就在这儿。据蒋月说，二十多年前，村中不太平，村里一个老太太便挨家挨户求了点儿捐赠，建了这座庙。

这座庙占地百来平方米，从偏门进去是厨房，观音生辰、出道日这些特殊日子，村里老人们会过来帮忙做素斋，十来道菜，三块钱一顿。

从正门进去便是佛堂，摆放佛像没什么讲究，正中间是弥勒，右边往后是观音，再往里是土地公和土地婆。村里老人越来越多，前段日子便请了个药师佛回来放在了左边。比起各个佛教名胜场地，这座庙是有些简陋的，但一抬头就能看到一块匾：心诚则灵。

她们还没走近，就已经听到了敲锣打鼓声。庙前一片亮堂，两个锣鼓放在庙前的场地上，几个会敲锣鼓的摇头晃脑有节奏感地轮流敲着，鼓点中是喜乐与期待。看到有人来，旁边人放一个炮仗迎客。众人聚集在庙前，十二点未至，就已经开始了“新年好”。

走进去，一片烟雾弥漫。有手持香和蜡烛在菩萨像前等待点燃的，有跪下磕头嘴里默念的，还有拿着点着了的香在各个佛像前拜三拜的。

蒋月将点燃的香递给宁清：“你去观音菩萨那儿拜一拜。”

面前这座观音像通体白色，小巧而精致，手中托着净瓶，慈眉善目，却是低着眸子。

宁清诚心诚意拜了后，实在受不了里面呛人的烟火味，都快被熏出眼泪了。她把香塞到了妈妈手里，把香插进香坛里时，燃尽的烟灰会掉落，落在手上时会被烫伤，她自然不敢干这事。她说要把香放到外边的坛子里一起烧了，蒋月又不乐意，一定要让她放在菩萨像前的香坛里。

“妈，我出去了，太呛人了。”

蒋月接过女儿的香，用筷子扒开灰烬，小心翼翼地将香插在了里面：“好，你带钥匙了吧？”

“带了。”

门口支了张桌子，铺上了红纸，一个老头在用毛笔写着捐赠人的名字和数额。排在第一的是宁真的名字，捐了两千，她哥哥也是两千，两家人分开捐的。蒋月给了两百，心诚则灵。

外边，宁真一家人站在庙前的场地上，被村里人围住打招呼。内里，在一对蜡烛前点燃香的人相互提醒说，一会儿出去跟李老太家的儿子女儿打声招呼，明天再上门去拜个年。

赵昕远站在他们后边，手插在衣服口袋里，懒洋洋地看着前边的人寒暄。他见惯了这种场面，人们客套地与他父母打招呼，也许是礼貌，也许想留个印象，更多是有事相求。

当一个人的能量和社会关系足够大时，自然会练就一副面热心硬的样子。社会能量交换规则如同物理定律一样，参考系不变，规则就难以被撼动。只是，很无聊，他觉得这一切都无聊透了。醉心于这一体系的能量交换并为成为上位者而自矜，从而更执着地成为信徒，是件特别无聊的事。

当他看到宁国涛上前跟宁真打招呼时，他环顾四周，发现了站在角落里的宁清。她正站在桌子前，手中拿着一支毛笔。

赵昕远走上前，看到她认真地将“澍”字写在随手撕下的一张小红纸上。

“这个字应该是这么写的。”她将纸递给了旁边的老头。

老头戴着老花镜，看了半天：“能不能再给写大点儿？要不行，我就写大树的树了。”

“我来帮你写吧。”

宁清转头，竟然是赵昕远。他接过毛笔，蘸了墨，站着手臂悬空，毛笔随着其灵活自如的手腕在红纸上挥墨而下。

“小伙子练过的吧。”老头盯着他写的字看。

宁清不懂书法，只觉得遒劲有力，却不突兀、卖弄。她不怀好意地想，他作文得高分全靠这一手字吧。她那一手狗爬字，议论文全靠狂堆例证、排比强行拔高境界，不断往主旨靠。

“练过一点儿。”赵昕远写完就放下了笔，转头看向宁清，“这儿人多，要不要去旁边？”

“好啊。你有没有进去烧香？”宁清跟着他穿过人群。

赵昕远摇头：“没有，人太多了。”

宁清笑了：“你是不信吧？”

“你怎么知道我不信？”

两人走到了角落杂草丛生的地方，宁清看着庙门口的人陆续往来，手中握着香，不知是虔诚还是习惯。

她想了想，说：“宗教观大抵可以分成两类，要么求神，要么求己。前者是交易关系，给神供奉，渴求回报。后者把神当作心理医生，实则是自医。你显然一个都不需要。就像我刚刚看你站在那儿，你只觉得周遭一切都很无聊，只是在忍受而已。”

他轻笑了声，不置可否：“那你呢，你是哪一种？”

“不知道，我没什么特别想要的，也没事想不通。”刚刚站在菩萨像前，她大脑一片空白，毫无欲念，她把那座雕像当成了没有应答的人，自顾自地说着话，“比起虚无，我更愿意承受痛苦。接受规训，被纳入一套评价体系并任由他人来衡量我的价值，才是可耻的事。”

赵昕远看着她，在晦暗的灯光中她的面容并不真切。在无比喧闹的环境里，她呓语似的碎碎念再一次展现了她不为某种规则所控制的野性，可能她自己都未发现，纵使表面以乖巧伪装，实则是掩不住的不屑一顾。

这是种十分迷人而危险的气息。危险是有致命吸引力的。

宁清说完自己都笑了，自己在他面前神神道道什么呢："我要回家了，你呢？"

"回家看春晚吗？"

"看电影。"宁清看着依旧被人群围绕着的他的家人们，"你是在这儿等你爸妈吗？"

"看什么电影？"

"《放牛班的春天》，一部法国电影。"

✦ ✦ ✦

宁清刚下了面包车，手中拎了个杂粮煎饼回宾馆准备洗个澡时，就接到了刘律师的电话。

当事人一旦决定认罪认罚，自己没有请律师，公安机关就会指派值班律师。

宁清听完，极度恼火："刘律师，您先跟我说，大概要交二十万，罚金是按一到五倍来交的，我这儿已经交了两倍多。您现在又来跟我说，交了钱，量刑仍然可能是两到三年。那请问，我交这么多钱的意义是什么？我们已经认罪认罚了，您能不能去跟检察机关协商，将量刑控制在一年以下，并且写在具结书上？或者发一份量刑建议书。"

"宁小姐，因为你姑父找了关系，现在是假期，我都在打电话给检察官、法官拜托紧急处理。你昨天说决定认罪认罚，现在又说不满意这个具结书，流程走到一半拒绝签署，我怕会给法官留下不好的印象。"

"你是在恐吓我吗？当时跟我们家属说的是交罚金对案件量刑有好处，到检察院交罚金来不及了，现在去法院交了罚金，表明了态度，法官可能轻判些。"宁清拿着手机站在房间里，姿势都没变过。

"对啊，没错啊。现在环保这块抓得多严啊，这还是个跨市的大型环保犯罪。犯罪嫌疑人不仅是司机，还是业务员，性质很恶劣。问题是，公安机关调查难度大、耗时长，如果他们真想调查的话，嫌疑人风险很大，极其可能判三年以上有期徒刑。你现在交了罚金表明了态度，将量刑控制在两到三年，已经很好了。"

"您作为律师，是有责任去进行协调罚金和量刑的，这在法律范畴内，都是可以与法官和检察官商量的。"宁清想说"你当我不懂法吗"，但还是缓和了语气，"刘律师，我知道假期拜托您这件事很麻烦，但能不能请您帮忙去协商？"

宁清听他说了一堆废话，又好声好气地问他能不能再努力一下，求他帮忙，最后暗示了给红包。

她挂了这个很长的电话，手上的煎饼馃子彻底凉了，小宾馆里哪会有微波炉，她直接扔到了垃圾桶里。

她的手都在微微颤抖，再一次翻通讯录，早在她刚回来时，就翻过一遍了。

宁家真算得上三代贫农，最有钱的亲戚就是王锁明，还是近几年才发达的，连个当公务员的亲戚都没有，更别提有什么社会资源了。

亲戚找不到，要有的话，宁国梅早就找了。

朋友呢？徐晨家是开家具店的，赵婷没考上本地编制，还在外地当老师。

宁清翻微信通讯录时，翻到尾页Z开头的名单时，看到那个名字，她想也没想，直接就跳过。

她怎么有脸再去麻烦他？

当年宁国涛让她多交朋友，她不以为意。虽然她知道即使认识了，没那么深的交情，人家也不会帮你，但此时还是会苛责自己，如果当时多与人为善些，不那么傲气，是不是会不一样？

宁清给姑妈打电话，跟她说了这件事，电话那头的姑妈一句话都说不出来，显然无法接受这个事实，最后说："这可怎么办哪？你爸那个破身体，最后要真被判两到三年，我都不知道会发生什么事。"

"如果检察官明天去看守所，看看能不能碰到面，我自己问他，不行就换律师。"宁清也想不到更好的办法，怕是现在再请律师介入也来不及，她强装镇定一锤定音，"姑妈，实在不行，就这样吧，我们只能做到这个程度了。"

宁国梅是坐着接电话的，她坐在沙发上，听到侄女这句话，在十月的天，寒从脚起。

她至今都无法理解，她的哥哥不就拉了几车垃圾废物，怎么就要赔二十多万，还有可能被判两到三年呢？

她想了许久，试探着问侄女："清清，你还记得咱家的邻居吗？她家女婿现在是在外地当官，但官不小，在这儿肯定能帮上忙。"

她见侄女不说话，小心翼翼地追问："你现在跟他儿子还有联系吗？这件事在人家那儿就是个小事，你能不能尝试联系一下，让他帮忙找找关系？"

宁清把手机放在茶几上，拧开了一瓶矿泉水，一下午没喝水，五百毫升的水，她一口气就灌了下去，压抑着今晚的第二通怒火："现在没有关系了，而且给爸交完罚金，我身上也没钱了。你知道，我家跟李老太家向来没任何人情往来，找人家是要有人情的，没人情也得送钱换人情。即使人家愿意帮我，这笔钱我也拿不出，那就不要自取其辱上门去问了。"

"我这儿是一点儿办法都没有了，他可是你爸啊。你妈不管他，你不帮他，就没人帮他了，你真能忍心看着他坐三年牢吗？”宁国梅越说越生气，没想到侄女能这么无情、坦然地接受这个事实，“怎么没关系了？他占了你的便宜，他不该还吗？这点儿交情都没有吗？”

“那真遗憾，现在不是旧社会了，总不能赖着人家娶了我。”刚刚水喝得太急，心肌耗氧量大，她一阵气短，“他自己犯了罪，我愿意给他交钱，做女儿做到这个份儿上，我觉得我问心无愧了。行了，就这样吧，明天我过去看看，没法子就直接签了具结书，走下面的流程吧。”

宁清不想听姑妈多啰唆，直接挂了电话。

蒋月曾跟她说过：“你以为你姓宁，就跟他们是一家了吗？那你是低估了他们兄妹俩的自私。”

这么些年，宁清最强的能力之一就是迅速接受现实。这事，她只能帮到这个地步。她对蒋月开玩笑说卖了自己也得救蒋月，但宁国涛不值得她这么干。

她已经放弃感情救过宁国涛一次了，这一次又快掏空她所有的积蓄了。

宁清躺在床上盘算着，回京州后要不要去搞点儿私活儿干，但单位里的项目，她都得加班干了，她怕自己累死。昨天她头晕得那么厉害，身体老本也不够吃了。年底她跟领导谈涨薪，虽然设计院都是这么个压榨人的德行，她还是得出去面试新单位看看行情，争取今年最后两个月能做出代表作，跟别人报价才有底气。

她翻了个身，头埋在枕头里，把自己闷得喘不过气，再松开，她侧着脸深吸一口气时，脑海里是赵昕远的脸。

她从未想过找一个肩膀依靠，她一个人能解决好所有事，解决不了就甘心面对事实。

她只是想抱抱他，问他过得好不好。他说好，就够了。

年少时亏欠他太多，她往前走了很远，身体的某一部分却停留在原地，守着一片废墟，不肯离开。这是她对自己难得的放纵，是她对所有规则的逆反与抗拒。

废墟之地原本遍地黄金，他走后，沙尘渐起，堆成一座座沙丘后，她再也看不到他远去的背影。

读研的暑假，她独自一人去了野柳地质公园，里面有个女王头，是在海蚀风化和地壳运动中生成的自然景观。绕着女王头排队合影的人很多，她不喜欢拍自己，站在一旁拍了张照片就走了。

后来，沙丘中，风化作用在几乎违背自然原理下生出了一张脸。

女王头会在风化作用下消失，而她沙丘中的那张脸在记忆的雕刻下愈加清晰而深邃。

她从不希望他重回沙丘，路途太遥远了。

那天，她问了他两次："为什么要等我？"

他没有回答她。他的人生没有回头的必要。

饿过头胃隐隐作痛时，宁清从床上爬起来，拿了手机准备下去吃饭。生活费那张卡的余额不多了，她准备再吃碗面，面条养胃。

当接到李慧的电话说要跟她见面时，她估计真饿晕了，第一想法竟然是去蹭顿饭，吃完就走，不买单。

结果，她花了十五块打的去了目的地，发现是家意大利餐厅。

进门前厅的一、二层是打通的，空间感十足。装修颇有情调，一大片落地窗，外边喷泉的水流冲刷在玻璃窗上，有了磨砂的质感。内里是暖色调，桌子间距大，隐私感强，是个约会的好地方。

李慧早到了，她穿着黑色无袖连衣裙，白皙的手腕上是挂满红色玛瑙四叶草的手链，简单的着装，繁复的配饰。宁清一身休闲，修身的牛仔裤显得腿长，她出门前找了件棒球服披上，怕晚上冷。后边的服务生刚要给她拉开座椅，她就单手给自己拉了，一屁股坐下。

"你找我什么事？"

"这么多年没见，你脾气还是这么急。"

两个从高中起就不对盘的人，在一张桌上吃饭，宁清倒觉得自己脾性真的变好了："那客气地寒暄一下，你现在在哪儿工作？"

"市委宣传部，你呢？"

宁清耸耸肩："画图下工地的。"

上次她跟大学同学聊天，同学说，时代变了，现在毕业生都想着考编呢，再不行也要去个国企。体制内的铁饭碗才是体面的工作，日子不要太好过。同学说着激动了就开始给她算账，就算是三线城市，普通住宅首套房价格也在两到三百万。公务员收入一年十万，配偶差不多也是这个数，就算一年总收入十八万。两百万的房只是家庭收入的十一倍，这个比例在全世界范围内都算非常好的了。公务员家庭在任何地方都是房价之锚，三线城市的房价还有的涨呢。

当时宁清没有说话，也许她是脑子跟不上时代，从没想过这条路。更别说，她就算想，政审也过不了。

这时，服务生上了前菜——火腿和奶酪的拼盘，倒了两杯起泡酒。

市委宣传部，工作光鲜体面。李慧优雅地端起酒杯，如果她不那么讨人厌，的确称得上赏心悦目。

"是宁阿姨让我来找你的。"

“宁阿姨？”宁清一脸疑惑地看着李慧，“还没叫上妈啊？”

李慧恼火地看着她：“你什么意思？”

“哦，我这不是误会了吗？”宁清颇有歉意，“以为你来当她的发言人，你们俩关系已经到那一步了。”

“我不是昕远的女朋友。他有女朋友，在美国还没回来，估计快回来了。”李慧看到对面的女人愣了神，以及一闪而过的她都难以分辨的神情，只觉得一阵痛快，“我跟宁阿姨关系一向挺好，她不方便来见你，让我跟你说，当年她已经帮过你了，希望你信守承诺，不要再去找昕远。你爸这件事可大可小，如果你再次打扰他的生活，她不会给你好果子吃。”

跟宁真熟稔如李慧，当看到宁真说最后这句话时眼中迸发的狠戾时，也吓了一跳。

宁清内心苦笑，好事不出门，坏事传千里，不过，她家也没有过什么好事。一如当年，她的处境并无改变，依然被李慧看到了。

“她想多了，我不会找他的。”她连他的名字都说不出口，用“他”来代替，“就这一件事吗？何必特地请吃饭？让她直接给我打个电话，我就会成功被恐吓到的。”

“她不是在恐吓你。”李慧解释道，“就算你去找昕远，他不从政，要帮你，也得动用他父亲的关系。你觉得，宁阿姨不会知道吗？”

“你们为什么都以为我会找他帮忙？”宁清都觉得可笑，“我说过不找他就不会主动联系他。你回去告诉宁真，她敢在我爸这件事上动手脚，我就把她儿子拖入地狱，如果她觉得我这么有能力的话。”

李慧半晌没有说话，突然问她：“你知道夏丹的近况吗？”

“我为什么要知道？”

“你当年把她害得那么惨，你有没有想过你后来遭受到的这些事都是你种下的因？”

“因果论是佛教理念，你还相信宗教啊？”

“夏丹得乳腺癌了，前段时间做完手术，我去看了她。”

“好消息啊，我应该喝酒庆祝。”宁清端起酒杯，主动碰了李慧手中的酒杯，发出清脆的一声后，她一饮而尽，“如果你相信因果，那她的因在哪儿？”

“宁清，你是不是疯了？”李慧没想到宁清冷漠得毫无人性，得知曾经的班主任得癌症，她能开心到举杯庆祝。

“可以说我信因果，也可以说我全然不信。因为果是要自己浇水施肥采摘的。”宁清背靠着椅子，手中玩弄着一把叉子，“比起我，你是个聪明人。你清楚自己的天赋、资源、秉性，并发挥到最大，你肯定能取得世俗意义上的成功。比如，他不喜欢你，进门无望后，你仍能跟他妈维持良好的关系，甚至来帮她敲打我，干这种上不了台面且无尊严的事。你图什么，大家心知肚明。

“就这样吧，说再多，就显得我欺负你了，再见。”

主菜还没上，宁清都已经走到餐厅外了。她看着暗下的天，只喝了一杯酒的她胃在灼烧。

✦ ✦ ✦

作为一个马上要掏出二十多万的人，宁清打开导航发现附近两公里处有家商场，她决定去人均两百的餐厅吃一顿。

秋天很美，晚上她骑着自行车，路过车水马龙，再至行人稀疏车轮碾过落叶发出沙沙声的昏黄街道。

宁清对这座城市的感情很复杂，生于斯长于斯，数十年行迹却都拘于一个宁家村。这些大街小巷，她从未走过，经过的地标建筑都不熟悉，一切都要靠一个电子导航来指示。

当宁家村拆迁后，她在外读书、工作时被问“你是哪儿的人”，她说出“维州”时都觉得陌生。

她真的是维州人吗？她只是来自宁家村。

她的大学在京州，本部离市中心很近，面积不大。大部分学生都在别的校区，只有大四时才会搬到本部。他们那一届很巧，四年都在本部。

那时没有共享单车，她忙着打工、做家教，特地买了辆自行车。靠着那辆车，她走遍了大街小巷。

她现在在京州工作，这么些年，她依旧没有归属感。不是高昂房价的望尘莫及，也不是孤身一人的偶尔孤独，归属感是将自我纳入一个群体，也许她内心始终把自己当作一个过客，无论待多久。

“您已到达目的地。”

听着导航的声音，她抬头一看，对面就是商场，她停了车，就趁着绿灯跑过马路进商场。

她刚进门，就被人从后面拍了肩膀，她转过头时看到了对方不确定的眼神。

“果然是你。”徐晨惊喜道，“回来怎么不告诉我？一个人吗？”

宁清看着他后面跟着的三个中年妇女，每个人手上都是大包小包，收获颇丰，她们也正看着她，她不确定地点了点头。

“妈，你们先打的回去吧。这是我高中同学，我请她吃个饭。”徐晨把手里的东西递给他妈。

宁清在后面尴尬地说："阿姨好。"

徐晨他妈看着儿子和面前这个文静的姑娘，姑娘长得还蛮漂亮的，打扮朴素，她看了儿子一眼，说："好的，我先回去了。"

送走了妈妈，徐晨长叹一口气："陪她们逛了一下午，累死我了。咱上次见面还是春天吧，我去京州那次。你回来了，怎么不跟我说？"

上次徐晨去京州，要她当地陪。天气很好，不出去走走很浪费。她陪他逛了个景点，尽"地主之谊"，再请他吃了顿饭。那时她刚发了奖金，请他吃的那顿还挺贵的。

"我临时回来一趟，估计明后天就要走了。怕你假期安排太多，忙不过来，你吃过饭了吧？"

"没有。我妈挺搞笑的，刚刚让我给她买金手镯时毫不心软，我说在外面吃个饭再回去，她却说不要浪费钱，家里做好晚饭了。"徐晨领着她往自动扶梯处走，让她先上了扶梯，然后跟在她后面，"你想吃什么？你回来了，得我请你吃饭。"

徐晨还是快言快语、毫无城府的性子。

宁清这几天都是在宾馆楼下的小餐馆随便吃点儿面或盖浇饭，她想也没想就说："吃顿贵的。"

"六楼有家日料店，食材很新鲜。没有预约，不知道今天还能不能排上队。"

"不用了，吃点儿别的吧，热乎的就行。"宁清都快饿晕了，今天就吃了碗盖浇饭。

他们还是上了六楼，日料店旁有家粤菜。快走到门前时，宁清突然恍了下神，眼前一黑。

"他们家的粥挺好喝的。"徐晨看向宁清，想跟她说就去这家吧，结果就看见她有点儿站不稳的样子，赶忙扶住她，手臂托着她的后背，右手抓住了她的臂膀，"你怎么了？"

宁清晕了一下，站着清醒了两秒，摇着头说："没事，就是饿过头了。可能刚刚坐扶梯一层层上来，看着有点儿晕。"

"你确定？"徐晨的手还是没敢放开她。

"不然呢，赶紧进去吧，一碗粥，我可吃不饱。"

不远处，一个刚要进日料店的男人停住了脚步，看了他们许久，才被同伴催促着进去。

"你在京州日进斗金，怎么还想着回来呢？还指望你早日买房，家具找我买，赚你一笔呢。"

宁清翻着菜单瞥徐晨一眼："首付找你借，家具肯定上你家买。"

"行啊。"徐晨颇有家具店小老板的派头，"年利率5%。不过，你真打算买房了啊？"

他们都是要奔三的人了，似乎都要追求"定下来"。买房是这个年纪的人普遍会考虑的事，买的不叫房，叫刚需房。

看，这十来年的老朋友坐下来，开局便是买房。房子对大部分人来说都是大事——盘桓于心头、考验经济与心理承受能力的大事。

看着身边人，刚需房，非投资用途，各种犹豫观望，看个新闻就愁房价会不会受影响，就怕刚贷款买房房价就跌了。宁清是考虑过的，需要住，那就买。这些问题，她不懂，她只知道，有种死法是自己吓死自己。

她的问题也是大多数人的问题：没钱。宁国涛这件事后，她是一夜回到解放前。

"没有，早着呢。"

"吓死我了，我还以为你找了男朋友准备结婚买房了呢。"徐晨旁敲侧击着，"我都做好准备明天就去银行取钱，再找个蛇皮袋给你带回京州了。"

"要找婚姻伴侣共同买房，难度不亚于开公司找合伙人。还不如自己辛苦点儿，省心费力些自己买。"宁清喝了口温水润嗓子，"不过，我对房子没执念，不会降低现有生活水准去费力买一套房。一套七十年产权的房子，跟出租房给我带来的安全感是一样的。当然，我也不需要这玩意儿。"

"你这是不想结婚了？"

"不知道。"看着徐晨怀疑的眼神，她如实道，"我真不知道。"

海鲜粥端上来了，徐晨给她盛了一碗，把扇贝和鱼片都捞到了碗里："这家油条特好吃，你一会儿放粥里泡着吃。"

"谢谢。"宁清接过碗，用汤勺舀了勺送入嘴中，干货香、鱼肉嫩、大米软糯，这是她回来后吃得最好的一顿，"好喝。"

"我昨天去打球，看到赵昕远了。"徐晨看到她的神色未变，继续说道，"我看他在美国那么多年，长得都跟美国亚裔似的了。"

"你这还人种歧视上了。"宁清跟个没事人一样继续喝着粥，"你到底想说什么？"

"你还单身，是为了他吗？"

"我以为你了解我。我做任何事都是为了自己，而不是先考虑别人。"她给自己画地为牢，将他隔绝在外。

"那你为什么不再尝试找男朋友？会有比他更适合你的。"

"徐晨，这不是你的风格。如果不是多年朋友，这个问题挺冒犯的。"宁清放下了汤勺，“同样，我也没有冒犯你。如果这么说，那是不是结了婚没出轨的，是因为没有找到合适的对象？”

“OK，我道歉，是我多管闲事。”他知道这是她的雷点，谁也碰不得。

宁清倒是没了刚刚的一本正经，拿过他的碗给他盛了粥：“我跟你道歉行不？我很珍惜你这个朋友，不想心里介意了不说出口，成了疙瘩在那儿，以后都不想跟你吃饭做朋友了。”

“行了，我们之间别整这套虚情假意了。”徐晨跳过了话题，“你什么时候回京州？回来带的东西多吗？要不我开车送你去京州吧。”

“不多，就一个小行李箱，我五号就要开工。”

开工后可能随时会被施工方叫过去，流程走不完，她只能先回去，有事了再跑一趟。反正都要交钱，还是先把宁国涛弄出来。后面就再说吧，说不定一年内证据链不足就直接结案了。

“今年吃月饼了吗？”

“啊？”这画风转变得太快了，今年国庆连着中秋一起过，“单位发了，但太难吃了，也没想着自己买，说起来，今年还真一块都没吃。”

“那我给你搞个中秋礼盒。送客户的月饼买多了，香港美心的。我回去把套盒拆了装个袋子。你走之前告诉我，我送你去车站，顺便把东西给你。”

宁清还挺感动的，这是中秋除了公司想起她的第一个人，她低头抑制住了情绪：“我们俩之间需要这么客气吗？”

徐晨看着低着头的宁清，有一种朋友是，心疼她，希望她好，且能对她无所求，他说：“在京州，我帮不了你，回来后有什么事，尽管找我帮忙。”

宁清笑了笑：“我能有什么事啊？一人吃饱，全家不愁。”

赵昕远晚上喝了酒，跟人聊事时，脑子里却是刚刚在店门口的情景。

找了代驾，他坐在后面，开了窗户，吹着风。

他没有醉，他不是个纠结的人，这件事，他跟自己做了承诺，就不会轻易打破。

昨天他见到了徐晨，在隔壁网球场，两个人看了眼对方，都没有打招呼。

当年他跟宁清谈恋爱时，几乎霸占了紧张的高中生活里她所有的空闲时间。那时她和徐晨都疏远了，这是他想要的结果。这么些年，两人还一直保持联络吗？能亲密到搂着吗？

她的魔力在于，她永远那么独立，不奢求别人的帮助，能够不需要任何人，包括他。从前如此，现在亦是。

她不是他的了，她的一切生活都与他无关了。

车子疾驰过路灯，灯光在车内一闪而过时，车内的男人闭着眼，眉头下意识地皱起。

他对她应当是恨，不是爱。恨才会比爱长久，才会念念不忘，才会想向她炫耀他的功成名就以证明她选择的失败。

喝了酒又吹了风，他偏头疼，右侧神经抽动着疼。他回家开门换了鞋，门没关，走了两步想起也懒得回头。时间还早，晚上阿姨会锁门的。

“我觉得她可能现在精神有点儿问题了，我跟她说了夏丹的事，她竟然表现得很开心，在餐厅里，就要跟我碰杯庆祝。”李慧看着宁真，小心地组织措辞。

“她当年那么小的年纪，就能做出那样恶毒的事，怎么能指望她有过忏悔？”宁真冷笑。

“阿姨，你放心，以后她不会跟我们有什么交集了。”

“就怕她想。”

当看到儿子脚步带着点儿踉跄地走到客厅时，宁真脸色未变，放下茶杯，迎了上去：“你怎么喝多了？”

赵昕远推开她的手：“妈，你又干了什么？”

“我干什么了？”宁真冷着脸望着儿子。

李慧匆忙站起身：“是我今天吃饭时遇到了宁清，我多嘴了来告诉阿姨。”

“是吗？”赵昕远看向李慧，“吃的是晚饭吗？几点？在哪儿？”

“你对着人家发什么酒疯？”宁真转头对李慧说：“你先回去吧，明天我晚上跟你爸妈吃饭，先帮我谢谢他们的招待。”

李慧心知见人家丑是给人难堪，她匆匆拿了包就走：“阿姨再见。”

“你为什么要找她？我都跟她毫无关系了，你为什么要去打扰她的生活？”

宁真放开儿子，去给他找止痛药。她一看他这样子，就是头疼了，这是他那年在美国出车祸留下的后遗症。

“我没有去找她，是李慧看见了来跟我讲。我不想再跟她有任何联系，我为什么要多此一举去找她？你觉得我会去害她？你爸爸现在这个位置，妈妈不会做任何给你爸带来风险的事。”宁真把水杯递给儿子，“赶紧吃药。”

“妈，你不要碰她。”

宁清吃完饭，坚持不让徐晨送她，说要消食，自己骑车回去。

徐晨说：“哪有这个道理，嫌我的车不够贵，坐着没面子吗？”

她只得上了车，说了目的地后，解释了句，说回来有点儿事要办。幸亏他没问她是什么事，让她松了口气，不然又得现编个理由了。

下车后，宁清向他招了招手：“谢谢，路上注意安全。”

“走之前告诉我，我来这儿接你。”说完，他踩着油门就走了。

她回了宾馆，洗了澡，吹干了头发，躺在床上。人是会迅速适应环境的动物，她刚来时还嫌弃被子潮湿，但第一天夜里起风变冷时盖在身上后，也就适应了。

宁清躺着睡不着，她却不想起来加班。今天她又头晕了一次，身体在抗议，不能熬夜了。

安静的夜里，放在沙发上的手机的振动与亮光格外明显。她现在听到来电话都有应激反应了，赶紧爬起来去够手机，就怕是宁国涛的事。

适应了黑暗的眼睛看到亮屏时下意识地闭上，她先接了电话：“喂，你好。”

对面没有声音，来电的要不是她手机而是座机电话，她心里都要发毛了，其实她胆子小得很。

她坐在床上，拿开耳边的手机，看了眼号码，是赵昕远。

这样的晚上，听着手机那侧的呼吸声，她不舍得说话。她就想这样，抱着自己，听听他的呼吸声。

她一开口，很快就要结束这个电话。

但是他有女朋友了，她还是开了口：“你有什么事吗？”

对方还是没有说话。

“没事，我挂了。”

“你爸的事，我帮你。”

第五章 你欠我比欠别人好

我很怕我不遵守承诺，想拖你进地狱陪我。

“为什么？”

“今天我妈是不是让李慧去找你了？”赵昕远坐在书桌前，喝着一杯清水，“她跟你说什么了？为什么不告诉我？”

宁清抱着双腿，下巴搁在膝盖上，心想：你妈让我不要找你，我也没找你，可你为什么又要来找我？我很怕我不遵守承诺，想拖你进地狱陪我。是你找我的，每一次都是你先来招惹我的。

她开口道：“你想说什么？”

“我替她向你道歉。我妈不该打扰你的生活。你爸这件事，我想办法帮你。”赵昕远想过很多种措辞，但说出口的最后一句，自己都没想到过，“以后我们就两清了，见了面就当不认识吧。”

在黑暗的房间里，宁清扯了扯嘴角。他这话就像扇了她一巴掌，她嘲笑着自己的自作多情，以为他对自己尚有旧情。

他已经有女朋友了，他做得挺对，与前女友的一切做切割。

“谢谢，不用了。”她退回到适宜的距离，“这件事，我已经解决好了。你妈没有打扰我的生活。我们今后也没什么机会见面，你不用担心我会去打扰你。”

“我不是这个意思。”

宁清不想再听，直接打断了他：“行了，没什么事就挂了吧。谢谢你，我确实用不着你帮忙。”

说完她就挂了电话，挂完后，他再次拨打，她屏蔽了号码。他犯不着在她面前展现道德优越感和对现女友的忠贞。

赵昕远看着无法拨通的手机，心想：这不是她想要的吗？

宁清没睡好，六点多就醒了。

她昨晚不想失眠一整夜，挂了电话，就吃了褪黑素，但睡眠质量并不高，醒来时脑袋昏沉。

手机搁在枕边，她握着手机，脑袋一片空白。终究是要进入深秋了，吸进的空气是凉的，她缩在被窝里的双脚叠着取暖。听见外面机动车的声音，神思渐渐清明，她想起了昨晚的事。

如果药物副作用是抹去一段不想要的记忆，该多好。

十年前她说过，宁可接受痛苦，也不要虚无。

不知是菩萨给她的开悟，还是年少轻狂。当痛苦大到无法承受时，她需要那么点儿虚无。

将她从虚无中拽出的是生存需求，她一开手机就看到了师傅刘明凌晨过后给她发的工作信息，绘图的都是夜猫子，假期还忙着赶工期加班。师傅提醒她后天到场驻场，施工那边需要派人去盯一下。

结构最容易暴露问题的阶段是在施工时，她初入行时，刘明就经常带她去施工现场检查，虽然合同范围内不需要如此，但这成了她的工作习惯。

假期施工不停，宁清回了信息说“好的”，但能不能给她调休一下，假期过后的工作日，她有事也许需要请假。

月初快五号了，她才想起是交房租的日子。她将三个月房租打到账户上，再截了图，发了信息给房东。

前往京州的动车班次很多，宁清并不急着买票，睡不着了起来收拾行李，从行李箱的夹层中找到一条速溶咖啡，倒进了瓶装水中晃了晃，灌下清醒了下脑袋。一会儿出去再买瓶可乐，若论提神效果，可乐比咖啡管用。

她行李很少，五分钟就收拾完了，再在房间检查了一遍后，就拿了房卡出门。她不确定今天几点回来，就先去退了房，并将行李寄存在前台。

天灰蒙蒙的，不知会不会下雨，可真是狼狈。宁清吃了碗面后便打车去了看守所，宁国梅也会去。

宁国涛自己提出了不同意交钱：“交这么多钱，还来恐吓我要关两到三年，那我为什么不在这儿待满三十七天，放我出去后随他们爱干吗干吗，一句话就是：我没钱。”

宁国涛气色好了些，脑子并不迟钝，但宁清看得很清楚，他嘴上说着狠话，眸子里闪烁着恐惧与不确定。

他还在喋喋不休：“之前我认识的一个司机，家里穷得不行，就只能凑出两三万，老老实实待了三十七天后出去了，一年后结案了，什么事情都没有。他们这就是在敲诈，我没钱，为什么要出这么多钱？那个什么狗屎律师，屁用没有。”

“哥，你身体这么不好，不管怎样，认罪认罚是表明态度，这个钱反正要交，那就先交了出去，不行吗？”

宁国涛瞪着妹妹：“你知道他们来给我做了多少思想工作吗？跟对你说的一样，认罪认罚就从宽处理。没好处的事，他们会做吗？就是在威胁你让你交钱，看你有钱就要你多交点儿。你怎么就一口答应了？我不信就一个小小的环保问题，就要关我三年。”

宁清提醒他：“你是业务员，跑销售的，是主动犯罪。”

“我当初怎么知道是违法的？抓了人，还拿不到证据起诉，不就是想要我们交钱搞创收吗？就跟超载一样，不超载是没法挣到钱的，那为什么就过年时抓得紧呢？缺钱了呗。”宁国涛一脸不屑，“有个屁事，一年后证据不足就得给结案。用固废做地基能有多大危害？这样做的都发了财。呵，还联合抓捕，怎么就抓了我们？”

宁清看着爸爸，这是他大半辈子的理念，但兴许运气太差，一次也没有成功上岸过。她读书时被他说不会搞人际关系，不懂人情世故背后的利益交换，但他忘了最根本的一点。

她面无表情地说：“因为这些钱轮不到我们赚。”

超额收益来自风险，而他们毫无抵抗风险的能力。出一次事就知道，没有降落伞，只能摔成肉泥。

他无法对面朝黄土背朝天的出身认命，对社会规则理解了一大半，他旺盛的生命力来自对财富与社会地位的渴望，是个绝对的风险偏好者。如果追求财富是一场攀岩，那他每次刚爬到山顶，窥得财富一角后，就迅即被守卫者踢下山崖。可惜，他还没有超强稳定的现金流给自己托底。

小时候宁清崇拜爸爸，总能从他那儿学到“歪门邪说”，是学校里学不来的。那些东西曾影响过她，也成了她刻意压制的一部分。现在，在看守所里看着他，她并不觉得崇拜幻灭，只觉得可怜。

一个失意者，这不全是他的过错。

宁国梅看到侄女如此严肃的神色，赶忙打圆场：“哥，我们只希望你赶紧出来。你出来了才能挣钱，锁明认识人，现在工程紧，都急着要拉货的呢。你在里面一分钱都赚不了，万一三十七天过后，还要给你转监视居住呢？”

听到赚钱，宁国涛神色微变。他心中着急的也是待在里面没钱赚，身体上的苦能忍一忍，挣不了钱就难受，工程紧的时候不挣钱，其他时候也赚不了几个钱。这事，他也知道肯定要出点儿钱，但用女儿的钱，实在是没脸。

他对着女儿轻声说：“爸爸被骗了，问非法收入所得时，我说了实话。但不是所有收入都有发票，有一部分是无从查证的钱。被没收的手机里也没有任何证明，办案要讲证据。我现在推翻了不认，那部分钱，我不认，写在具结书里的量刑，我也不接受，总之就是，写的这份东西，我不能签字。”

宁清沉吟半刻，说：“好，我们不签。我给你请律师，金额和量刑都让律师去重谈。”

宁国涛下意识地皱眉：“不要请律师，都是骗人的玩意儿。”

“就这样吧，我先请。能谈就谈，不行，就直接花钱先出来再说。”她一锤定音，“我今天就得回去了，明天要工作。爸爸，你多保重身体。不要想不通，身体好好地出去了才能挣钱。”

宁国梅不可思议地看着侄女：“你还要让你爸在这儿待多久？”

“好了，不要说了。”宁国涛喝住了妹妹，对女儿说：“那你路上小心。”

出了看守所，宁国梅问宁清：“这件事，你到底是怎么想的？是不是听了你妈的，又不想给你爸花钱了？她还是他老婆，出了这么大的事都能不回来，真心狠。”

今天她就要离开，只有宁国梅在这儿帮着宁国涛跑前跑后，这话固然刺耳，宁清还是耐着性子解释道：“姑妈，那份具结书很不合理，你也不希望这才被放了就又要进去蹲两年吧。妈妈的工作是一天都请不了假，如果她不挣钱，这么多罚金，我一个人是掏不出来的。”

宁国梅一听到钱的事，果然不说话了。说实话，她听到侄女说了这句话，心里才舒服点儿。蒋月这么多年在外面，不照顾她哥，一分钱也不为家里贡献，算什么老婆？怎么不干脆离了婚各过各的？

宁清不想让任何人知道她挣多少钱，被猜出有多少存款，这件事，还不如就说是蒋月出钱。

她也到底没有问出口：“我爸被抓进来前，他赚的那些钱去哪儿了？”

徐晨上午又去打球，网球真是项锻炼心智的运动，让人着迷。这个假期，他每天上午都跑来找教练打球。

兴许状态不对，今天切磋得格外艰难，他打完一盘后，到树荫底下的休息区喝水看手机。五分钟前宁清给他发了信息，说她办完事准备回京州了，不用他送。

他直接一个电话打了过去：“你现在在哪儿啊？”

“在去宾馆的路上，我住的地方离车站挺近的。”宁清正走去宾馆，还有一公里，“我就是跟你打个招呼，真不用你送。”

徐晨跟教练摆了摆手，说今天不练了。

“这哪行啊？我又没事。等着我，二十分钟后到。”

徐晨喝完水正准备找垃圾桶扔掉瓶子，才发现旁边站着赵昕远，赵昕远正弯腰将拍子收进网球包里，最近网球发烧的他看了眼人家的装备，包是他正找同学代购还在海上漂着的Wilson最新款，球拍是Yonex，型号没看出来。

“你今天是不是疯了？”一个男人走到赵昕远旁边，“六点给我打电话，约我七点打球，连打三个小时不让我休息。不过，你状态太差了，动作完全变形，根本不是你的水平。”

赵昕远摇头：“明天早上再约。”

“状态调整不过来，就不要打，去做耐力训练。”那个男人拍了拍他的肩，走开了。

徐晨当没看见他，自顾自收拾了包准备离开。

“你是跟她在一起了吗？”

徐晨回头，确定是赵昕远在跟他讲话：“谁？”

赵昕远笑了下，带着嘲讽的意味：“宁清。”

“这是我们俩的事，跟你没关系吧？”一个在她最艰难时转身离去的前男友，有什么资格来问她呢？徐晨觉得他很可笑，“答案，你不需要知道，每个人都在往前走。”只有那个可怜虫留在了原地。

宁清走到宾馆，站在大厅等了半小时，徐晨才到。

他把车停在了马路边，拎着她的行李走了出去：“一起去吃午饭吧。”

“不了，动车十二点出发，来不及。”

“能改签吗？”

“真不用那么客气，我还不饿，到了京州后吃个麦当劳就行。”

她扎了个马尾辫，戴上了俏皮的米奇鸭舌帽，在他旁边走着，还是高中时那副没心没肺的样子，一切事在她面前都不算事。

“麦当劳有那么好吃吗？”

“对啊，麦当当就是最好吃的，它家可乐也最好喝。”

徐晨笑了：“那我马上给你买个麦当劳带到火车上吃。”

“不用，薯条软了不好吃。”

到了车站下车时，徐晨从后备厢给她拿了行李，再将后座上的一个袋子提了出来，塞得满满当当：“给你的中秋礼盒。”

“你这弄得跟走亲戚一样，走之前还得给点儿土特产带回去，是吧？”时间也不急，宁清往里面看了看，“为什么要给我燕窝？”

“你也不照照镜子。”徐晨叹了口气，“你不年轻了，该好好保养了。”

宁清气得踢了他一脚。

徐晨笑着逃开，往后看了眼，那辆车跟了他一路。

“抱一个吧，看在给你这么贵的礼盒的分儿上。”说完，他不由分说便给了她一个拥抱，“宁清，人要往前看，是不能回头的。”

宁清心想：我没有回过头，我只是有时不知道该如何往前走。

第二天，宁清就到了郊区的工地，她戴着安全帽，在一片尘土飞扬中给施工头老夏讲图纸。

正唇干口燥时，她身旁的老夏突然对着旁边走过来的人喊了声“林总”。宁清看过去，是一个女人，监理他们都陪着她，像视察的样子。

宁清继续低头对着图纸强调了施工时的注意事项，一抬头，她皱了眉头，小心地穿过去，拦住了那个女人：“这里不是安全通道，退回去。”

监理王庆笑着打哈哈：“我们宁工很严格，林总请见谅啊。”

看着那个女人脚上标志为“H”的鞋，她又补了句：“下次进工地，穿运动鞋，不要穿这种皮鞋。”

林夏在工地上很少看到女工程师，这一帮男的，没一个发现她这样有问题，可能发现了也不敢说，她朝宁清笑了笑：“好的，我知道了，谢谢你。”

宁清戴着口罩，退了回去，领着老夏往另一个角落走去。

“宁工，你真严格，幸亏林总没跟你生气。”宁工跑工地跑得勤，老夏熟悉她的脾气，她在安全问题上异常较真，在施工监督上更是严格，“你知道她是谁吗？”

老夏自问自答：“咱这地是建林集团的，刚刚的林总是集团老总的女儿。想不到这种日理万机的人，竟然还两次跑工地看进度。”

宁清从工地出来时，已经中午了。她掏出手机，刚刚在里面时，宁国梅给她打了电话，她给挂断了。

老夏跟她说买了盒饭，一起去棚子里吃。她边回拨电话，边说：“我打完电话就去。”

“喂，姑妈，什么事情啊？我刚刚在工作，就没接。”

电话那头的声音喜上眉梢：“没想到那个不靠谱的刘律师竟然还有两把刷子。据说他去跟法官协商说起诉金额太高了，当事人家庭肯定交不起这么多钱，而且量刑也在跟检察官商量了，那个具结书现在没有写量刑建议。我觉得这个可以签了，你觉得呢？”

宁清正背对着太阳蹲着，听到这个“好消息”，觉得太快了。

那个刘律师，她联系过好几次，他根本就不是个能干事的人，就起个给检察机关背书见证的作用，完全不想为当事人争取任何权益。

“姑妈，你方便让律师把具结书拍个照发给我吗？我看一遍再确定。”

她挂了电话，就把某个号码从黑名单中拉出来，打了过去。

“喂。”赵昕远正在家吃饭，他看了眼号码，接了电话就往外走去。

“是你帮了我吗？”

他走出了门，找了片树荫站在下面：“是。”

“我说过需要你的帮助吗？”宁清怒上心头，“别整得我跟瘟疫似的，就怕沾了我会倒霉。赶紧帮了我，是因为你们全家人包括你都怕我惹是非，影响你的人生，是吗？”

“我没这个意思。”

“那你是什么意思？我都说了不会见你、不会去打扰你们家，你们还要我怎样？”

“你欠我总比欠别人好。”

脚下一颗石子被他一脚踢入了草丛。

✦ ✦ ✦

寒假对高中生来说太过短暂，半个月都不到，但数学考卷都有二十来张。

开学后，考卷被收了交到老师办公室，老师们随手丢弃在角落里，都知道学生寒假在家没心思学习，瞎糊弄呢。批改讲解了也没意义，刚开学，学生脑子都是一团糨糊。

此时距离小高考还有一个多月的时间，通过小高考本身并不难。一门是A加一分，如果四门都是A，会加五分，算在高考成绩里。

若用一分相差上千人、五分就是一个档位的分数概念去看小高考，本市其他中学高二上学期期末前，就已经停了两门选修，把时间留给了小高考的复习。

一中没有这么干，认为这样牺牲主课、将大量的时间投入小高考是没有意义的。一中的学生有能力在考前短时间内复习拿四个A。直到小高考前三周才停了两门选修，专攻小高考。

物理老师上完小高考前的最后一节课叹了口气，抱怨道：“本省高考教育改革改了个什么东西，学理科，物理竟然不算分，那学什么理科？高考录取分数只算语数外，两门文科、一门理科，让偏科的学生怎么办？那些能考A+的，如果语文或英语差了点儿，上的学校就会差一个档次，这样的理科到底选拔了些什么人才？”

与此同时，夏丹的整顿也来了。

早自习本是六点四十开始，她第一天说：“我建议你们提早十分钟，六点三十就开始早自习。”

住校生宿舍是六点钟亮灯，要穿衣洗漱、吃早饭、来教室打扫卫生，学校很大，宿舍、食堂和教学楼之间的距离并不近，要在半小时之内做完并坐下准备早读，非常赶，连坐下喝口粥的时间都没有。走读生则要起得更早，二月的天，早上是又黑又冷。

第二天，夏丹一早就来了教室，把六点三十五过后来的全拦在了教室外。一大早她就发火，扯着嗓子问他们为什么迟到，说把她的话当耳旁风是吗？

她嗓门大到隔壁班班主任老高砰的一声把门关上，嫌她吵。他还对着自己班的同学阴阳怪气地说：“看我多好，早上让你们多睡十分钟，体谅你们冬天难爬起床。这十分钟哪里挣不来？”

学校是一个小型社会。学生是老师的监管对象，老师是学生的观察样本。

比如，夏丹与同事们的关系非常一般，非必要连招呼都不打。兴许老师内部也有鄙视链，能在一中教书的老师，要么是资深手上带过多届毕业班用实力说话的，要么最起码都是正经大学硕士毕业专业能力强的，毕竟一中给的安家费在那儿。当然，这个行业里的很多人都喜欢哭穷，说课时费低，早起晚睡，工资才那么点儿，当老师就是清贫。

在这些自诩“名门正派”的老师眼中，夏丹就是一个野鸡大学毕业的，也不知道怎么进的一中。她走路时一副趾高气扬的样子，从不与同事主动打招呼，除了领导。

夏丹身材好，长得漂亮，在一众不打扮不化妆的女老师中，她异常出挑，甚至是天生媚骨。她皮肤底子好，即使是裸妆，勾勒两笔简单的眼线，都女人味十足，面对领导非常会撒娇。

撒娇挺考验水准的，过头了就显得行为不端，没到位就是做作。她胆子大，跟任何级别的领导都敢搭话，对着副校长都能以嗔怪来拉近距离。

对着这么个同事，老师们心里怎么想的，谁都不得而知，也许看不起中夹杂着几分嫉妒。如果一个地方被称为象牙塔，这个地方的人际关系大概率会更复杂，业务能力并不是唯一的评判标准。

都是当年认真读书、按部就班考编当了老师，其中不乏天分极好，但家中贫穷只能读免费师范的。他们相信努力就能过上安稳的生活，工作成果只来源于学生的成绩，甚至大部分人身上都保留了一丝书生气，虽然想跟校领导搞好关系，但不是每个人都能放下身段。

说到毕业班班主任，虽然大家嘴上说着辛苦才不要当班主任，但都在明争暗斗。这是个非常好的锻炼机会，且有利于后续升职，一中今年被挖走了两个老师，都是带了多年毕业班的，过去就分房。

有那么多轮了好几届高一班主任的，都没当上毕业班班主任，这个夏丹第一次当班主任，带的就是理科毕业班，还是强化班。这种班级出成绩，根本原因不在老师，生源质量就已经是高水准了，要是连他们都考砸了，一定是老师的问题。

其他老师心中并不舒坦。凭什么这么好的机会会给她？

十几个学生连成排站在教室外，宁清位列其中。

宿舍一向是亮了灯大家才醒，结果今早宿舍灯还没开，她就听到了舍友们的窸窣声，被吵醒后她恼怒地把头埋进被子里，想再眯一会儿，结果醒来时已经六点一刻了。冬天衣服多，她动作还不快，穿完洗漱后拿了包牛奶就直奔教室，自然是迟到了。

她跑到楼梯口时，看到一群人在外面站着，还以为夏丹找他们有事。她走近时还看到了赵昕远，他靠墙站着，一副没睡醒的样子，整得跟在走廊里晒太阳一样。而他旁边的李慧则低着头，不论是谁，都在外面被罚站，她也不例外，很丢脸。

当宁清走到教室门口，赵昕远还朝她笑了下，不知为何，笑容中带着莫名的幸灾乐祸。

她刚想走进教室，夏丹就伸手把她拦下了："你去哪儿啊？这都几点了？"

宁清完全忘了昨天班会课夏丹讲了什么，那时她照例在想，晚饭吃什么。她只听到了句建议早点儿来早读，她还真抬手腕看了眼手表，六点四十一。

夏丹被她这一挑衅的动作气到了，觉得她从不把自己的话当回事："我昨天说了什么，你没听到吗？"

宁清抬头看着夏丹，不发一言。

瘦削的少女抬起头时一道凌厉的下颌线随之扬起，她在料峭的寒冬里抿着苍白的唇，一双平日里炯然有神的眼只剩漠然。

面对老师的批评，要么低头沉默，要么脸看向别处，执拗着不服气，要么年轻气盛辩论一番，很少有学生会这样，盯着老师看，眼神不闪躲，却又不肯说一句话，仿佛成了高高在上的审判者，不屑与人对话。

这不是挑衅是什么？当着这么多学生的面，给她下马威？

夏丹沉下面孔，厉声道："哑巴了？重复一遍，我昨天班会课上说了什么？不会说话吗？忘记了也跟我说一句'忘记了'。"

宁清不想开口，牙齿紧咬着下唇，忍耐着想哭的冲动。谁能想到刚起床，就要被一顿骂，还是当着这么多人的面。她更想问夏丹："我就迟到了几分钟，你至于这样吗？这句话是考试内容吗？"

"你昨天说的是，建议六点半来早读。"赵昕远走到夏丹跟前，善意地提醒了她，"夏老师，你并没有说一定要六点半到教室。"

教室里的读书声骤然减弱，坐在窗边的同学动作小心地把开了一个口子的窗户缓慢推开，刚刚听到这句话的人在向内里实时更新战况，等着看一场戏。

谁能想到率先给夏丹下马威的竟然是赵昕远。

赵昕远在班里成绩数一数二，能到这个排名，几乎是不偏科的，各门都优秀，不说受老师喜欢，那肯定也没讨厌的。他人缘也不差，经常跟班里男生一起踢球。大家都能看出夏丹是偏爱他的，他早读、晚自习迟到，几乎没被骂过，骂也是带着调侃意味地说：“你们成绩要跟赵昕远一样，天天迟到，我也不管。”

夏丹没想到赵昕远会来打脸，教训人的气势被这句话打断，她瞪着他：“我是在问她，不是在问你。她让你来替她回答了吗？”

赵昕远的瞌睡虫都要被她的怒吼赶走了，他早上一向都很困，懒得说话。她的逻辑能力是不是不行，怎么这么容易就觉得自己被冒犯？

“我只是觉得，你应该说清楚，是建议我们六点半到教室还是一定要。”赵昕远看了眼旁边的宁清，“否则我们搞不清你到底是什么意思。”

李慧看着赵昕远，他一向独善其身、不管闲事，这件事，他出什么风头？就算大家都不乐意，可他不知道枪打出头鸟吗？

“你什么意思？大家都能明白，为什么就你们这些人听不懂？”夏丹眼神上下扫视着赵昕远，“你觉得你考个第一就能不遵守班级规定了吗？”

宁清没想到赵昕远会站出来帮她说话，看他都快跟夏丹杠起来，她开了口：“对不起，我忘了。”

夏丹忌惮着赵昕远的身份，不敢批评他过多，找了个台阶下：“站过去，忘了就给我站一个早自习长记性。”她又对着旁边的赵昕远吼：“你也给我滚过去，你话太多了。”

说完，她就踩着高跟长靴走进教室，重重地把门关上：“四A到手了？都给我读书，看什么看？”

嗡嗡的读书声再次在班级中盘旋，为了避寒，她把窗户砰地关了个严实。

赵昕远站到了宁清旁边，她穿了蓝色羽绒服，脸颊冻得泛红，二月的天依旧很冷，也没条围巾。

他低声说：“你别理她，她发神经呢。”

宁清转头看着他：“你为什么要帮我？”

她刚刚一副执拗、不肯服输的样子，现在自己都没察觉到语气中带了委屈。赵昕远看着她噘着嘴问他为什么，心中有种异样的感觉：“因为我们是朋友。”

她却低头说：“谢谢你。”

“这有什么。”赵昕远看她低头，说，“喂，你不会要哭吧？”

红了眼圈的宁清恼火地瞪着他：“谁要哭？”

“好好好，我错了。”赵昕远举手认输，看到她兜里的牛奶，“你也没吃早饭啊？”

“嗯。”带着鼻音的她哼了一声。

“吃饭团吗？”

“啊？”距离早自习下课还有四十分钟呢。

赵昕远看她这呆样，真怀疑她刚刚的倔强是没吃早饭反应迟钝：“我饿了，要去买早饭，走了。”

宁清没想到还能这样，罚站到一半直接跑去买早饭？看他迈着长腿往另一侧楼梯的方向跑去，她还没反应过来，他就已经消失在了走廊上。

他到底是腿长，没几分钟，就跑了个来回，气都不带喘的，饭团到宁清手里时还有些烫。

食物的香气迅速在寒冷的空气中弥漫，一同罚站的男生们看到赵昕远都在拆三明治了，便起哄：“赵哥，你怎么这么嚣张啊？”

“小声点儿。”

“你都吃上了，还怕什么啊？”

“滚。”

他看着宁清还握着饭团：“我帮你把风，吃吧。”

宁清不是个叛逆的人，她认为合理的规则都会遵守，以避免带来不必要的麻烦，他却在怂恿她逾矩：“被发现了，我给你担着。”

她看了眼教室门口，没有开门的迹象，边撕包装边跟他说：“说好了，被发现了，你负责。”

“好。”

站在前边的李慧看着他们光明正大地在罚站时吃早饭，他还拿走了宁清手上的塑料袋，扔进了垃圾桶里。

为什么，他们什么时候成了这样的朋友？李慧以为，只有她会是他的朋友。他有没有意识到他对宁清不一般？

晚自习结束时，李慧照例跟赵昕远一同回家，她背着书包走在他旁边，问：“你今早为什么要帮宁清说话？”

赵昕远还在想一道数列题，虽然做出来了，但使用的方法太烦琐了，有没有更简单的方法？

听到这个问题，他第一反应是：哪儿来那么多为什么？

“你不觉得夏丹太过分了吗？”

“不觉得。”李慧快步走，才能跟上他的步伐，“是她自己不回答夏丹的问题。”

“OK，那是你不觉得。”赵昕远耸耸肩，“我觉得过分，所以我们想法不一样。”

“她有必要这么彰显个性吗？早回答‘忘了’不就什么事都没有了吗？”

“我不觉得我们在这件事上有争执的必要，没有意义。”

“为什么？”李慧很烦他一副不想跟她讨论的样子，“我们观点不一样，为什么不能讨论？”

他们快步走到了校门口，灯光通明。分批次下晚自习，三个年级大多数走读生都选了更晚的批次，这个点正是人最多的时候，喧闹不已，校外的马路上汽车的嘀嘀声不断。

赵昕远停下了脚步："对，老师是有资格批评学生，但如果老师毫无尊重可言，学生就有反抗的权利。每个人反抗的方式都不一样，沉默是她的选择。况且这个规定本身就不合理，她为什么一定要遵守呢？"

李慧看着赵昕远认真的眼神："可夏丹这么做是为了我们好啊，高中不就是这样吗？就要珍惜一切时间去学习。早读效率低，早到十分钟给了缓冲调整状态啊。怎么就她觉得不合理呢？"

"对，我们现在讨论这个就是浪费学习的时间。"他又继续往前走。

李慧看着他疾走的背影，他为什么对她这种态度？

"我说得有错吗？她班级排名才十名左右，不觉得成绩不好就没资格反对增加学习时间的要求吗？"她追上了他，"可能夏丹的态度确实有问题，但老师总归是为了学生成绩着想。"

"如果物化算分数的话，她总分未必比你低。"赵昕远不想反驳她如此荒谬的逻辑，"这件事到此为止，我不想讨论了。"

他是物理科代表，偶尔有一次看到了宁清的作业，那次作业特别难，他都有两道题做不出来，但宁清全对，受力分析在她那儿就是很简单的事，物理考试，她失手了才会得A。

"你为什么要这么维护宁清？"这是他俩认识以来，赵昕远第一次这么对她说话。

"这不是维护。"赵昕远下意识地否认，"这是对错问题，你也可以理解为想法不一致。"

"在说什么呢？"宁真站在车外等着两个孩子，同在一个小区，她与李慧父母轮流接送，这周轮到她了。儿子皱着眉头走过来，她还听到了宁清的名字。

"没什么。"赵昕远上了车。

"听你说到了宁清，她怎么了？"宁真递了酸奶和坚果给他们，正是动脑长身体的时候，她每次来都会带点儿健康的零食给他们当夜宵。

"阿姨也认识宁清啊？"李慧乖巧地问。上次她看到了宁真和宁清站在一起，但她并不知道她们具体的关系，难道是亲戚吗？

"对啊。"宁真发动了车子，"她是昕远外婆家那边的邻居，真巧，是不是？都在一个班。"

"原来是这样啊。"

✦ ✦ ✦

这一年开头，对宁国涛来说不太平。

年后开工，他就花了几千修了车。那天回程时，他为了省过路费，没上高速，卸了货，车子轻了，就绕路走了另一条小路。结果半路上车胎爆了，路过的轿车司机还给他按了喇叭提醒他，他知道爆胎了，为了保险起见，也得过了红绿灯再开几百米才停下。

他打电话找人来修车就等了一个多小时，从傍晚等到天黑，把轮胎换了，检查了一下，把轴承也一并更换了。

蒋月还在等他回家，听到汽车到家的声音，她赶紧热了饭菜，再做了碗番茄汤。今天清晨五点多，他就出门，到家都已经是晚上十一点了。

这几天家里都是她做饭，婆婆胃不舒服，照例去镇上医院配了点儿药，她晚饭给婆婆做了烂糊面，养养胃。幸亏年后还没开始捉鸡来养，不然，她一个人哪里忙得过来?

孙英是多年的老胃病了，小时候饥一顿饱一顿，早年下地干农活儿时经常来不及吃饭，等回家早已饿过了头，没了胃口，喝碗粥，胃里才舒坦，哪有什么营养？所以胃不舒服，她并不当回事，吃个药休息两天就会好。过几天她就准备去运点儿小鸡回来，村里人过了年都开始工作挣钱了，她怎么能歇着?

宁国涛才修完车一个月，又出事了。

年后拉的是石子，一天他拉完货回家，拿着铁锹，爬去后边清理残渣，结果他刚跳下去，只走了一步就一脚踩到了洋钉。谁能想到角落残渣里能有钉子，钉子直接穿透了运动鞋，扎进了脚掌。他疼得连喊的力气都没有，幸亏蒋月在家，她不会开车，骑电动车带他去了镇上卫生院，连麻药都没有打，把钉子拔了，消完毒包扎后又打了破伤风针。

这个脚，起码得歇一个月。疼得躺床上歇了三天，然后他又闲不住了，开始动脑筋想怎么赚钱。

据内部消息说，养鸡棚那块地，明年就要拆迁。

如果这种天降好运是中彩票，那中彩票是要交税的，并且税率高达20%。

宁国涛知道，好事绝对不会简单地落到自己头上，没到嘴的鸭子随时会被人抢走。要真老实地在家等拆迁款，就不知是天真还是没遭过毒打。也不是说会拿不到拆迁款，但是可能会有很大的出入。

如果有意外之财，那千万不能吝啬，要先把该交的“税”给交了，阎王好见，小鬼难缠，阎王和小鬼都要打点好了。

宁国涛舍得花钱，脚伤了无法拉货，就跑去外边花钱请人吃饭，当孙子陪喝酒，就为了打好关系，将来拆迁时，该拿的钱一分不少。他更试图商量：“我这可是养殖户，一年养鸡能赚那么多钱，拆迁给我一次性赔付，不应该只拿这么点儿钱吧？我要能拿这笔钱，少不了哥哥你的好处。”

养鸡棚旁有块空地，也是他家的，当初搭建鸡棚时没利用上，就干脆空着了。孙英闲着没事干，还在那儿种了点儿菜。

按照当下的拆迁补偿办法，房屋面积和空地面积的赔偿标准是不一样的，搭建一个简易的屋子，算上人工成本才几千块，一间房能多赔付两万就算赚了。

反正在家闲着也没事，宁国涛打电话让人送来砖头和水泥，再请了两个泥瓦匠来搭屋子，就准备打个地基灌水泥，砌个水泥地，天花板都不准备弄吊顶。他不接水电，就从隔壁屋子拉根线，安个电灯，再放个马桶做摆设，把这儿装成一个卫生间。

为了省钱，蒋月一直在旁边当小工，干什么都搭把手，等泥瓦匠走后，还得扫垃圾。孙英做饭，把过年剩下的冻在冰箱里的肉弄一个荤菜，再从地里摘点儿菜，炒两个素菜，再做一个汤，就能打发工人的一顿午饭，剩下的自家人当晚饭。冬天比夏天好，做工的人吃饭不用喝啤酒，少一笔开支，但也得一人一天给一包二十多块的云烟。

新的一年，全家人都为了赚钱忙活起来了，虽然辛苦，但有盼头。蒋月晚上躺在床上对宁国涛说：“清清明年就考大学了，我不管你的钱，但大学四年的学费、生活费，那么多钱，你都要准备好了。”

中年夫妻，事后就开始谈柴米油盐。

宁国涛倒是志得意满，说：“我心里有数，况且明年拆迁了，这笔钱我们四个人都有份。”

他睡过去之前问：“你这是安全期吧？”

蒋月也困得很，说：“我都四十多岁的人了，睡吧。”

这阵子天气好，他们都没停过工，连干了八天，就盖完了一间屋子。

这一个多月，女儿都没有回家，说是在复习小高考。这周考完终于有个周末了，学校难得仁慈，周五中午就开始放假。宁国涛答应了女儿说去接她回家，不让她坐公交折腾。

周五，阴天。

昨天就结束了小高考，班里同学早就没了心思学习，囫囵吞枣地上完了半天课，第四节课下课铃声一响，就蜂拥着冲出教室。

宁清早就收拾好了书包，一口气跑到了学校外边，爸爸的皮卡格外显眼。

她打开车门惊喜道：“奶奶，你也来了啊。”

孙英接过孙女的书包：“你爸说请我们吃饭呢。”

蒋月坐在副驾驶座上，先问了考试："小高考感觉怎么样？"

"肯定能过，应该能拿四A吧。"宁清倒是觉得这段日子挺轻松的，语数外暂时没有考试的压力，会考的四门学科考试内容又不难。

"老师还好吧？"蒋月透过后视镜看女儿的神情。

"嗯，还行。"宁清靠在奶奶身上，看到了座位上的包装袋，"你们去逛街了啊？"

蒋月看她这个躲避样，就想回去再问她。

孙英把衣服拿了出来，在身上比对着："你看看，这是我新买的针织衫。竟然敢开口说要一百二，我直接还到了五十，最后五十五拿下了。你觉得好看吗？"

"好看是好看，但你为什么不买个嫩点儿的颜色？"

孙英笑着打孙女的胳膊："我都一把年纪了，穿嫩颜色要被人笑话的，你才需要多买几件好看的衣服呢。"

"马上天暖和了，就要穿校服了，我不要买。"

虽然校服丑得毫无审美可言，但对每个季节就两三身衣服轮流替换的人来说，披个校服也挺好。

一家人在外面吃了饭，蒋月说还要回家喂鸡，就并未再逗留，宁国涛开了车回去。

宁清枕在奶奶的大腿上，在皮卡有节奏的晃动中昏昏欲睡。

开到中途，宁国涛接了个电话，外放声音很大。

"哥，你赶紧回来，鸡棚那儿的屋子被拆了。"

"什么？"宁国涛脚踩油门往回赶，"谁干的？"

宁国梅是来养鸡棚这儿借推车的，到的时候就觉得不对劲，外面停了辆面包车。鸡棚外的大门并没有被打开，但她听到了敲打声。

她赶紧开了门进去，发现声响在最里面那间屋子里，是刚建完的那间。她先进了旁边的房间，去厨房找了把菜刀握在手里，才敢出来。

那间屋子的门，她不知道她哥是从哪里弄来的二手货，质量差得不行，随着内里的动作晃动不已。

当宁国梅把门推开时，顿时震惊了。对面的墙已经倒塌了一半，直接就能望见外面的田野。三个男人手中拿着大榔头在猛锤着，马桶已经被掉落的砖头砸坏了大半。原来他们不是从大门进来，而是穿过后边的田地，到了屋子后墙处开始砸的。

她把菜刀举起来，喝道："你们是谁？在干吗？"

带头的男人三十岁出头，一看就是混社会的，一副痞样："我们是拆迁办派来的，这儿马上就要拆迁了，你现在建房子，就是违章建筑。不允许建，就得拆。"

他手中动作并不停，一锤子下去，把马桶彻底砸烂了。

宁国梅迅速反应过来，这样的事在这个年头并不少见："是被人举报了吗？"

"屁话。"带头的男人停下了动作，"你偷偷在这儿建房子，这么个鬼地方，没人举报，谁知道啊？"

宁国梅放下菜刀，从包里拿出了香烟。王锁明是包工头，她包里都会带着烟，随时给人发。

"来，抽根烟。"她走过去，把香烟递给他们，"别拆了，墙都倒了半面了，再拆，顶塌了也危险。我们也刚知道这是违法的，不然也不敢干啊。"

"算你识相。"带头的男人拿了烟，掏出打火机，点燃了，一屁股坐在废砖上，对着旁边两人说："停了吧，他们要再敢建，我们就再来拆。"

宁国梅试探着问："你知不知道是谁举报我们的？"

"打了座机电话来举报的，谁知道呢？"

"那有办法查吗？"

带头的男人乐了："你们家得罪谁了，自己都不知道啊？"

"我们还真不知道。"宁国梅嘴上这么说，脑子里却在盘算到底是谁红眼病犯了。

"那我们更不知道了，而且这个怎么查？举报的人都知道用公共电话打，谁用自己手机号打？"说完，他看了眼宁国梅手上的那包烟。

"好的，这儿，我们绝对不敢再建了。"

包里有三个档次的香烟，她刚刚拿了最差的，将手中的那包烟都递出去，送走了这几个瘟神。

确定他们走了，她赶紧打了电话给她哥，催他回来。她想说这么大的事，怎么一个人都不在这儿，但又庆幸没人在，万一在这儿打起来了怎么办？

宁清已经睡了过去，没有感受到汽车的加速，通往乡镇的路上红绿灯并不多，宁国涛一路狂飙到鸡棚。

鸡棚在一片田地中，并没有水泥路供车辆行驶，坑坑洼洼的路将宁清抖醒，宁国涛开得又快，要不是奶奶抱住了她，她都要从座椅上摔下去了。

她坐起身，揉了揉眼睛："我们不回家，来鸡棚啊。"

可是，车上三个人没有一个人回应她。

宁清看出了不对劲，也不敢追问。

车子在田野小路上疾驰，地里大片的油菜还未开花，没过几分钟就到了鸡棚外。

车子都没熄火，宁国涛就跑了出去，连车门都没关，蒋月和孙英紧跟在后头。

屋子的门被打开，他们站在外头，就看到了一望无际的田野。墙已经没了。

孙英看到这一片废墟时，腿都要瘫软了。

蒋月瞬时红了眼睛，昨天还又打扫了一遍屋子，水泥地上都是灰，她洒了水，拿了湿拖把拖了两遍。谁知道哪一天拆迁，这间屋子用来放鸡饲料和食盆料槽，棚内就能多空出一块地再养些鸡。走之前，她还看了眼屋子，回来就已经被拆了。

宁国涛面无表情地走进屋子敲了敲残存的三面墙，再走到废墟之中，看着被碾成碎片的马桶塑料盖："谁干的？"

"咱家被人举报了，说这块地要拆迁，现在建的房子是违章建筑。"宁国梅揽住了孙英，"哥，到底是谁这么嫉妒咱家啊？"

老婆在掉眼泪，老母亲被妹妹扶着，房子被拆了。他前天把工人工资和原材料的钱都结清了，再加上自己跑建材市场买的材料，花了得有八千。没了，全都没了。

看着这一片狼藉，宁国涛说："让我知道是谁，我要把他的腿打断。"

蒋月一回头，就看到女儿站在后边，正静静地看着他们。

谁忍心让子女看到父母受欺负？她一把抱住了女儿："别看了。"

蒋月擦干了眼泪，到屋里拿了电动车钥匙："去车里拿书包，我送你回家。"

看到宁清就站在原地不动弹，扯她的手也不走，蒋月变了面孔："回去，这不关你的事，你给我回家好好学习。"

宁国涛回头："我开车送她回去吧。"

回程路上，女儿看着窗外，沉默不语，宁国涛说："别害怕，爸爸不会做这种事情的。"

回到家前，宁清都没有说一句话。

宁国涛现在没心思管她，把她送到家，离开前说："万一我们晚上不回来，你记得把门锁好。"

李老太喊女儿回家拿蔬菜，都是她地里种的，农药都不打。

从前她们不在一个城市，一年都见不了几次。现在女儿回来了，她自然是亲热。得知外孙放假了，李老太赶忙说带昕远回来一起吃饭，她想外孙了。女儿应下后，她又打了电话给儿子，让他也过来吃晚饭。

虽说是亲兄妹，但结了婚，到底就是两家人。见过了太多老一辈走后小一辈之间断了联系的，李老太希望他们两家能关系融洽、互相扶持。趁着女儿在这儿，她要多把他们组织在一起，联络感情。

晚上吃火锅，人多了，炒菜麻烦。李老太上街买了筒子骨，炖一锅汤底，儿媳妇说会带涮的肉过来，她就买了些素菜。

傍晚时，她正在地里摘生菜，路过的村里人跟她说了几句闲话。消息传得太快了，她起身时看了眼隔壁的孙英家，门紧锁着，没有人在家。

晚饭时，火锅蒸腾着热气，一家人吃得热热闹闹，欢声笑语不断。李老太还是没忍住，把这件事当笑料跟儿媳妇说了。

宁真在一旁听着，说："现在抓得很严，只要被举报了，都会被拆除。"

"那不是活该吗？拆得好。"

第六章　过去无法忘记

赵昕远知道，她一向硬心肠，还能指望她有心？

七点半了，爸妈依旧没有回来。宁清今天去养鸡棚时听见了小鸡的叫声，他们可能会睡在那儿，晚上是一定要有人守夜看门的。

宁清没有打电话问，怕打扰他们。在家待着心烦意乱，她换了运动鞋，带上了钥匙，准备出门跑步。

开了门，清冷的空气扑面而来，她冻得跺了跺脚。当快走到李老太家门口时，她用余光看到树下有个人影，又看了眼李老太家厨房，正灯火通明。

大晚上的，宁清突然感到害怕。她听妈妈说过，曾看到过李老太鬼鬼祟祟地三更半夜时拿了黄纸在树下烧，非清明非忌日，不知道在干什么坏事。

她吓得从快走变成了跑，结果后边的影子还跟了上来，她跑得更快了。

“你跑什么？”赵昕远嫌屋里热，出来透口气，看到她从家出来关了门，走到树下时看了他一眼，就跑了。

宁清刹住了脚步，回头看了眼走上前的他：“你有病啊，一个人站在树底下干什么？”

“你又没做亏心事，心虚什么呢？”赵昕远多聪明，猜到了她在想什么，态度跟她大爷似的问她，“这么晚了，你干吗去？”

“跑步。”宁清往前走着，他也没有要回去的意思，“你要一起跑步吗？”

“我吃多了，你带我溜达一圈。”

宁清看见他外边是件毛衣：“你要不要回去披件外套？乡下晚上很冷的。”

她刚回来，都能明显感觉到，晚上在家要比在学校冷。

“不用，我热着呢。”他一口否决，虽然他就穿了这一件毛衣，但小伙子怎么能怕冷？跟人出去散个步还要回去加衣服，多没面子。

乡下的夜晚是极静的，除了零星的电动车驶过，这个点几乎没有人出来。宁清踏在宽敞的马路上，呼吸着新鲜而带着凉意的空气，一抬头，看到竟然有星星，虽然只有零星的几颗散落在天上。

可能她在学校心总是紧张的，哪有心情仰望天空？她看到了寻常事物，也能有孩童般的好奇与惊喜。

“那是什么？长得跟韭菜似的。”

两人走到了村子的一端，有一盏路灯亮着，再往前就没了房屋，马路旁边是一大片土地。

宁清顺着赵昕远的视线看过去，在路灯照耀范围内的土地里有庄稼，的确跟韭菜一样，冬天里还是绿油油的。

她想了想，说："水稻吧。"

赵昕远怀疑地看着她："真的吗？"

宁清内心翻了个白眼，他这个城里人，哪里懂庄稼，还来质疑她这个农民的孩子："当然啊，我小时候还插过秧呢。你下过地吗？"

他看着她一脸自信，摇了头："没有。"

"插秧可辛苦了，得光脚进灌满水的泥里，还会遇上吸血的蚂蟥呢。"她只记得是天气十分凉爽的时候插秧种水稻，那就是秋天，她越说越肯定，"这就是水稻，秋天插秧，等到开春就能割了去碾米了。"

说完，宁清替他找补道："你没下过地，不知道也正常。"

两人往前走着，见赵昕远依旧没说话，宁清转头看了他一眼，她看出来了，他一张英俊的脸在憋笑，她道："你干什么呢？"

赵昕远被她戳破，实在没忍住，笑出了声，看着她一脸自信又得意的样子，他都没忍心纠正她："我觉得，你地理小高考要考C了。"

宁清一脸蒙，不明白他在说什么。

赵昕远拿出手机，拇指在屏幕上敲打了几个字，点击了搜索键后，把手机递给了她。

宁清扫完了页面，把手机丢给他，一个人独自快步往前走着。

他快走了几步就追了上来："别生气啊，你现在不是知道了吗？还多学了一个知识点呢。"

"你明明知道，故意看我笑话，是吧？"

赵昕远差点儿撞上突然转过身的她，看着她一脸怒意，竟莫名显得娇憨、可爱。这不是她的性格，他第一次见她时，她多彪悍啊。

"我说'真的吗'，就是在暗示你说错了。"他十分委屈，"我没想到你是这个反应啊，这不是常识吗？"

再次被他提起她刚才的卖弄，宁清只想让他消失："行了，你回去吧，让我一个人跑步。"

"好了。我道歉，行不？""赵少爷"终于低头认错，"我忘了回去的路了。"

宁清气呼呼地继续往前走着："你不是地理挺好的吗？这点儿方位感都没有吗？"

"还真没有，你总不能把我一个人扔在这儿吧。"

"赵昕远，我之前怎么没发现你这么无赖呢？"她之前跟他不熟，只以为他高冷，结果刚熟，他就欺负人，还骂她没常识。

这条马路尽头连接着能通往外边的公路，此时一辆车开到了前边的马路口，黑暗中灯光格外明显。

轿车上下来了一个女人，宁清眯了眯眼，就一把抓住赵昕远的胳膊，把他拉进了旁边的田地里，躲到了桃树背后，还拉着他蹲下藏好了。

赵昕远被她拉住了胳膊，她似乎很紧张，精神高度集中，透过树木的间隙盯着前边看，还忘了放手，他没提醒她。

果然是王丽芬，邻居家的媳妇。高跟鞋声由弱至响，再由响到弱，她走了过去，空气中似乎还弥漫着她身上的香水味。

过了许久，赵昕远低声提醒她："别抓我的胳膊了。"

"啊？"宁清这才发应过来，连忙放开，"对不起。"

她从没主动拉过男生的胳膊，若无其事地打岔："你这毛衣还挺舒服的，为什么一点儿都不扎人？在哪儿买的？多少钱？便宜的话，我让我妈也去给我买一件。"

"三千吧，就市里那个商场，什么牌子，我忘了，回去，我看看。"

刚站起身的宁清差点儿没站稳，想说："我能再摸一下吗？"

站起来时，她才知道这地方有多狭小，还得弯着腰走出去，走到水泥地上，一脚的泥在地上留下了痕迹，两人出来得极其狼狈。

"你刚刚躲起来干吗？做贼似的。"

宁清听大人八卦时说过，王丽芬总是在晚上被不同的男人送到村口。刚刚宁清看到了她，下意识就想躲起来，不想让她尴尬。

"没什么，不早了，我们回去吧。"

"喂，我说你没常识，你骂我无赖，咱俩扯平了吧。"

"也许吧。"

赵昕远把她送到了家："进去吧，晚安。"

宁清从没跟人说过什么"早安、晚安"，家里人更不说，他好像是第一个对她说"晚安"的人。但她说不出这句话，不知为何觉得很羞耻，便什么也没回，直愣愣地走到了门口，拧钥匙开了门。她回头看了眼，他还站在原地，看着她关门才离开。

房子里一片寂静与黑暗，他们都没回来。在这个烦躁不安与略带恐惧的夜晚，这一刻，她竟然觉得很安心。

鸡棚内，一家人从害怕到愤怒，讨论着是谁搞了举报，骂骂咧咧地要弄死对方，再到默契地接受了现实。

宁国涛让他妹把老妈带回家，自己找来了厚实的大蛇皮袋，和蒋月把空的那面墙给盖上，拿了被推倒的砖头，严实地压在了蛇皮袋上。

收拾完这儿的残局，两人还得去给鸡喂食喂水，调节了大棚内的温度，最后铲了鸡屎。

最后他们收拾完都九点多了，宁国涛开车把蒋月送回家，到底不放心女儿一人在家，便叮嘱蒋月周末不要来，在家多陪陪女儿。

宁国涛又开车回了鸡棚，锁上了大门，鸡棚这儿睡的屋子本就搭得糙，窗户做得不严密，听着外边风穿过窗户细缝的吼叫声，木头吊的顶，夜半时还有老鼠在上面张狂地跑来跑去，发出吱吱声。他坐在卧室的床上，一根又一根地抽着烟，这日子真难过啊。

周末两天，蒋月就待在家给女儿做饭，女儿写作业时，她就在旁边折元宝，清明快到了，这些东西都要提前准备好。

宁清突然抬头问："妈，为什么有的毛衣不扎人啊？"

"毛衣总归会有点儿扎人的。"

"没有，就是很舒服、很柔软，一点儿都不扎。"

蒋月想了想："那可能是好的羊绒衫，很薄的。"

"不，还挺厚的。"

"那估计很贵。"蒋月把叠好的元宝扔进了红袋子里，"怎么问这个？你想要啊？"

"可以吗？"这话的意思是可以给她买吗。

"当然不行，我都没穿过，那个档次不是我们消费得起的。好好写作业，以后赚钱了自己买。"

宁国涛很宠女儿，宁清上了高中后，他从没让她自己坐公交去学校。

他工作时间灵活，尽量都自己开车送她去学校，路上顺便把牛奶和水果都买好，实在没空，也会找人送女儿一程。

这个周末，他都在外面忙着被人举报拆屋子这件事，没空送宁清。

蒋月恰巧知道了王丽芬下午会开老公的车去上夜班，便托她带女儿一程。王丽芬为人爽快，一口答应了。

走之前，蒋月多给了宁清两百块，这次牛奶、水果就让她自己去买。

宁清背着书包，略带拘谨地坐上了王丽芬的车。

王丽芬在车内脱了外套，内里穿了条紧身连衣裙，勾勒出玲珑的曲线，虽化的是淡妆，但风尘味无法压住。

"清清，你读书太厉害了，我读书时像你这么聪明就好了，现在只希望我女儿以后能考上一中，我做梦都要笑醒。”

“我没有那么厉害。”对于这种健谈的人，宁清勉强应和着，“笑笑超级可爱，又聪明，以后肯定可以的。”

笑笑是她女儿，她看了眼文静的宁清，不知为何，她很喜欢这个女孩子。

在社会上摸爬滚打这么多年，她看人的眼光都要更毒辣些，不然混不下去。这个女孩很聪明、很单纯，但又没那么简单。

“你看左边，富豪酒店，我就在那儿上班。距离你学校大概两公里，以后你有事来找我就行。”

宁清顺着她的手势看过去，酒店的外观一如名字，虽然在本城算落伍了。

几脚油门后，很快就到了学校。学校要求六点进校上晚自习，现在才四点半，门口车不多，门卫还没拦着，王丽芬便开进了学校，照着宁清的指示停在了教学楼前的车位上。

“那是谁？”王丽芬第一次进一中，看什么都好奇。

宁清正在解安全带，抬头才发现前边走廊上是夏丹，她正在跟教导主任说话，人笑得花枝招展。

“哦，我们班主任，夏丹。”

“你们老师长得这么好看啊。”王丽芬多看了几眼，总觉得她有点儿熟悉。

“张无忌他妈说，不要相信漂亮的女人。”

王丽芬哈哈大笑：“漂亮的老师都挺会折磨学生，是吧？”

宁清背上了书包：“阿姨，谢谢你送我。”

“谢什么？赶紧进去好好念书。”

王丽芬继续开车回酒店，那种熟悉的感觉并不是错觉，她们一定在哪儿见过，但她又想不起来。

✦ ✦ ✦

“我欠谁都不想欠你，知道吗？”宁清不想再听到赵昕远的声音，恼得直接挂了电话。

老夏跑过来催她：“宁工，赶紧去吃饭啊。”

宁清调整了情绪，去棚子外边的洗手池用肥皂洗了手。

这个临时搭建的屋子中间放了长桌，平时开会使用，她走进去拿了饭盒，准备找个角落的空位吃饭时，有人喊她。

“宁工，坐我旁边来吃吧。”林夏正拆着手中的饭盒，招呼着她。

“林总好。”宁清走过去打了招呼，坐在了她的左边。

一素、一小荤、一大荤，这在工地是挺高的伙食标准了。

“假期都没过完，就来监工，宁工辛苦了。”

宁清没想到这个林总这么会笼络人心：“没有，这在工作范围内，应该做的。”

“女孩子跑工地会不会太辛苦？”

“还好，其实我主要工作是画图，工地不用经常跑。”

林夏看着旁边这个细嚼慢咽的女孩子，她不是圆滑、擅长与人打交道的性子，做事看上去挺踏实的。她愿意多聊几句，纯属是宁清让她想到了当年在永胜钢丝厂的自己，认真、执拗。

上午该看的都差不多看完了，吃完饭，宁清就可以撤了。当林夏问宁清要不要搭她的车回市区时，宁清看着自己这一脚泥，不想弄脏人家的车，就找理由拒绝了。

跑工地就这点儿好处，下午可以不用去单位。宁清打车回了家，回家后第一件事就是洗澡。衣服上都是灰尘，更别说跑了一上午衣服被汗水湿透又用体温烘干的汗臭味。

洗完澡出来，她边擦头发边拿手机。刚刚在出租车上，她把宁国梅发来的具结书发给了一位律师，是她第一年租房时的舍友王婷。

宁国涛完全不相信律师，她也一样，毕竟那么贵。对于所有中介代理服务，她都习惯了自己先收集足够信息，以防被忽悠。

昨天宁清已经准备请律师了，将大致案情跟王婷捋了一遍。王婷说今天她要跑法院，明天可以直接跑一趟维州。

王婷回了她语音，说：“这份具结书所达成的协议算好的了。起诉金额是十万，罚了十五万。我看还附加了一份量刑建议，是六个月到一年。相当于只要你交了钱，法院就给你保证。我觉得是可以签的，无论在金额还是量刑上，讨价还价的空间很小。”

她听了两遍语音，正在仔细看具结书时，姑妈又打来了电话。

“清清，你看了吗？确定了，我们今天就签吧，就怕明天检察院会变卦，夜长梦多。”

宁清沉默，她不能揣着明白当糊涂，这件事是赵昕远帮了她，她就是占了他便宜、要欠他人情了。

“要不，咱别签了吧。”

姑妈在电话那头叫道：“为什么不签？难道就一直让你爸在里面待着吗？他出来了还是要交罚金。”

“你给我个理由，以及不签的话，我们该怎么办？”

这些问题，宁清都不能给出回答。

外面下雨了，雨滴打在铝合金的晒衣杆上，声音格外明显。尚未全干的发梢中流出的小水滴星星点点地沾湿了睡裙。十月的天已经彻底冷了，在屋子里只套了件薄睡裙的她打了个喷嚏。

“签吧。”她闭了眼，仿佛认命了一般。

“好，那你爸出来了，你还回来一趟吗？”

“钱直接线上汇款就行。”

“我不是这个意思。我是想你爸好不容易出来了，大家一起吃个饭。”

宁清心想：“还得我帮他放鞭炮庆祝、跨火盆除邪吗？要是我不出这钱，你会特地来请我吃这饭？”

“姑妈，不用了，我这里工作忙，等闲了再回去看他。”宁清透过窗帘缝看着外边淅淅沥沥的雨，下得一发不可收，“有些话，我做女儿的不方便说，你让他本本分分做事。这一次我能帮他，但绝对没有下一次了。”

所有的人情都要她来还，她拿什么去还?

挂了电话，她又打了个喷嚏，到穿毛衣的时候了。

秋冬的衣服，她还没拿出来，都装在压缩袋里，放在柜子的最上层。她搬了书桌放到衣柜前，踩上去，把三袋衣服都拿了出来，丢到地上，再撕开密封口，将衣服一件件挂到衣橱里。

为了压缩空间，毛衣都是被叠了两下塞进袋子里的，唯独一件毛衣是平整地放进去的，这一袋也没有抽气压缩成真空。

摸到软糯的质地时，宁清的手停顿了下，她把这件毛衣扔到了床上。

这件衣服是她工作第一年的冬天买的，那时赵婷来京州和她过圣诞，两人去了市中心附近玩。

入夜时，商场门前有棵巨大的圣诞树，奢侈品牌用各式礼盒在上面点缀着，流光溢彩。虽然这座商场大部分人都逛不起，但借着节日寻开心的心情是一样的，少男少女们在圣诞树前簇拥着拍照。

赵婷说：“进去逛一逛吧，就算一件东西也买不起，去看看怎么了？”

人口基数大，具有消费能力的小部分人聚集在商场内时，都显得无比拥挤。一楼卖包和珠宝的奢侈品门店已经进行排队限流，赵婷说：“这个架势，搞得跟进去有免费鸡蛋领似的。”

二楼以服饰为主，人远远没有一楼那么多。进来前，赵婷说：“我们的问题不是在这儿会花得倾家荡产，而是想花钱都找不到地方花。”

那天宁清是没打算消费的，但逛到一家服饰店门口时，她停下了脚步，说：“我想进去看看。”

赵婷拉扯着她的袖子，说：“你真要进去吗？看了不买要遭人白眼的。你要进去，我就陪你。”

宁清进去了，挑了件灰色毛衣，柔软舒服到极致，一点儿都不扎人。她试穿过后，鬼迷心窍般，连犹豫都没有，直接买了单。

几年过去，毛衣价格都翻了一番。她工资不低，只是买了这件，这个月就存不了钱了。

出来后，赵婷就说：“你疯了吗？住的房子都要跟人合租，为什么要买这么贵的毛衣？”

这是他穿过的那个牌子，贪恋过他的拥抱，也许是头靠在他的胸膛上，脸颊蹭过柔软的毛衣，才让她的内心如此柔软。

她就想买一件，灰色，跟他的那件一样。

买回来，她穿了一冬天，娇嫩的羊绒便起球、掉毛。她才知，他有很多件，才会每一件都如此崭新而柔软。

宁清收拾完衣服，看了看床上的那件毛衣。她现在的收入更高了些，这个冬天，她可以再买两件。

但她不会买了，理由跟蒋月当年跟她说的一样，这不是她们的消费档次。

她坐到了床上，把这件毛衣攥在手里，贴着脸，抱了好久。也许她只能再穿最后一个秋冬了。

赵昕远下午在书房处理工作，先隔着时差跟合伙人开了会。

年初他决定做点儿事，在这个小众的圈子里，多的是单打独斗的。这些人在大部分人对这个领域一无所知的时候就开始了深耕，等到进入大众视野时，他们已经赚得满钵了，市场一定会给予先行者无比丰厚的奖励。

这样赚钱很容易没意思，人还是要创造。创造一个产品，从无到有，都不用说惠及更多人推动行业前进了，创造本身就是件非常好玩的事情。

若真要开公司，从产品方向与逻辑，再到战略规划，都是非常理性的事情。初创公司就是要砸钱，短期内无法实现盈利，但又与传统互联网公司不同，不需要烧钱争取用户量。

赵昕远有过纠结，在大公司拿着不低的薪酬，还有平台资源，自己做点儿研究，能活得非常好。

但他没多纠结，想了两天，就决定去做。这件事充满新奇与挑战，太有意思了。他跟合伙人Sam一拍即合，身份和履历在那儿，但两人没有接受任何投资，各自出资认股，账上现金是充足的，团队还要再招十来个人。

他开完会就面试，面试是特别消耗精力的事情。面试一个人要聊两个小时。除了专业维度的提问，他有自己的一套用人标准，看似天南海北的闲聊、与专业无关的提问，都是在考察对方的能力和素质是不是自己看中的。好的面试者甚至会反向提问，考察他这个面试官。

初创公司的所谓风格完全是由创始人带来的，所以一定要找对的人，而不是好的人共事。他不喜欢线上面试，更偏向于坐下来跟对方聊，但今天这两个面试者还在海外。

后天他去京州，有一拨人约在京州面试，异地的差旅费，公司会给补贴。这份工作没有强制要求坐班，几乎所有工作内容都可远程办公，但他还是会租个办公场地。

他面试完两人已经五点了，他说得口干舌燥，出了书房，下楼倒水。宁真正在客厅打电话，看见他过来，她走去了外婆的卧室。

赵昕远喝了水，又回书房。他拿过一下午都没碰的手机，中午听宁清说了那句话，他莫名地恼火。

什么叫欠谁都不想欠他？

他一向脾气很好，无论是工作还是生活，几乎没多少事值得他发火，当然工作中要求严格是另一回事。

一下午，手机里并没有她的未接来电。

这个女的有心吗？合着他犯贱帮了她，还得被她说不需要。她没有基本的礼貌吗？不会打电话说一句感谢吗？

他当然不会再打过去。她爱怎样就怎样，与他无关。

宁真打完电话，一时间站着没有动弹。

她站在窗边看着外边乌云密布，等黑云飘到了这边，便又是一场秋雨。明明屋子里暖得很，她却下意识地裹紧了披肩。

她为什么那么讨厌那个女孩子呢？宁清在最单纯的年纪都能把昕远当成筹码来威胁她一个做母亲的，这么薄情的人哪里会爱昕远？

当时他托福早考下来了，申请名校最重要的推荐信都找人写好了，他突然说不去了，就想在国内读。好，那就在国内读。但他又要在志愿上填京州大学。

当时老公没骂儿子，只说："你就把儿子教成这样？"

赵泽诚本就城府深，官越做越大，他说话都需要她去猜。这句话毫无疑问是重话。他做事从不让儿子记恨，恶人都是她来做。

宁真原本是不知道的，儿子竟然不懂事，高考过后便跟宁清越界了。宁清在她家，那个父母都不知道死哪儿去的没人的家，就这么勾引了昕远。

这种事只能是当事人说。当宁清以此事来威胁她时，她气得手抖，扇了宁清一巴掌。当晚她就跑去蒋月家闹了，跟个泼妇一样问蒋月是怎么教女儿的，让女儿做出这种不要脸的事情。

她当然不会跟儿子说这件事，他自以为是的爱情，她宁愿他被辜负，也不愿让他知道自己被欺骗了。

遇到那个女孩，宁真就多了心眼，嘱咐人，宁国涛的案子有最新情况，都要告诉她。

这一场雨还是下起来了。

这件事只能是赵昕远帮了她。但他完全没走赵泽诚的关系，证据，她拿不出。

宁真不知道该怎么办。儿子的性格其实跟他老子很像，软硬皆不吃。他谁的话也听不进去，只有自己栽了跟头才知道痛。

她不可能毫无情商地再去责问儿子，疏远了母子关系才是得不偿失。

“在这儿站着干吗？”李老太进了房间，发现女儿站在窗边。

“妈，如果那个女孩再把这个家闹得鸡飞狗跳，我该怎么办？”

李老太坐在窗边的按摩椅上，看了眼天：“天要下雨，娘要嫁人。”

“由她去？”宁真摇了摇头，“对了，蒋月现在在做什么？”

宁清泡了杯红茶，从冰箱里拿了徐晨给她的月饼，就这么当晚饭吃。流心的奶黄，还挺好吃的，但只能吃一个，多了就会腻。

她在拖延，她不想面对这件事。她拖到慢悠悠地把月饼吃完，才拿起手机给赵昕远打电话。

第一个电话，他并没有接。

这是把她的号码拉黑了，还是有事调了静音没接到？

等了半小时，宁清又打了一次，听着铃声快到结尾时，他接了。

“喂。”

赵昕远刚刚在看文件，看到是她的电话，他耐心极好地看着手机振动了一分钟，不挂断，也不接。

“是我。”宁清手中捏着月饼的塑料包装袋，不知如何开口。

“你有什么事吗？我这儿挺忙的。”

“你忙的话，我就先挂了，不打扰你了。你忙完了，能不能给我回个电话？”

“你已经打扰到我了。”赵昕远合上电脑，背靠着座椅，刚刚效率低得文件都没看完，“说吧，什么事？”

“对不起，我今天对你发火了，我向你道歉。我很感谢你在我爸爸这件事上帮了我。”

“这不就是你的脾气吗？我理解。”

听着他的讽刺，宁清并没有回应，继续说："我理解你有了新生活，怕我打扰到你们的心情，是我敏感了，误会了你的意思。这件事，你确实帮了我，还是个不小的忙，特别感谢你。"

她又没了声音，他不耐烦："所以呢？"

"你能不能……能不能把你的银行账号给我？"宁清第一次用这么多钱还人情，场面话，她不会说，难以启齿地解释着，"就是，你也不想再见到我，但这么大的忙，我得还你，所以——"

他冷笑，对她，他还能有什么期待呢："那你要给我多少钱呢？"

宁清算过了，请律师至少两万，原来要交二十多万，现在只要十五万，算上帮忙的人情费，凑个整："十万。"

她的底线是十五万。

电话里没了声音，她看了眼手机，仍在通话中。沉默了三十秒，他就是不说话，她也不敢问。

她受不了如此折磨人且极具压迫性的沉默："十五万，我的底线，再多，我拿不出来。"

赵昕远简直气得想笑，她把他的无语当成他讨价还价的手段？

"你觉得我是为了钱才帮你吗？"他很冷静地问她，"你知道你自己在说什么吗？"

"我知道自己在干什么，所以，你的卡号是多少？我不想欠你的，早给完，我们早了结。"

暴雨袭来，雨水激烈地拍打在窗户上，书房内昏黄的灯光在黑夜中显得晦暗不明。他讨厌极了这样的天气，雨连绵不绝，没个果断。

"你知道我们这是非法交易吧，你能不能有点儿常识？汇款不安全。"他手握成拳，靠在起雾的窗户上，留下个乌龟印，这是她教他的，"我要现金，当面给我。十五万，一分都不能少。"

✦ ✦ ✦

他们的角色似乎进行了互换，宁清在等赵昕远给她打电话。一个要还钱的人是不会想主动联系讨债人的。

显而易见，赵昕远在晾着她。

一下子三十万就没了，宁清真在想，今年是不是她流年不利，注定要破财。就这样，她还能安慰自己，破财是消灾，只要人没事，钱花也就花了。

宁清不信乱力怪神。就算那玩意儿真的有，各类师父就是中介。各个行业的中介市场都鱼龙混杂，面对信息差，很难不贪心。大部分人不相信长期主义，能骗一个是一个，反正此地人多。

蒋月信过，当年家里出了事，她像抓住一根救命稻草般，请了师父上门看家中风水。师父上了门，神神道道地把家中风水格局都看了一遍，下了结论，说："你家这是被人害了。"他又问，"有没有看到过附近有人晚上烧纸？"

蒋月惊了，只说有，没说哪一家，又半信半疑地笑着问："那户人家挺有钱的，犯得着吗？"

师父嗤笑了声："人越有钱，就越想避灾避难，有什么犯不着的？你要是不破解，后边还有个更大的劫在等着。人哪，倒霉起来喝凉水都要塞牙缝的。"

蒋月又恨又怕，当即就被师父吓到了，跟师父讨价还价了半天，给了一万，用的还是她的私房钱。

从那之后，蒋月更加恨透了他们一家。这个世道就是好人没好命、坏人享大福。

后来她才敢告诉女儿，她花了多少钱，因为他们宁家花了多少钱。

宁清不知道，当没有勇气面对命运真相时，给一个无谓的希望，到底是残忍还是仁慈。

宁清压根儿就不相信这类骗钱玩意儿，她也不敢跟蒋月说这十五万的事情，还是努力工作，快点儿把窟窿填上。

十月伊始，院里更忙碌了些，甚至多了些公共建筑的项目，以前可没这么多政府当甲方的项目。据刘明说是本城龙头设计院的领导退休了，关系网出现了断层。

项目审批环节是一大难点，如果一家带有官方背景的设计院能加快审批速度，自然不愁项目。市场竞争是激烈的，一有空缺，瞬间便会被蚕食。

虽然每一年都在喊经济下行，但作为一个行业内的人，她觉得在燃烧，所有人都加快了速度挣钱。她刚参加工作的前一年，经济工作会议主题是城镇化扩大内需。基建与房地产继续大发其财，带动了建材业释放产能，下手快，脱手更快。这种激烈的程度让人害怕，仿佛下一秒钱就没的挣了，捞一笔是一笔。

那一年，宁清拿着挺高的年薪进了设计院。她简历不差，研究生师从系主任，实习经历丰富，论文上了期刊，还拿了推荐信。但她觉得是赶上了好时候。

建林集团一个展览馆的项目交给了他们院，分到刘明组的时候，刘明交给了宁清。

"没想到建林集团的林总还认识你。"晚上加班时，刘明倒了杯水，踱步到徒弟面前，"还跟领导夸了句你工作认真。"

"一面之缘，就上次在工地碰到了。"宁清目光从电脑屏幕上移开，挺茫然的，完全想不到那个林总会记住她，“领导知道我工作努力，年底可得多给我发点儿年终奖。”

刘明啧了一声：“去年年终奖那么多，还觉得少啊？”

“谁会嫌钱多呢？”宁清叹了口气，“今天去建筑那儿瞄了眼，这个展览馆工作量可不小，手里还有好几个外审后要修改的，真怕忙不过来。”

“放心吧。”刘明知道她很拼，听到她弦外之音的抱怨，“你一注证下来了，今年项目量又这么多，肯定不会少了你的。”

“谢谢师傅！”听着领导画大饼，宁清心里想的是，钱不到位，拿了年终奖就跑，“想不到建林集团要特地建个展览馆来陈列公司的发展历程，估计主要是董事长本人的丰功伟绩宣传吧，真夸张。”

“这有什么夸张的？你们年轻人少见多怪。”刘明喝了口枸杞茶，给徒弟上课，“八十年代出了批国营厂长，通过改革把厂子搞活了，那时候被当成了典型搞宣传。有些厂长心里飘得啊，按照自己的模样搞了个雕像放在厂区，还要求职工每天对着雕塑敬礼呢。”

“建林集团这么大规模，搞个展览馆已经很低调了。”刘明把误吞到嘴里的枸杞嚼了，咽下，“好了，不耽误你加班，我下班了，你别熬太晚。”

赵昕远来了京州，还挺忙。

早有人帮他租好了面试场地，他连着几天从下午面试到晚上，趁面试者做题时才能溜出去买杯喝的。结束后他刚好跟Sam开个会，再开始他的工作。

忙碌是借口。高中学习强度那么大，他也能见缝插针地跟宁清散步。更何况有了通信软件，发个信息只是一念之间。

但除了电话号码，他们并无其他任何联系方式。能在微信上搜索号码，他查找过她，却没有主动添加她的微信。

等到他闲下来，已是一周之后了。

周五，他找了附近的网球场地，约了新教练打球。他回家洗完澡后拿着电脑出门，在凉爽的户外喝点儿东西，把积累了一阵子的资讯扫了个遍，吸收大量信息。

直到晚上回家时，他才打了她的电话。

她正在通话中。

隔了十分钟，他再次拨打，依旧是正在通话中。

他刚挂了电话一分钟，手机就开始振动，是她的电话。

“跟谁打这么久的电话？”

“工作电话。你有事就赶紧说，我怕人再打进来。”宁清正焦头烂额，这个甲方夸张到来设计院蹲点要图，昨天才改的方案，建筑施工图画成这样，她没法继续做，正打电话联系人。

“你很忙吗？”

宁清没时间跟他扯淡：“这样吧，我先挂了。你加我微信，或者直接发信息，把时间、地点告诉我，我忙完就回你。”

赵昕远都没来得及说话，她就挂了电话，真像欠债躲债主电话似的。

等宁清忙完，已经十一点了，又累又饿。

她骑着电动车在回家的路上打包了份牛肉粉，从公司到家，骑行两公里，加上等待红绿灯，一共十分钟。

进家门时，她突然想起了那个电话，她边吃粉边看手机，他并没有发信息给她，也没有添加微信好友。

现在都快十二点了，显然不适合打电话。发信息，如果对方没有调静音，会有提示声。

宁清突然觉得自己矫情什么呢，微信里一大半联系人都是同事和甲方，加个微信没有任何特殊含意，只是方便联系。

她直接复制了号码，打开微信搜索。他没有禁止通过电话查找，她一搜就搜到了，她备注写了：宁清。

突然没了胃口，她把干丝和牛肉挑着吃完，剩下的粉给倒了。

她洗了澡出来，坐下吹头发时看了眼正在充电的手机，他同意了好友申请，还发了条信息：“下班了？”

宁清右手抓着吹风机，热风吹在半干的发丝上，左手食指点了个“嗯”。

“回家了吗？”

她真的很烦，工作上一堆火没处发，这个有女朋友的人能不能别半夜来问她到没到家？关他屁事。

啪地把吹风机关了扔在桌上，她拿起手机发信息：“请问什么时候见面？我把钱取了给你。”

“明天，我睡醒了通知你。”

“好的，谢谢。”

周六，宁清正睡得迷迷糊糊时，被一个电话吵醒。

她艰难地翻了身，从床头柜上捞过手机，看了眼号码：“妈，这才几点，你打我电话干吗？”

“都十点了，你还没起？”听着女儿带着浓重睡意的责怪，蒋月心虚了，她可能晚上熬夜加班了，“我给你打了五万，你查收一下。”

“你给我打钱干吗啊？”宁清换了个姿势，趴着睡，含混地说，“不要，我有钱。”

“算了，你睡吧，今天有空时给我回个电话。”

昨天她真的累到了，从回笼觉里醒来，脑子一片空白，躺在床上发呆。等她拿起手机，都中午十二点了。

赵昕远早就发了信息给她，告诉了她时间、地点，是一个吃饭的地方。

估计看她不回，他又发了个问号。

宁清瞬间清醒，连忙拨打了电话过去，他很快就接了，她说：“对不起，我刚刚在睡觉，你不会去了吧？”

“我还以为你躲债去了。”赵昕远当然没出门，他又不是傻子，学电影里那样坐在餐厅里独自等待，浪费时间，“这点儿钱，不至于让你躲我吧。”

“对不起，我真没看到信息。”宁清边说边查距离，设计院在很好的地段，她租的房子是靠近市中心的，餐厅距离她的位置大概三公里，“还来得及，这顿，我请吧。”

她手指向下滑着屏幕，看到了人均消费，顿时吸了口凉气，跟他商量：“这家是不是需要等位？来不及的话，就换一家吧。”

“不用，我已经订好位子了。”

电动车昨晚没充电，宁清洗漱完，带了手机和银行卡就出门，骑了辆自行车去餐厅。

她被服务生领到包间，服务十分夸张，还帮她把包放在了旁边的椅子上。

赵昕远已经在座位上等着她了，正在翻菜单，闻言抬头看了她一眼：“要见你一面真不容易，能理解当债主怕人跑路的心情了。”他又瞧了眼她的包，一个帆布袋，里面显然是空的，“我还以为你要背个蛇皮袋，装得满满当当地来呢。”

包间装修颇有民国风，木质为基调的地板、圆桌和窗户，顶上是一盏水晶灯，深色的窗帘掩住了窗外的风景。包间在二楼，从缝隙看过去，外面是一片绿荫。

本该容纳六人左右的圆桌，包间内就两个人，各占一方地坐着。

“吃完饭就去取钱给你，你被抢了，可不关我的事。”

赵昕远把菜单递给她：“你看看还要加什么菜。”

这是吃火锅的店，宁清翻了两页菜单，为什么一只虾，而不是一盘虾，就要一百多，他还点了好几只。她没了勇气往后翻：“够了够了，别加了。”

赵昕远看着她的小动作，笑了：“你都大方地给我十五万了，这顿，我请。”

“不用，你点得挺多的。”她合上了菜单，“不够再加吧。”

“我妈找你，你为什么不告诉我？”

刚刚来时起了秋风，宁清捧着杯热茶焐手：“没必要，而且不是你妈找我的。她是为你好，只是怕你被这些杂事影响。”

赵昕远看着她，这一句“没必要”格外刺耳。她跟当年一样，无比冷静，恋爱时她的依赖与缠人，甚至是撒娇、发脾气，仿佛是他的一场错觉。

“你什么时候变得这么虚伪了？”

“一向虚伪，可能你没发现。”宁清面对他的讽刺，笑了笑，“就像你在美国读书，无论是工作还是生活，都要比当年选京州大学好。她做的决定是对的。”

“一见面，你就要来给我上课？”他觉得好笑，“你有什么资格跟我提当年？”

“OK，我道歉。”宁清低头喝茶。

这么多年，她早已不懂他了。她刚进来时，他能跟她和颜悦色地开玩笑，说了几句，碰了他的逆鳞，他一句话就能让她清楚自己的位置。

看着她低头像要哭的样子，赵昕远并不觉得抱歉：“生气了？”

“没有。”宁清摇头，“是我不该跟你说这些。”

✦ ✦ ✦

入秋后，这是宁清的第一顿火锅。

宁清性子静，大多数时候喜欢一个人待着。她工作时间长，给自己的闲暇不多，一个人吃饭、看书、散步和发呆，她都无比享受。

可能唯一的不好就是外出吃饭，她无法点太多想吃的菜。

火锅虽然能打包，但涮过的肉再加热不好吃。一个人点两盘肉、一盘蔬菜就顶饱了，去吃麻辣烫，种类都要更多一些，所以她很少吃火锅。

虽然刚刚被阴晴不定的他戗到了，宁清却被这一碗清淡且极为鲜美的松茸清汤俘获了胃口。服务生在一旁帮忙涮，花胶爽滑弹牙，霜降纹理的和牛一烫就捞，入口嫩滑而有一丝甘甜，剥好的鲜虾入口时，完全对得起它的价格。这些食材几乎都不用蘸酱料，本身就足够新鲜有味。

宁清没有搭理对面那人，自顾自地吃着这难得的美味，想着下次可以带蒋月过来。她一个人是不舍得吃的，但带妈妈来，这钱就花得值。

服务生招待完这一桌，适时地退出了包间，不影响他们的用餐体验。

赵昕远看着她吃饭，自己却没了胃口：“喜欢吃吗？”

她点头，但他点多了，几乎把招牌菜都点了个遍，难得吃火锅这么放纵，能把想吃的都吃到，她说：“好吃。”

“你妈妈不在维州吗？”他让人查她爸时，得知这件事就她姑姑在帮忙跑前跑后，自始至终，她妈妈都没有出现过。

“我妈妈在杭州打工。”

“做什么？”

宁清迟疑了下：“在做月嫂。”看对方并没有表现出惊讶，她愿意多说几句，“她去当月嫂了。当时看着她原来的同事做月嫂很赚钱，她就去培训拿了证，跟着同事去了杭州。杭州互联网发达，那种职工家庭选月子中心的少，有条件的都请月嫂。她只要照顾刚出生的婴儿，一般做一两个月。有条件的，时间就长一点儿，比如她现在这个，孩子都快一周岁了。”

“她什么时候去做月嫂的？”

“我大一的时候。”宁清都不用费力回忆，那些日子历历在目。那时候家里刚拆迁完，蒋月和宁国涛就为了钱和房子的事闹崩了。

那是个寒假，在租来的房子里，一次又一次，两人闹得鸡飞狗跳。初一、初二为了吉利他们安静了两天，初三在去姑妈家吃饭的路上，在车里，两人又吵了起来。蒋月板着脸说不去了，宁国涛就停了车。

蒋月下车时，宁清跟着她下了车。下了车，蒋月就开始哭。宁清看了太多次，自己也哭够了，便直接说：“你们爱过不过，这个家，我是不想回了。”

刚拆迁是不能拿到房子的，得自己租房子，房租补贴也不是很多，如果要住得好一点儿，就得自己贴钱。那时家里经济状况不好，加上宁清在外上大学，租的房子很小，她没有自己的房间。她回来后跟妈妈睡床上，宁国涛睡地上。

那时，她觉得拆迁有什么好，原本的家没了，连属于自己的卧室都没有。非要把人从乡下赶到城里的筒子楼里吗？

后来，蒋月就离开了，出去挣钱。

“那个时候，我妈才……”宁清算了算年龄，“四十三岁吧，也幸亏去得早，积累了经验和客户。那些一胎找她的，生二胎了也会找她。如果晚几年，中介公司都不太能接受了。”

说完，宁清内心都嘲笑自己，兴许这几年赋予了她温和与耐心，她学会在苦难中寻找闪光点，这曾是她最讨厌的思维方式之一。

“你奶奶呢？跟你爸一起住吗？”赵昕远现在都记得那个温厚的老人，她做的年糕很好吃，放在红豆汤里煮，软糯、香甜。

宁清看向面前的调料碟：“她走了。”

他一脸惊愕，半晌说不出话。她寥寥几语便道出她这几年都经历了些什么。

大一暑假，他回国，打车去了宁家村。他忘记了出于何种心情与目的去那儿，下车时以为是司机走错了路。房屋、小树林、曾堆过雪人的门前菜地，都被毁掉，成了一片巨型废墟。半个村子都已被拆除，被剥了皮，成了光秃、黝黑的泥土地。一条横穿村落的高架公路正在修建中，而她原本家的位置此时正在被凿开吸泥抽水，是要打桩做承台。

回家后，他旁敲侧击地问过父亲，原本宁家村不在拆迁规划范围内，为何会被拆迁。原因很简单，一个“利”字足以解释大多数事情。

赵昕远看着宁清，不知该对她说什么，合适的话说得太晚时，便没了说出口的必要，半晌，他问：“什么病？”

“胃癌，晚期，走得快，没什么痛苦。”最后一句话，她是在对自己说，“好了，不要说我了。你呢？这几年怎么样？”

“我？本科毕业后申请了MIT（马萨诸塞理工学院，旧译麻省理工学院）的博士项目，还拿到了奖学金。”

“天哪，你太厉害了吧。”宁清惊叹，他高中时就说过，以后想读博做研究。

“没有读下去，放弃了，拿了硕士文凭就去工作了。”赵昕远苦笑，“很失败，是不是？”

他是在第四年放弃的，第三年觉得自己读不下去了。

现在看来，他能接受自己不擅长做科研这件事，比起现在在做的事，从产生想法到落地执行创造产品，他对做实验、跑数据、对比置信度、写论文的兴趣根本没有那么强烈。

当时，他无法接受这件事。他本科时就志在做学术，一路顺风顺水，几乎没受过什么挫折。他的好胜心实则很强，这种认知只让他更想去做研究证明自己。觉得论文方向不够新颖，那他就牺牲所有闲暇时间读文献，整夜待在实验室跑数据，看着正确率不断提升，总觉得再坚持一下就能闯过去。

后来，他白天晚上都睡不着了。他拒绝了与外界的交流，同门之间研究方向不同，导师责怪他为什么写不出来论文。他逼着自己把一切时间都花在做研究上，但状态差到无法做任何事。

他没有去看心理医生，至暗时刻，会往一个没有回应的邮箱写邮件，从不渴望回应。

那个邮箱也许是未来的自己，也许是一个失联了很久的人。

“不会。”宁清摇头，“知道自己喜欢做什么、适合做什么，总是一件好事。”

她知道这种泰然自若选择放弃的背后有多不容易。

她读过研，也算做过学术，这条路太难了。她很明白自己没有这个天分与毅力，就跟当年他轻而易举数学能考近乎满分，而她最后一道大题只会做第一问一样。她并没有什么沮丧与竞争心，硕士于她而言就是个文凭，再多点儿实习经历，让简历好看点儿而已。

“其实没什么，继续读博的话，现在还不知道在哪儿喝西北风呢。”赵昕远自我嘲弄着。曾经的同门今年毕业后去了麦肯锡，咨询行业看似光鲜，实则跟专业没什么关系。做学术在美国算得上清贫，投身业界才能赚到钱。他不知道，他们放弃做科研时心情如何。

宁清想了想说：“追求物质与金钱至少有所得。虽然糟心时刻太多，但不断的及时反馈能让人尝到甜头。当成就感完全脱离物质，只来源于精神层面时，有时会很难。”

水晶灯的光打在她认真的脸上，赵昕远心情复杂。十年了，他不知道现在自己对她是喜欢还是不喜欢，但不得不承认，有些默契竟然无法消除。

“直接骂我是个爱钱的俗人不就得了。”他开玩笑将这种莫名其妙的氛围打散，话锋一转，“有男朋友了吗？”

宁清知道他不愿多谈，她也没爱心泛滥得去表达同情，听到他这一句，莫名觉得十分刺耳：“我知道你有女朋友了，你犯不着觉得你帮了我，我就会自作多情地以为你还喜欢我。”

“谁跟你说我有——”赵昕远莫名其妙，但说到一半，想起来了，“李慧跟你说的？”

“谁说的有关系吗？”宁清看着他，他早就是别人的了，“这不是事实吗？”

赵昕远把玩着手中的勺子，在光洁的餐盘上旋转着，掉落那一刻，他语带讽刺地问她：“要是她跟你说，她是我女朋友，你是不是会来跟我说，你还喜欢我，想要跟我复合？”

宁清像被扇了一巴掌，多扯淡的分手理由。她挑衅地看着他，微笑着说：“依我的道德水准，还真做得出这种事情。”

他笑了，不知在笑谁，她可能真没爱过自己。他说：“那你大可放心，你不用突破你的道德水准。就算你做了，我也会帮你坚守底线。”

宁清猛然站起来：“我去趟卫生间。”

赵昕远看着合上的门，她的帆布包还在，是她大学百年校庆的纪念袋。看得出她打扮素净，在生活上对自己很节俭，一样首饰都没有，更别提大牌傍身。

她能为她爸这事拿出这一大笔钱，证明她收入不低。她有没有脑子？钱不舍得给自己花，用来跟他断绝“情意”倒干脆。

她回来得很快，不像有过情绪起伏甚至哭过的人。赵昕远知道，她一向硬心肠，还能指望她有心？

宁清拿起帆布包，对他说：“走吧，离这儿不远处有个银行网点，我把钱取了给你。”

“不用了，算不上什么忙。就拜托人假期处理一下这件事而已，区别只是不用拖几天才有结果。”他站起身，径直往包间出口走去。

见他大步往外走，宁清急忙从后边拉住了他：“不行。”

赵昕远停住脚步，转身低头看着抓着他手臂的手：“你不觉得你这样才是牵扯不清吗？”

她尴尬地放了手：“对不起，我没有。一码归一码，你就是帮了我。”

“我说了，你不用给，给了，我也不会收。从今往后，我们就没关系了。你非要觉得欠着我，我也没办法，这不在我的控制范围内。”

“那你为什么今天要来跟我吃这顿饭？”她盯着他问。

“就是跟你当面说清楚这件事，今后我会在京州工作，不想再见面时有误会。”赵昕远又继续往前走去，“如果真觉得心里过意不去，就去把钱捐了，如果你的钱很多的话。”

宁清站在原地，手里攥着帆布包，他明摆着不想再和她有任何关系，非要把钱给他，就显得自己在纠缠他。

比起她的敏感、尖锐，他的性子算得上温和。现在他对她避之唯恐不及，连多说一句话都不愿意，他到底是有多讨厌她。

走出包间，赵昕远头又开始疼，兴许又要变天，神经抽着疼。他去了洗手间，用热水洗手，深呼吸，试图镇定下来。

等他缓过这一阵，便走去前台结账。他习惯了刷卡，刚回国，还不适应移动支付。

“先生，账已经结过了。”

递出信用卡的手停在了半空，他问：“谁结的？”

收银员将招待那个包间的服务生喊来问了，又查询了结账时间：“半个小时之前就结了，应该是与您一起吃饭的女士。”

半个小时之前是她去卫生间的时候。

赵昕远快步走回包间，服务生在清理桌子，他问：“请问，有没有看到刚刚在这儿吃饭的女士？”

“她刚走，走后，我们才进来打扫的。”

他跑出了餐厅，往来的人流中早没了她的身影。

第七章　我们原来是如此熟悉

她这口气，又不像生气，反而更像……撒娇。

赵昕远离开前，遇到了正从餐厅门口走出来的程帆。

“你小子回国了？来京州了，怎么不跟我说？你资格老了，还得我先来跟你打招呼。”

“程叔，这么巧。”赵昕远又看向程帆旁边的林夏，打招呼：“婶婶好。”

“我这才忙完工作，刚想着去拜访您，没想到今天就遇上了。”

程帆他爸跟赵昕远爷爷是战友，两家人关系一直很好。当年赵泽诚调任京州，来后第一件事就是拜访程帆他爸。程家在本城是个大家族，势力盘根错节。

“是要来京州工作了？回来做点儿什么？”程帆与这个后辈挺投缘，去年去美国，还跟他见了一面。当时赵昕远跟他说了正在做的事，还建议他在这个领域做点儿小投资，而他正处于休假状态，一听而过。结果，今年数字货币市场疯涨。看样子，这个小子赚了一笔大的。

“弄了个创业公司，这才租完办公场地。”

“下午有空吗？今天遇上了，我先请你喝茶。”

“应当是我请您，刚刚以为您这是要跟婶婶去约会，没敢开口打扰你们俩。”按照礼数，赵昕远的确应该先拜访程帆，这个邀约，他自然不能拒绝。

林夏知道赵昕远他爸，当年婚礼写请帖时，她爸都惊讶，程家能把这号人请来，这在婚礼上是极有面子的。这是程家的人脉，并不是她的，她很知分寸，对程帆说：“那我先回去了。”

程帆看了老婆一眼，她过分知礼数了，他牵着她的手并未放开，说：“一起去，你下午又没事。”

三人一同去了茶楼，一番叙旧后，程帆问赵昕远创业在做什么方向。赵昕远跟他们讲了大概方向，是做加密货币的管理工具，也可以说是一个硬件钱包。这些加密资产能在本地得到储存和保护，安全系数非常高。

现在行业躁动，热钱进入太多，有人信誓旦旦地说有泡沫，但泡沫过后，去中心化金融一定是未来的发展方向。金融大鳄们鲜有公开支持加密货币的，但都在为进入去中心化金融领域投资布局。

“开源项目？”

“是的，不会隐藏任何代码，开放给所有人。”

一旁的林夏认真听完，说：“我还是没想明白数字货币，货币的存在基础是商品生产能力和制度能力构成的综合信用，技术只是用来提高货币效率的。就算今天数字货币被炒到这么高，但我还是没看到它有任何货币属性。”

“你说得非常对。”赵昕远点头，“加密货币现在只是一小部分人的特殊需求，更别提面向大众的货币属性。Web3都没成熟，区块链只能实现某个领域的具体应用，完全不具备普遍的商业价值。现在只是很小的一群人在摸索，这个发展也不是三五年的事。”

“需要投资吗？”程帆听他讲了半下午，还挺感兴趣的。上半年他在一个大数据峰会上就听过一场相关的演讲，当时听了有不明白的，那些疑惑今天都被赵昕远给解答了。

“目前正处于种子轮，账面资金是充足的。”赵昕远婉言谢绝，“现在就瞎捣鼓，把钱折腾完了，公司还没倒闭的话，肯定来问您要投资。”

初创公司，失败才正常。拿投资容易，但以自己的历史信用为交换，这个阶段的他并不想要。

回去的路上，林夏对开车的程帆说：“有时觉得自己老了，思想上挺难接受时代变化的。想想传统行业，毛利率才多少？比特币今年涨了多少倍？”

“你这是在暗示我老了？”程帆看了她一眼，“币圈是少数人坐轿子，多数人抬轿，能挣到钱的是少数人。不懂就干脆不要碰，给人抬轿才可怜。”

“也是，而且不同行业之间的差距太大了，朝阳行业的整体报酬当然高，夕阳行业就得提前面对衰退了。于普通人而言，选对行业太重要了。”

快到家时下了雨，刚好遇到最后一个红灯，宁清到家时浑身已经湿透了。

她到家才发现窗子打开了，雨混杂着风把衣服吹到了一旁，窗前地板上是斑驳的雨水印。

她赶忙把窗户关上，把打湿的衣服放入洗衣机，拿了拖把将屋子都拖了一遍。她来月经了，昨夜翻来覆去，床单上有了几滴血印子，她又拆了四件套，放在盆里加了洗衣粉泡着。

她脱了湿衣服，冲了个热水澡，出来后从衣柜中找出了干净的四件套。妈妈教过她把被子平摊在床上，把被套翻面，平整地覆盖在上面，将手伸进去捏住两个角再一抖。

宁清学不会，粗暴地硬把被子塞进去，再使劲抖动，每次都累得不行，她都暴躁了。在大学时，她舍友看到她这样套被子，叹为观止，说“要不要我来帮你”，结果大学四年，被套都是舍友帮她套的。

这张床还是一米八的大床，被套是2米乘2.3米的。按照她这个方法，她套完就得累得直接躺下歇着了，来月经时很困很累。

突然想起早上妈妈的那个电话，宁清爬起来拿了手机，再回到床上，把五万块给转了回去。

她怎么好意思要妈妈的钱呢？做月嫂并不轻松，把婴儿带到满月，一天二十四小时几乎随时要回应婴儿和宝妈，几乎没有一天能休息。遇上条件好点儿的人家，会有自己独立的小房间，但晚上还是要带婴儿睡，不能睡太死，婴儿一有声音就要醒来照顾。

不能玩手机，雇主会觉得这是消极怠工，这也是人之常情。可能人家白天是互联网公司的打工仔，加班了还得骂领导骂资本家，回家觉得花了“大价钱”雇了月嫂，恨不得月嫂的每一分钟都花在孩子身上，得对得起自己发的工资。

蒋月原本喜欢抱着手机看小说，现在换成了听播客和有声书，是个忠实的付费用户。她的apple store（苹果商店）绑定了宁清的银行卡，今年到现在已经花了一千多。宁清并不在意这点儿钱，挺开心她妈有这个爱好打发时间。

她才把钱转过去，蒋月的电话就打过来了。

“干吗不收钱？”今天是周末，孩子爹妈都在陪孩子玩，她跟他们说出来散步一小时，出来就给女儿打了电话。

“我都说了不缺钱，这事没花多少钱。”宁清趴在枕头上，闷闷地说，“妈，你这一个什么时候做完啊？”

“应该是要做到过年。”这一个孩子，她带了快一年，她跟孩子都有感情了，孩子更亲她，搞得最近宝妈都吃味，说要自己带孩子睡觉，“怎么了？”

“我想让你来陪我一段时间。”宁清从床头拿了纸巾，擦掉了鼻涕，她有点儿感冒了，“我想你了。”

“我去的话，你要上班，我白天没事做，就晚上给你做顿饭。还不如我在这边工作，我给你钱，你去外面吃点儿好的呢。再说，我这里脱不开身，跟人家说好了要做到过年的。”蒋月去过女儿租的房子，临街，晚上睡不好，第二天一早又会被公交车的刹车声吵醒，而且地方太小了。

她这把年纪了，老公又那样，她的经济压力很大。

她以前在乡下只交农村医疗保险，以前上班厂里哪有给你交保险的？这几年她才交了医疗保险，要交满二十年退休后才能享受医保，中间缺的这十几年都要自己花钱补，一次性补交要好几万。

她还得给自己存养老金，婆婆活着的时候，刚拿养老金一个月也就两百块，后来田地被征收后，才多了点儿。之前她给一家人做月嫂，这个月嫂费就是人家公婆出的，从国企退休的一对夫妇，一个月养老金加起来就一万多，还能补贴给儿子。蒋月以后退休了，一个月顶多拿一千来块，以现在的物价，肯定不够花。还有，看最后一场大病的钱要自己存。

更别说为人父母的要给女儿存一笔嫁妆。宁国涛是指望不上了，在外人看来，他们可能早离了。但她没有扯那张离婚证，第一是没必要，她又没有寻找第二春的想法，这个年纪的女人是多想不通才会结第二次婚，除了骗人养老金的。第二是为了女儿，离异家庭，找对象名声都不好听。

如今，蒋月也庆幸当初走了出来，比起以前种地、在工厂里三班倒、在鸡棚养鸡，带孩子哪里苦？还能拿这么多钱。这些客户的父母一般都是坐办公室的，不是乡下人。乡下爹妈肯定自己帮忙带孩子，哪里舍得花钱请月嫂？

去年过年雇主家这儿实在离不开，加上给了丰厚的红包，蒋月就没有去京州跟女儿过年。女儿自己跑了杭州一趟，五一说要过来，又临时加班，国庆宁国涛又出了这档子事，母女俩确实很久没见了。

蒋月耐心地哄女儿："乖，咱们这两年好好赚钱，一起买个房子，等我退休了天天给你做饭。妈妈还得给你存嫁妆呢，得趁能赚钱的时候多赚钱啊。"

"我不需要你给我存嫁妆。"宁清有点儿生气，每一年都是这样，"钱是赚不完的啊，你老了，不是有我养你吗？"

"哎呀，你为什么不找个男朋友呢？不要男朋友陪，要一个老妈子陪你？"

听着电话那头的沉默，每一次都是沉默，蒋月停下了脚步："你告诉我，这么多年，你是不是都没有找过一个男朋友？你觉得你这样正常吗？"

"你确定你要来跟我讨论什么叫正常，什么叫不正常？"

"我这个没文化的说不过你这个大学生。但你为了一个男人，就要这辈子都不谈恋爱不结婚？这是正常？"蒋月说到这件事就头疼，女儿都快三十岁了，还是个死脑筋，"这么多年，他回来找过你一次吗？人家是有钱人，结婚是不会看上你的。"

宁清只觉得厌烦，一时脆弱，觉得独身一人在这个城市太孤单，太久没见妈妈，想让她来陪自己，被拒绝后，还要被说一顿。

早知道她连提都不提了，她早已习惯了一个人，今天心情太糟了才会生出矫情的孤独感。

"妈，你真的觉得我会在乎你说我不正常吗？"来了"大姨妈"的她很累，"我不想跟你吵，也没力气说服你。你应该知道，我早就不渴望你们的理解了。"

"你什么意思？"

"我的意思是，不要用为了我好的借口来这么骂我。如果你不能跟我好好说话，就挂电话，等你冷静了再来联系我。"

"我真不知道你怎么能这么心硬，对你妈都能这么说话。"蒋月听了女儿这么冷静的口吻简直要疯，但这个小"白眼狼"真能干出几个月都不联系她的事，

“我在外这么辛苦地打工，不就是为了给你存嫁妆。跟你爸不离婚，就是想让你以后找个好人家，你跟他们宁家人一样，就是个‘白眼狼’。”

“我不要你帮我存嫁妆，你留着自己养老。如果打工辛苦，你可以退休，我可以给你生活费，提供最基本的生活保障。”宁清停顿了一下，“你真想离婚，那就离，大可不必为了我勉强自己。”

这话在旁人看来就是大逆不道，哪有做子女的让父母离婚的？

宁清尝过了爱情的美好，经济独立后更进一步尝到了自由的滋味，而且看了夫妻俩无数次毫无体面、歇斯底里地吵架后，她不会再渴望爸爸妈妈在一起，有个完整的家。婚姻不应该束缚个体的自由，如果当事人觉得不自由的话。

蒋月气得手抖，直接挂了电话。她在这个绿化环境十分好的小区里走了两圈才冷静下来，坐在冰冷的石凳上休息。

对于这个女儿，她什么都说不了、做不了。对于一个看得比她都透的人，她是毫无办法的。

可人生，看得太透了，还有什么意思？

宁清起身倒了杯热水，冲泡了姜枣茶，来了“大姨妈”，下腹坠疼。在略带凉意的房间里，她半躺在床上，腰后的枕头蓬松、柔软，她一口又一口地喝着温热的茶。

她并不心硬，只是不愿做无用功。试图改变他人是最没用的事情。

她拿过床头柜上的书，这本书从高中带到大学，再带到每一个出租屋里。她掀开扉页，当年稚嫩的笔迹写着一句她最喜欢的话：平静的背后无不隐藏着压抑的痛苦。

✦ ✦ ✦

小高考于一中学生而言，如同中场休息，考试过后的学习才是主场。五门课，几乎所有考试内容都会在高二讲完。

宁清又回到了之前的节奏，数学雷打不动一天两节课，剩下的六节课各科轮着分，每周两节体育课。周日难得休息半天，晚上回来就得来一场数学考试收心。数学考试会多占半小时的晚自习，但其他学科作业并不会少，要自己想办法把作业赶出来。

论折磨人，还是这帮老师天赋异禀，放半天假都玩得不痛快，晚上都是一场刑在等着他们。

幸亏语文老师老胡看得开，给学生布置了点儿非书面作业。语文这东西怎么提升？把技巧教给学生，必拿分的题一道不能错，剩下的，几乎是靠学生自己。语文考高分从来不是老师教出来的。

老胡也无语，他带了这么多届毕业班，从没见过一个班主任在看闲书上管得这么严。语文在理科班是不受重视的，且提分慢，搞得这么严，学生在课间看点儿报纸，当着他的面，这个夏老师都能从学生手里拿走，说看这个东西对学习有什么帮助。

这是在说给谁听？他建议学生多读报读书，她转头就给禁了？

虽然高中的唯一目的就是高考，但一中与其他学校的那么一点儿区别，就是不完全把学生当成考试机器。夏丹这样的搞法，不论结果如何，都是会破坏教育生态的。他在一中多少年了，就算三班现在在理科班里名列前茅，按经验看，高二的排名不具备参考和预测价值，面对一群经验丰富、张弛有度的老班主任，到了高三才是重头戏，一定会被反超。

算了，遇到个没文化的，他才懒得说。

最近徐晨心情十分糟糕，小高考后才三个星期，就有了一场月考。他的物理得了C。

理科必选的物理拿了C，一本都考不上。总分再高都没用，更何况他总分也没高到哪儿去。

宁清看完排名回来，就看到徐晨趴在桌子上，一向下课就跑没影的他一反常态，握着笔在草稿纸上鬼画符，牛顿定律都要被他篡改，她才想起他物理考砸了。

她这次英语没考好，最后一篇阅读没看懂，运气也不好，一个都没蒙对，排名一下子跌到了十四名。她瞟了眼第一名，毫无意外，又是赵昕远。那个讨人厌的李慧英语几乎满分。

她有过五分钟的失落，但到底有限，她该怎么学就怎么学呗。

她也不觉得自己要更努力学习，在分数上超过李慧才能雪耻。

李慧在她心中是傻帽儿这件事跟任何东西都无关。她不需要去证明这件事，更别提要成绩比人家好才有资格讨厌人这个扯淡的逻辑。

“干吗？”当察觉到有人把自己的物理考卷抽走时，徐晨立刻起身挺直了腰背要把考卷抢回来，一看那人是宁清，他又收回了手，趴回了桌面，“丢人吧，第一次考了C。”

宁清站着把他的考卷仔细看了一遍，今天的物理课，老师已经评讲了考卷，上面满是红笔的订正，看样子他就只是把过程抄了一遍，她问：“这些题，你都懂了吗？”

物理老师直接把自己认为的简单题跳过了，难题，徐晨没跟上，听得脑子一团糨糊："没有。"

"我给你讲考卷吧，你把这一个月的物理讲义拿出来，我看你这些新课的基础概念都没搞懂。"

徐晨重新抬起头，已看到她坐到前边的座位上，拿了铅笔和草稿纸，回过身要给他讲题了。

他赶忙拿出了新课讲义，也愣是没想到，宁清竟然先拿了例题结合着给他讲基础知识点，确定他听懂后，让他再做一遍考试错题，让他讲给她听。

她的物理非常好，她轻声细语，思路很清晰，将题目拆解后，反向列出考点，徐晨都惊讶了，这么做题又快又准。

"当然，不是所有题都能这么做，但能应付一大半中等难度的题。"看了眼时间，快上课了，宁清把考卷递给他，"你有空把下面那道题先给做了。"

"啊？"这个大课间，她一直在给他讲题，已经很耽误她的时间了，"你还要给我讲啊？"

"对啊，我不是说了要给你讲完吗？这才讲了两道题。"

"宁姐，"他都快感动哭了，"你为什么对我这么好？"

一中竞争激烈，成绩处于中下游的徐晨觉得这所学校人情淡薄。大家都是初中的佼佼者，高中的目标就奔着名校去，都很优秀，专注于自己的学习。只有一个终极目标，过分专注自身到底是不是好事？

至少他觉得，这里的人某种意义上普遍都很冷漠。大家都要为自己好，帮别人就是在浪费自己的时间，要把一切精力都用在提高自己的成绩上，谁会去操心别人？这么做当然是对的，只是有时候缺了点儿人情味。

徐晨是宁清为数不多的朋友，在卫生间里听到李慧说徐晨帮她把她爸送的东西拿进教室时，她就觉得应该对这个朋友好。

宁清显然不擅长接受别人的感谢，总觉得这种场面黏黏糊糊的，会不好意思。况且，她又不需要他的感谢，她自认十分有情商地说："看你长得帅。"

徐晨的注意力果然被转移，他从抽屉里掏出光碟，从课本后边扯下来当镜子挤青春痘时使用的，他自恋地甩了甩刘海儿："那是，我确实挺帅的，但请你以后不要这么光明正大，搞得像你给我讲题是别有所图，影响不好。"

宁清无语，刚刚看他趴在桌上那么伤心，原来夸一句帅就行了。

上课铃声响起，她侧过身，看到赵昕远从桌旁走过。她抬头望着他，想跟他说"Hi"。自从她在内心把他当成朋友后，她看到他都会主动打招呼。

估计他赶时间，也没看她一眼，长腿迈了两三步就回了座位。她生生把那声"Hi"给吞了下去。

原来徐晨前段时间都在恶补数学，晚自习狂刷题挤了物理的时间。结果数学搞上去了，物理这段时间又落下来了。

五门学科，非要有致命弱点，也只能有一门。不然就是拆完东墙补西墙，回头东墙又缺了一个角，挣扎着求平衡。

宁清说到做到，这一周都在给徐晨讲物理题。她也搞不懂徐晨，他给她买可乐、买零食，每次都快眼含热泪地说“谢谢”，她很烦这种客气。

结果两人周五被训了。

宁清正在给徐晨讲题，是一道颇复杂的磁场题，听到外边的铃声时，她以为今天是周六，周六是不出操的。她做事很专注，自顾自地继续给他讲着，不想思路被打断了。

把题讲完，宁清抬起头觉得恍惚，教室里只有他们两个，她打了个哈欠：“人呢？都跑小店了吗？”

徐晨正看着题整理思路：“不是都出操了吗？”

“啊？”宁清惊得站起，“今天不是周六吗？”

“周五啊。”

“那你怎么不提醒我？”宁清守规矩，连冬天大课间跑步来“大姨妈”都不曾请过假。

“你干吗这么紧张？你现在去也来不及了，都快结束了。”徐晨不以为意，“每天都有人不出操，老师不会发现的。”

“好吧。”宁清认命，就这么第一次破规矩了，她起身活动了一下身子，再拿着水杯走去前边的饮水机处接水。

她接完水，一抬头就看到了站在教室门口的夏丹，她脑袋里只有一句：初学者的运气。

夏丹手中拿着包，看着站着不动的宁清，问：“为什么不出操？”

“我以为今天是周六。”她如实回答。

“你以为？”夏丹女儿昨晚发烧，被带去医院挂水，女儿不肯待在医院，挂完水就回家。她守了女儿一夜，清晨时才睡了会儿，今天早自习都没来，刚刚才到学校，停了车就直奔教室，缺觉让她耐心变差，“你以为是周六就不用出操？什么都是你以为，上次早读迟到也是你以为。”

“对不起，是我记错了。”

徐晨赶忙走了过来：“夏老师，是我让她不出操，留下教我题的。”

夏丹看了眼徐晨：“你倒是讲义气，物理得了个C，咱班都没几个C，你终于知道紧张了？”

徐晨挠头笑了笑：“是的，一个C让我焦虑得不行，所以拉着她教我物理呢。夏老师，我是真忘了，保证下次绝对不敢再犯。”

“宁清物理是可以，但她自己都是泥菩萨过江。”夏丹把手中的包扔到了讲台上，“你这次英语考成什么样，心里没数吗？我看你是一点儿都不着急。别人课间都在背单词看错题，你在干吗？”

宁清很困，至于夏丹的阴阳怪气，她已经习惯了。宁清从刚开始对她喜怒无常的怕变成了忍耐，只求她快点儿发完疯，自己能回座位趴着补眠。

班上同学陆续走进来，目光打量着讲台前这三个人。女生低着头，男生正跟老师嬉皮笑脸，爱好八卦的周冰觉得这倒是像大课间偷偷约会恰巧被班主任抓住了。

周冰对一同走进来的李慧低声说：“你说他俩是不是在恋爱？”

李慧瞄了眼他们，宁清哪里像做错事的态度？这个女生做什么事都觉得自己是特别的、是天经地义的，从不屑于跟别人解释。

周冰的声音没小到哪儿去，赵昕远走在李慧前面，李慧看了眼他的背影，不知他听见没有。他对宁清似乎并无不同，只是日常多了打招呼。李慧想，是自己想多了，他上次也许只是路见不平拔刀相助而已。

“好了，回去吧。”夏丹见宁清又是闷屁没个响声，懒得理她。

徐晨回去的路上就跟宁清道歉：“对不起，让你被训了。”

“没事。”宁清打着哈欠趴到了桌上，下节是语文课，她能眯一会儿。

她在女生中算高的了，但趴在座位上时，仍是小小的一团。徐晨知道夏丹对她有偏见，有时觉得她很可怜，但他要真说了这话，她会跟他绝交的。他无从分辨她这是被骂了伤心，还是单纯困了。

她扎了个丸子头，小鬏鬏上掉出的碎发张扬着。她不喜欢别人碰自己，高一班长是个男的，特别喜欢摸女生头发，有一次才碰了她一下，她便当场翻脸。

徐晨忍住这股冲动，确定她没事后继续走回座位，抬头时余光察觉到有人在看他。他顺着余光看过去，那人正低头从课桌抽屉里拿作业。

周日，虽然只有半天假，但这几乎是所有人一周的盼头。

中午放了假，宁清买了个饼和奶茶就直奔后街的二手书店。书店的装修显得很旧，踩在木板上会有咯吱声与下坠感，仿佛下一秒就要把地板踩穿。书店生意不好，开在学校后面，却连教辅用书都不卖。老板好像不在乎，要么坐在前台看书，要么整理架子上的书。

看到她来，老板抬头看了眼，又低头继续看书。

宁清照例去了后边的角落里，那里有一小块空地，能坐下看书，身子还能倚靠在后边的书架上。

上次看了那本惊世骇俗的小说后，她就开始遍览这个作者的所有作品。

她喝了口珍珠奶茶，翻页时，感到一片阴影投下，抬头望去，道："这么巧？你怎么知道这个地方？"

宁清从未在这家书店遇到过同学，这儿成了她的秘密基地，她总能在这儿获得无穷的乐趣且不被人发现。

这个地方被人挖掘到，她固然不爽，但如果是朋友，那还挺惊喜的，说明对方品位也不错。

赵昕远看着她坐在那儿傻笑，看到他这么开心吗？

✦ ✦ ✦

自从上次回家，他们俩在学校仅限于打招呼，宁清在书店看到赵昕远还挺开心的，不知如何形容这种心情。

她的快乐大多数时候都来自一个人待着，但与他做朋友，跟他待着聊天能带来同等程度的愉悦。

其实她对时间是精打细算到斤斤计较的，学习繁重，个人时间就那么点儿，也许是很了解自己，也许是固执，她不想做出任何合群、多交朋友的尝试。

她被人指责孤僻、不合群甚至是奇怪，是从高二换了班开始的。她为此苦恼了很长一段时间，顿悟在一念之间：别人眼中的正常，在她看来可能就是boring to death（无聊至极）。

爸爸曾跟她说，人的嘴长出来就是用来说人的。要怕别人说，还不如活在真空中。八卦就是人的天性，如果能让流言为你所用，就是本事。

宁清不想懂后一点，她自认在班级里老实本分、人跟成绩一样平平无奇，夏丹、李慧和周冰，她到底冒犯她们什么了呢？

她不想知道原因了。她在大多数事情上都能不与人计较、一笑而过，但这件事，她心里就是过不去。

姑父说得对，没有气量就不要装大方。

她看着站着的赵昕远，浅色牛仔裤配灰色卫衣，总是一副干干净净的气质。他是她在一中的第三个朋友，她很珍惜这样的友谊。但也不免藏着阴暗心理，她知道李慧喜欢他，她跟他成了好朋友，李慧是不是要气疯？如果都是朋友，那李慧与他的关系，和她与他的关系比，哪一个更好些？

宁清及时阻止了这个念头，友情是不该比较的，她才不会幼稚地认为你跟她玩，就不能跟我玩。

赵昕远看她倒是惬意，她穿着宽大的校服，席地而坐，手边是一杯奶茶，他回道：“偶然发现的，你经常来这儿吗？”

“对，这家藏书很多，老板人也很好，在这儿看一下午都没事。”宁清嚼着软弹的珍珠点头，压低了声音说，“你如果要买书，可以来这儿挑，这儿生意不是很好。”

宁清每次来，走时都会买一两本带走，她又补充了句：“不过没有教辅用书。”

赵昕远从书架上挑了本：“你要不要往旁边挪一下？”

“啊？”宁清还以为他是来挑参考书，找不到就要走呢，“你要坐在这儿看书？”

赵昕远看着她，心想怎么这么呆：“嗯，反正下午也没事。”

宁清捧着奶茶挪了屁股给他让了一小块地，原本她一个人待着正好，可以坐靠着后边的书架，将脚顶在前边的书柜上，再把书放在膝盖上。

赵昕远这一坐，奈何腿太长，只得盘了起来，他十分注重分寸，身体完全没有触碰到她，他问：“奶茶这么好喝吗？”

“对啊，这个超好喝。红茶味浓，奶味正，一点儿都不腻，珍珠很有嚼头。可惜现在不是夏天，我不能喝冰的。”宁清说着忍不住又喝了一口，“那家店位置有点儿偏，我下次可以给你买。”

他没想到，随口一问，还能讨到一杯奶茶，虽然他不爱喝甜的玩意儿，但还是说：“好啊。”他看了眼她手中的书，“你在看什么？”

她将书的封面给他看，《绿化树》。

“哦，我看过他的书。”他爸书房里就有张贤亮的书，他翻过两本。

“你看了哪一本？”在同龄人中算得上冷门的作者，他竟然也知道，她倒是有种莫名的攀比心了。

这个问题难倒赵昕远了，他在想，张贤亮的哪一本不那么……

“《灵与肉》。”

“这是他很早期的作品，他后期的作品，你看过吗？”

“他的大部分作品，我都看过。”赵昕远索性坦率地说了，在心怀坦荡的她面前，他用不着装什么懵懂，“你很喜欢他的书吗？”

宁清反而摇头：“我第一次看他的书，是《男人的一半是女人》。”

说到这儿，她看着他强装镇定，她自己反而忍不住笑了。她一个女生怎么好意思在男生面前说看过这个。

“后来就按照时间顺序看了他早期的作品，短篇的《灵与肉》，现在再回头看他创作上算得上成熟的《绿化树》。但是，我越看其实越不喜欢。”

赵昕远看着宁清，觉得她真是极其聪慧：“是不是之后几部作品的结局仍然逃脱不了《灵与肉》的基调？”

宁清心中一动，从没想到他能跟她有一样的想法："是的。我总觉得，结局不该是这样，这不是他想写的。"

"他是个很聪明的人，一举成名后，放弃了写作，成了商人。"赵昕远反问她，"于个人，名利双收，哪里不好？"

"你觉得这是他想要的吗？"

"他的选择就是他想要的。至于他有多少后悔，谁都不知道。"

他看着执拗、沉默的她，觉得她可真单纯，她某种程度上是个理想主义者。现代人只嫌钱不够多，就算是高中生，都一心往前程奔，与前途无关之物皆可抛，哪里还会问一句"是他想要的吗"？

昏沉的午后，密不透光的二手书店里，老板看着少男少女坐在角落的地上。啧，明明适合接吻的角落，这些好学生就知道看书，以后多的是时间看书呢。老板难得发了善心，把屋子里的灯给打开了。

实则两人都不敢跟对方聊太多，怕对方觉得是打扰，便索性闷头专心地看书。

这个下午，时间过得格外快，当宁清把这本书看完时，已经四点了。

赵昕远看她合上书，想起她周五那天被训，便问："你这次英语怎么没考好？"

她都快忘了这次考试，他怎么又戳她的痛处？她没好气："那你怎么每次都考得好？"

赵昕远无辜躺枪："试卷简单呗，难的，我也会考砸啊。"

宁清不想跟他讲话了，时间还早，她又不想早点儿回教室，懒懒地坐着，不想起身，便从后边书架上随意拿了本书，翻开，做出了看书的架势，不与他说话。

他把手放在书上，挡着她看书："生气了？"

"没有，不就是一次考差了，你至于再跟我提一遍吗？"宁清心里嘀咕，她妈都没骂她呢。

赵昕远没跟女生这么近距离地相处主动找话题过，一般都是倒追他的主动来跟他搭话，他哪知道才开口，就被她给嫌弃了，正在想如何回答她。但她这语气，又不像生气，反而更像……撒娇。

宁清见他冷着脸不说话，有点儿吓到了，心想：她是不是跟他说话太不客气了，他并没把她当多好的朋友，觉得她这人有病。

若是徐晨这么问她，她早就骂一句"你物理考砸了，怎么好意思说我"，徐晨从没跟她这么计较过。

宁清及时道歉："对不起，我没这个意思。跟你开玩笑呢，你别当真。"

“我知道你在开玩笑。”赵昕远皱着眉头说，他不喜欢她对他礼貌过头的态度，“你为什么要道歉？”

“没什么啦。”宁清笑了笑，不敢对他造次了。

可能他给她的刻板印象太深了，话少，人也很冷淡，一副不好相处的样子。毕竟两人刚成为朋友不久，对他的脾气秉性也不熟，她提醒自己跟他说话要注意分寸。

“时间不早了，我们回去吧。”再跟他这么近地相处，她不自在，她准备拿着手里的那本书去结账。

久坐了一下午，她站起身时没有预料到腿会酸软、发麻，站立不稳，正摸索着前边的书柜时，他迅即站起身扶住了她的胳膊。

他直接扶稳，力道之大，使脚底如被钝针密密麻麻地扎着摇摇欲坠的她站稳，抓住了书柜，找到了支撑点。

只是他的力气也太大了吧。她皮肤嫩，估计晚上回去胳膊肘都要青了。

“谢谢。”

赵昕远见她站稳就放开了手，站在一旁，等她恢复：“你能别跟我这么客气地说话吗？我都怕你了。”

他们俩距离很近，宁清低了头，脸微微发烫：“我这不是怕我说话没分寸，你跟我生气嘛。”

赵昕远看着这样的她，却是一句话都没说。

跟着她走出书店后，他问：“去吃晚饭吗？”

“不了。”宁清将马路上的石子一脚踢到路旁，这是跟她爸养成的习惯，宁国涛每次都得用木棍把卡在车胎里的石子撬出来，看见路上的石子便会踢到一旁，怕人骑车摔倒或卡车缝里，“徐晨今天回家了。”

见他停住脚步，宁清也跟着停下，原来正在转弯口，路人应该停下左右观察，以防不减速的汽车，她问：“怎么了？”

“他回家跟你有什么关系？”

看完路况拐了弯，她再说回这茬儿：“他家附近有个卖臭豆腐的，厚厚的豆腐块，炸得表皮酥脆，里面可软了。最好吃的还是煮的，炸好的臭豆腐会煮一下午，多孔的豆腐吸着汤汁，特别入味，还有豆芽，酸酸辣辣的，超级好吃。”她说完就觉得饿了，中午的杂粮饼太不顶饱了，“他说帮我带一份炸的、一份煮的，他难得帮我带，你要不要吃？”

“不要。”

“好吧。”越往学校走，穿着校服的一中学生越多，宁清觉得自己又回到了牢笼，如果班主任没那么讨厌就好了。

“徐晨——”

见他话说了一半又停下，她觉得奇怪：“怎么了？”

“是你男朋友？”

“谁跟你说的？”宁清第一反应是周冰那个“三八”又在教室里造谣了。

“没谁。”他看向前方。

不就是这周几乎所有课余时间她都帮徐晨辅导物理，怎么就被传成了在谈恋爱？哪个谈恋爱的还要义务帮人辅导功课，她都快累死了，好吧。算了，也没什么好解释的，她说：“当然不是了。”

赵昕远简直要被她跳脱的思维和回答方式给吓到，她先问谁说的，搞得跟他猜对了一样。难怪她语文也考得不好，能拿高分就怪了。

当然，他只是出于朋友的关心问了这句话，毕竟她成绩不拔尖，再谈恋爱会影响成绩。

“那你怎么天天帮他补物理啊？”

“他物理不好，我能帮就帮啊。”他为什么要相信流言，智商那么低吗？她举一反三，“如果这都能被传成谈恋爱，那你是跟李慧岂不是早就谈了？”

赵昕远差点儿被噎到：“你脑子里瞎想什么呢？”

宁清不知为何，看着眼前清俊的他，刚刚说好的要跟他说话有分寸的规定就被打破，她就是很想知道答案：“所以，你是跟她在谈恋爱吗？”

“如果你有点儿常识和逻辑能力，就应该推断出没有。”比如，周日下午是学校小情侣的约会时间。

宁清刚要说什么，就被人打断。

李慧从后面追上了赵昕远，拍了拍他的肩膀：“嘿！”

“你妈妈让我帮你带的水果。”她把手中包装精致的水果盒递给了他，“她以为你要回家，还特地炖了汤，只能等你晚上回家喝了。你下午去哪儿了？”

“没去哪儿。”

“好吧，进去又是数学考试，真烦人。”李慧自动忽视了站在他旁边的宁清，自顾自地拉着他讲话，“对了，你那本托福的辅导书能借我看看吗？如果不太难，我妈妈让我也报考一场去试一试。”

“可以。”赵昕远很尴尬，离教室还有一段距离，他没法不回李慧的话，又想跟宁清说话，不想让她觉得被排挤在外。但为什么她们俩不说一句话？

宁清直接加快了脚步，把这两人甩在了身后。

真是讽刺，她还觉得，她跟赵昕远的关系会比他跟李慧的关系更好。

她在想什么呢？她就跟他说了几次话而已。

✦ ✦ ✦

蒋月这个月的月事没来，这个年纪了，延误几天也正常，但都推迟了半个月了。

上了年纪后，那档子事频率本就低，她这个方面欲望不强，也不在意这个。

在这件事上，女人的欲望是不同的。

孙英的外甥女跟蒋月年纪差不多大，有老公，生了一儿一女。老公很勤快，白天上班，晚上回家就煮饭、打扫卫生，家中条件也是中上游。结果，早两年，两人闹离婚了。

她年轻的时候就贪图那档子事，老公为了两个孩子睁一只眼闭一只眼。人到中年，她抛弃了家里两个孩子，跑去给人家伏低做小。

当时这事闹得很大，所有亲戚都劝她，为了家庭，不要离婚。她当时说："没办法，我就是爱他，你们没尝过爱情的滋味，不懂。"

结果那男的还不肯跟她领结婚证，幸亏孙英哥哥有钱，花钱帮女儿摆平了这件事，才去领了红本本。

去年过节，她来探望孙英，难得吐露心事，说儿子看她时眼中带了恨意，她的心都揪着疼，她这辈子都亏欠这两个孩子。

她离开后，蒋月跟孙英说："她不是活该吗？一把年纪了，还这么好色。在外面搞姘头就算了，还要把家搞得鸡犬不宁，儿子不恨她恨谁？"

结果，话才刚说半年，蒋月就觉得身体不对劲了。

她嗜睡，早上刚起床喂完鸡食，就累得躺床上继续睡，一睡就到中午，然后起来吃午饭。

孙英一人洗鸡食盆、把鸡粪挑在桶里，村里还有人养猪，她就把鸡屎送人，加点儿料，还能喂猪。中午做饭时，她心里就在嘀咕："媳妇最近怎么这么懒？"

她下午还得去田地里种玉米，在鸡棚里隔了一小块地，这些卖给公司的鸡是吃激素的，三个月就速成了。她准备自己养些土鸡，平时生蛋，过年时还能卖一笔钱。养鸡的一大成本是鸡饲料，她节省惯了，自己种玉米喂鸡。

那些城里人就喜爱土鸡蛋，上次村里人还特地跑她这儿买鸡蛋，说去城里看亲戚，城里亲戚说别买乱七八糟的，就带些土鸡蛋过来。乡下人去看城里亲戚哪里容易？有个电动车还算好的，不然就得坐一个多小时的公交车，穿上最好的一身衣服，拎着用稻草做夹层放鸡蛋的桶到城里。

孙英把菜端上桌，儿子不回来吃饭，反正隔壁屋子是折本了，买鸡崽和饲料花了一大笔钱，能没心思吗？

儿子脚伤好得差不多，就马上出去拉货挣钱了，日里夜里都不停，喝着红牛提神。按理说，他的大车是停在家里的，最近他时不时直接开车到鸡棚这儿，这地方僻静，一般没什么人来。

她看了眼他的车牌，用泥土给糊上了。她问这会不会罚款，他说："这是在泥坑里溅上去的，又不是我自己弄的。"

孙英看媳妇皱着眉头把韭菜吐了出来，问："咸了？"

"这个韭菜味道太冲了，有一股怪味。"

"你这几天看起来脸色不好，要不要去卫生院里找王医师看一看？"孙英嘴上这样说，心里却想，自己前阵子胃那么难受，都能忍，她年纪轻轻的怎么就这么懒，"我下午要去地里种玉米，到三点钟，你去喂鸡。"

"嗯。"蒋月嘴里一股韭菜味，正心烦意乱，觉得婆婆无比唠叨。

"对了，明天早上的食也得你来喂，我要去趟城里。大队里前几天给我开了张单子，说我能去拿环了。"

"这都多少年了，才让你摘了，那东西在里面会不会生锈啊？"

"哎，大队里能免费给你取掉就不错了，不然谁舍得花几千块把这东西拿掉啊？"孙英夹了韭菜，觉得咸淡正合适，很下饭，"你这一批估计还有的等。"

蒋月夹菜的手顿了一下，切成片的莴笋掉到了桌子上，她夹起来放进碗里。

半年前骂人的一句"好色"萦绕在耳旁，她一把年纪了，要真有了，岂不是要被人笑话？

宁国涛回鸡棚时已经十一点了，一身汗臭，车内放了塑料桶，早上出门时他打了井水，把毛巾丢进去。他在车上热了就脱了上衣，把湿毛巾放在脖子后面降温，但一天下来，还是一身汗臭，夹杂着尘土。

蒋月打电话让他今晚睡鸡棚，他妈明天要坐班车去城里，就先回家睡了。

他进屋时，蒋月正把面从锅里捞出来，刚来鸡棚时还不适应这里的简陋环境，就用石头砌了个灶头，瓷砖都没有，就垫了报纸，水泥地一天不洒水都起灰尘，但时间久了也习惯了。

看着宁国涛吃完面，坐在一旁的她才说："我有了。"

宁国涛把嘴里的最后一口菜咽下，沉默了半分钟，说："有了就生下来。"

"我们有钱养吗？还要罚款。清清明年就要上大学了。今年到现在，家里一分钱进账都没有。"

"怕什么？明年，最晚后年，就能拆迁，这个鸡棚至少会补偿几十万吧。"

"难道我们工作了这么多年，到头来还得靠拆迁养孩子？你平时都不存钱吗？"

"我们乡下人不靠拆迁靠什么？靠你那点儿死工资能存几个钱？"宁国涛撂了筷子，"难道你不生要打掉吗？如果是个儿子呢？"

蒋月听到这话，毫不意外，宁国涛想要个儿子，或者说，绝大多数男的，就算嘴上说喜欢女儿，女儿是贴心小棉袄，心里也都想要儿子。

本地经济发展水平较高，就算是在乡下，当年的计划生育政策也执行得无比严格。

宁清是很“金贵”的。

当年生宁清时，蒋月还差十个月就满二十周岁。宁清还没出生，就被人上门找，说：“你这个情况要罚四千多。”

宁清爷爷犯了犟，他能理解多生了要罚款，但不明白，怎么就差了几个月，你就要我四千块，便说“去你妈的，老子没钱”，把人赶走了。

结果，蒋月生了宁清后，还真来人了，说不交钱就得进监牢。她抱着在医院保温箱里待了一个月的女儿，去了法院，说自己没工作，申请了减免，最后罚了快八千。在医院里，她又花了七千。

那个年代，就为了女儿，她花了将近一万五。

她不是姑娘了，再没了第一次怀孕时的激动与谨慎，对身体内的这个胚胎，震惊大过惊喜。

她无法想象，这个年纪了，要从头再养一个小孩吗？等到孩子长大，她都到当奶奶的年纪了。

可就这样打胎吗？这毕竟是一条生命啊。

“再说吧，我没有想好。”

她没想到，原以为封建想要孙子的婆婆，从医院回来后听到这个消息问蒋月：“你们想生吗？”

蒋月说：“不知道，我都不知道他手里究竟有多少钱来养这个孩子。”

多年操劳，孙英并不孱弱，除了阴雨天时关节疼痛、偶尔的头疼与胃不舒服，一年中的大部分时间，她都在田地里和灶头忙碌。

她母亲生了五个孩子，生完小妹才半年，在工会当会长的父亲就挨了批斗，关在了监狱里，母亲把小妹送给了没有生育的亲戚。孙英才读了一年书，就开始下地干活儿，不然家里养不活这么多人。

如果有选择，谁要当这么苦的农民呢？穷了一辈子，就怪自己是文盲。

“你们的事，我管不了，如果要问我意见，那还是不要生。”

蒋月看向婆婆，眼神中是不解。

“我只想让清清读个好大学，不要像我一样没文化，在社会上都没有出路。就算你生个儿子，我被人夸有孙子了面上好看，但日子是自己过的。”孙英叹了口气，自然知道儿子这人来钱快，去得也快。

宁国涛贪图享乐，才会动脑子去多挣钱。婆媳俩都知道，可能也是因为他

L I M I N G P O X I A O Q I A N

黎明破晓前。

他决定了不问，不问之前为什么拒绝

也不问为什么要回头找他。

如果她不想谈以后

那他就只要现在。

石马代石马的GiGi

那时我们青春年少 重逢又不太晚

LI MING PO XIAO QIAN
码代码的Gigi
黎明破晓前。
那时我们青春年少 重逢又不太晚

没儿子，花钱才如流水，不必为儿子省钱买房子娶媳妇。在村子里，舍得供女儿读到大学，都算得上模范父亲了。

想起女儿，蒋月一阵心软。

等到宁清下一次回家，已经是五一假期了。

这次她回家，竟一反常态没有守着电视看到深夜，洗了澡之后，就趴在床上，手里拿了本英文书，旁边放着字典。

“头发湿着，怎么就上床了？过来，给你吹头发。”蒋月拿着吹风机走到床边，“在看什么书呢？”

宁清翻了个身，滚到妈妈的大腿上，抱着她的腰，脸埋在她肉乎乎的肚子上，温热的风顺着湿发拂过头皮，她昏昏欲睡：“在看《哈利·波特》。”

那天过后，宁清第二天清晨进教室时，发现桌屉里多了本书，一张背面还写着数学公式的草稿纸夹在其中，另一面是赵昕远遒劲有力的字迹：“个人经验，读原版小说能有效提升英语成绩，兼具乐趣。这是我曾读过的书，如果不喜欢，还给我就好。”

呼呼作响的吹风机停下，宁清正沉浸在自己的小心思里，哪里注意到妈妈的欲言又止，反而是自己先纠结着说：“妈妈，问你个问题。”

“什么？”

“我有个朋友，关系还挺好。他也有个朋友，但我特别讨厌他的朋友，你说，我要不要和他做朋友？”

蒋月笑着看着女儿，她难得有这么小女生的时候，平日里太早熟了，连朋友都没有几个。她有时暗自纳闷，女儿到底是成熟得不想跟同龄人玩，还是没有基本的交际能力：“在学校里有新朋友了啊？”

她想起赵昕远，他很聪明，跟他说话不费力。人长得还蛮行的，符合她的审美。她没什么学霸滤镜，也许是因为他身上的松弛感，不像她假装淡然，他似乎有着与生俱来的底气和淡定，她极其羡慕这一点。

宁清更紧地抱着妈妈的腰身：“嗯。”

“那你为什么不要和她做朋友？人是有多面性的，她的朋友对你展现的和对她展现的也许是两面。她跟你讨厌的人交朋友，又不证明她人不好。”

“但他朋友就对我有偏见，是她先惹我的。”还嘲笑咱家穷。

“这是那个人的事，跟你朋友没关系。”蒋月难得有机会趁机跟女儿说一说人际交往，真怕她难得的朋友都要没了，“做朋友不应该管太多，要有界限感。只要跟她相处得开心就行了，不要去操心她交了什么朋友。”

宁清都成年了，哪会蠢到不明白这个道理？但很多道理不是明白了就能做到，不然让那些人生导师、鸡汤学大师怎么混啊？

她就是心中别扭、介意，也只会跟妈妈说。

宁清又翻了个身，滚到了床上：“算了，不想了，只是个普通朋友，我犯不着想这么多。”

假期是个下雨天，宁国涛睡到中午起来，看到女儿在饭桌上写作业：“把背挺直了，眼睛离书本远一点儿。”

宁清奋笔疾书了一上午，水笔用完了最后的油墨，把空了的笔芯收集起来，笔袋里没找到新笔芯，她跑去抽屉柜里翻找。

家里抽屉柜总是很乱，装着钥匙、零钱、铅笔、纽扣和缠绕的耳机线。她总算在抽屉最深处找到了一盒笔芯，关上时发现了一瓶药。

家中有药并不奇怪，奶奶吃胃药，爸爸吃降压药，妈妈之前还有乳腺增生，但，这是一瓶叶酸。

浸淫于电视剧和地摊杂志的宁清自然知道这是干吗的，她纳闷地问出了口：“谁在吃这个啊？”

她说出口才觉得是废话，要是奶奶一把年纪了还怀孕，都能上新闻了。

宁国涛正挤了牙膏，拿着水杯去门外刷牙：“你妈吃的。”

“她为什么吃这个？”

“她有孩子了。”宁国涛把牙刷塞进嘴里，不觉得跟女儿说这个消息有什么不对，以后她还能有个玩伴呢，“你可能有个弟弟或者妹妹了。”

蒋月到底是不忍心，前两天他们商量了，还是决定留下这个孩子。但她给了他任务，每年必须交钱给她，存款抓在她手上，他自是一口答应。

宁国涛刷完牙，连饭都没吃，就骑着电动车去了镇上打麻将，去晚了，位子就没了。

他刚走，宁清的眼泪就下来了。她伏在桌子上，鼻涕、眼泪打湿了衣袖，手握成拳捶打着桌面。

孙英正穿着雨靴打着伞走回家，说好了中午回来给孙女做饭，结果开了门就听到了凄厉的哭声。

宁清模糊着双眼看着门口处的老人，哭得更加厉害，打着嗝说：“奶奶，我爸妈不要我了。”

孙英抱着孙女哄了好一会儿，直到她趴在桌上静静地流泪，估计哭不动了。

她才脱身，就跑去房间打电话给夫妻俩，厉声说：“你们说了什么把孩子弄得哭成这个样子？都给我滚回来。”

第八章　没有她的过去

你要再不理我，我就把你的嘴巴咬出血，看你怎么跟别人解释。

宁清小学时在姨妈家住过两年。

等她住了一段时间后，与他们的关系没那么生疏了，姨夫自以为幽默地跟她一本正经地说：“你妈把你送到这儿来，是因为她要给你生弟弟了。”

姨妈在旁边附和着说：“生了弟弟，家里的房子、你爸爸的车子就不是你的了，你读不进书，就得出去打工嫁人了。”

表哥正在上初中，去过家长会的姨夫补充道：“女孩子到了初中，数学就会跟不上。”

小小的宁清在他家饭桌上扒着米饭，只能吃素菜，肉得等着姨妈帮她夹，不然就是不合规矩。

听了这话，她当即就在饭桌上大哭，谁劝也停不了。他们跟她说这是骗她的，她也不信。

姨妈生性节省，连电话都只允许她一周打一次。

她很想妈妈，妈妈肯定就是生弟弟去了，不要她了。她的爸爸妈妈不是她的了，会是另一个小孩的了。

她待在姨妈家，做什么都要看他们的脸色。妈妈给她买的牛奶和零食都被表哥抢去了，冬天很冷，想充个热水袋却被姨妈说浪费热水，她不会焐被子，半夜小腿总抽筋，被疼醒。

她边哭边暗自下决心，如果他们真敢生，她就不活了。

她越想越难过，哭得一发不可收拾，姨妈威胁、利诱都不成，只得给蒋月打了电话。

幸亏蒋月和宁国涛都在家，准备晚上出发跑长途，开了渣土车就来了宁清姨妈家。

蒋月把哭闹的女儿带到了车上，宁国涛发脾气说：“你家都是些什么狗屎亲戚，不行，我就花钱把她送去城里小学，能寄宿的那种。”

宁国涛说话张狂了，乡下户口，去城里上小学，公立学校要找关系，私立学校要交赞助费。他们自然拿不出这个钱，也没这个人脉。在家让种田的奶奶带她，又怕她没有一个好的学习环境。

蒋月跟女儿再三保证：“我是要跟爸爸开着车出去挣钱，不会生小孩，妈妈最爱你了，是你姨妈跟你开玩笑呢。”

宁国涛阴阳怪气地来了句："要不要我去跟你表姐开玩笑说她老公在外面有姘头？"

小宁清停止了哭泣，绷着哭花的脸对他俩说："要是敢生儿子，我就死给你们看。"

那一年，她才八岁，决绝的表情让蒋月心头为之一震。

更让她觉得这个孩子早熟的是，女儿说完就下了车，独自去河边洗了脸，回了姨妈家。她没有让父母为难，又待了一年半，才回了自己家。

那两年，受了哪些罪，女儿一句都未曾说过。

蒋月回家，看见伏在桌上的女儿，想起了当年她的那一句"要是敢生儿子，我就死给你们看"。

年幼是无知，都成年了，宁清依旧无法接受这件事。

蒋月的手刚搭上女儿的肩膀，就被她甩开。

隔着一扇门的另一个房间里，是孙英跟宁国涛的争吵声。

"你跟她说了什么，把她惹得哭成这样？"

"我就说她要有弟弟或妹妹了，她自己敏感了。"

"你们真的一把年纪了，还要生孩子吗？明年清清考大学，这么多年熬出头了，还要从头再来一次，是吧？"

"难道我们生孩子还得征求小孩子的意见吗？现在是计划生育，放以前谁家没几个小孩，多一个弟弟或妹妹，她就要寻死觅活吗？而且你忍心让你儿媳妇去堕胎吗？她肚子里的孩子就不是你的孙子孙女了？"

来给老妈送药酒的宁国梅见到了这一场闹剧，在旁边劝哥哥："独生子女都这样，说好听点儿叫惯出来的，说难听点儿就是自私，不懂得分享，认为父母的财产以后都是她的，生了弟弟妹妹就是来抢钱的，这很正常，当然不允许爸妈再生小孩。但生下来就好了，感情不都是培养出来的吗？"

蒋月听不下去了，嫁出去的女儿泼出去的水，宁国梅一天到晚回来挑拨离间，她开了门又合上："你们小声点儿，好吗？"

蒋月拿了瓶牛奶，又找了包饼干给女儿送去，想跟她谈谈心。

结果女儿已经擦干了眼泪，正在若无其事地写作业。考卷上的黑色字迹已被她的眼泪晕染开，又干掉。她正用胶布撕掉，重新将答案填上。

蒋月将吸管插到牛奶里，小心翼翼地递给了女儿，有时她都有点儿怕这个早熟又敏感的女儿："为什么哭啊？"

"我尊重你们的选择，这件事与我无关。"宁清低着头说。

"不想让妈妈给你生个弟弟或妹妹吗？"

宁清将粘了一长段的胶带徒手扯断，用力拉扯着，在食指处留下一道印：“我说不想要，你就会不要这个孩子吗？”她抬头看着蒋月，见蒋月纠结地沉默着，“如果我的意见完全不具备参考价值，那装什么民主，要来问我的意见？

“你们大人很搞笑，什么叫生下来就有感情了？我还得符合你们的期待跟一个孩子扮演姐弟情深来娱亲吗？如果对这个孩子我尽不到做姐姐的责任，是不是我还得被你们骂冷漠无情？”

“不要这样跟妈妈说话，好吗？”蒋月心中难受，女儿一副严密的逻辑与冷血的口吻，这个青春期的少女不知道自己说话有多伤人。

“我刚刚说了尊重你们的选择，是你先来质疑我的。”

“够了，怎么跟你妈妈说话呢？”宁国涛走了进来，看到老婆气得嘴唇都没了血色，就把给女儿的牛奶塞到了老婆手里。

“好，我道歉。这件事就这么过了吧，我要写作业了。”

“别写了，思想有问题，学习好有什么用？”宁国涛难得对女儿发火，“你有什么资格这么对你妈妈说话？她对你这么好，吃穿用度都先紧着你。你读了几天书就懂责任与义务了？我们对你应尽的义务就是把你供到大学，把你培养成一个独立的人。我们要几个孩子是我们的权利，这与你无关。你心里不舒服，可以坐下来跟我们说。”

蒋月扯着老公的胳膊：“别说了，让她写作业吧。”

三天假期，宁清都待在自己房间里，吃饭时才下楼。

蒋月进她房间，看她要么在写作业，要么在看书，连电视、电脑都不碰。她说话礼貌得体，就是不肯谈心，刚回家那晚枕在自己膝头撒娇的画面都仿佛是幻象。

她临走前，蒋月把这个月的生活费给她，出于补偿心理，这次给得格外多，拿了十张红票子给她。女儿只拿了一半，说五百就够花了。

蒋月怕老公再教训女儿，又拜托王丽芬送女儿去学校，刚好今晚酒店轮到她值班，蒋月还从鸡棚抓了只鸡送到了她家。

王丽芬看着这孩子坐在副驾驶座上闷闷不乐，邻里间的八卦传得格外迅速，孙英与她婆婆关系还挺好，她自然知道了这件事。

王丽芬不是本地人，虽然宁家村是个农村，但比起她的老家，算不上穷。她刚嫁过来时还惊讶，村子里大多数人家都只有一个孩子。

她老家村子里几乎每家都有儿子，她的一些姐妹，上完初中就跑出去打工。有些一年能寄十来万回家，家人当作不知女儿在外面做什么。

王丽芬也被姐妹带得做过那行，时间不长。她很漂亮，也很聪明，攒了一笔钱后，就来到了没人认识她的这个城市。她跟没用的老公结了婚，生了女儿，给自己托了底，至少有了个家庭。

王丽芬开车很稳，正要开进校门时，旁边一辆车别了进去，她急忙踩了刹车：“什么傻帽儿！”

那辆车在校园里还开得挺快，王丽芬踩了油门跟着那辆车跑，真想把司机拽下来打一顿，这种人就得被教训了才知道安全驾驶。

宁清看了眼车牌号，再看着旁边愤怒的司机：“你别激动，那是我们班主任的车。”

王丽芬瘪了气，她不至于让宁清为难：“算了。”看到那辆车开到停车位上，她也看了眼车牌，笑了，“我知道你们班主任。”

“什么？”宁清正沉浸在自己的情绪里，“我上次给你指过的。”

“没什么。”王丽芬从包里拿了五百块钱，“喏，你妈让我给你的，她怕你伙食费不够。”

宁清没有解安全带，也没有接过钱：“阿姨，你觉得我做错了吗？”

王丽芬看着这个忧愁的少女，人各有命。在宁清这个年龄，她已经在外面混社会了，家中早有弟弟，生活从未让她有过机会思考这类问题。

人与人之间的缘分真是奇妙，对着这个女孩，她生了爱护之心：“不是对错问题，孩子再怎么犯错，父母也会原谅。你只是需要时间去接受现实而已。”

然而宁清还没来得及接受现实，一切又回到了原点。

上了四天课，就到了周日。

宁清中午回了宿舍，宿舍里没人，她才想给家里打电话。她先打给了奶奶，想问奶奶妈妈怎么样了。

奶奶用的小灵通，过了许久才接。

“奶奶，吃过饭了吗？”

“才刚吃上，怎么了，有什么事吗？”

宁清的手指缠绕着一圈圈的电话线：“我妈在家吗？”

听着电话那头的沉默，她着急了，她这几天都赌着气没有理妈妈：“奶奶，有声音吗？妈妈怎么了？”

孙英觉得这事应该告诉孙女：“你妈昨天去医院把小孩打掉了，今天还在住院。”

赵昕远觉得假期过后的宁清不对劲，恹恹的，谁都不理。上课他看向黑板时，眼睛扫过她的位置，大多数时间她都趴着。

他问她怎么了，她也不搭理他，只是将书还给了他，贴了便利贴说谢谢。他没再追问她怎么了，将《哈利·波特》第二部带给了她。他想着可以周日下午去书店找她，如果她仍然不想说，他依旧不会问。

周日上午最后一节课后，他被数学老师拉住一起做了一道大题。这道题有点儿复杂，两人思路不同，花了二十多分钟，还是做出来了。他的思路更偏向于暴力破解，经验丰富的老师选了更巧妙的方法，但他觉得老师那种方法只适合这道题。

赵昕远离开教室往校门口走去时，发现宁清小跑着从他身边经过，他从后面喊住了她。

她却没停下，他快走了几步抓住了她，才发现她红着眼圈，手里还拿着几百块钱，他问："怎么了？你去哪儿？"

"三院，你知道在哪儿吗？"听奶奶说了医院和病房号，她从衣柜里把剩下的所有现金都抓在手里就跑出了宿舍，她不知道有多远，但是问他也没用，这些钱肯定够打车来回，"算了，我打车去。"

"这家医院靠近市中心，离学校不远。"赵昕远看到前边的哥们儿，跑了过去借了电动车，"周日这个点路很堵，打车也慢，骑电动车更快些。"

宁清顾不上其他，任由他骑着电动车带她去了医院。这是个自行车式的小电动车，她的手紧抓着坐垫。

这是她第一次来这家医院，医院很大，住院部都不止一个，正当她晕头转向不知道往哪儿走时，赵昕远拉着保安大叔问了路，就带着她去病房。

他们走进住院部，等了很久的电梯，电梯几乎每两层都会停一下。他们到了所在楼层，转了好几个弯才到了病房。

宁清走到病房前，却失去了所有进去的力气。

正是午时，人来人往，这个病房隔壁就是热饭的地方，病人家属们正拿着饭盒排队。

蒋月半躺在病床上，宁国涛手中拿着饭盒，正一勺勺给她喂饭。他的位置刚好挡住了她的视线，她看不到女儿正在外面站着看他们。

宁清看了许久，当看到爸爸要起身时，她匆忙拉着赵昕远跑开了，怕爸爸可能会坐电梯，转过一个弯后，她进了安全通道，逃到了楼梯间里。

病房在十一层，楼梯间里并没有什么人，她一屁股坐在了楼梯上，没有吱声，眼泪就流了下来。

赵昕远什么都没问，坐在了她旁边，陪着她。

初三学校组织去医院做体检，宁清早早体检完，在等着集合时，就在医院乱逛，偶然撞到了一个科室，竟然叫计划生育科。她走过去看墙上贴的科普，结果是流产手术介绍。她读着文字，脑海中不由得想象出了画面。

“我没有让她这么做。”她哭着发了声，说完就摇了头，“不，我想让她这么做，我不想要弟弟妹妹，可我没想到她真的会来。”

从她的只言片语中，赵昕远自然听懂了这件事，看着她脸上挂满了泪，他手足无措地从她的口袋中掏出了纸巾，抽出一张递给了她。

“你这一周都不对劲，就是因为这件事吗？”

在家被指责自私，她连说出真实想法都是一种罪恶，面对他，她好像天然信任他，把自己最丑陋的一面展示给他，都不在意他是不是会嫌弃。

“我跟妈妈说，这件事尊重他们的选择，但我就是不理她，一句话都不跟她讲。”她哽咽着苦笑，“我是不是很恶毒？嘴上说不在意，可是用行动在逼她这么干。”

“是我逼她杀死了一个生命，她现在躺在病床上，我都不敢进去看她。”她的脑海中再次浮现出自我想象的流产画面，胃里翻江倒海，恶心得冒冷汗，“他们骂得对，我就是自私。”

见她握着纸巾的手紧攥着，指甲都要陷进肉里，赵昕远使劲掰开了她的手，拿出了被抠出洞的纸巾，帮她擦去脸上的眼泪。

他的气息十分干净，她很讨厌别人碰自己，却不厌恶他这样的动作。

“你知道我觉得自己在干吗吗？”这是他整个过程中对她说的第一句话。

她摇了摇头。

“汽车上的雨刮器，刚刷完，车窗就又被雨水给蒙上了，还不知雨何时停。”

这个缺德的笑话不合时宜却应景，把这儿的悲伤气氛冲去了一半，搞得她都不知道该不该继续哭。

他低声缓慢地说：“这是大人的决定，他们的世界比我们的复杂，养一个孩子，要考虑的现实因素太多。你的意愿并不是他们做这个决定的主因。”

“不，她原来都准备生了，一定是为了我才不要这个孩子的。”说到这儿，她又忍不住流了泪，妈妈该有多痛。

“如果你非要这么想，我建议你现在就跑进去问他们，是不是因为你做了这个决定，是不是非得把这个手术赖在你头上，你一个孩子原来还有本事逼着两个大人做这么一项关于生命的重大决定。”

赵昕远根本不在意她是不是做错了，她的对错在他这儿不重要。就算她真的这么干了，难道他就要把她判死刑吗？况且她根本不具备这个能力。

如果他们要把做决定的主因推到孩子身上，说是为了孩子这么干的，或者让她这么误解了，请别这么虚伪、没担当。

只有这个傻子才会全怪到自己身上。

正在哭的宁清被他严肃的面孔吓得一震，她都不敢再哭了，他又拿了张纸巾帮她擦眼泪。

这么轻柔的动作，刚刚却是那么严厉的言辞，她摸不透他：“赵昕远，有时我看不懂你。”

他轻笑了声，用拇指将她眼角的泪拭去：“宁清，我们是同一类人。”

比如，他们对大多数事情一样冷漠或不屑，擅长忍耐，只喜欢用致命一击。

他擅长伪装，她不懂藏着，只是她相比他，还残存着温情罢了。

✦ ✦ ✦

感受着肌肤相贴的温热，赵昕远埋在宁清的颈窝里，他不再恨她。她讨好地在他光裸的肩背上摩挲，微长的指尖滑过他的腰。

垂在地板上的床单反复在地上拖动着。

许久，当沉重的身躯从身上离开后，她拉住了他。

结果却是手砸到了床上，宁清翻了个身，闭着眼回想方才的激荡。春梦了无痕，温暖的被窝里她敏感的身体似乎还在战栗，轻柔的被子搭在光裸的肩头，仿佛有他方才的重量。

年少贪欢，鲁莽却有无穷的好奇心。半梦半醒的时刻，她不愿分清真假。

清醒之后，她还是叹了口气。为什么她每一次梦见他，都在喊让他不要走？

一个成年女性做这种梦不足为奇。

欲望产生于大脑，大脑被激素影响。随着生理周期，雌性激素增强时，大脑被欲望接管，产生性冲动。

读书时，赵婷骂她说：“你这是什么封建思想，人家说不定在美国天天date（约会），那里很开放自由，谈恋爱跟吃饭喝水一样正常。你至于为他守身如玉，连个男朋友都不交吗？是要等他回来，用你的清白之身证明你的纯洁、渴望他的垂怜吗？”

宁清反讽她说：“你这是在中文系待久了，思想怎么这么进步了？可个人的自由意志是要在你的一切先进理念之前的。”

赵婷说：“你的自由意志是被陈腐落后的理念影响的。”

若不是多年好友，宁清早就懒得说了，她只问赵婷：“难道你认为一个成年人无法为自己的选择负责，需要思想进步者来帮他做决定吗？如果是为了别人好，那这跟七大姑八大姨说你需要结婚有幸福家庭的这是为你好有什么区别？”

这一场辩论脱离了事情本身，赵婷一反常态，说：“这能是一回事吗？性观念的解放是解放自我，你的身体自己做主，而婚姻是束缚个体自由的。”

宁清从没觉得重逢的戏码会发生在自己身上，更没想到在他人看来自己是在用清白来证明自己的真心与痴情。

当时她很生气，毫不客气地说：“从性的生理机制上说，自己解决和与男人完成，是一样能得到高潮的。那为什么要否认前一种，觉得后一种才是性？如果要讲思想进步，那你的性观念还停留在与男性一同完成的地步，算不算一种落后？”

赵婷被她说得哑口无言，只说：“你知道的，这不一样。跟你们保守人士讲不通。”

人一旦牵扯到理念之争，就如孔雀开屏，有强烈的展现自我知识体系的胜负欲。

这个世界上有不同的种族与族群，产生了不同的制度、文化和思想。互联网的出现都不能将族群间的差异填平。族群由人组成，即使是同一个族群，试图填充人与人思想上的沟壑，也简直如同精卫填海。

这一场争论后，两人到底情商在线，对各自的人品与底线放心。这个话题到此为止，她们再也没提过。

有人觉得这事是吃饭、喝水，全然遵从生理感受。有人觉得这是饭后甜点，热量配额有限，不吃不会饿死，要吃一定要挑个口味上佳的对得起热量。

宁清思想到底传统，没办法接受一夜情，肯定要找一个爱的人吧。

大三时，她尝试过去约会。结果她刚跟人家在食堂吃完饭，趁着夜色，那人便问她，能不能抱她。她说不可以，指着路灯说：“你可以去抱电线杆子。”对方觉得她在开玩笑，还特幽默，说：“我就想抱你。”她又提供了一个备选方案，说：“那儿还有棵树呢。”本来对土木女的刻板印象是思路清奇，这下对方彻底觉得她是个神经病。她回头也气得要死，气自己浪费了时间，什么玩意儿。

手机闹钟响起，宁清掀开被子去冲澡，真是闲得慌，才能一大早考虑这个问题。

她今早特地调早了闹钟，要跟师傅去出差，去验收一个地下室。虽然这事最主要的还是质量检查中心的人干，但他们也要去。一般就先看一下工地，查看问题，再开个会总结问题让施工方整改。这个阶段只要施工不太过分，像裂缝、露筋或者该留的洞口没留，这些问题一般都能补救。

这个行业的水准是良莠不齐的，她刚入行出去开会，听一个地产建筑师说柱子配25含钢量太大，要改成18。她当场就被吓到了，直接举手说：“你这样不行。”她跟人家辩论完，人家差不多都直接跟她说：“虽然你说得对，但是你要考虑实际，不能总盯着书面的专业知识吧。”

她坐下后，师傅刘明看着她说：“你真单纯。”

后来她才知道，那个眼神是觉得她傻，年轻人特有的傻气被善意地称为单纯。

荒谬的事太多了，比如图纸还没出，楼都开始盖了。监理都是自己人，谁会不识相地提质量问题？楼不塌就行。

宁清也养成习惯了，一般情况下都不议论同业者。

早起是为了喝水，工地的厕所环境太糟糕，她一般都早起先喝两杯水补充半天的水分，上了厕所再出门。

验收地在隔壁城市，照例是她开车，刘明懒得开车。

当初他第一次带徒弟出差，问她会不会开车，她说有驾驶证。他当时很困，直接把车钥匙给了她，说："你来开，我中途跟你换。"

上了高速后，宁清开了五分钟就进了中间那条道。他睡了一觉醒来后，车都在最内道了。车速很快，她表情轻松，还挺稳的。他随口问："你这车开得不错，读研时跟导师跑工地也开车吗？"

这个徒弟来了句："这是拿证后第一次开。"

当时刘明差点儿吓傻了，第一次就上高速，还跑到了最内道，这个女孩子也太大胆了吧。但他愣是什么都不敢说，到了下一个服务区换了他开。一来二去，他也完全放心让她开车了。

"下周老板牵头，所里请了林总吃饭，就希望把这关系打好啊。"刘明人很瘦，缩在副驾驶座上，这跟律师就靠几个大老板的业务活着一样，设计院也得搞业务搞关系，"哎，小宁，你专业能力是行的，就是不会喝酒。要做到总设计师或专业负责人，还是要酒量好的。"

这种级别的饭局是轮不到她一个小喽啰去的，在刚工作时，宁国涛跟她说："有饭局，你要多参加，多认识人，适当时候给人送个礼。你姑父做了半辈子的包工头，业务就是喝酒送礼搞出来的。"

宁清从没瞧不起饭局，不论对错，只看逻辑，这就是文化与社会运行机制中的一环。她不会天真到说这是糟粕，她没资格评价。

她见识过在饭局上马屁段子张口就来、见人说人话见鬼说鬼话、知识储备丰富还能跟人撒娇的，这种场面放网上肯定要被人骂这女的不是个好东西，靠卖弄风情为生。但人家背后是千万业绩压身，没有人能靠卖弄风情做到这个地步。

宁清不会喝酒，酒很辣，很难喝，何必折腾自己？听了师傅这话，她说："这种场合，没人敢劝林总喝酒吧？"

"这你就不知道了，她酒量很好。听说之前有个不识相的敢逼她喝酒，她竟然没拒绝，把人喝到胃出血送医院抢救了。她是甲方，我们只会敬酒，可不敢劝酒。其实林总老公手里的项目才厉害。"

才开到半路，知道徒弟嘴巴严、从不八卦，刘明说起了闲话：“别看林总是个女的，是个人物，看着平易近人，实际手段厉害着呢。她有个哥哥，被她逼得离开公司，最后出了国。”

宁清心中倒对那个有过一面之缘的女子多了分敬佩：“这不是挺好。如果内斗都斗不赢，怎么跟外人斗？”

赵昕远的团队全部远程办公，能进入这个团队的都是经验丰富的从业者，于这份工作而言，完全没有坐班考勤的必要。

租个办公地也的确有必要。比如团队里的UI/UX（用户界面和用户体验）设计师履历优秀，专业能力强，同时是个三岁孩子的妈妈，她就希望能有办公室，在家就算有保姆和老公，孩子有事，也永远是喊她。

她手里有很多好的offer，结婚生子，要还房贷，似乎还是选个大公司靠谱，而不是一个初创公司。但这份工作本身很有吸引力，个人发挥空间很大，做对事跟对人，面试时他们聊了很长时间，彼此都在反复考察提问对方，她觉得这个老板值得跟，还有就是这份工作有办公地且有灵活的工作时间，她最终选择了这一份offer。

赵昕远一反常态，工作很拼。首先是真忙，所有事情都要等着他来推进。一个创业团队，初期领头人一定要是最好的，不然无法成功。等到度过创业期走上成长发展阶段，创始人才要退下，请比自己更好的人。

他显然正处于第一阶段，为了保持精力，每天早起锻炼，查收美国团队的进度，再把国内的任务布置下去，再开始自己一天的工作，晚上再根据这边的内容给出那边团队的计划。他下午睡一会儿，晚上熬得晚些，这样时间会变多，两边都能兼顾。

其次就是，忙碌也许会让人抑制冲动与情感。工作全然理性，筋疲力尽后，毫无感性的生存空间。

他不可能再去主动找宁清，每一次，主动拒绝的都是她。就算他还喜欢她，可为什么他要主动去找她，而不是她来求他？

他曾经以为他们是同类，只是她多了份温情，实则相反。

有一天，他躺在办公室的沙发上午睡，又梦到了那家书店。

那个冬天，依旧下了雪，书店里很暖，他当时不知因为什么事跟她生了气，但他还是来找她了。他与她离得很远，低头看书。她晾了他一个小时，才过来找他，说：“我错了，你跟我说句话，行不？”

他知道自己冷着一张脸时很严肃，但视线依旧没离开书本。他觉得她没那么喜欢他，不然怎么能看着他这么生气却置之不理，还能淡然地先看书，再理他？

她直接抢了他的书，他惊讶地抬头时，她捧着他的脸，粗暴地把他的脑袋压在书架上，强行覆上了他的唇。她亲完低声威胁他说："你要再不理我，我就把你的嘴巴咬出血，看你怎么跟别人解释。"

他依旧是冷着脸问她："你确定吗？"

没等她回答，他就吻上了她，掠夺她的所有呼吸，手放在她的脖颈处取暖，又让她无法逃离，当她喘不过气，捶打他的胸膛时，他咬了她。

他报复心强，又斤斤计较。她让他不舒服了，他就要还回去。

他听着她闷哼地呼痛，放开她时，她竟然还识好坏，不敢骂他，还跟他撒娇说："不要生气了，好不好？"

他午睡醒来，头很疼，药就在办公桌上。他连起身拿药的心情都没有，任由神经抽痛牵引着耳部的刺痛感。

疼痛是能让人清醒的。

赵泽诚来京州开会，顺道见儿子。

秘书帮忙订了餐厅。那家餐厅曾是著名会议的举办地，也曾接待过各国元首，据说这个餐厅容易谋成事。

秘书跟了他多年，还提醒他说："您要是跟儿子谋划工作或生活的事，以后准成。"

赵泽诚笑了笑，说："这次只吃饭，不谈事，让他先自己折腾两年。"

城府深、不苟言笑的赵泽诚，只有提到儿子，才有点儿人情味。儿子聪明，从小各方面都很优秀，走过岔路，也被纠回来了。他也乐于给儿子很大的自由，因为信任。

儿子的独立能力是他刻意培养的，儿子当年去读书，他只出学费和当地平均水平的生活费，一个学期一给。儿子一向矜贵，吃穿用度都是最好的，他从不用为钱考虑。结果，他去了才一个月，就把生活费全花光了。

宁真去看儿子时，快哭了，跟他说："儿子住在一个离学校很远的公寓里，跟人合租，他的房间还特别小。大学不就是学习的吗？你至于让他吃这种苦吗？"

赵泽诚严厉地跟她说："不允许给他打钱，美国学费这么贵，我已经很对得起他了。他想要大手大脚地花钱，就自己去赚钱，反正生活费我当初给够了。"

大一时儿子过得很拮据，忙着课业和打工。大二时他参加了比赛，拿了奖金才换了公寓。大三时他折腾着创业，忙得够呛，暑假都没回家，估计赚到了点儿钱，买了辆二手车开。大四时他忙着搞申请，很巧，在元宵节那天，收到了MIT的录取通知。

教育上，一向是宁真唱白脸，他唱红脸。他唯一严厉的一次，也是他最后悔的一次。

赵昕远在读研时，给他打了个电话，说在考虑退学。他当即不由分说地骂了儿子一通："你难道没用得连一个博士都读不下来吗？这个苦都吃不了，就要半途而废吗？"

新三届出身的赵泽诚，当年恢复高考，他没复习多久就能考上大学，考得还很不错。儿子也一向擅长读书，读个博士有那么难吗？

结果一周后，儿子就出了车祸。原来那一周，他基本没怎么睡觉。发生车祸前，他在车上打了个电话。

宁真打过那个号码，是个空号。赵泽诚动了关系去查，结果并没有意外。真不争气。

✦ ✦ ✦

赵泽诚下了飞机后，由司机直接送到了餐厅，在路上一言不发。

他很少在车内说话，不论是对同僚还是下属，即使说，也是些场面话。前车之鉴太多，任何时候说话都要小心为上。

这顿饭他同时请了程帆夫妇，儿子在京州，总要他们多关照些。

下了车，赵泽诚就看到了在门口等他的儿子。儿子都快三十岁的人了，这个季节这么冷，还只穿着卫衣和牛仔裤，今天是个工作日，也没个西装革履的正经样。

唯一一次见他穿西装还是他大三时，赵泽诚刚好在美国一个学院与同事们参与集体进修，住在一个小镇里。

当时赵泽诚趁着一个三天的假期，突击查了儿子的岗。那一天看到儿子时还挺惊讶，儿子一身西装，他身形挺拔，穿上西装有了那种精英范儿。

他还挺不适应，他家小子穿衣服就图舒适，这个西装不是什么牌子，估计穿起来也舒服不到哪儿去，他问儿子："你这怎么穿西装了，怎么也不买套好的？"

赵昕远那天刚好约了投资人coffee chat（喝咖啡聊天），说："穿西装显得正式，不过，这也没带个白人男同学去管用，就随便买了套便宜的。"

赵泽诚没反应过来，说："为什么要带同学去啊？"

儿子跟他做了个类比："如果是女性独自去拉投资，很多投资人就会有刻板印象，觉得女性创业成功概率更低些。同样，一个亚裔去，人家依旧会有刻板印象，所以要拉个男的白人，就跟带个吉祥物一样。”

赵泽诚点了头，给儿子挖了个坑，说：“既然拿投资这么难，那我给你吧。”

儿子瞟了他一眼，说：“别，我可不想坑爹。”

赵昕远迎了上来：“爸，赶紧进去吧。外边冷，我让程叔在里边等。”

“你怎么不多穿一件衣裳？”赵泽诚拍了拍儿子的肩，“总算回来了。”

儿子回来，赵泽诚是开心的，他就这一个儿子，私心不想他们离得太远。可这几年，因为愧疚，他始终未曾插手儿子的生活，任由儿子在国外工作，也不问儿子要不要考虑回来发展。

车祸过后，儿子躺在ICU还没醒时，他一直在责怪自己。发生车祸那一天，儿子是去学校申请休学，而不是直接退学。

宁真几乎二十四小时都陪护在病房，睡觉也在ICU的家属休息区。她精神崩溃到跟他大吵，说：“麻省理工的硕士还不够吗？放弃读博有什么关系？非要把他逼死吗？”

两人都在怀疑，却不肯承认，儿子有可能是自杀。赵昕远醒来后，只说当时在车上恍惚了。

至于后来查到的那个电话，他不敢质问躺在病床上的儿子为什么在开车时打电话。宁真怀疑他们俩还有联系，气得想直接飞回国去找那家人时，他拦住了她，说不要再惹是生非。

当年他找那个女孩谈过，他如长辈一般和颜悦色，说：“我非常理解两小无猜的纯真恋爱，但爱不是把一个人攥在手里，是要让他去实现理想，让他过早地为你放弃太多，于他不公平。我就说这么一句，你自己决定。”

那个女孩是信守承诺的人。

程帆和林夏早已在包间内等候。林夏正低头看手机信息，建展览馆这件事是林建华让人在开会时提出的，一个纯粹烧钱且无产出的讨他欢心的项目，自然无人反对，这点儿钱就当洒洒水喽。

但他还要把这件事亲自交给她负责，她主抓集团业务，这样的小事不想花费过多的时间，先把任务交给设计院了事。可林建华不满意了，还拿了建筑图过去看，说十分不满意，觉得她不够重视。

同时，手头两条业务线进展不顺，昨天在内部会议上林夏被林建华当众批评。这个意思是，让她专心搞一个破展览馆？

今年下半年以来，林建华对她的态度在变，虽然他之前也阴晴不定，时常敲打，生怕她逾矩忘了主次，但秋天来临，她闻到了肃杀之意。

程帆的拇指抚平她皱起的眉头："怎么了？"

"没什么。"林夏手机锁了屏，她不会让他碰她的事。

包间的门被打开，夫妇俩站起身迎赵泽诚。程帆是他爸老来得的子，辈分大，林夏只比赵昕远大几岁，也要随程帆叫赵泽诚一声哥。

对于这个重量级人物，林夏甚少打交道，这是程家的关系。对于各自有家业的夫妻之间，彼此戒心都太重，在这些敏感的人际关系上，多的是避讳，而不是提携与互助。

许久未见的四个人话题自然不断。桌上摆了两瓶茅台，喝酒，程帆自然作陪，赵昕远喝得不多，估计酒量小。

茅台就拿了飞天，赵泽诚为人低调，自家人吃饭，犯不着拼场面。

年份酒这玩意儿，怎么说呢，一吨新酒加一勺老酒就是几十年陈酿。

"来，程帆，我得敬你一杯。我儿子在京州，还要你多照顾着点儿。"

"老哥，这件事还要你说吗？你何时这么客气了？"程帆站起身回敬赵泽诚，"不是我说，昕远这么能干，怕是我连照顾的机会都没有。"

这话说得赵泽诚心中甚是舒坦，不过嘴上还是说："能干什么呢？由他瞎混呗，只要能养活自己就行。"

"那你可看错了，上次他跟我和林夏讲了一下午的电子货币、区块链，我俩听得津津有味。回来林夏还跟我说，我们这是要被时代抛弃了。"程帆看了眼老婆。

"您再夸我，我可要飘了。"赵昕远笑着站起身，给自己倒了一盅，他并不喜欢白酒，"程叔，敬您一杯，也敬婶婶一杯。不过，她不喝酒，要不您替她喝了吧。"

"你小子在坑我。"程帆笑骂，他老婆酒量比他好多了，"行，你那杯得倒满，我喝两杯。"

"不过，程帆，我儿子还有件事需要你关照着点儿呢。"

赵昕远看向了他爸，他自己都不知是什么事。

"您说。"

"我们家一向民主，昕远的大小事都由他自己做主。但他都快三十岁的人了，连个女朋友的动向都没有。可不得麻烦老弟你帮忙给他介绍吗？我要是多说两句，又要被儿子嫌弃了。我们做父母的，可真是如履薄冰、战战兢兢啊。"赵泽诚对着程帆说，余光扫了赵昕远一眼。

同僚的孩子私生活鸡飞狗跳、留学挥金如土不说，财外露后，外边女孩子还故意怀孕，指望一步登天。

赵泽诚从不希望儿子沉迷女色，在男女情爱上纠缠就是浪费时间。但他也不希望儿子是现在这个样子。

他老哥这是在敲山震虎呢，家家都有本难念的经。若赵昕远想找，何愁没有女朋友？

况且以赵昕远的条件，很难找。配低了，嫂子心里不舒服。就算刚巧配上，万一分了，惹得一身臊。况且程帆一个大老爷们儿，何时给人干过介绍对象的事？

林夏看老公为难，接过话茬儿应道："这是自然，您发话，我和程帆都帮他留意着。"

赵昕远不想跟他爸有争执，只说："程叔不都是三十多岁才结婚的，您急什么？"

程帆站出来当和事佬："老哥，昕远的公司刚起步，他太拼了。有一次我晚上在他办公地附近吃饭，顺便去看了他，发现他办公室的沙发上放着被子，跟我说任务紧时就在沙发上眯一会儿，那晚他还熬了个通宵。"

赵泽诚听了这话，内心动容："你都帮他说话了，我哪敢催？不过的确，年轻人要以事业为重。"

推杯换盏之间，服务员进来上菜。这儿的家烧黄鱼是经典，赵昕远正在看手机，上菜时抬头看了眼。兴许是盘子太重，服务员端起时没拿稳，差点儿就要摔下来，他赶忙放下手机，站起身去捞住盘子倾斜汤汁快流出的一侧。

幸亏他动作利索，接住了盘子，看服务生吓得瞬间脸白，怕服务生手软没力再摔一次都要有心理阴影了，他索性自己当服务员把菜端到餐桌上。

余下三人都看了过去，林夏坐在赵昕远的旁边。她却扫到了他亮着的手机屏幕。他刚刚没来得及锁屏，估计手一滑，将界面滑到了最左侧。

她不想看人隐私，特别是手机。这个集个人几乎80%隐私的终端设备，近几年随着云计算的迅速发展降低了使用成本后，一部小小的手机几乎就囊括了一个人所有的隐私信息。若想有什么秘密不让人知道，要么永远藏在心里，要么存入硬盘扔进海里。

林夏却被手机"为你推荐"功能里随机展现的一张照片吸引，照片上是一个女孩子。

好吧，她承认她有一点儿八卦之心。初老的征兆之一兴许是喜欢远距离观看年轻人的爱恨情仇，于蛛丝马迹中按图索骥，拼接出一幅画像。

比如，刚刚他父亲的催促，他的抗拒。

再比如，这张图是他和一个女孩子的照片。她先是被背景吸引，背景看起来是所高中。

她从他的年龄推出他上高中时连iPhone4都没有，这张照片是相机拍的，他特地导进了手机里。这些年，iPhone都更新换代几轮了。可能他前几次换手机，是用电脑导入保存，iCloud技术成熟后，就不用手动备份了。

其次，这张照片画质没那么差，估计经过了处理。如此心思，那么这肯定是个对他很重要的女孩子。

林夏再看时，觉得有种熟悉感，这个女孩，她好像在哪儿见过。

她平日里见的人太多，哪里记得？她虽熟悉，但就是对不上。

照片中的女孩子明媚极了，眼神中的笑意藏不住。男孩把手搭在她肩膀上，他也在笑，笑容太过真实而纯粹。这对小情侣就这么大大咧咧地站在校门口合了影。

她只与赵昕远见过寥寥几次面，从没见到过这样真实的他。她常年与各色人物打交道，见的人足够多，加上天生第六感，她看人挺准的。

赵昕远这个人是全然理性为底色，这样的人聪明、目标为驱动、努力、自制力强。世人偏爱这类性格，意味着成功，却不知，这类性格的负面是，在乎的东西很少，底线随时可破，自然做什么都很容易。

于这类人来说，真实反而是致命的。

服务员还在不停地道歉，连经理都走进来一同道歉。赵昕远摆了摆手，说："没关系，你们出去吧。"

看到他坐回座位，林夏收回了目光。

用餐结束后，赵昕远去结账。他看了眼账单，说："算错了，少了。"

"为了表达我们的歉意，黄鱼免单了，抱歉，给你们带来了惊吓。"经理跑来解释。

"不用，你们的黄鱼很好吃，帮我把钱算上。"

一顿饭，除了林夏，三人都喝了酒。

赵昕远送他爸上车，自己再打车回家。

赵泽诚明天有工作安排，对儿子说，明晚自己要有空就去儿子办公室转一转。说实话，赵泽诚让秘书找了相关书籍，想知道儿子究竟在干什么。这些天他有空就会看，但还是一知半解。

儿子心眼多着呢，以前在大公司工作，还能猜他一年赚多少，收入总归是在一个区间里，差不到哪儿去。现在，赵泽诚是一丁点儿都不知道儿子手里有多少钱，他也一个字都不透露。

林夏开车载程帆回家，本来从地下车库就能直接坐电梯上去，但他发酒疯，说要散散步、吹吹风再回家。

红尘最深处的小区内，绿化面积大得让人以为置身于郊区。秋天散步的确很舒服，喷泉旁的地灯亮着，金色的鹿在水池中央站着，周围是一圈鹅卵石。

林夏穿着细跟的皮鞋，踩到一块格外不平整的鹅卵石时，整个人顿时失衡，说醉了的程帆扶住了她的腋窝让她站稳，手还趁机摸了一把。

没顾得上这只咸猪手，林夏脑海里突然想到一句话："不要穿这种皮鞋。"

是那个女孩子。

她没了那点儿活泼，眉眼间甚至带了一丝苦意。

第九章　一公里的牵手

她处于自我防御机制时，总像个刺猬。

刘明跟宁清说，让她也去林总的饭局，这个饭局上，要么是项目负责人，要么是管理层，虽然给她添副碗筷也有位置，但她还是问："一定要我去吗？"

刘明恨铁不成钢，要是旁人，这么好的跟人打交道的机会，早上赶着了。他瞪了徒弟一眼，说："不然呢？难道要人家特地来请你过去吗？"

他没说，是林总随口提了句："我在工地遇到的那个女孩也来吧？"

饭局这天，临下班前，刘明看见宁清还是白天的打扮，上身是一件条纹针织衫，配了条白色西装裤，椅子背后挂了一件版型硬朗的黑色外套，他问："你就穿这身去？"

宁清看了眼这身打扮："有问题吗？我觉得还挺正式的啊。"

"没问题，就是……可以的。"

这身衣服还是宁清新买的。那天跟蒋月闹得不愉快后，她冒着小雨外出看电影。结束时，外面雨下得颇大，她就在商场里转悠等雨停，难得在商场服装专柜里试了好几身。

她爽快地付钱后，出了商场。雨停了，雨后的空气带着凉意，她骑了很久的自行车，到家时心情莫名地畅快了。她从不会让自己长久地陷入糟糕的情绪中。

渴望被人怜惜，抚平皱眉，却不知，自怜没了观众，很可能是东施效颦。

难过只是偶尔，幼时啼哭有父母的无条件迁就，长大后得学会买糖哄自己开心。

到了饭局，人都来得差不多了，正在为落座顺序客套地寒暄。

宁清站在角落里，等他们落座了，再挑剩的自己坐。

"林总来了。"

宁清往门口看去，林夏一身灰色西装，身材瘦削，耳朵上别着一对钻石耳钉，闪闪发光。她留着短发，人很干练，气场强大。

设计院这一群中年大老爷们儿平日里的傲慢一扫而空，都在客气地跟林夏打招呼。

"林总，来坐这儿。"建筑部的头儿王伟招呼着，餐桌的主座肯定是林夏的。

林夏锐利的眼扫视了一圈，落座后，她对刘明说："让宁工坐我旁边吧。"

众人看向院里这个画图的女孩子，一时疑惑林总为何让她坐在身旁，难道是什么远房亲戚？这个女孩子没人情世故中该有的推辞与谦让，不知道这种饭局的落座顺序都是论资排辈的，竟然就直接坐了过去。

宁清显然不擅长场面上太极拳似的反复客套退让，坐下后，跟林夏打招呼：“林总晚上好，你今天真漂亮。”

“难道上次在工地很丑吗？”看到邻座女孩一时愣怔，林夏哈哈大笑，她见多了这种场面，是看客，有时也是演员，自己实则欣赏这样落落大方的态度，“谢谢，你今天的穿搭很有品位。”

饭局开场，照例被吹捧一番后，林夏开了口：“我爸爸对展览馆的设计要求高，让设计院的同事反复修改，辛苦你们了。后期图纸定了，施工时还要你们多把控。”

“不辛苦，是我们应该做的。林董事长在大局和细节上都抓得紧，他的展览馆，要求再怎么高也不过分。”

林夏听了心中想笑，这是建林集团的展览馆。如果真是他的个人馆，是不是人死了比较好？列个丰功伟绩以供悼念，还能顺便当灵堂。

这人果然是行政办的，马屁拍过头了还自以为会说话，但她只是笑着看着对方。

“施工把控这一块，结构部经常跑，这事交给刘明。刘工这个人做事就一句话，让人放心。”

无论何种工作，“做事让人放心”都是一句很高的评价。太多人连不给旁人添麻烦都做不到，更别提把控全局和解决危机的能力与担当了。

而刘明是个聪明人。什么叫聪明人？在工作中能把比自己高两三个级别的人与事琢磨明白，就已经是人中龙凤的聪明了。

“林总，你放心，我必竭尽全力。”刘明看了眼正在低头看餐桌上食物的徒弟，大家都没动筷子，她这是在望梅止渴了，就知道吃，“况且还有我徒弟在，小宁要求严格到都吹毛求疵了。”

大家伙都应景地笑了：“咱这个行业没什么容错率，就得严格啊。小宁做事的确靠谱，也不看是哪个师傅带出来的。”

场面话过后，陆续上菜，黄汤下肚后，大家闹哄哄的，各自吹着牛。林夏早已失了胃口，看着旁边的宁清正在吃芥蓝，细嚼慢咽，她的侧脸很美，可与照片中十几岁的她截然不同，林夏问：“宁工是京州本地人吗？”

“不是，我是维州人。”宁清看向林夏，“您叫我宁清就好。”

“维州啊？那儿有个高中挺有名的，好像叫一中。我有个侄子在维州待过，就是在那所学校上的。”

“对，一中是挺有名的。”

一本上线率在90%以上，这样的数据放在全省都排得上名号。

“那你也是一中的吗？”

“是的。”

“你还挺低调，我不问都不说自己是一中的。”

宁清笑了笑：“这不是混得太差了，怕折杀了一中的名头嘛。”

实则她向来没什么集体荣誉感，如果毕业后还顶着学校的名头卖弄，实在是可怜。赵婷还跟她说过，曾经欺负过她的王宇毕业回家相亲都要跟人家强调自己是一中的，因为他的大学很垃圾，工作又一般。

林夏想，到底是多年前的照片，还有认错的风险，都在一中了，那肯定是八九不离十了。

“你这还混得差？”这一个玩笑把她身上的距离感驱散了，林夏用公筷夹了芥蓝，边吃边问，“在设计院工作几年了？”

“今年满三年了。”

“考虑换份工作吗？”三年是个转折点，毕业从任人定价的职场新人，到掌握了一定的专业技能和人脉资源，站稳了脚跟且具备了一定的议价能力，是离职的高发阶段。

林夏这随口一问，可把宁清给难倒了。甲方在饭局上问这个问题是什么意思？

设计院是乙方，行业内有一部分人是想跳槽做甲方的。这种选择，宁清当然考虑过，她在设计院一年拿这些钱，几乎是放弃了大部分的休息时间。

做了甲方可能一样忙碌，但钱会多一点儿。但做结构很难跳，专业性太强，甲方的结构岗位不多，以外聘顾问为主。工作内容也与现在截然不同，都不太需要画图。这个选择不在宁清的考虑范围内。

说来搞笑，宁清最近周末得了空都开始看CS61的视频了。没什么行业是屹立不倒的，国企当年还有下岗潮呢。多点儿技能，万一中年下岗了还能再就业。

她摇了头，没自作多情到觉得甲方对自己青睐有加要挖角：“暂时没有。”

饭局结束，林夏喝了几杯酒，会来事的王伟主动提要送林总回家。

刘明最看不惯王伟这副巴结样，内部会议上建筑部和结构部总在互相指责，自然不乐意看到他有机会讨好林总，还不如让自己这个实心眼的徒弟去送，便在旁边说：“让小宁去吧，她没喝酒，你还喝了一杯，小宁的车技很好。”

宁清沉稳地开着车，并不言语，看着林夏好像很头疼的样子，默默地把车窗调高了点儿。

此时车开上了大桥，桥身通体明亮，每晚都有灯光秀。开着车吹着风看桥上的夜景，还挺享受。两旁是散步的路人，底下河两旁是跑道，这个季节出来跑步的人很多。

“下了桥陪我去河边走走吧。”

在缓慢地下坡之后，宁清掉头将车开到下边，找了位置停下，看附近有个亭子，便跑去买了一瓶水递给了林夏，以为她喝多了想吐。

林夏与她走在河边，喝了口凉水，将心头的黏腻感压下，说：“其实今天是我妈妈生日。”

宁清看着她略带忧伤的面容，这时显然不适合说一句生日快乐，她只是需要一个倾听者。

“她在美国，我挺想给她打视频，祝她生日快乐的。”林夏苦笑，看着这个沉默的女孩，她多好，不想刺探旁人隐私，“你怎么不说话？”

“嗯——”宁清想了想，“因为我家从不过生日，连一句‘生日快乐’都不会说。”

难得带点儿感伤情绪的林夏，悲伤的气氛被这个无厘头的回复搞没了，她问：“为什么？”

“我小学时家里很穷，连蛋糕都不会买，大了点儿，也没这个习惯去特地过生日。我们也从不说‘生日快乐’这种话，导致我现在对人说这句话时，都觉得有点儿莫名的羞耻。”宁清想了个比喻，“就跟说‘早安、晚安’一样，从小就听惯了‘你怎么还不起，怎么还不睡，你是不是欠揍啊’，我们就觉得说这类话很矫情和肉麻。”

林夏彻底被她逗笑了：“你真的一次生日都没过过吗？成人礼有吗？”

她过过，赵昕远给她买了蛋糕，吹了蜡烛，跟她说“生日快乐”，还让她许愿。虽然她在过程中依旧觉得矫情到无法适应，想着能不能跳过若干步骤直接吃蛋糕，但的确是唯一一次。

“有啊，高考分数下来时，连通知书都没收到，我爸就请了亲戚说要庆祝考上大学，顺便提前把二十岁生日过了。就是为了收份子钱，不然谁过生日？”

这个女孩着实有点儿冷幽默的天赋，林夏乐不可支，问她：“收了多少份子钱？”

“算纯利润肯定是负的，摆酒席还得一桌放一条中华呢。但酒席钱是我爸出的，这个份子钱全归我，算赚的，刚好够我大一的学费。”

“你爸还挺爱你，不过，我还以为是你的零花钱呢。”

“对啊，他很爱我。”

江边一阵风吹来，很多往事能在风中弥散。

比如，那个暑假宁国涛出了事，花了很多钱。他被孙英骂，问清清大学四年的学费怎么办时，他说：“我去卖血也会让她上学。”

幸亏他每年都给她交保险，先把保险质押拿回两万，起码够她第一年的学费和开销。

后来孙英生病，已经算晚期了，宁国涛还掏钱给她动了刀。孙英去世后，再没钱了，他仍然给她办了风光的葬礼。在殡仪馆挑骨灰盒时，他都要选贵的。办完葬礼，丧宴的钱都欠了半年，被人上门讨债。

就这样，她后三年的学费和生活费，宁国涛去借钱都会给她填上。

“真好。”林夏看向月光下荡漾着波澜的江，自己的心事自然不会向这个女孩倾吐，但对她有了一丝信任。

林夏无利不起早，看到那张照片时动了心思，有没有一种可能，利用这个女孩搭上赵家这条船？赵泽诚去年高升，年后还会有调动。

在事业上，她提防着程帆，与他互不干涉。她想做的一些事压根儿不想让他知道，自然也极少用他的人脉。若是寻常人嫁了程帆，全力倚仗就好，但她不能。

她知道这种可能性极低，这种家庭，结婚一定讲究门当户对。但没人能铁口直断未来，有时无心插柳，事后能有极大的回报。

关系网就是这样，林夏年轻时觉得要结交看起来很有社会地位、能量大的人，后来嫁给了程帆才觉得幼稚不堪，这样的筛选模式完全错误。厉害的人大多不显山露水，掌握着核心信息，却能置身事外，一些普通人也会在关键几年迸发出巨大的能量。

她承认眼界、智识有无法触及之处，敬畏机缘巧合。她大学时就爱读成功人士的自传，他们大多有一条共同经验：要学会无功利心地去帮助别人。当时她不懂，只觉得是条虚伪的心灵鸡汤。

人到了一定的社会地位、自己拥有了极大能量后，才能明白这个道理。林夏并不知道这个女孩能不能对她有用，但她愿意现在把这个因种下。

“你生日是什么时候？我派人给你送个蛋糕过去。”

“别。”宁清赶忙阻止，“让别人看到了来祝我生日快乐，那场面可太尴尬了。”

“好吧，咱加个微信吧，跟你聊天特别有意思，下次周末约你吃饭。”

林夏打开家门发现灯竟然开着，程帆躺在沙发上，估计是喝多了。

“你怎么又喝多了？”

“老赵今天走，走之前我们哥俩又喝了一顿。”上次是赵泽诚第二天有事，他们都收着，这次自然尽兴了，“刚刚昕远才送我回来。”

“我先去洗澡，一会儿分房睡，你不要吵我，我明天早班机。”

程帆见她这样就不爽，拉了她压在沙发上：“你今天别想早睡。”

“你确定吗？醉酒容易早泄。”

“你试试不就知道了？”

刚刚林夏说让司机来送宁清回家，宁清连忙拒绝，说吃撑了，想溜达到地铁站。

她坐电梯到一楼走出大楼后，才发现这个小区很大，离出口还有一段距离。

不过，在这个小区里散步，她都能闻到金钱和自然混杂的味道。两栋楼之间的距离都足以让普通小区再盖一栋楼了。高楼与别墅参差错落着，每一户的采光自是不必担忧。这些空隙极尽“浪费”之能事，大片的绿化，人走在里面很舒服，自然与现代化融合得挺好。

走到喷泉处，宁清笑了，这是鹿，向禄。这种东西的摆放，一般都会请风水师来看。

夜里已经有了寒意，但穿着外套吹着风散步仍是舒服的，她终于走到了大门口。看到指示牌，往前走大概一公里，就会有地铁站。

这一段路很美，道路两旁都是参天的梧桐树，正是一片金黄又落叶的时节，路灯的光打在树上，透过枝叶的缝隙落到地面，夜都不再黑，成了一片昏黄的世界。脚踩在落叶上，先是发出清脆的一声响，脚掌落下，就成了碎叶。

夜深了，只有往来的车辆，路人都很少。这些落叶第二天一早便会被清扫干净，宁清玩心大起，手插在口袋里，低着头找着落叶跨步踩着走，遇到距离近的，还要人为地设立难度——跳过去。

连着跨了好几个高难度的步子后，她开心地抬起头，准备好好走路。她一抬眼就看到了有个穿着黑衣的路人走在了自己前边，难怪刚刚蹦跳时余光看到有一道黑影。

赵泽诚明天离开京州，晚上约了与程帆喝酒。赵昕远酒量差，又不爱喝白的，不想参与。

赵泽诚实则十分爱喝酒，但能共同饮酒至畅快的人与场合都太少，喝酒容易误事，更不知酒后会说出什么话。他常常独酌，见到了程帆，必定要喝个痛快。

赵昕远晚上刚好有个会，等开完了才打车去找他们。俩人在程帆的公寓里喝酒，赵泽诚为人严谨得都不会在外边餐馆里喝醉，更别提所谓神秘的会所了。那些地方，隐私泄露得底裤都能被人扒去。

他到时这两人已经喝得七七八八了，桌上就一盘花生与一盘鸭舌，爱喝酒的人不挑下酒菜，只为了填肚子，不那么伤胃。

赵泽诚真喝多了，看见他来，还硬要给他灌一杯。

赵昕远和程帆把他拖下去交给了秘书，送他回酒店，再把步伐虚浮的程帆送回了家。

他从程帆家里走出来，查了地图，发现离他家并不远，打的或坐地铁都可以。但这个天太舒服了，他准备走到地铁口，再打车。

赵昕远考虑着，是不是要买辆车。他的公寓和办公室距离不远，不到三公里。这个天他都跑步上下班，打的也很快，买车的话，会在开车和找车位上花更多时间。

昨天他跟Sam闲聊时，说干脆买个电动车做代步工具。Sam说：“你可别，从出意外的概率来说，电动车比汽车大。作为一个公司合伙人，你的安全很重要。”

这条马路还挺美，如果想在京州定居，这附近的地段还挺好的。他看见前面有一个女的在低头跳着走，两人有一段间距，他步伐大，怕她往右蹦会撞到，又觉得自己一个男人在后面慢吞吞走着，会让独行的女性害怕。

趁那人往左扭转时，他从右边大步走了过去。离地铁站不远了，他掏出手机开始打车。

宁清觉得自己真是有疑心病，觉得那人的背影竟然像赵昕远。

深度学习应用之一就是图像识别，用算法训练机器，提取最重要的特征与信息。在海量样本的训练下，机器归纳出特征，从而进行识别和判断。

科技进一步发展时，更是模仿人类大脑，单个神经元组成了神经网络，让机器自主学习，对权重进行优化，有更有效的输出。

所以，这个被学习对象——人类，对于熟悉的人，在大脑的自我训练下，是能通过背影认出那个人的。

走路姿势、颈椎与脖颈的曲线、双腿发力点与身体的小动作，每个人都是不同的。

他们曾经在京州这样的街道上走过，那时是初夏，还是成片的绿荫。他说：“两个校本部之间就一站距离，走路一公里左右，我们应该都会被分配在校本部。”

她挖着冰激凌蹦蹦跳跳地走在他身后，这是她第一次来这座城市，从小到大她几乎没出过远门。刚刚他带她坐了地铁，虽然看书时就知道有地铁这个交通工具，但还是觉得很神奇，车子竟然能在地下跑，速度还那么快。

十年后，他们终于一起在这座城市了。

她忍住跑上前确认的冲动，更忍住不质问自己，为什么要隐藏压抑的痛苦，而不是喊出来。

但她什么都不能做。

第一次是她放弃了他。这一次，他不要她了。

她只能跟在这个疑似赵昕远的男人身后，同一时间在同一条街道上走着，一如当年她跟在他身后。

快走到地铁口时，当看到他停下脚步要转过身时，宁清转移了视线，并不想知道这个答案。

赵昕远走到地铁口，侧过身面向马路等着车。可能主城区这边的红绿灯多，路又堵，剩余的两百米，出租车如龟速一般往前挪。

他到京州后，一次都没有坐过地铁。

后来他坐过很多地铁，纽约地铁站台很矮，同为古老的地铁，巴黎地铁站更为宏伟，旧金山的轻轨上满是流浪汉。

曾经宁清坐地铁时睁大眼睛太过惊讶的神情太难被忘记，后来每到一个新地方，他都会特地去坐一次地铁，当成一种旅游方式。

这么多年过去，地铁路线以放射状几乎贯穿了这座城市，他当年来时，仅有一条线路。

这个站点当年应该就存在，赵昕远回头想再看一眼。

地面以上的地铁口是一个半椭圆，前边用实体墙支撑着，再往下是透明玻璃，站点名称写在了外边的实体墙上。

而刚刚路过的那个女人正走进地铁站，他只看到了她的背影。

他从不会盯着陌生人看，此时却鬼迷心窍地没有转过头，那人走过了实体墙，再按着台阶继续往下走。

透过玻璃，赵昕远看到了她的侧脸。

此时，手机振动，出租车司机打来了电话。

✦ ✦ ✦

司机本就觉得这一单不值，虽然离乘客距离近，但这一带红绿灯多，等待时间长，但这是系统派单，拒接不太好，而且接了单就有奖励。

结果他遇上的乘客有毛病，上了车，他一脚油门踩下去才开了两分钟，就让他停了车，说订单他照常支付。幸亏没到红绿灯，旁边有个路口，他踩了刹车让乘客下车，心想：这不会是什么新型骗局吧？可别投诉他。

司机再次缓慢起步时，往后视镜看了眼，那个乘客正在往回跑。嚯，小伙子跑得还挺快，到底年轻，腿还长。

赵昕远不知道为什么要这么做。

这是他来京州后第二次见到宁清。她还是喜欢扎丸子头，他透过模糊的厚实玻璃看到她修长的脖颈、沉静的侧脸，一定是她。

他受过非常严格的逻辑训练，决策的基础是精密的逻辑推导。同时，他信任直觉，直觉的敏锐与速度有时是无法用逻辑解释的。

然而，他与宁清重逢后，他做的所有事都在遵从理性，却违背直觉。

理性逻辑告诉他，他在做对的事。恋爱一场，帮她是往日情分，不再联系她是不应该。

她是多么厌恶别人触碰的人，却能让徐晨揽她、抱她。他根本不想问她这个问题，并将心中异样的感受归因为男人的劣根性。

也许，比旧情未了更残酷的是发现只有自己留在原地。不问是不想，还是不敢？

这却违背了直觉。直觉的逻辑很粗暴，只服从于心，它从不管理性与现实，只分想要和不想要。当违背它时，它旺盛的生命力能夜以继日毫无理由地百般折磨你，直到你向它臣服。

人有时忙忙碌碌做很多事是为了逃避直觉，美其名曰在做对的事。

左脚脚跟尚未落到地面，未放松的右腿肌肉再次发力，步幅很大，还加以高配速时，这个男人如同秋风，扫过了脚边的落叶。凋零的黄叶翻滚了一圈，又回到了路牙边上。

奔跑时，赵昕远的大脑一片空白，再也无法理性运作。他只是想回去，看她一眼。

他很快就跑到了地铁口，手虚托在栏杆上，两三个台阶一步跨着向下。跑过安检口，该死，连进站的电子支付他都没有设置过，他只得跑到旁边的自助售票机，随便买了张票，进去后又下了台阶，进了地铁站。

这个站冷冷清清，人并不多。赵昕远不知道宁清要乘哪个方向的地铁，看着指示牌，他将列车到达时间更短的一侧找了一遍，并没有找到。

那她就一定在另一个方向，他跑到对面，仔细地看了每一个人，依旧没有她。

两班列车还都没有到，赵昕远知道，她很可能已经随着上一班列车走了。他却回到了刚刚寻找的那一侧，微乎其微的可能是他刚才漏了、看错了，又仔仔细细地找了一遍。

地铁站内，下班的行人们被抽去了所有的精气神，低头麻木地滑动着手机，对周遭的一切都失去兴趣。他们抬头时透过前边的玻璃幕墙看到一个长相颇为英俊的男人在身后穿梭了好几趟也不在意，更别提好奇心，一天的繁重工作足以扼杀他们所有对人类的兴趣。这个男人微皱着眉，肉眼可见一脸的失望，要转身离去时，挺拔的背影竟有点儿落寞的滋味。

赵昕远打算离开。这是没认出她的惩罚。

偌大的城市内，人口近千万，地理位置以区为划分，活动领域以阶层为区分。大多数人的行动轨迹都很固定，白日格子间，夜晚家中。人与人之间的交集实则很少，重逢更是件微乎其微的偶然性事件。

他站在台阶上，再次回头，看着两侧等待的行人，内心在抛硬币，选一侧，再找一遍。

他选了左边。当走到左侧的最深处时，他觉得自己产生了幻觉。

宁清在下楼梯时，便感受到一股热流迅猛而下。她纠结地接着往下走，地铁只有几站距离，要不要忍着回家？

但她今天穿了白色裤子，从标志上看这个站点有卫生间，还是怕闹笑话，她忙跑回上面，过来时看到有个便利店。

她买完东西后又跑进地铁站，刷码后直奔地铁尽头的卫生间，把卫生巾垫上。她运气好，血迹没有印到白裤子上。

从卫生间出来后，她看了眼提示屏幕，地铁还有三分钟到站，手机都懒得拿出，她看着前边玻璃墙上的广告牌发呆。

“用长期业绩说话。”

她看了会心一笑，长期是多久？ In the long run, we are all dead（从长远来看，我们都是死人）。

她从广告牌上收回视线时，不经意间对上了一双眼。

两双眼在玻璃幕墙上汇集，一时间两人都未动弹，从倒影中看着彼此。

或许这是时间的相对论，十年很短，这一眼又足够长。

她去哪儿了？赵昕远看了眼她身后的卫生间，知道了答案。

“这么巧。”

宁清转身看向他：“是很巧。”

熟人在人流涌动的地铁中遇到的概率太低，比如，她有很多大学同学毕业后至今都留在京州，但她一次都没遇到过。

“坐地铁回家吗？”

她点头：“你呢？也是回家吗？”

“去找东西吃。”他随意地问道，“你吃过了吗？”

饭局上的菜不合她胃口，她只吃了几筷子芥蓝，准备回家后弄点儿夜宵吃。

她还没来得及回答，轰鸣声传来，列车进站了。站在身后的行人从两人中间挤过，进了车厢。

"上车吧。"

这一站虽然上车的人挺少，但车厢内的空位并不多，下一站上车的人更多。宁清眼尖地看到这节车厢还有两个空位，赶忙走上前坐下来。

这种迅即找座、占座的能力还是她刚工作时练就的。那时还在试用期，她第一次租房图便宜，坐地铁通勤，早上七点半出门，晚上十点以后到家。早晚高峰在地铁里人都要挤成肉饼了，几乎所有站着的人都在列车将停时对将被空出的座位虎视眈眈，身子还倾斜着，屁股就先到了座位上。

宁清旁边还有个座位，见他握着吊环扶手，站在她跟前看着她，虽说他爱站就站着，关她屁事，但她占座的职业病复发了："你坐过来呀，下一站人可多了。"

他坐下时，毛衣碰到了她的手，软糯的质感让她愣怔了一下。随即，原本宽松的位子瞬间变得拥挤，她装作不经意地往旁边挪了一点儿位置给他。

赵昕远看见她的小动作，心中苦笑，这么怕碰到他吗？

晚高峰的地铁显然不是个能聊天的场合，今天地铁上的人格外多。明天是周末，周五晚上是都市人的放纵之夜。他们赶着热闹的地吃饭、喝酒、约会，流连至半夜才觉得尽兴，好对得起一周的忙碌工作。角落里的小情侣趁着狭小的空间，拥抱着贴耳细语。

听着地铁的嘈杂，宁清低头看着黑色外套上的金属扣，他是来找她的吗？他刚刚明明在等出租车。为什么见到他，反而会有孤独的感觉？

听着站点的播报，她抬头想问他在哪站下时，又撞上了他的眼，距离近得能看到他眼中的自己。

车厢人多，空气不流通，她却能感受到他鼻翼间的呼吸喷洒到她眼睫毛上，很痒："你在哪站下？"

赵昕远不答反问："你呢？"

"我下一站就下。"

"哦。"

地铁的窗外骤然出现了月亮，从地下开到了地上，这一轮加速完，列车放慢了速度，进了站，再一个刹车后，车门打开了。

宁清站起身，想跟他打招呼说要走时，没想到他也站了起来，跟在她身后一起出去。

"那个——"

她回头看走在她身后的他："怎么了？"

"这是我到京州后第一次坐地铁。"赵昕远摸了摸鼻子，面带尴尬，"我好像坐错车了。"

“你刚刚在车上为什么不说？”宁清怀疑地看着他。

“我没有地铁的电子支付，票买错了，那么多线路，我没分清。”他眼神飘忽地看向前方，“地铁都不会坐，怪丢人的，是吧？”

这一张帅气的脸，当露出一副无辜又羞愧的神情时，宁清觉得自己记吃不记打，全然忘了上次他对她说出多么无情的话，她说：“我带你出去吧，补个票。”

宁清带他去补了票，出了地铁站：“你可以打车走，快一点儿。”

“这儿有什么吃饭的地方吗？我还没吃晚饭。”赵昕远看了眼四周，这儿正在十字路口边上，只有一家麦当劳。

宁清指着M的招牌：“汉堡。”

“我不要吃汉堡。”

“你怎么还嫌弃上了？麦当劳多好吃。”

“你知不知道，对于一个曾经没钱、吃了半个学期自制汉堡的人，你让我吃汉堡是什么感受？”他叹了口气，“剩下半个学期在吃打折的比萨。”

对于他的忆苦思甜，宁清心里翻了个白眼，就算他读书那会儿，一个牛肉汉堡也得三十多块吧，他一个成年男性起码得吃俩吧？她大学时一天的伙食费一共才三十元。

算了，她不仇富。

“真看不出来，你还有穷的时候。”

赵昕远愣是没听出她的阴阳怪气，认真问道：“要不要跟我一起去吃夜宵？”

她很想去，但她知道他有女朋友。

在维州，有他的妈妈、她的爸爸，有无数翻不了篇的往事，连回忆都那么沉重。如果是在只有他们俩的京州，她是不是做任何事都不用承担后果？

“好，我带你去吃米线，不要嫌便宜。”

赵昕远笑了：“我是那种人吗？”

“怕你吃饭都像上一顿那样的消费。”

“那我多请你吃几顿还回去好了，你个小气鬼。”

两人都未察觉到这一句“小气鬼”中的宠溺意味，只以为是理所应当。

宁清带着他往前走，然后右拐。这儿有个小区，房型与装修都很一般，中介说是单室套，其实是一套房改造的，像套中套，房租还特别贵。她没看中，离开前在这附近随便找了家米线店，结果意外地很好吃。

两盏路灯间距较远，两人走在内里的人行道上，只凭借着微弱的光大致往前走着。

“那天你为什么要跑？”

刚与他说笑时脸上还挂着的笑意瞬间凝固，宁清开始后悔。五分钟前她还能放纵自己跟他吃顿饭，一顿饭而已，男女之间不能有一顿单纯的夜宵吗？

在这么黑暗的地方，如此暧昧的问题让她心生软弱。是，他只是随口一问，但说者无心，听者有意，她很想跟他说：“因为我被你伤到了啊，你是不是要来安慰我？”

男女之间的那层界限是难以言喻且模糊的。如果她借势撒娇哭诉委屈，不论自己是不是有这个魅力，这就是在诱惑他越过界限。

她见到他时，总以为他还是她的，总会刻意去忘记他有女朋友。

“你是以什么身份在问我这个问题？”

赵昕远被她问得一头雾水：“朋友？”他们起码是朋友吧？

“在有女朋友的前提下，你约我吃夜宵，还要若无其事地问我这种问题，可能是我自作多情想多了，但这样不太好。”

赵昕远看着她的一身刺，她处于自我防御机制时，总像个刺猬，甚至不惜以最坏的恶意揣测他，对他的人品都能进行否定，毫无信任可言。

她觉得他在国外有一个女朋友，还想着在国内玩弄前女友来证明自身魅力，是吗？

这就是她，随时能对他翻脸、无情。他每次以为她对他还有喜欢，她一句话就能将他的幻想打碎。

他想说：“你犯不着用怀疑我人品的方式来展示你高尚的道德感，虽然怀疑是你的权利。”

他想说：“能无条件地信任你厌恶之人的话，你还挺天真的。”

可这只刺猬就是这样啊。她浑身都是刺，宁可把自己刺伤，也要假装坚强。

被她刺了，赵昕远只能怪自己，第一次他没解释。

“我没有女朋友。我们可以去吃夜宵了吗？我很饿。”赵昕远的脾性实则比她坏多了，他忍着委屈耐心解释后，又忍不住有仇必报，“我从没觉得你的智商这么低过，我觉得你还能再接再厉突破底线，可塑性极强。不过你情商还挺高的，知道自己在自作多情。”

✦ ✦ ✦

试过一拳打在棉花上吗？明明是自己内心过不去，宁清却烦躁、纠结得跟个神经病一样把赵昕远当渣男质问，搞得像指责他骗自己当小三，结果人家说：“我没女朋友，对你也没意思，你是不是有点儿想多了？”

她知道自己刚刚语气、态度很不好，如果他就说“你误解了”，她还能给他道个歉，她知错就改，可听到他最后一句的嘲讽，她顿时又羞又气，又骂不出口，的确是她自己想多了，他一句无意的话都能被她强行误解。

在刻薄的他面前，她骂人都会显得嘴笨，还不占理。她一言不发，气得转身就走。

结果她刚走了两步，就被他从身后抓住了手腕。他的手很大，手掌包裹着她纤细的手腕，温热的大拇指在凸出的动脉上轻按着，感受着它的跳动。

“喂，我被你骂渣男，被你质疑道德品质低下，我都没跟你动气，你又要跑什么？”赵昕远嘲讽着自己，“再说，我要有这么多心思，博士都能毕业了。”

国外是挺开放的，对于约会和背后隐含的性行为的理解与国内截然不同。一部分男性同胞到了国外总是高呼这才是自由，喊着要把腐朽落后的封建性观念彻底扔掉，拥抱性解放与自由。讽刺的是，这类人的魅力不足以吸引除亚洲女性以外的人种。当然，他们可以解释为文化种族差异。

金钱可以作为性魅力的伪饰，美国某些名牌大学近几年都受到诟病，几乎是明着看中了亚洲暴发户们的财。有钱的留学生们女友轮着换，甚至同时发展多段关系，还以为这能证明自身稀薄得可怜的性魅力。

赵昕远对这种观念的纷争没兴趣，他们爱干吗干吗，关他什么事。

留学生圈子，他很少接触，最烦跟人无谓地混，有这个时间不如找几个本地人聊天，英语从能说能用到拥有native（本地人）的水平还有一大段距离呢。

被人不识好歹开玩笑说不见他交女朋友，还说就算国内有女朋友也不必如此保守，他也懒得回击。他要有交女朋友的时间、搞男女关系的多余精力，以此调剂自我，博士说不定真能读下来。写不出论文的痛占据了他大半的读书生涯。

当这个不识好歹的人是她时，他是真生气的。

他力气很大，轻轻一握就能把她整个人制住，宁清挣脱不开：“那我还得感谢你的宽宏大量。”

他离她这么近，秋风吹来时，她的气息似是从肌肤中散发，被风带到了他的鼻翼之间。这是种很折磨人的气息，他抑制住某种冲动，又怕她厌恶他的触碰，放开了她的手腕。

“我刚刚说话很过分，我道歉。”赵昕远冷静下来，知道自己说话冒犯了，“如果在你心中我就这么不堪，那我也认了。时间不早了，我送你回家吧。”

手腕上还残存着他的温度，宁清像一只被戳破的气球，懊恼不已。每一次，她好像都会搞砸。

“怎么不说话？”他看她并不动弹，“你家在哪儿，我打车送你回去。”

宁清抬头看他：“可是我想吃米线。”

“好，我送你过去，这里太黑了不安全。”赵昕远正要往前走时，发现她还站着不动，他叹了口气，她这么烦他吗？“如果你不想让我待在这儿，那我现在打车走，你到家了发个信息给我，可以吗？”

他刚要拿起手机打车时，她拉住了他的毛衣袖子：“你不陪我吃米线吗？”

赵昕远被她的喜怒无常折腾得不行：“我说送你过去，难道我要省一碗米线钱，看着你吃，我饿着肚子吗？”

宁清讪讪地放下手：“我以为你说送我过去，然后你就走。”

刺猬有着无比柔软的腹部，更像个孩子，赖在原地不走是要大人来哄。他被她刺伤了，还得照顾她刺伤他心怀愧疚的感受。

“如果今晚米线你请的话，我可以吃完后再送你回家。”

“好，我请你。”她随着他往前走，看着不说话的他，“你还在生我的气吗？”

“没有。”

走到了下一盏路灯下，宁清偷偷地看了他一眼。他侧脸凌厉，抿着唇，面无表情地专心看路往前走着。

“这也不能怪我啊，是你上次不跟我说清楚，搞得我误解啊。”看他沉默，她解释的声音越来越低，“我只是态度稍微差了点儿。”

“好，那秉着对等原则，你能回答我一个问题吗？”

“什么问题？”

“那你有男朋友吗？如果你有，那我指责你不专心、深夜跟男性出来吃夜宵，你会生气吗？”

宁清快被他这个一百八十度的转弯绕晕，虽然觉得他这逻辑哪里不对，但她一时还真没想到漏洞在哪儿，一句“当然没有”脱口而出。

哦，她终于绕明白了：“如果我有，那我就没有资格来指责你啊。你是不是逻辑有问题，智商也不行。”

赵昕远嗯了声，走到了米线店门口，说：“聪明人也会有犯糊涂的时候。”

米线店灯火通明，半开放式的厨房里，老板还在忙活着，出锅的米线倒进外卖盒里，老板娘麻利地打包，放到柜台上，等着外卖员来拿。一碗二十多块的米线，夫妻两人忙活不算人工费，还有高昂的店面房租，本就薄利，外卖平台还会拿去一半的利润，但不跟这些平台合作，就会逐步被淘汰。

宁清点了两份砂锅米线，又从冷柜里拿了瓶可乐和矿泉水，把矿泉水递给他，自己拧了可乐就灌了一大口。

一口冰镇可乐下去，她拧上盖子时才想起什么，站起身踮着脚看厨房的煤气灶上，米线出餐很快，她已经看到砂锅上被撒了层香菜。

赵昕远看她重新坐回座位，看着他欲言又止，她这个表情准没好事：“怎么了？”

“我忘记让老板不要放香菜了，已经来不及了。”

赵昕远毫无意外的表情："你是不是故意报复我？你又不是没做过这种事。"

"谁要报复你，我给你重新买一份？"

"不用。"

说话间，米线已经上来了，赵昕远不是挑剔到浪费的人，自己拿了筷子把香菜一一挑出。若是从前，他直接放她碗里，现在，他从盒子里抽了张粗糙的餐巾纸，放在了上面。

香菜又碎又多，他挑得不耐烦，看着对面吃得开心的她，心中不爽，说："你还记得某人都不知道香菜叫芫荽吗？"

一愣神，宁清都没来得及嚼，顺滑的米线混着鲜美的菌菇汤哧溜钻进了喉咙。

某人自然是宁清。她知道赵昕远不喜欢吃香菜，但她不知道香菜别名叫芫荽。她又没做过饭，芫荽到了饭桌上都成了小细碎，跟香干和花生米混杂，被烫熟切碎后也没了香菜那股清香的味道，她怎么认得出这就是地里的香菜。

寒假里有天他家大人不在，孙英留在她家写作业的赵昕远吃饭。宁清热情地与他分享自己最爱吃的菜，一本正经地指着芫荽说，这个别名叫马兰头，超级好吃。

赵昕远真信了她的鬼话，入嘴前就应该知道这个分不清稻子和麦子的无知少女，别指望她认得这些菜。他像吃了口肥皂，在她家不好吐出来，硬生生吞咽了下去。

"要不我来替你挑香菜？"宁清不好意思地问，她狼吞虎咽都吃了大半碗了，他还在挑剔地挑香菜。

"你还真会挑时间问。"赵昕远将最后一片叶子丢出，挑了一筷子米线送入嘴中，竟然意外地不错，粉挺滑溜，汤头的鲜美不像粉料包冲泡出来的。

宁清吃完了最后一口米线，撑着头看他："好吃吧？"

"还不错。"

获得这个胃口挑剔的人的肯定，她得意地笑了："旁边还有一家特好吃的牛肉粉，加一份牛杂，再配上现烤的烧饼，简直是一绝。我下次带你去吃。"

赵昕远挑起一筷子米线，在热气的氤氲中看着她："下次是什么时候？"

宁清被他问住，下次是什么时候？

她在京州这三年，有了还行的工资，大多数的餐厅她都去得起，周末常常外出觅食。她坐着地铁去，带本书边吃边看，吃完在附近转悠一圈再回来。她独自吃这些美食时，心中绝对是不寂寞的，甚至非常愉悦。

见了他，她下意识地想将心中的这些好馆子与他分享，就无比自然地说出下次带他去吃。

被他盯着问，宁清垂下眼眸看着他碗里的米线，还有半碗："我们俩都有空就行。"

"好。"赵昕远吞下米线时想，他还是得买个车。

他刚想说什么时，手肘感受到了一阵振动，他看了眼自己的手机，并无电话。是她的电话，她站起时，对他说："我去外面接个电话。"

见她走到门外，看了眼她的包还在，他摇了摇头，真的是，怎么会觉得她又要跑掉。

宁清上次与蒋月打电话闹得不欢而散后，以两人在微信上互掷表情包而和好。

蒋月打的是联系电话，而不是微信电话或视频，科技用联系方式的不同帮人分清轻重缓急，宁清接之前都有点儿害怕，就怕她有什么事。

她走到前边的树丛里："喂，妈，你这么晚了打电话什么事啊？"

"你爸的事，你让宁真儿子帮忙了吗？你为什么还要跟他家扯上关系？你现在跟她儿子还有联系吗？"

这个雇主家条件不错，蒋月有自己的小房间，宝宝今晚宝妈带着睡，她忙到现在才有空给女儿打电话。从傍晚接到宁真的电话开始，她一直压抑着愤怒。

"发生了什么事？"宁清看着米线店，其实从这个角度，她连里面的人都看不到。

"你这个回答就是告诉我，你跟他还有联系是吧？"蒋月气不打一处来，"他妈那么羞辱你，你还能跟她儿子在一起，你心还真挺大。你是找不到其他男人了吗？你跟他在一起，能跟他结婚吗？"

宁清扯了个并没有人看到的微笑："跟她儿子在一起不是挺好的吗？能气死她，结不了婚还能拖着她儿子不结婚啊，让她干着急。"

"那你还挺单纯的，家庭条件那么好的男人能为了你不结婚？"蒋月冷笑着。

"妈，到底什么事？"宁清听得不耐烦，搞得她要跟人去私奔结婚一样。

"他妈打电话来跟我说，虽然宁国涛交了罚款，但这案子根本没了结。后期检察院提起诉讼，该判还是得判。"

"对啊，情况不严重的话，缓期执行就行，毕竟已经交了一大笔钱。"宁清说到这事认真了，"她说什么了？"

宁国涛这事，蒋月压根儿就没当回事，她以为这事很小，这个傻女儿交了钱后，更没什么事了。女儿手里少了一笔钱，蒋月就更得多存点儿，反正以后都是要给她买房子的。

"她说的跟你一样，但是她来威胁我，让我管好你，不要去招惹她儿子，不然她能让你爸老老实实在监狱里待满一年。”蒋月虽然跟宁国涛闹成那样，但到底夫妻一场，她不舍得让他坐牢，再说他坐牢去了，女儿以后怎么嫁人，名声都要臭掉了，“我没文化，不懂法律。我只知道，我们没权没势，拿什么跟人家斗？法律就是人家定的，小老百姓就只能老老实实听话。”

蒋月说到这儿落了泪，下午时她放狠话说：“我的女儿我自己管，你要是敢动她，我光脚的不怕穿鞋的。”

穷人的狠话看似很有威慑力，当被逼到绝境时，也只有用最原始的手段解决问题。但他们只有一条命可以赌，在山穷水尽之前，还有无数个忍。说狠话容易，给自己壮胆罢了。

蒋月到底是个胆小怕事的女人，老公靠不住，女儿在外自己打拼。这个年纪的女人，哪里还有什么娘家的帮衬？她只能靠这个女儿，愿意把一切都给女儿，只希望女儿好。

“清清，我不想让你听到这话难受，但我们什么办法都没有啊。”

宁清面无表情地看着米线店内的白色灯光：“有办法啊，随她去，尊重法院的判决，该待一年就待一年啊，她能威胁到我什么呢？

“如果她儿子就要跟我在一起，她能拦着他吗？要能走到结婚那一步，都什么年代了，户口都能给迁出来，难道她妈能让民政局不给办证吗？”

蒋月被女儿震住了，她就像换了个人，之前死活要花钱的是她，现在说不管的也是她，那这钱花了有什么意义？

“你的意思是……你不管任何代价都要跟他在一起，是吗？”

“我可以吗？”宁清累得蹲在了路牙上，“我已经不在维州了，我能不为你们操心，有我自己的生活了吗？”

“什么叫为我们？你是为你爸在操心。”

“那你为什么要给我打这个电话？你不让我知道不就行了吗？”她低声吼着，“你们为什么不让我有自己的生活呢？”

这几年来，女儿从未以如此态度跟她说过话。她沉默了许久，才说：“好，我尊重你的决定。不要管你爸爸了，你过好你的日子就好。”

蒋月说完就挂了电话，然后抱着枕头痛哭。人本本分分地活着，怎么就这么难啊？

赵昕远见宁清久久不回，便拿了她的包出去找她。

她没走远，就在米线店正前方的马路内侧蹲着发呆，手机拿在手里，不像还在通话的样子。

他走到她面前，挡住了她面前的光线：“这么点儿钱，你都要逃单，在外面蹲着啊？”

宁清抬头看着他，他嘴角噙着笑意也在看她，他笑起来特别好看。

她左手伸到他垂下的右手边：“我腿麻了，拉我起来。”

赵昕远握住了她的整只手，用力把她拉了起来，想着腿麻的人要原地站一会儿才能恢复，就没放开她的手。

“送我回去吗？”她问。

“你腿不麻了吗？远吗？太远的话，要不要我打车？”这么晚了，他怕她走路太累，但他觉得散步更好。

“不麻了。一公里左右，你可以陪我走回去吗？”

“当然，那就走吧。”赵昕远往前走时，她没甩开他的手。

两个人牵着手，沿着车辆很少的宽阔马路散着步，只是不知何时这两只手变成了十指交缠。

快十一点了，这个时间，仿佛回到了高中，晚自习结束，他们牵着手，绕过漆黑的操场送她回宿舍，白天学习时间太紧了，这样能多待十分钟。

赵昕远看着附近的环境，皱了眉：“这一片看起来环境不太行，住这儿安全吗？”

“只是看起来破旧了一点儿，到了晚上都没什么人，挺安全的。美国呢？你以前住的地方治安好吗？”

“一开始住了个挺偏远的街区，流浪汉挺多的。后来换了个公寓，环境好了点儿。”

他当然不会说，那个街区里，路边经常能看到“飞叶子（抽大麻）”的，要么怪笑，要么眼神空洞，估计抽过头了，有一次他深夜回家时还被醉汉袭击过。

“你看那儿，有个影院，特别便宜，二十块钱就能看一场电影。”

“想去看电影吗？现在应该还有最后一场吧。”

“没有，就跟你这么一说而已。”

“你单位离你住的地方远吗？离地铁站这么远，你怎么上班？”

“不远，我买了辆小毛驴，可快了。”

“你买安全帽了吗？”

“没有……距离很近，而且我买的是那种自行车式的小车，不会有事的。”

“去买啊，安全第一，概率低又不是不会发生。”

“行，我明天就去。”

“水果店还开着，吃石榴吗？”

“不，剥得烦，就只有那么点儿肉。”

“哦，我还想买一个，让你给我剥呢。”

过了水果店，这一段她企盼没有尽头的路也到了头。她停了脚步：“到了，大门就在前面。”

两人站在狭窄而昏暗的小道上，左边是小区的栏杆外墙，右边是一棵棵树，枝繁叶茂，叶子还青着呢。

他们离得极近，牵着的手依旧没有放开。只要他弯下腰，或是她踮起脚，就能碰到对方的唇。

她的气息再次钻到了他的鼻翼间，痒极了。

“什么时候带我去吃牛肉粉？”

“我不想去吃了。”宁清看着交缠的双手，试图摆脱，可他紧握着不放。

赵昕远语气镇定地问：“你什么意思？”

她用右手一根根掰开他的手指，然而是无用功。她掰开大拇指，扯开他的食指时，他的大拇指又包裹住了她，不肯放。

“如果要放开，那你刚才为什么要牵手？”见她不说话，他没有催她，就要一个答案。

沉默蚕食着两人的内心，她依旧是那个挥刀的人：“牵手是因为想确定对你还有没有感觉。”

“那还有吗？”

“没有心动了。人是会美化过去的，我们毕竟是彼此的初恋，总觉得单纯美好念念不忘，但牵了手，才发现我没有感觉了。脱离了高中的环境，这么多年了，真没那么喜欢了。”

他放开了她的手，一字一顿地再次跟她确认：“你确定吗？”

“嗯。”宁清认真地看着他，“昕远，谢谢你。”

她说完就继续往前走，可刚走了两步，就被他从背后拥住，柔软的毛衣再一次擦过她的脸。

“我不相信。我再问你一次，你确定吗？一公里的牵手就够了吗？”他埋在她的脖颈间，“你要不要再试一试？”

“不要，没有就是没有。”

感受到温暖的怀抱再次离开，宁清继续独自往前走着。她的昕远永远不会再来找她了。

第十章　我喜欢你

她是否喜欢自己，这是道概率题，并非五五开，只有绝对的0与1。

蒋月在医院住了两天才回家。

这几天都是孙英独自照料鸡棚里的大小事，蒋月回家也没在家歇着，村子里的这些老人茶余饭后的话题就是别人家的八卦。

又不是没结婚的姑娘，打个胎不是什么见不得人的事，但到底都这个年纪了，也不光彩。这些街坊邻里上门闲话时总会暗戳戳地问，蒋月待在家烦，就跑鸡棚去了。

孙英不让她干重活儿，她心中哪过意得去，让一把年纪的婆婆一个人忙前忙后养着这几百只鸡，喂食时她都跑去帮忙。

午饭点儿，孙英把昨夜卤好的牛肉切了片，锅里是焖了一上午的红烧羊肉，起锅前再放一把蒜苗，还炒了两个素菜，冲了个紫菜汤。

平日家里哪里舍得买牛羊肉？大几十块一斤，只有孙女回家时才会烧一顿吃两天。这是儿子买回来的，孙英早上醒来发现灶台上多了袋新鲜羊肉，估计是他早起去买了羊肉送到鸡棚，再出去开车，昨天早上他送的是牛肉。

孙英给媳妇盛了饭："你多吃肉，饭我给你少盛了点儿。流产算小月子，要多补一补。"

蒋月接过米饭，先喝了口汤："哎，吃这么多，还动得少，都要胖了。"

"胖有什么？你可得养好了，别像小芸一样到老了一身的病。"孙芸是孙英的妹妹，"我上次见她，她说到了下雨天，身上没有哪里是不疼的，夏天晚上都不能开电风扇，还得裹一身的被子。"

蒋月知道姨妈年轻时打过胎，听了这话有点儿后怕："年轻时打胎，老了身体就这么差吗？"

"不一定。我们那个时候打胎，哪有现在这么好的条件养着？打完胎第二天就下地干活儿，吃两个鸡蛋都算补身体了。而且小芸那是大出血，身体亏空了，没养好，当时她开了个小吃店，大出血完都没在床上躺几天，每天三点就醒，起来揉面团。营养也跟不上，哪里有什么肉吃？"

蒋月听婆婆这么说，脑子里没那么多胡思乱想了："算了，不想这个了。要真生下来，清清心里肯定不舒服。这件事等她回来再告诉她吧。"

女儿今年秋天就要上高三了，难不成要让她寒假回来，发现家里突然多了个弟弟或妹妹？她一边学习一边听着孩子哭，所有人都围着刚出生的孩子转，她心里能好受吗?

这个聪明又敏感多疑的女儿，蒋月有时是怕她的。大人在想什么，她都能看出来。

女儿小时候说的两句话让蒋月至今都印象深刻，她说：“玩具，我可以送给别人，但我就是不喜欢分享一起玩。妈妈，你为什么要强迫我、让我做不喜欢的事情？”

蒋月觉得她的女儿没有任何问题，人都是自私的。大人都学不会，为什么一定要让孩子学会分享?

而且她把这一个孩子养好就不错了。龙多不下雨，鸡多不下蛋。只有一个孩子最好，躲不过逃不了，以后总要给她养老送终。

再说，主要是她没钱生，也没精力养。男人说一句生，照顾孩子不还都是她和婆婆来吗?

孙英才想起这茬儿：“你去医院那天她给我打了电话，我跟她说了。”

“你怎么就这么跟她讲了？”蒋月略带责怪，“她会想多的。”

“她总要知道的。”孙英见怪不怪，“你可别把她想得多脆弱。”

有一种尴尬的气氛弥漫在宁清和赵昕远之间，主要是宁清心里单方面发起的。

家里最私密的事情被同学知道，幸亏这人是他——一个嘴巴严实的人，宁清才稍微放了心。

虽然她自认普通不值得别人的关注，但谁的妈妈打了胎，这一句话就足够引人遐想了。

人若没了八卦之心，必生寡淡；过了头，看客倒比当事人来得认真，也不好。

那天在医院，回来后的晚自习，她才后知后觉地发现他碰了她的脸。

他的触碰并不让她讨厌。

宁清自小在宁家村长大，虽然能面不改色地翻看大量描写爱情的文学作品，热衷看八点档情感剧场，但她骨子里是保守的，甚至是刻板的。

她能理解十七八岁的少男少女，原则上这个时期处于性懵懂的巅峰，恋爱的欲望几乎是人类的原始冲动。想谈恋爱很正常，去谈一场也不是多么过分的事。

她经常看到一些男女同学之间的身体接触，比如摸头，手搭在对方的肩膀上。若非男女朋友关系，她就无法理解，为什么要让别人触碰自己的身体?

更别提认对方当哥哥妹妹，刻板的她认为，这种称呼只能发生在有亲属关系的人身上。超出朋友范畴地对你好，认作哥哥还不是男朋友，那不是心知肚明玩暧昧吗?

赵婷说：“你的思想跟不上时代了，人家摸个头，还能被你当乱搞男女关系啊？而且同性与异性之间的交往和相处方式就是有别的，你们物理上不是学了嘛，同性相斥，异性相吸。就拿你班主任来举例子吧，你看她那么针对你，她这样针对过男生吗？你活在真空吗？从小到大没感受到一些女老师就是偏爱男生吗？觉得女生小肚鸡肠、心思多，男生顶多调皮，调皮在她们那儿还是聪明呢。”

宁清想不出话反驳赵婷，后半段，她也没法否认。遇到过一个恶心的，就足够让人有刻板印象了。个体的经验与经历，虽然无法对一个普遍性问题给出抽象的理念阐述，却能给出一个参考。

前半段，她无法认同。若要就事论事，她无法接受非男女朋友关系的肢体触碰，特殊情况除外。

结论就是，宁清试图拉开与赵昕远的距离。

说到底，她不是特别了解他。他跟李慧私下相处时，也很可能做出这种无伤大雅的身体触碰。当李慧伤心需要人安慰时，他作为朋友，自然不会坐视不管，甚至他俩的关系比她与他更好。

若是他把这样替她擦眼泪当成绅士的温情与稀松平常，她暗自猜测他对自己有意思，岂不是庸人自扰？她也绝不会做两女争一男这样丢脸的事，虽然成功了可能会让李慧极度挫败与伤心，会让自己很爽。

宁清的世界很简单，完成必要的学习任务，再没有野心，至少也要考个一本吧；剩下的，她都用来做些让自己开心、放松的事，看书、跑步，与赵婷、徐晨聊天。毕竟不开心的事挺多的，比如被夏丹针对，她暂时又没能力解决，她要再不让自己放松，估计就要发生校园暴力事件了。

除此以外，任何人与事让她感到烦躁了，她的解决逻辑简单到粗暴，将缠绕的杂念一把火烧了。

是，她很感激赵昕远在医院时对她说的那些话，她听进去了，如他对自己说：“不要自责，你只要为该负责的负责。”她准备好了回家跟妈妈道歉，再拿出所有私房钱给妈妈买个礼物。

她很清楚赵昕远对她的吸引力，长得在她的审美标准上，脑子好使，逻辑能力挺强。她与他相处时，还有种她无法表述却很着迷、上瘾到想再体验一次的感觉。

宁清不知道自己有多喜欢赵昕远，但肯定是喜欢的。她当然没傻到觉得人家摸了下自己，就要他负责。

就算她再喜欢他，这种关系的距离与揣测让她感到烦躁时，她也会解决掉影响自己的人。

反正赵昕远朋友挺多的，少她一个也没事。不如退回到最原始的距离，让她没有任何纠结。

体育课，老师集合了一下，让他们象征性地跑了两圈，就解散了。

五月的天还不太热，宁清接着又跑了五圈。她还挺喜欢跑步的，脑袋放空，跑完后特别开心，三餐吃饱了加顿夜宵都不会胖，上次体检惊喜地发现她还长高了两厘米！

她跑完后照例去学校内的书店，站在北面的窗户口处吹风看杂志，书店难得地没什么人，特别舒服。

结果，这么令人愉悦的体育课，她抬头活动颈椎时，看到李慧正从门口进来。

宁清自顾自换了本杂志继续低头看，结果李慧走到了她的身边。

“好巧。”

宁清合上杂志，看向她：“不巧，你这不是特地来找我的吗？”

李慧偶尔找宁清，都是宁清被老师找，由她代传。

没见过人说话这么直接的，李慧依旧是温柔的腔调：“上周日，我原本跟赵昕远约好了一起去市图书馆，她妈妈开车带我们去，结果他爽约了，他说陪你去医院了。你身体还好吗？”

听到“医院”这两个字，宁清骤然冷了脸，盯着李慧问：“他还跟你说什么了？”

“没说什么，就说陪你去医院。所以出于对同学的关心，我来问一句啊。”

“我很好，谢谢。”宁清反问她，“那你是觉得我哪里不好吗？这么主动跑来关心我。”

“宁清，我知道你讨厌我，但我一向觉得你很有个性，很羡慕你这样有个性的女孩子。”李慧坦然道，“昕远说你是一个很好的朋友，我也是他的朋友，所以我觉得你没必要对我有敌意。”

宁清笑了声：“他还跟你讲什么了？”

“也没什么。”李慧想了想，“就说你家跟他外婆家是邻居，你挺努力学习的，物理和化学都特别好。如果这两门算入总分，你排名应该挺靠前的。”

宁清自认情绪控制能力强，可为什么李慧的每一句话都在她的愤怒点上？

她家穷，她就是个乡下人，她还得学习特别努力来符合他们城里人对于乡下人的期待，是吗？一边去，他们尖子生自己玩去，谁要跟他们比排名？

“我觉得我们可以做朋友，女生之间没必要有敌意。我们三个都是朋友的话，还能一起讨论题啊。”

宁清放下杂志，看着李慧，很认真地说：“我不这么觉得，因为你太贱了。

还有，你们玩你们的，千万别带我。”

“什么？”李慧不敢相信自己的耳朵。

“两个女生抢一个男生，这样的事情很廉价。不要主动去做，不然会显得你很无聊。”宁清到底嘴下留情，说完就离开了书店。

小时候宁清把欺负她的男同学揍了，人家家长上门来找她，宁国涛都能帮她骂回去，还要夸她打赢了，没给家里丢脸。这个时候，她骂人一句贱已经很客气了。

宁清气得去了小店，买了两瓶可乐，路上就喝完了一瓶压抑愤怒。

回教室时，她就看到李慧坐在座位上哭，旁边好几个女生在陪李慧，周冰不停地问：“谁欺负你了？”

宁清若无其事地坐回座位，心想：真没用，一个高中生，十八岁都成年了，被人骂一句贱还要哭成这样，还要当着这么多人的面，怎么不找块豆腐撞死得了？

徐晨进教室时，自然也看到了这幅场景，但看到他的宁姐竟然在看笑话，这可比李慧哭更稀罕。

走到宁清桌旁时，徐晨问她：“她这是被谁惹哭了？”

“你问我干吗？”

徐晨刚走到自己座位，听了这话，退回两步，看着宁清，将信将疑地问：“你干的？”

对于这类问题，宁姐的回答风格是：关我屁事。这明显不正常。

宁清撑着头，对他眨了眨眼，噙着笑问：“你为什么觉得我有这个能力把她惹哭？”

一般女生笑得太甜，那是单纯开心，但宁姐笑得太甜，徐晨觉得瘆人，他说：“我觉得我们宁姐无所不能。”

宁清把多买的一瓶可乐扔给他：“赏你的。”

徐晨一把接住：“谢谢您嘞。”

赵昕远打完球进教室时，在门口就看到了宁清笑。她对着徐晨在笑，从来没对他这么笑过，还送徐晨可乐。

结果刚走了两步，他就被周冰拦住，周冰说：“李慧在哭。”

他倒是诧异，从没见李慧为考砸之外的事哭过，可这周没考试啊。

周冰说：“你要不要安慰她一下？”

为什么叫他安慰？关他什么事啊？他下意识看了眼宁清，她低着头，看都不看一眼。

赵昕远只得说：“别哭了，马上要上课了。”

结果李慧抬了头，一脸泪痕：“你都不问是谁欺负我吗？”

“是谁啊？”周冰插嘴问。

赵昕远很烦人哭，更不想知道这种问题的答案，但他显然不适合说不想知道，便说：“你可以跟我说，也可以去跟老师讲。如果事情严重，就现在去找老师；如果是小矛盾，就稳定情绪准备上课。”

此时铃声响起，赵昕远走回了座位。

可惜，他没时间问宁清：“你怎么不给我买酸奶？”

✦ ✦ ✦

夏丹也发现李慧的情绪不对劲，晚自习时她还恹恹地趴着，眼圈泛红，就把她喊了出来。

李慧的家境和成绩都挺好，她长得白净，说话柔声细语，性格和沟通能力都挺好，班级里的一些事交给她让人放心。这样乖巧的女孩子无疑是讨人喜欢的，两人虽是师生，但时常聊天开玩笑，倒像朋友。

夏丹摸着李慧的马尾：“怎么了？最近学习压力太大了吗？”

李慧摇了摇头。

从小学到初中，她都在城里最好的学校上，讨老师喜欢，在班级里人缘也颇好。她哪里见过这么粗俗的女同学？什么时候又被人这么骂过？难道乡下来的学生就这样没素质吗？爸爸妈妈若是知道她在学校被人骂贱，肯定要来找班主任。

她是个女孩子，气得不行，哪能忍住不哭？被夏丹关心地这么一问，她眼圈又红了，泪就要溢出。

夏丹轻拍她的肩，耐心地哄着：“还是谁欺负你了？跟老师说。”

李慧是真难受，还掺着愤怒，谁被人骂贱不想骂回去？

面对亦师亦友的夏丹，她面带难堪地开了口：“今天体育课，我去了书店，遇到了宁清，我就上前跟她打了招呼。”

“嗯？”

“我想到赵昕远跟她是朋友，我想着她物理、化学挺好的，就跟她说，希望我们做朋友，我还能向她请教一下物化，一起好好学习。”李慧说到这儿，又忍不住微微抽泣，“她就说不想跟我们做朋友，还觉得我跟赵昕远关系很近，说我很……很贱。”

“我都不知道为什么，她就这么骂我。”李慧噙着泪抬头看着夏丹，“我跟赵昕远就是同学关系，真不知道她误会了什么，要这么说我。”

夏丹听到那个名字就心生反感，之前只觉得这是个沉默的刺儿头，万万没想到，她还能这么直接骂人。

李慧这个女孩子平日里连一句脏话都不说。在这些脏话随口就来当流行用语的高中生中，她绝不是会口出恶言的人。

“然后呢，她还说什么了吗？”

“没有，然后她就走了。”

夏丹安慰李慧：“她有病，你跟她计较什么？这不是你的错，你犯得着影响心情，还耽误学习吗？这事交给我，你进去上自习吧。”

李慧一着急，拉住了夏丹：“您能不能当不知道这件事？这事怪我，怪我主动上去跟她说了话。这事过了也就过了，毕竟是我俩之间的矛盾，也没影响到其他人。我真的没事。”

“你从现在开始不要想这件事了，去写数学作业吧。”夏丹推着她一同进了教室，然后坐在讲台上，拿出给学生布置的阅读理解开始掐着点做。

夏丹花了不到半小时做完了四篇阅读理解，对完答案，错了一道。这是个陷阱题，她拿着红笔在原文中涂涂画画。

完成这一切，她依次找了两个学生到教室外谈心，又回了教室，走到宁清的座位前，用指节轻敲桌面，示意宁清跟她出去。

宁清笔下的数学题刚好做了一半，她用笔将算出的中间结果圈出，回来不至于再从头做一遍。她被打断了十分不爽，不悦地跟着夏丹走到了教室外边。

夏丹双手抱臂：“你跟李慧到底是怎么回事？”

宁清脑子里还是那道数学题，在想刚刚得出的中间值应该如何被使用，忽然听到这句话，她都产生了错觉。

这是在高中吧？要不是那道难解的数学题，她都要误以为这是在幼儿园了。被骂了一句就要告老师，那个谁吃饭是不是得喊妈妈过来喂奶，拉屎要老师帮忙脱裤子？

“没怎么回事。”宁清不喜欢解释，特别是面对夏丹——一个对自己有偏见的人，解释都是浪费口水。

夏丹听到她这句话就来气：“为什么要那么骂她？骂一个女孩子贱，你嘴巴能放干净点儿吗？”她看到这个女孩子又是低着头不出声，“你说话啊，骂人会骂，现在哑巴了？”

宁清手紧握着拳，刚长出来的指甲还没来得及剪，被紧紧抠着的手掌估计都要泛白了：“她可以骂回来啊。”

“你以为每个人都跟你一样能把‘贱’字挂嘴边？读了这么多书，沟通不顺就要这么骂人吗？你爸妈就是这么教你的？”

宁清原本想忍，听到最后一句，她抬头看着夏丹："对啊，我爸妈就是这么教我的。"

"你说什么？我听不清。"这是宁清第一次跟她这么顶嘴，她当老师这几年，从不怕学生跟她顶嘴。

比起同办公室柔柔弱弱、被学生顶嘴了都要回办公室偷哭的女老师们，她最擅长整治学生，曾经把一个跟她对着干的男生弄得回家待了一个星期，这样学生才会怕她，才会学好。比起那些辛苦备课、上课总拓展一大堆语法和句式的英语老师，她教学上不那么努力，也照样出成绩。

宁清听出了夏丹口中的威胁意味，她也知道夏丹的手段，能利用那么一点儿权力把她搞得在全班同学面前难堪都算轻的。

这个女孩再次沉默，没有选择继续顶嘴。夏丹压抑着不快，这是件小事，也不能批评过了头："这种发生言语冲突、骂人的事情，我不希望再看到。多花点儿心思在学习上，而不是在同学关系上，知道吗？"

第二个学期，宁清已经不会为被夏丹骂而伤心了。

被愤怒刺激的大脑无比活跃，她回去后就把那道颇有难度的数学题给做了出来。她下课都没休息，一口气把物理和化学的卷子都做了。

她把所有作业都写完时，竟然还有半小时晚自习才结束。她从桌屉里想摸本薄点儿的书方便藏在考卷底下偷看，随着她捣鼓翻找的动作，一本书从桌屉里掉落。

她弯腰将书拿了起来，看到书名，就扔在了旁边的纸箱里。桌屉空间小，他们都会买小箱子放在座位底下，放些使用频率低的书，或是平时攒下来复习时会用到的考卷。

纸箱里还有几袋巧克力，今天上晚自习前被放在她桌上的，她问徐晨，是不是他给的。徐晨看了眼，说："没有，我没吃过这种巧克力啊，国外的吗？"

她第一次见到如此包装的巧克力，一块块直接被装进了透明袋子里，封口是一个可爱的丝带蝴蝶结，一袋只不过十来块。有原味的，有夹杂着坚果碎的，包装上是她不认识的单词。

徐晨说不是他，那就是另一个人给的。

宁清挺想吃的，她对巧克力的认知就是德芙，乡下超市里还没的卖。上次妈妈给她买了盒德芙，她每天只舍得吃一块，心情特别好或特别不好时会吃两块。

晚自习下课铃声响起，她故意磨叽，想等到人都走光了，再把书和巧克力还给赵昕远。

没想到那个人也磨叽，迟迟不走。

赵昕远在慢悠悠地收拾东西，他回家不看书了，见她不走，还要见鬼地收拾两张考卷放在书包里来拖延时间。

他就想问她："你这两天为什么不跟我讲话？"或者跟她走出去时，他可以无意地问她："这周日还去书店吗？"

结果她先来找他了，手里拿着书和巧克力。

他忍不住先嘴贱："要换书才知道来找我吗？这个巧克力很好吃的。"

她在做英语阅读理解时，有一篇文章介绍了fact checking（事实核查）的基本概念和应用场景的举例。如果不是他说，李慧怎么会知道她和他周末去了医院？幸亏他有底线，没有说她去干了什么。

宁清把书和巧克力放在他桌上："不要给我下一本了。"

"为什么？不喜欢看了吗？"赵昕远问，"我家还有别的原版书，给你换一本吧。"

"不需要。"

"发生什么事了？"赵昕远觉得她不对劲，说话、做事又回到了一开始那种与他泾渭分明的状态，"心情不好吗？"

看着他走近她，问她怎么了，她突然就觉得很委屈。与他成为朋友前，遭受这些对待时，她都能忍受，并没有诉说的欲望。让人同情是件很丢脸的事。

"不用，我有需要可以自己去书店买。我不喜欢吃巧克力，你留着自己吃吧。"

见她说完就掉头，赵昕远下意识拉住了她的手："你有事可以跟我说。"

"别碰我。"宁清甩开了他的手。

"昕远，走了吗？"李慧背着书包走到教室后边，看到了赵昕远桌上的巧克力。

这是赵昕远的爸爸去瑞士出差带回来给儿子吃的，带的不多，宁阿姨送他们上学时，给了她一袋让她尝尝。

为数不多的巧克力，赵昕远几乎全拿给了宁清。

宁清看到李慧就没好气，骂她一句贱，都要告诉老师，让夏丹来骂自己一顿，有这本事，为什么不直接骂回来，还能解气。

"我跟他在讲话，没人教过你不要打断别人说话吗？"

李慧很想说"你是不是有病？夏丹都说你有病"，但赵昕远在这儿，她只能说："我只是要跟他一起回去，问他一句而已。如果打扰了你，那我道歉。"

今天是李慧妈妈来接他们下自习，赵昕远对李慧说："你先回去吧。"

"那你怎么回去？"

宁清懒得再待下去听他们对话，反正东西都还给赵昕远了，她转身就往前走。

“这是我的事。”

李慧看着面容颇为严肃的赵昕远对她说这句话时，心中一凛，他很少如此严肃，因为没什么事值得他认真。

宁清走出去时遇到了回来拿作业的徐晨，他匆忙地把放在桌上未带回去的物理考卷塞进书包，他最近用功到白天都在犯困。

“哎，宁姐，等着我。”徐晨喊住了宁清，教室里就没几个人，赵昕远和李慧在后边，宁清正往教室门口走去，“我电动车就在底下，我送你到宿舍吧。”

徐晨收拾好了书包追上宁清时，她都走到楼梯口了：“今天那谁找你，没事吧？”

“没事，能有什么事？”宁清又成了刀枪不入的样子，刚刚那一瞬的委屈就像幻象。

徐晨挠了挠头：“好吧，我还以为李慧和赵昕远合伙欺负你了呢。”

“关他什么事？”宁清苦笑，“你这想象力，学理科都可惜了。”

“好吧，他没欺负你，他是你朋友啊？”徐晨知道宁清朋友很少，好像只有他和赵婷，“经常见他和你打招呼。”

“打个招呼就是朋友了啊？”宁清语带讽刺，“那你对朋友的标准还真低。”

“那你对朋友的要求是什么？”

“没要求。”宁清懒得想这个问题。

“那他算不算你朋友？”

“不知道。”

“好吧，其实我觉得这类尖子生心里傲着呢，根本看不上我们这些成绩一般的。”徐晨认为自己说得没错，比如李慧，要么跟成绩好的玩，要么跟捧着她的人玩。比如赵昕远，看着没架子，还经常组织打球，但根本不与人交心。说到底，他们都挺自私的。

“你这是受了什么刺激？别人仇富，你这还仇成绩好的啊。”宁清开着玩笑，虽然内心并不想笑，“你管他们怎么想，自己玩自己的不就行了吗？”

两人走到了一楼，徐晨拿出电动车钥匙：“我送你回宿舍吧。”

“不用。”宁清莫名其妙，“这一路上都是人，我走路都要比电动车来得快。”

“好吧，那我走了啊。”

“嗯。”

出校门的路上也都是人，以往他一听到下课铃声就往外跑，到了车棚推了车，趁着人少，电动车一路飞快地骑行到校门口。

徐晨以龟速骑行着，出了校门往右转，这一排停满了车，都是走读生家长的。他看到了李慧，她妈妈刘娟接过她身上的书包。徐晨在加速骑行前听到一句：“昕远呢？”

李慧上了车：“他说自己回去。”

刘娟没发动车子：“他自己怎么回去？”

“妈，你能别问了吗？”

当看到赵昕远眼中藏着对她不耐烦的情绪时，她的心情沮丧到了极点，她再也不能骗自己，他是有可能喜欢宁清的。

喜欢赵昕远是件再自然不过的事情。她第一次见他，是与父母去他家做客。

他们家的客厅很大，他坐在地毯上，安静地拼着乐高，神情专注地摆弄着手上的积木，阳光洒在他的手上，他的手修长而白皙。

他聪明极了，很有修养，说话、做事皆有分寸，甚至与人保持着距离。

李慧觉得这就是她的理想型，而他们高一就是同学，她的时间与机会很多。她自己并不差，家庭条件好，学习好，长得也不差，况且宁阿姨很喜欢她。

她始终无法理解，赵昕远为什么会对那么一个野蛮、粗俗、奇怪的女孩格外偏袒。也许是新奇感，他没见过这样的乡下女生，把没教养当成与众不同。

“我不把他接回去，怎么跟他妈妈交代？”刘娟看女儿红了眼睛，眼泪就要往下流，便问，“你怎么说哭就哭了？”

“他让我走，不要管他的事，我能说什么？”

“那你哭什么啊？”刘娟拿了纸巾递给女儿，“他就说了这么一句，你就委屈了？”

看着女儿点头，刘娟叹气：“唉，你别这么脆弱啊，他就这么一说。等等吧，不行，我打电话给他妈。”

“妈，我们走吧。他都说不要让我们管他了，我们为什么一定要等他？”

“他是你宁阿姨的儿子，我们能不管他吗？”刘娟帮女儿擦了眼泪，见她情绪稳定了，便跟她谈心，“小慧，我知道你喜欢他，但你不能让喜欢这件事影响你的情绪，还耽误你的学习。”

“宁阿姨，宁阿姨，你为什么总是要提她？”

平日里夫妻俩从不避讳在女儿面前谈论工作上的人脉与各类算计，包括跟女儿聊天，刘娟都会与她说利弊关系：“我们要与他家打好交道，我今年升迁换岗，都是你宁阿姨在帮忙。你跟她儿子是同学，我们帮忙顾着点儿昕远，他有什么事，你知道了就跟你宁阿姨说，让她更放心，这是你能做的。

“处好这个关系，不仅对我们家，甚至对你今后的前途，都有巨大好处。你要理解妈妈的苦心，就算他不喜欢你，你也要跟他好好做朋友。”刘娟将女儿眼泪打湿的刘海儿捋到了一旁，“好了，别哭了，听说他妈妈暑假会带他去美国游学，你想不想去玩一圈？”

宁清从教学楼出来，准备往宿舍楼走去，宿舍楼在最北边。

她还没走几步，就有人走到她的旁边，对她说："原来在你心中我根本就不算你朋友。那你对朋友的标准到底是什么？"

宁清停下脚步转头看赵昕远，这路灯闪烁一个月了，学校都没维修，灯光打在他的脸上，一片清冷。

✦ ✦ ✦

幽默是种挺高的艺术形态，常以自己的痛逗笑旁人。

赵昕远觉得自己挺幽默的，既是表演者，又是观众。比如，他自以为按照设置的程序可以逐步进到下一阶段时，宁清说，不知道他是不是她的朋友。

自小娇生惯养被家人宠大的他，对于想要的，很少得不到。物质方面，他向来都用极好的，幸而自身天赋尚佳，学习也努力了就有回报。

当得到变得太容易时，对大多数一眼望得到尽头的事，他都没了兴趣。他用修养掩饰不耐烦，用最基本的为人处世原则应付日常的交流，甚至内心十分孤傲，被人当面折辱说他不曾是朋友，他何时屑于再去问为什么。

但这人是她时，他异常愤怒。

他不知在哪一刻对她动了心，总之不是第一面，也不是第二面。

他对女生的喜欢，上一次可能要追溯到幼儿园。他喜欢上了班里最漂亮的女生，但这种喜欢在第二天发现对方连算数都不会时便戛然而止。

初高中，他陆续被大胆的女生表白过，但他没有过喜欢的女生。太多事，做数学题、打球、拼图、玩游戏、看书，这些都要比谈恋爱好玩。

赵昕远压根儿不相信一见钟情，他对宁清也不是一见钟情。

对，他语文能考高分，让人头疼的作文，他都能写个标准的考场作文拿到不低的分数，但他无法精准地描述给出总结，他为什么喜欢她。

她太特别了。她永远不是他可以掌控的人。

聪明人的掌控欲和占有欲要比寻常人强，但他们对大多数事的不在意掩饰了这一特质。

如果喜欢是一道已知结论需要推导过程的证明题，经验的空白让他无法用归纳推理，也无任何公式定理可供参考。

那只能用反证法，如果他不喜欢她，为什么对她会有占有欲？就算知道徐晨是她的好朋友，他也没有任何理由妨碍她交友，但他绝对不喜欢这种感觉。

他原以为有资格问："如果同为朋友，我会不会不一样一些？"结果他连朋友都算不上。

“信任吧。”宁清想了想，如果他非要一个答案。

“你不信任我？”赵昕远冷笑了声，“你宁可信任徐晨，都不愿意信任我？”

“这不是一回事。”宁清的手插在校服口袋里，“我不觉得我们适合做朋友。”

“那你总要给我个理由吧，当初是你问我，我们是不是朋友，现在你又突然说不信任我，宁清，你不觉得你反复无常吗？”

听着他的指责，宁清低头逃避他太过认真的眼神，看着路旁的杂草。她从不是背后说人是非的人，也根本不知道如何开口，只想逃避问题：“你爱怎么想我就怎么想我，我不在乎你说我反复无常。”

呵，不在乎？她到底在乎过什么？

依照他往日的脾性，早就一走了之了。没有人值得他放下他过强的自尊，再三追问为什么。在任何关系中，逼问另一方总是件不体面的事。

赵昕远看着她低着头不说话，跟他僵持着又不离开，微微噘起的嘴倒像在闹脾气。

喜欢就是件很烦人的事，将人说话、做事的逻辑推倒重来是他厌恶的无序感，一切都不在他的掌控中。

他心中憋着火，面对她这个脾气，他只能变得没脾气：“你对我来说是很重要的人，我不想我们之间有任何误会。如果我做错了什么，你能不能跟我说清楚？”

宁清抬头看他，很重要的人是多重要？

赵昕远看她眼神中带着迷茫，明明是那么倔强的女生，一句话都不说，他却觉得她一脸委屈，哪还能跟她计较她说话伤人？

他再也忍不住摸着她的头，软下声慢慢地哄着问：“遇到什么事了吗？你怎么连我都不相信了？”见她依旧沉默，他说，“不想讲没关系，明天说也可以，就是别跟我生气，行吗？”

他的手掌在她脑袋上轻柔地抚摸着，这是她第一次被男生摸头，她并不抵抗，甚至喜欢这种感觉。

小时候她闹了脾气，妈妈很忙，总会把她关起来让她冷静，没有时间和耐心来哄她。这样是对的，遇到事，她会冷静，别人也无义务来安抚她的情绪。

这样她也不擅长诉说情绪，无论是误解还是被误解，她都不想解释。脸上不动声色，内心在跟自己闹别扭，反正也不会有人来耐心地哄她，不如憋着装作一副刀枪不入的样子。

他却在哄她，比任何人都要有耐心地等着她。在他面前，她好像不需要害怕自己依旧沉默着，他就耐心顿失，拂袖而去。

她问他："如果我不说，你会怎么样？"

赵昕远笑了，真想捏她噘起的嘴唇："我不会怎样。"

"你不会走吗？不会不理我吗？"

他的心都要彻底融化了，在她发丝上的手渐渐下移，轻触着她的脸颊，她的脸可真小，他说："我不会走，我永远都会理你。"

说完，他又觉得这人实在可恨，明明是她不理他，却要来问这种问题，搞得像他做错了事一样。

宁清不想再问医院的事，他不会是那种人。她更不想当背后嚼舌根的，引起他和朋友之间的不悦，不说就什么事都没有，她心里知道不是他就好。

"你为什么对我这么有耐心？你对所有人都这么有耐心吗？"

听到她这两个问题，赵昕远真想把她脸颊上的肉给掐疼，问问她脑子清不清醒。她哪只眼看到他对人这么耐心过？

"你张口污蔑人也要拿出证据，你倒是说说，我对谁还这么耐心过？"

"谁知道呢？你朋友那么多。"宁清拿开他的手，"对于关系好的，你都会这样动手动脚吗？我不喜欢别人碰我。"

赵昕远再次笑了，没有被她气到，内心的猜测被她的举动隐隐证实。

她是否喜欢自己，这是道概率题，并非五五开，只有绝对的0与1。

这个点路上的人已经很少了，即使有，学生也都在快步往宿舍走去，自是无暇看昏暗的路灯旁站着的一对男女。能在这儿的大家都见怪不怪，小情侣都在漆黑的操场上待着呢。远处传来颇大的聊天声，是去宿舍抽查的几个班主任正往回走。但他们也不会到这边，会往另一条专门用来停车的道走去。

宁清刚被他哄得不生气了，结果看到他笑，这是在笑她的刻板吗，她问："喂，你笑什么？"

赵昕远做事求稳妥，告白不在这个阶段的步骤设置里，如果失败了，连朋友都做不成。他自以为聪明能看透人心，但对于宁清，他真没把握，但所有的计划都能在一瞬间被推翻重来。

"笑你反应迟钝啊。"他也紧张，一开口就嘴贱，以为能烘托气氛。

老天，他实在不是个能搞浪漫氛围的人。

"我耐心算不上好，也不喜欢与别人有肢体接触。"赵昕远面容严肃，非常认真地阐述了一个事实，"宁清，我喜欢你。我想跟你在一起。"

他想过，是说能不能当你男朋友，还是你能不能当我女朋友，可是，此时他只想说，在一起。

他们本就该在一起，而不是成为彼此的男女朋友。他咬文嚼字地想，这两者的表述是不同的。

看着她沉默，他嗓子很干痒，刚刚笃定的猜测被她的沉默再次推翻：“你为什么不说话？”

“你想让我说什么？”宁清瞪大了眼睛看着他。这个人，他都没有问她问题哎，她能说什么啊？

赵昕远内心一阵烦躁，她就不能给他个痛快吗？连拒绝他都要像凌迟一样吗？

“我想让你说，你喜欢我，你也想跟我在一起。”他终于生气了，挑衅地反问她，“那你能这么回我吗？”

宁清不知此刻内心是什么心情，只是看他生气都觉得格外可爱。她乖乖听了他的话，跟他认真地说：“我喜欢你，我也想跟你在一起。”

这下轮到赵昕远惊讶了，这跟个复读机似的，虽然他心跳得还挺快，就快当真了：“你在跟我开玩笑吗？”

“你不信就算了。”

宁清这下真继续往前走了，不想理这么笨的他。

赵昕远蒙了五秒，向前跑着追上了她，这下牢牢地抓住了她的手腕，再不怕她甩开。

“那我说喜欢你的时候，你为什么没反应？”

“我该有什么反应？”宁清瞪着眼前的清俊少年，“我这么好，你不应该喜欢我吗？”

极度的内向与坦然是集于一体的，随她的心情任意横跳。

这对赵昕远来说，可真是又爱又恨。她刚刚把他折磨到怀疑自我，现在又给了他一颗糖吃，不，不是一颗，是一罐，通通都给了他。

“应该。”他闷笑着，又不放心地再次确认，“那我们算在一起了吗？”

“喂，难道你牵了我的手还不算在一起吗？”

赵昕远牵着抬起她的手腕，放开后，低着头认真地将他的手指塞到她手指的空隙间，填满后，两个温热的掌心贴在了一起：“这样才叫牵手。”

他长得很帅，却以如此严肃的表情做着这么……缠绵的动作，还将十指交缠的两只手示意给她看，一本正经地跟她说，这样才叫牵手。

宁清的脸发烫，又不想承认自己害羞，她咬着唇问：“这么熟练，你是不是牵过很多女生的手？”

赵昕远牵着她的手往前走，听了她这话，瞥了她一眼：“你以为人人都像你一样笨吗？”

见她不说话，他倒是开始事后算账：“那个谁是你朋友。你说信任不是一回事，你倒是说说，你是更信任他吗？”

宁清不想回答他这个纯属挑事的问题，她要是开口承认了错误，他指不定怎么得寸进尺地排挤她呢。

“好啦，就到这儿停吧，再往前走就是女生宿舍了。”宁清胆子大敢恋爱，却想将他珍藏，不想让人知道。

“那你得回答了我的问题再走。”赵昕远自然不舍得。

宁清放开了他的手，扫了眼四周，没有人。

“这样可以吗？”

他还没来得及问她可以什么，就见她踮起脚。下一秒，她的唇就覆在了他的唇上，很柔软，是她的味道。

他还没来得及更进一步感受这个吻的滋味，她就跑开了。她一路往前跑，连头都没有回。

宁清的心跳得很快，当熄灯躺在床上后，她都觉得脸红。自己怎么会做出这种事，两个人的初吻就是她主动了吗？

她就碰了下，不算初吻吧？

可是他先说了喜欢她，她主动亲一次，也没事吧？总不能什么事都让他抢先吧？

她在他面前能装淡定，一个人时再也藏不住，在床上翻来覆去。她好想明天能见到他，好喜欢跟他牵手的感觉。

下铺说“你在搞什么”，宁清终于平躺住了，掀起被子盖住了脸。

睡前，她得出了一个结论：她觉得自己已经开始依赖他了。

赵昕远摸着唇，回味着那个蜻蜓点水似的吻。

他刚往回走时，心想：如果这个吻是宁清的礼物，那这份礼也太大了吧。但他走到校门口时，已经开始觉得她小气吧啦了。

他笑着骂自己：“你这可真是人心不足蛇吞象。”

宁真站在车旁，看着儿子带着一脸笑意地走来，并没发现她。她恍惚了一下，这不像平常的他。

“妈，你怎么来了？”看到宁真，赵昕远收敛了表情。

“这个问题应该我问你，你去哪儿了？”

赵昕远上了车：“有事。”

“什么事，要这么晚？都快十一点了，这么晚不回家安全吗？”

“你觉得我这么大的人了，晚上一个人连家都回不去吗？”他打开了车窗吹风。

宁真深吸了一口气，与青春期的儿子相处的经验就是，少说话，少管他。

“妈妈只是担心你。”

“学校离家三公里多，你可以担心，但没必要。”

宁真被噎住，他说话、脾气跟他老子一个模样。

母子俩回家进屋时，赵泽诚正从书房走出来。

“爸，这么晚了，你还没休息啊？”赵昕远跟他爸打了招呼，转身去厨房倒了两杯牛奶，一杯递给了他爸。

赵泽诚受宠若惊，青春叛逆期的儿子很少主动这么干，他接过牛奶：“这么晚才回家，最近学习累吗？”

赵昕远喝了口牛奶，舔嘴唇时都想到了她的吻：“挺累的，体育课都被压缩成了一周一节，运动时间越来越少了。”

赵泽诚是第一次听到儿子喊累：“那你要多运动啊，这才高二，到了高三身体吃不消怎么办？”

“爸，你能不能给我买辆自行车啊？这样我每天骑车上下学，既不耽误时间，还能顺便锻炼身体。”赵昕远揉了揉颈椎，“也就三公里，挺安全的，一天到晚在教室坐着浑身难受。”

赵泽诚沉吟半刻，说：“好，我让人去给你挑一辆自行车。你给我好好运动，好好学习。”

“谢谢爸。”

宁真在一旁冷眼看着，儿子鬼脑筋多。这事要是跟她讲，她不会同意，也不相信这个扯淡的理由。他跟他爸讲，赵泽诚拍板同意了，她还能说什么？

她只能明天跟刘娟说，两家人不能轮流接送了。

她也要让李慧给她盯着，看看儿子在学校里搞什么花样。

第十一章 无法离场

年少时觉得无所不能，只要想要。

周日最后一节课后，下午是半天假期。

宁清正在收拾考卷，听到有人喊自己，一抬头就看到蒋月站在教室门口。

她都来不及把考卷塞进桌屉里，就跑到了门口，把妈妈拉到了旁边："妈，你怎么来了？"

班里三三两两的同学从旁边经过，好奇地看了眼后便继续前行，李慧与周冰走过时也特地看了眼。

走远后，周冰跟李慧说："她妈为什么要背一个假的Gucci包啊？好掉价啊。"

蒋月穿了条长裙，外面披着一件以前在厂里上班时穿的黑色工作服，这件衣服挺挡风的，还耐脏，在地摊上新买的被她还价还到三十块的包斜挎在身上。她说："怎么，还不愿意让我来看你？"

宁清急忙摇头："没有，我以为——"她说不出话，怕一开口又想哭，她以为妈妈不肯原谅她。

蒋月拍了拍女儿的肩膀："走，我带你去吃饭。"

下午本来跟赵昕远说好了要去书店，宁清透过窗户看向他的座位，结果没人。

"走啊，看什么呢？"

"好。"宁清牵住妈妈的手准备往楼梯口走，结果就看到赵昕远正从教室门口走出来，还看了她一眼。

看他停住脚步时，宁清吓了一跳，她妈在这儿，他想干吗？

"阿姨好。"

听到这一声招呼，蒋月就认出了这个男生。虽然她不待见他外婆，但这个男生蛮不错的。他个子高，长得白净、周正，成绩还不错，人还挺有礼貌的，还主动来打招呼。

想想她这个女儿，肯定不会主动跟同学父母打招呼。

"你好啊。"蒋月早忘了他的名字，笑着打招呼，"这段时间都没在乡下看到你，没回外婆家啊。"

赵昕远点头："对，这段时间没回去。"

宁清心虚地扯妈妈的手臂："妈，走吧，我饿了。"

蒋月还想再说些什么，被女儿这一打岔，只能跟他说："那我们先走了。"

"好的，阿姨再见。"赵昕远说这话时看了宁清一眼。

被女儿拖走后，蒋月小声责怪女儿：“你怎么在同学面前这么没礼貌？人家都知道主动来跟我打招呼呢。”

宁清转移了话题：“你要带我吃什么啊？”

“请你吃肯德基，丽芬跟我说，离你学校不远就有个肯德基。”

“她带你过来的啊？我还以为你坐公交车来的。”

“对，酒店有值班表，她好像都是周日下午去酒店上班，估计值夜班。”蒋月感叹，“她人还挺好。”

蒋月与王丽芬只是邻里间的点头之交，之前还因为她以前的工作，以及现在在男女关系上不清不楚而看不起她，但让她送了两次女儿，打了交道后觉得这个人挺好，是个爽快人。

今天蒋月打扮、收拾好了准备去坐公交，公交站台在村口，她在路上碰到了开着车的王丽芬。人家特地停下车按了喇叭，问她去哪儿，要不要载她一程。

城镇公交车难等，蒋月没客气，就上了车，说要去女儿学校。

其实蒋月流产这件事，村里人差不多都知道了，乡下生活无聊，没事总要找点儿乐子，见了她也会暗戳戳地问，搞得她跟偷了人去流产一样。住在城里就好了，平日里大门紧锁，坏事都传不出去，更别提邻里八卦这回事了。

结果王丽芬挺有涵养，对这事连八卦之心都没有。她也挺会找话题，跟蒋月聊女儿，夸女儿聪明、会学习，她生的也是女儿，还向蒋月讨要育儿经。

跟这种人聊天自然舒服，蒋月说得头头是道，说小时候就得把规矩立好了，大了后就只能夸不能骂了。说起骂，蒋月想起那个狗屎班主任就来气，说：“这次去学校，我想着要不要见见班主任，让她给我说话注意点儿。我的女儿，自己都不敢骂，她倒是会看人脸色，挑着我们这种家庭欺负，是吧？”

王丽芬让她冷静，说：“你这么一闹，清清在学校会更为难啊。这种女的，我年轻时见多了，手段多着呢。你们老实人玩不过人家。”

蒋月想着她这话也有道理，又寻思，要不要去超市里买张购物卡，送个礼？但估计这种老师，送个五百块钱都看不上吧。

走出了楼梯，往校门口走去时，蒋月看了眼周围，贴着女儿问：“最近，你那个班主任没欺负你吧？”

宁清挽着妈妈的手臂往前走着，没有看她的眼：“没有，你想多了。天天学习这么忙，那么多同学，她顾不上我。”

“那就好，你有事一定要跟我讲。”

宁清很少吃肯德基，之前一直在乡下，来城里不方便。价格于她而言也贵，就算上了高中，家里给的生活费多了点儿，她也不太舍得特地跑来吃。

母女俩略带局促地排着队，不知道什么好吃，看着前边的人顺溜地报出好几个名字，她们眯着眼看着前方的菜单，不知选什么好。

蒋月心中抱怨，汉堡有那么多种类，买个鸡腿也得问是奥尔良还是原味鸡，什么叫圣代，不就是冰棒嘛，她哪里分得清？她又怕一个个问店员不耐烦，后边的人还等着呢，问了也觉得丢人。早两年来肯德基，她连洗手都不知道水龙头怎么开，看了别人才知道，原来手靠近了就能自动出水。

宁清上一次吃好像还是考上一中的暑假，爸爸回家时特地绕路去了城里，买了一个桶带回家。她不知道该怎么点，干脆就选了个套餐，两杯可乐带个汉堡，能吃饱就行。

“够了吗？”蒋月掏出五十块递给店员，看出女儿在给她省钱。

“吃完不够再点。”

等了五分钟，两人端着餐盘找到座位坐下。宁清抱着冰可乐，吸了一大口，不知如何跟妈妈开口说那件事。

蒋月拆开汉堡盒，把饼皮掀开看了，就一块肉、几片菜叶子，挤了点儿酱，怎么就这么贵？她把汉堡递给女儿：“赶紧趁热吃。”

宁清看着妈妈，眼泪突然就流了下来：“妈妈，对不起，我不该跟你发脾气。”

她可真是个爱哭包，蒋月拿了送的纸巾糊到她脸上：“在外面不要哭。”

“妈妈，是不是我逼你，你才去的？”

“不是，你别把自己太当回事，能就为了你做这么大的决定吗？”蒋月又拿了张纸巾塞到她手里，“自己擦。都多大的人了，好意思啊，当心人家都在看你。”

“不然呢？你又没当过父母，养你一个，我已经够累了。这个年纪了，我不想再要第二个了。”

“那为什么你们之前决定要？就因为我跟你发了脾气，你才去打掉的，是吗？”宁清看着妈妈，执拗地问出了心底的问题。

“那你小时候还想考清华呢，现在你还想考吗？考得上吗？”

“这不是一回事。”

“这就是一回事，甚至生孩子更让人纠结。我需要对孩子的前二十年负责，清清，你不要以为你什么都懂。”蒋月看着这个早熟的女儿，跟她需要用成人间的对话方式，“女人怀孕了，想要生下来很正常。出于各种原因，推翻这个决定也很正常。我这个年龄，怀孕风险很大。你没有活到我这个年龄，你不懂上有老下有小的压力有多大，再要一个不是我们这种家庭能承担的。你硬要把这事怪在你身上，你是不是读书读傻了？”

“我是你的压力吗？”

“不是，生你养你是我的责任，你给我带来的开心大于这些压力。当然，你少气我一点儿就更好了。”蒋月拿起自己的那杯可乐，“这也太冰了，你给我少喝点儿冷的。”

“妈妈……疼吗？”

这个问题，宁清不知道答案。那天在病房门口看着妈妈，她想能不能让自己也感受一下这种疼痛，心里的负罪感才会减轻一点儿。

那时她在想，这算一个生命吗？生物课上说，精子与卵子结合，形成受精卵，受精卵进行细胞分裂，慢慢成了一个生物体。又有人说，当胚胎具有独立在子宫外生存的能力时，才叫一个生命体。

前者的信众认为无论何时打胎，都算杀死了生命。后者的拥趸认为，在胚胎具备了在宫外生存的能力之后，就算母体也不具备主动扼杀它的权利。

这个问题，宁清想不通。比起这个，她更想问妈妈“你痛不痛”。

“现在手术都有麻药，不疼。”蒋月故作轻松，“没有你不跟我讲话来得痛。”

“对不起。”宁清低头咬唇，绝对不让眼泪再流下。

“我今天来就是跟你讲这件事，我不希望你瞎想。任何时候，爸爸妈妈最在乎的都是你，不要给自己压力、负担。”

“嗯，我知道了。”宁清不是个脆弱的人，想明白了，没什么事在心里过不去，想了想，她终于下定了决心，“妈妈，我左边的床头柜里有好几个饼干罐子。印着小熊的罐子里有两千块钱，你拿去花吧。”

蒋月差点儿笑出声，她是不是以为自己藏得特别好？这个女儿就像个貔貅，抠抠搜搜的。他们平日里给她的零花钱并不多，这两千块，她攒了好几年。

养女儿有很多烦心的时候，但现在这种时候，蒋月觉得十分值得。

“你那点儿钱，我不惦记，你自己留着花。好了，赶紧吃吧。学校能穿裙子吗？我觉得你穿裙子好看，下午带你逛街，给你买两条。”

宁清用吸管搅着杯子里的冰块，这个汉堡，她咬了一口，并不是很好吃。旁桌的土豆条，还有那个黄色一小块的，她坐在这儿都能闻到香味。但她不知道叫什么，跑去问也好尴尬。

“哎，你那个同学怎么也来了？”蒋月看到李老太家的外孙正推门进来，想着女儿在学校朋友少，这既是邻居，又是同学，人家成绩还那么好，便说，“他叫什么名字？你把他喊过来，我请他吃吧。”

宁清掉过头去看，他来干吗？

结果蒋月先向他招手打了招呼：“你也来吃肯德基啊？一起坐吧。”

宁清用唇语对她妈说：“不要。”

赵昕远走了过来：“阿姨，这么巧？我也来这儿吃午饭。”

“阿姨请客。”蒋月把钱包递给女儿，“你带你同学去买。”

“阿姨，真不用客气。”赵昕远看了眼四周，“今天人太多了，我可以跟你们拼桌吗？”

“当然可以了。”蒋月看着女儿不动弹，刚刚还觉得女儿贴心，这不立马又气她，她说：“宁清，带你同学去。”

“不用。”赵昕远看着宁清，问：“你想吃什么？我给你买。”

宁清看了眼她妈，她妈正喷火地看着她，意思是：你瞧瞧人家多会说话，你能不能给我争气点儿？

宁清站起身，拿起蒋月的钱包，跟在他的身后去排队。

“你来干什么？”

“我来吃午饭。”赵昕远抓住了她的手，“你不是说要带我去吃杂粮饼吗？”

宁清吓了一跳，又甩不掉，只能想人这么多、距离这么远，蒋月看不到，她说：“这不是我妈妈来了嘛。”

“那你下午干吗？”赵昕远心里不爽，这是两人确定关系后的第一个周日，能待在一起半天。

“我妈妈说要带我去逛街。”宁清略带愧疚地看向他，毕竟是她放了他鸽子，她讨好地捏了捏他的小拇指，“下周去书店，好不好？”

“下周双休，放假。”

“那你不回乡下吗？”

不管他回不回，他的回答当然是：“大概率不回去。”

两个人就这么在排队时偷偷牵着手，听着他这句颇为冷淡的回答，搞得跟她对不起他一样，她也很想下午跟他待在一起啊，她说：“那你想要怎样？”

“我想让你下午陪我。”赵昕远反问，“这个要求很过分吗？你回家了不是两天都能陪你妈妈吗？”

宁清想说“那我在学校还能每天都看见你呢”，可她知道这两者就是不一样。

赵昕远看着她抬头嘟着嘴看他，虽然这很可爱，但他不为所动，还放开了她的手：“你要吃什么？”

“我想吃那个黄色的，闻着好香，那叫什么啊？”

宁清问出口时才后知后觉地惊讶，好像她并不怕在他面前丢脸，不怕他觉得自己土，也并不觉得尴尬。

“那是蛋挞，还想吃什么？”

“我还想吃土豆条。”宁清说完就若无其事地牵上了他的手，他好小气啊，她不答应他的要求，他手都不让她牵。

“好。”

轮到他们点餐，赵昕远几乎把除汉堡以外的小食大概都点了一份，蛋挞买了六个。

宁清拿出妈妈的钱包，准备掏张红的，结果这都不止一百了。

“不用。”赵昕远直接掏了钱递给店员，“你下次请我吃杂粮饼。”

宁清没硬把钱塞给他，因为钱包里的钱根本就不够。

蒋月看了眼站在一旁等待的两个人，这个男生很高，女儿站在他旁边只到他的肩头。两人竟然还在说话，她还以为女儿毫无交际能力呢。

她看着两人各端了一盘食物来，想着怎么买了这么多，她嘴上自然没这么说，不过，这次点的东西看起来比汉堡好吃多了。

蛋挞的托底微烫，闻着有一股奶香。宁清咬了一小口，好酥啊，里面的馅好甜好软。

她利落地吃完一个，又拿了一个给蒋月：“妈，你尝尝，好好吃啊。”

蒋月也是个爱吃甜食的，吃了一个后忍不住又吃了一个。带着甜味的鸡翅也好吃，这个土豆条也炸得酥脆，下次她要在家试试看能不能炸出来。

赵昕远啃着汉堡，看着宁清吃得嘴角都是细碎的酥皮，拿了纸巾想帮她擦掉的手停在半空，转而递到她跟前：“你要不要擦一下？”

宁清看着他的动作，差点儿就要吓死，看了旁边的蒋月一眼，她正在啃鸡翅，没觉得有不对劲，便尴尬地拿过纸巾：“谢谢。”

蒋月填饱了肚子，内心感叹，算是知道这些年轻人为什么喜欢吃这种垃圾食品了。这个蛋挞的确好吃，就是不知道多少钱一个。

看着女儿端着可乐慢慢喝，对面的男生也吃完了，蒋月内心嘀咕，他怎么还不走？他要走了，她也就带着女儿离开了。

蒋月问他：“你们放假一下午，你离家近吧，都回家吗？”

“我下午去书店。”

“宁清，你看看人家，成绩这么好，放假了还去书店看书。你就知道瞎玩，多跟人家学一学。”蒋月笑着对他说，“我家女儿学习不太行，要有不会的，你帮忙教教她。”

“妈！”宁清看着蒋月，“我学习哪不行了啊？你至于把我说成这样吗？”

蒋月无语，觉得只有女儿才能说出这种话，像她爸一样厚脸皮。她跟人家第一比，当然差啊。

“阿姨，宁清很聪明，就是有时候有点儿——”赵昕远看了眼宁清，“比如，这放假的半天，班级很多同学都回去接着学习，她可能以为别人都跟她一样在玩，有时候就松懈了吧。”

“啊？还能这样？”轮到蒋月惊讶了，至于这么拼吗，“那你今天下午也给我回去学习，难怪你上次落到了十四名。”说起成绩，蒋月的神经就紧绷了，她做不到像老公一样淡定，说女儿健康开心就好，“期末考回第十名，暑假再带你逛街买裙子。”

宁清彻底没话讲了，如果她说要去逛街，显得她不想认真学习，要被妈妈念叨，而对面的始作俑者又要指责她恋爱态度不端正。

“好吧。”宁清心里还有点儿愧疚，“那你怎么回去？”

“公交站台就在前面，我坐车回去。”蒋月帮女儿把垂下的发丝别在耳后，“要我送你回学校吗？”

“不用了，你来回又要走好多路。”

赵昕远站起身：“阿姨，我先走了。”

“好的，再见。”

见他走了，宁清这个欺软怕硬的埋怨着妈妈：“你怎么就不带我逛街了呢？你好不容易过来一趟，就这么让我回去学习吗？”

“行了，别腻歪了。什么叫为了你好不容易过来一趟，在家里要忙活，出来要为你操心，我不能自己待半天享清静吗？”蒋月叮嘱女儿，“回去吧，不要瞎想，晚上有空就给我打电话。”

蒋月见女儿走了，又坐了一会儿，想着这个甜点挺好吃的，想再去买一盒带回家让婆婆尝尝。她掏出钱包想看还有多少钱时，呆住了。

刚刚竟然一分没花？是那个男生付的钱？

她看着满桌还没吃完的食物，他也没带走，这得多少钱啊？

宁清出了肯德基，向前走了大概五百米，赵昕远果然在等她。

赵昕远看她小跑着过来，都以为她要扑到他怀里，然而她并没有，他自己主动上前牵了她的手。

“都怪你，我又被我妈妈念叨考得不行。”宁清叹了口气，上次不就英语稍微差了点儿嘛，“你英语怎么就能考120？”

“因为满分只有120。”

她心里翻了个白眼：“我觉得你可以说运气好来谦虚一下，顺便照顾一下我的心情。”

赵昕远怀疑地看着她：“我从没发现你因为考砸而伤心过。”

“你不要这么直白地说出口，好吗？”宁清笑得不行，为自己辩解，“也不是没有，就是时长很短。”

赵昕远是欣赏她这种坦然的，这种彻底而直白的潇洒，他很少见到。他甚至是羡慕，虽然他成绩比她好，但他的得失心比她重得多。

进了书店，宁清依旧占了老位置，挑了本书就坐在了地上，他挨她很近。

其实她中午吃多了，有些食困，看了几页书就打了哈欠，背靠着书架，他在旁边，她就放心地准备眯一会儿。

赵昕远翻了页书，发现她都睡了，自己身子下移了些，让她的脑袋枕到了他的肩膀上。他将书拿远了些，怕吵到她，单手翻着书。

手头这本书是她推荐给他的，她还挺有品位。

宁清只睡了半个小时，醒来却觉得恍如隔世，抱着他的胳膊，头都快掉到他怀里了。

她拿着他半路上给她买的奶茶喝了一口，他还在淡定地看书，把她喊来陪他，结果自己却不理她。

略带起床气的宁清开始作妖，用手挡住了他的眼，压低了声说："不许看。"

赵昕远将书放下，没拉开她的手："好，我不看。"

宁清见色起意，手覆着他的眼，啄了他一口："什么味道？"

"没味道。"

"好吧。"宁清放开了他，还以为他生气了不想被自己打扰，"不打扰你了。"

"你已经打扰到我了。"赵昕远没拿起书，看着她又拿起奶茶喝，还眨着眼看他，一副无辜的样子。

刚刚她睡着他看书时，他还想，他喜欢跟她待在一起时这种平静而舒适的氛围。

当她醒来，亲了他一下，他又觉得根本没那么平静。

当赵昕远抢走她手上的奶茶时，宁清还觉得他馋了，想喝了，结果下一秒，他的速度快得她都来不及反应，他的唇就落在她带着红茶混着奶香的嘴唇上。

很快，他的味蕾敏锐而精准地捕捉到了奶茶的味道，茶味重，奶纯正，难怪她这么喜欢喝。

她无处可躲，在角落里，被墙、书架和他包围，十分笨拙地尝试着一个简单的、嘴唇相碰的吻。

下午，昏昏欲睡又眯了一刻钟的书店老板醒来，想着来找本小说提神，边打着哈欠边走到这一片，看到角落里的两个人时，打着哈欠的嘴张圆了，一下子没合上。下一秒，他又无比自然地转了身，放弃了拿书，往柜台走去。

✦ ✦ ✦

赵昕远到家时，已经将近一点。

他打开灯，窗户没关严实，夜里的风吹起窗帘的一角，布角飘到了旁边快枯死的绿植上。绿植是搬家时朋友送的，他随手放在了靠窗的角落里。

这套房入住时家具很少，正符合他的心意，他只添了必要的书桌、椅子，买了张床垫。他不喜欢有过多的装饰，客厅干脆连沙发都不放。

此时，在这个面积颇大的房子里，他却觉得无比空旷与冷清。

他走到角落把绿植塞进袋子里，放到玄关，打算明天扔掉，再一如往日的作息，去浴室冲澡。

他闭着眼站在莲蓬头下，南方秋天的寒意带了氤氲的水汽，在外边觉得凉爽，只是略冷，到了家中才意识到，那股寒浸到了骨子里。

宁清残忍吗？赵昕远早就见识过。

至今，他都不想再回忆那天的分手，虽然，她说的每句话，他都能一字不落地记住。

也许该觉得荒诞的是他，十年了，没有人会停留在原地。

他没有资格要求她抱着过往念念不忘，若自以为留过学镀过金，在别人眼中有着很好的家庭条件，就一定能让前女友回心转意，上演一幅对当初分手后悔不迭、再说一句“我还爱你”就重归于好的场景，是不是太自大了点儿？

这十年，她也许有过喜欢的人，作为一个承受能力良好的成年人，他并不能否认这种极大概率的可能。他凭什么觉得自己会是对她最特别的一个？

赵昕远猛地关了水龙头，头疼得实在没法忍受。他走出浴室，找了止痛药，上次买的一箱矿泉水喝完了，他直接把药嚼着吞下。

苦意在鼻腔喷发，他走去厨房从柜子里拿了胶囊，打算做杯espresso（浓缩咖啡）。

随着机器的运作，咖啡的香味在厨房里弥漫，看着饱含油脂的咖啡落在杯子里，赵昕远拿起杯子时，神经又抽痛了，连着手都在抖，一股无名之火暗生。

啪的一声，杯子掉落在地面，玻璃瞬间四分五裂，还带着热意的咖啡溅到了脚上，睡袍都沾上了棕色的液体。

对着这一片狼藉，他仿佛不是始作俑者，也无收拾的念头。他只是面无表情、不带任何情绪地重新做了杯咖啡，端着杯子走出了厨房。

客厅里放了张长木桌，他打开桌上的笔记本，二十四小时实时交易的数字货币市场是永无停歇的。

此时，他坐在桌前，对着满屏繁复的数据，手边是冒着细密油脂泡沫的咖啡。空旷的客厅安静得只能听到风透过窗户缝隙的声音。

年少时觉得无所不能，只要想要。可短暂得到又失去的感觉更让人失控。

赵昕远此时并不冷静，他也知道自己不冷静，难以控制的情绪需要一个宣泄口。

也许人生有时候需要刺激，有人寻找性，有人借助酒精，而他是做一笔交易。对一切失去期待与敬畏时，没有什么事做不出来。

他喝了咖啡，就开始建仓，做了笔BTC（比特币）多头。

半夜Sam见他在线上，两人发信息聊了两句市场。

Sam对他说："It's time to leave."

这个十一月，BTC就快突破一万美元大关。这个市场上的所有人都在等，谁也不知道爆仓和暴富谁先来。

赵昕远没有回答。

离开吗？他似乎不想离场，无论是哪一个。

就算他要离开，也要将自己受过的伤让宁清连本带利地偿还。

宁清第二天起来就感冒了，呼吸都觉得很干，喉咙也开始隐隐作痛，这是她感冒的征兆，她拉开窗帘时才发现窗户彻夜未关。

昨晚她回家，伤心到极致，已经哭不出来了。

她已经不想再问为什么，只是平静地接受事实。

黑夜里的失眠在蚕食她所有的耐心与意志，后悔与无助快淹没她了，想给他打电话，说"我在骗你"的前一刻，她爬起来吃了两颗褪黑素。

宁清去上了半天班，实在没坚持住，下午请了假回家。背部肌肉酸痛，疼痛一阵阵袭来时，她缩在被窝里，意识都有些模糊。她烧了壶水，放在床边，知道感冒要多喝水，但扁桃体发炎，嗓子连吞咽都疼。

躺在床上时，她很想吃烂糊面。做法很简单，就是煮一锅面，将剩菜倒进去煮透炖烂。第二天回锅热后才最好吃，长长的面条被锅铲切成了小段，面汤沸腾着化成了热意与鲜美，热时微微烧煳，吃到一两个带着焦香的锅巴块才是惊喜。她生病时妈妈都会煮给她吃，还会拿着勺子一口口喂她。

哪对母女间没点儿口角矛盾？平日里有了摩擦都会针尖对麦芒，谁都不愿低头认输，身体难受、精神脆弱时，就又只记得对方的好。

但这件事，即使是病中，她也暂时不想联系蒋月。她怕把对自己的恨转移到别人身上。

宁清没有力气做饭，也不想吃外卖。晚上时她才起来煮了锅粥，配着榨菜，填饱了肚子。

她这一病就是三天，幸亏后两天是周末。她躺在床上，大部分时间都处于昏睡中，梦到了好多往事。

跟他分手时，她说了狠话。

奶奶走之前那一夜，狗在外面凄惨地吼叫了大半夜。

妈妈说要去杭州打工。

第一个她独自过的年。

他说恨她，又说爱她。

梦到最后，她都不知虚实真假。

感冒好了，宁清穿牛仔裤时才发现腰围都小了一圈。被新来的实习生夸是个衣服架子，又高又瘦，她觉得还是要把那掉的五斤长回来，太瘦了容易生病。

她又回到了她这三年来的节奏，工作、加班，她怕冷，休息日都窝在家里看书、晒太阳。

她的心情却是恹恹的，可能是冬天能量低、太阳晒得不够，也可能是暂时失去了对生活的热情。她对自己都没耐心，何谈对人生认真？

睡前听着临街马路上的汽车鸣笛声，她挺想换房的。她想，是不是要给自己找点儿期待，换个环境更好点儿的房子租？她还想在附近地段找，稍微好点儿的小区有没有一居室另说，就算有，价格也会贵一倍。

说起钱，宁国涛上个星期还了三万给她。他什么都没说，就微信发了个转账截图给她。

宁清知道，当时他在看守所里，肯定是山穷水尽，才会让她全出那些钱。这三万估计是他这两个月没日没夜运货才挣到的，一拿到钱就转给了她。

她收下了这笔钱，什么话也没说，难受了很久。

时辰愈加昼短夜长，比起夏日的漫长，冬天的日子过得格外快。到了十二月，京州越发冷了。

宁清给电动车加了挡风，出门都穿羽绒服加围巾，羊绒大衣好看却挡不住骑车时钻到骨子里的寒意。

单位空调风力太足，她买了加湿器，放在桌上。她最近在忙展览馆的项目，建筑部将图都改了好几稿，看着越发有创意的设计，她的工作量也在加大。也只有林夏那样的甲方才会这么折腾他们吧？

不，是任何一个甲方都能这么折腾乙方。

正在画图时，宁清被对面的同事喊说："门口有快递员在喊你。"

她不会把快递寄到公司，而且寄到公司的快递都在快递柜里。她站起身，走向站在办公室门口的快递员。

"宁清是吧？手机尾号6765。"

"是的。"宁清茫然地看着快递员手中颇大的一个盒子，"这确定是给我的？"

快递员让她签了单子，说："对，这是同城配送的快递。"

这个纸盒并不重，她单手就能提起，然后拿到座位上。她拿钥匙划开外边的透明胶带，里面是个纸袋。

宁清才拿出了四分之一，看到了logo，又塞了回去。她看了眼周围，并没有同事在看她。

她坐在靠墙一排的最里面，地方颇大，又有两个显示器占了空间，可以挡住视线。这一排的另外两个同事今早没来，估计出差了。

宁清把袋子放到了墙角，拿出了里边的盒子。盒子用丝带绑着，上面还有一朵白色的山茶花。

她没有继续拆开，看这个盒子的包装和尺寸，不会是护肤品，应该是个包。她放回去时，在纸袋里发现了一张卡片，上面写着“生日快乐”。

卡片上有署名，是林夏送的。看到这个名字时，她心里竟然失落了一下。

她抬头看了眼电脑，八号，今天竟然是她阳历的生日。

月初宁清在工地又见到了林夏，正走着离开工地时，林夏一没留神，被石块绊倒，扭了脚，走在旁边的宁清都没来得及扶，她就摔倒在地上。她试图用手撑地减缓尾椎骨受伤的风险，结果工地上都是沙砾，屁股摔了，手也流血了。

宁清看着她的鞋，话都懒得说，跟她说过不要穿单鞋、皮鞋来工地，她不听就只能自己吃痛。

宁清将林夏扶起，让她靠在自己身上，半背着她往停车处走去。就算林夏不重，快一公里的路，感冒初愈的她也快累晕了。

宁清又开了林夏的车，把她送到附近的医院，挂号、付费、清理伤口、跑科室看骨科。

有钱人的世界她不懂，她要是摔一跤，站起来拍拍屁股就走，手上破了，弄点儿酒精擦擦。为什么还要浪费钱做CT？骨折了，自己肯定知道吧。

但她什么也没说，在医院陪了林夏一下午，最后林夏老公来了，她就回单位加班了。

林夏在医院总共花了一千多，是她垫付的，估计林夏忘记了。这么点儿钱，她也不好意思去要。

但是她送这个包也太夸张了吧，这个牌子的包要两三万。

虽然对有人会在她生日这天送个礼物挺感动，还价值不菲，但从未经历过天上掉馅饼的宁清觉得没这么简单。

她没有自恋到觉得顺便送人去医院就值得让日理万机的林总欣赏到特地在她生日时送一个香奈儿的包。

多年在底层生存的经历和对她爸人生经验的总结，她归纳出两点：好事轮不到自己，送上门的好事大概率是个坑。

宁清打开微信找到林夏，组织了一下语言，给她发了条信息：“林总，谢谢您的礼物，谢谢您祝我生日快乐。但礼物太贵重了，我不能收。请问能不能给个地址？我给您寄回去。”

她发完想：“我也不敢寄啊，我自己当个跑腿送回去吧。”

林夏没有回她消息。

快下班时，林夏直接一个电话打过来，说要请她吃饭，报了餐厅名给她，一副不容拒绝的口吻。

林夏日程繁忙，早忘了这回事。

宁清送她去了医院，帮她跑前跑后，帮忙垫付的钱，她第二天才想起，这个女孩竟然都不敢向她要，也不是一个别有用心的人。

也有之前的考量在，林夏干脆让助理挑个包送给宁清，压根儿就不知道今天是她生日。助理跟了她很久，做事十分用心，估计是看了宁清的信息，看着日子近，干脆把人情做足，当了生日礼物送出去。

不重要的信息，她都只看一眼，很少立即回复。等到傍晚从郊区回主城区时，她今晚没应酬，便打了电话给相熟的餐厅订位，城中出品稳定、口味上佳的本帮菜也就那一两家。

打完电话想起了宁清这件事，林夏想，这到底是个聪明人，还是个不懂人情世故的？

一个包在她看来没什么，大方地收下不就好了？女孩子都爱包。非要送回，是想与她见面，有更多的交集？

反正都是吃饭，林夏干脆打电话给宁清，说请她吃晚饭。

林夏先到，是她喜欢的靠窗位置。她对身材控制严格，但这儿的红烧肉味道是一绝，她每次都会点；现在是吃蟹的季节，她觉得花雕醉蟹还不如直接蒸的，但还是点了一份。

林夏正在看菜单时，服务员将宁清带到座位上。她衣品一直在线，长款羽绒服谁穿都臃肿，但她穿了条紧身裤来衬纤细的长腿，长袜搭配运动鞋，高个子十分适合这种穿搭。她手里拎了个Chanel的大纸袋，其实她把里面的包背上更好看。

“刚下班吧，天太冷了，赶紧坐下看看要吃什么。”

宁清出了公司才把外边挺脏的快递盒扔了，拿了黑色的纸袋，打车过来：“林总，晚上好，您点吧，我不熟。”

“你把这个带过来干什么？不喜欢这个款式吗？”林夏也不知道这是什么款式，反正不是个小钱包。

“不是。”宁清抱着杯热茶暖手，“林总，这个包对我而言太贵重了。”

“喜欢就不谈贵不贵重，有没有买过它家的包？”

宁清摇了摇头："没有。"

"那我可太荣幸了，送了你第一个香奈儿包。"林夏看了眼地上的袋子，"是不是都没有拆开过？"

"是的，怕拆开了不好还给您。"

"那你今晚就回家后亲手把它拆开，静静地欣赏一下它的美。"林夏看着宁清的眼，"相信我，有了它，你会更努力赚钱的。"

对面的人像极具煽动性与感染力的销售员，告诉她，这不是消费主义，就纯粹是美，拥有美是不需要有心理负担的。

有那么一刻，宁清就快被她打动了。

"那就让我的第一个包自己买吧，这样才有成就感。"

"好吧。"林夏不强人所难，"那就只能祝你一句生日快乐了。今晚把你喊过来，不会打扰你的其他安排吧？"

"没有，林总，还是谢谢您。"

她这也不像有其他要求要提的样子，可能是真没心眼吧。林夏点完餐将菜单递给服务员时，抬头看见了熟人赵昕远。他的同行者还是个女人，她下意识看了眼坐在对面的宁清。

此刻，她就能验证对面这个人与他的关系到底如何，是否有继续打交道的必要。

林夏向他招了招手："嘿，昕远。"

✦ ✦ ✦

两天前，Amy约了赵昕远见面。

Amy原名李招娣，她不喜欢别人叫她的中文名。换个名字手续繁杂，她常年居住在国外，也懒得改。回国这些天被人频繁地喊"招娣招娣"，她真的要烦死了。

赵昕远倒是识相，在国内，见了面依旧喊她Amy，而不是那个该死的中文名。

Amy都回京州半个月了，多年未回国，朋友同学见了一轮后，才得知他也在京州。她百无聊赖，忙约了他吃晚饭。

他们在餐厅门口碰了面，由服务员引着进了门，还没坐到位子上，便听到有人喊赵昕远。

Amy顺着声源看去，看到是个短发女子，穿着白衬衫，眼神之犀利连耳朵上温润的珍珠也无法淡化，她跟着赵昕远走过去。

"婶婶，你也来这儿吃晚饭？"赵昕远走上前笑着打招呼。

他挺有礼貌，连对面她的客人都没刻意看一眼，她点头："对，跟朋友来吃晚饭。"

听了林夏这话，赵昕远看了看坐在她对面的朋友，身形僵硬了一瞬。

宁清正看着桌布上的花纹，刚刚听到那一声昕远，再听说话声，确定就是他。

在这种社交场合，出于礼节，她应当抬头，都不说介绍自我了，总该点头微笑。但林夏并未向他介绍她这个朋友叫什么，只是随口一说。

宁清依旧低头潜心研究桌布，搞得跟回家要刺绣还原纹理一般认真，反正她不擅长社交的形象已经深入人心。

林夏扫了眼低头沉默的宁清，再抬头看了看赵昕远，他们一句场面话都没立即说出来，这两人明显认识。

Amy随着赵昕远的视线看去，对面坐了个女生。她穿了件灰色卫衣，顺滑的黑发掠过肩头，皮肤白皙，连妆都没有化，一副学生打扮。她低着头，只能看清侧脸，长得还挺漂亮的，可能在读研，没踏入过社会，这种场合都低着头，就不太好。

林夏看了眼赵昕远后边的女人，性感的女人是没有季节之分的。她内里是一袭黑裙，披了件白色的貂，大波浪卷跟红唇挺搭的。

"你也是跟朋友来吃饭啊？"林夏看着赵昕远问，并没有问他们是什么关系。

"对。"赵昕远回过神来，"这是我朋友Amy。"

Amy笑着跟这个短发女子打招呼："您好，我是Amy。"

"你好。"林夏点头致意，并未介绍自己。她还是没看出这两人之间现在是否有联系，便说："对了，忘记跟你介绍我的朋友了，宁清，是土木工程师，正给我设计展览馆呢。"

宁清听到自己的名字，看着林夏，林夏正在对着她笑。

她转了头，还要微微抬头才能看到他的脸："你好。"

站在他后边的女人挺性感的。

赵昕远也如同第一次认识她一样，说："你好。"

"好了，去吃饭吧，不耽误你俩了。"林夏目送他俩离开，又给自己倒了杯热茶，说："这是我老公的侄子，这些年一直在美国，今年才回来。"

宁清嗯了一声，并没有接这个话茬儿。

赵昕远点了手机屏幕，并不解锁，屏幕亮了几秒，重归于黑暗。顶头的灯光在屏幕上亮着时，他再次点击屏幕，如此循环，并不觉得无聊。

十二月八号，日期于他而言是一个数字，是日程的度量单位，是deadline

（截止时间）的一个点，是涨幅比较的横轴，并无多大意义。

他被一堆事缠住忙碌至极时，就算日期就在电脑屏幕的右上方，十二个小时都面对着电脑，理应有无数次看到时间，当被问今天是几号，仍要下意识地再看一眼，或是想两秒，才能给出一个答案。

日期的意义是人为赋予的，意义本身毫无作用。

Amy边看菜单边向服务员询问菜式做法，点完餐，看着他半靠在椅背上，漫不经心又如此认真地将这一个动作整整循环了十分钟，真有病。

“跟我吃饭这么无聊吗？”

“还行。”赵昕远将手机翻了面，屏幕盖在了桌上，“你怎么突然回国了？”

“这么多年都没回来了，我弟结婚了，被要求必须回来。”Amy轻笑，“一趟来回机票、酒店，再加见面礼和份子钱，今后至少五年都不想回来。”

“你个京州土著，回家还要住酒店。”

“在外说得好听点儿说自己是京州人，其实算个屁。就在郊区的一个小镇上，离城里有四五十公里呢，本地人都不愿意承认我们那地是京州。”Amy翻白眼，回家正一股怨气，“这么多年家里都没装修过，倒是给我弟弟在市里买了房子。难道我回国一趟，还得住那破房子吗？还不如花钱住酒店。”

赵昕远笑了笑：“那你还是赶紧回去住你的大别墅吧，Jay最近怎么样？”

Jay是Amy的老公，也是赵昕远的前同事，在美国时，夫妇俩经常邀请他去家中BBQ（烧烤），两人就是这么认识的。

他跟Amy熟悉，兴许是因为得知她的大学跟宁清是同一所，虽然这两人绝无可能认识。

“跳槽去了家startup（创业公司），不知道那个小破公司到底行不行，跟个草台班子似的，也不知道在做些什么。他就在前公司蹲着养老，不好吗？”

“你心态放好点儿，万一上市或被收购了，你这不就财务自由了嘛。”

“借你吉言。”Amy不想谈工作这件事，脑壳疼，反正她不用上班，“对了，回国后，有没有女朋友？”

此时上了菜，赵昕远夹了根青菜：“你的八卦心一如既往。”

“出于朋友的关心，好吧？”当初Jay还以为他是个gay（男同性恋者），谁说美国人不八卦，但Amy知道赵昕远肯定不是。

一次酒后，赵昕远多喝了几杯，Amy从他难得的一两句真心话中知道他在国内有喜欢的女孩。但下次见面时，他便当作无事发生，再也不肯对个人感情状况吐露一个字。

“早两天跟大学同学见面，人家还让我介绍对象呢，这不是问问你嘛。”

当然，这只是一句玩笑。赵昕远看不看得上是一回事，Amy也肯定不会帮那群女的介绍。

她能有今天，拿着绿卡，住着别墅，全靠她老公。她家自然没这个条件送她出国，她当初念大学时，学校会给交换生提供指引以适应本地生活服务，本校生可以申请当志愿者，带着交换生熟悉校园和上课。

Amy就这么认识了Jay，跟他火速谈了恋爱，还没毕业就结了婚，后来拿绿卡也顺理成章。当初因为这件事，她被班里女生排挤，现在知道要来羡慕她了？

餐厅格局布置精巧，他们与林夏那桌离得不远，却被设计的视角彻底挡住视线。

赵昕远摇了摇头，随便打发了她："没时间，忙到没想法。"

"那你曾经喜欢的那个女孩呢？"Amy看到对方脸色倏然严肃，忙举手投降，"好好好，我不问。开个玩笑嘛，等你好事将近，得跟我和Jay说，可别离开就生分了。"

这里的饭菜口味很好，看似是家常菜，却多了创新与精致，连普通的红烧肉都吃出了贵气感。

若是平时，宁清能点一碗米饭拌着香甜的汤汁就着肥肉吃下，今天却觉得没必要这么不在乎热量。

每个人都会往前走。两人再熟悉，也是十年前了。

他现在是什么脾气秉性、喜欢什么类型的女人、如何与人谈恋爱，她都一概不知。

她正喝着汤，服务员端上了一碗面条："祝您生日快乐。"

是一碗黄鱼面，剔好刺的黄鱼鱼肉摆在奶白色的汤上，底下是手擀的面条，还有一撮雪菜作为点缀。

宁清惊讶地看着这一碗面，说："林总，谢谢您。"

她虽然不过生日，但还是感动于有人记得她的生日，还会送一碗面。

林夏不动声色，她不喜欢吃面条，主食只点了炒饭和粥。宁清也不值得她心思细腻到特地点碗面条祝其生日快乐，这不是她点的。

谁送的，很明显。那赵昕远是什么意思？

他跟他老子一样，做事点到即止，都不明说。

但凡能混出头的都是人精中的人精。话要真让人说那么明白，不衬得自己像个傻子，连揣测人心都不会。

林夏想，他到底是从哪里看出她可能知道他与宁清的关系？难道是那一句主动介绍宁清？

那他这么直接地让人送一碗黄鱼面给宁清，是想让她知道这层关系，在工作上照顾着点儿这个女孩？但他俩之间不像还有情侣关系的样子。

温热、鲜美的黄鱼面入肚，被食物讨好的宁清变得没那么小心翼翼、有警戒心了，她问："林总，你为什么要对我这么好？"

"送你个包、请吃顿饭就叫好了吗？"林夏反问。

"其实我自己都快忘了今天是我生日，被你的礼物提醒了，原本还打算晚上回家煮一碗面条吃呢。"宁清又贪吃地喝了口汤，"谢谢你，我很喜欢这碗面。"

林夏看她一脸单纯，刚刚吃饭还闷闷不乐，虽然她竭力掩饰，可真容易被收买。

"没关系，我把你当朋友。"林夏叹了口气，"其实我朋友很少，上次和你在河边散步很开心，很久没那么放松了。如果可以，我们能不能周末就出来约个饭喝喝下午茶？"

宁清看着她略带感伤的表情，倒是惭愧了，下午还在揣测她别有用心，甚至怀疑展览馆的项目是不是有问题，自己一个画图的，以后出了问题都要负责。

"好啊，我朋友也很少。"

林夏看着坦然的她，有那么一点儿知道为什么赵昕远喜欢她了。

"如果你把我当朋友，就把包收下。就像我刚刚说的，有了包，要更努力赚钱。等明年拿了年终奖，记得送我礼物。"林夏一锤定音，"好了，不早了，我们走吧。"

也许是林夏的转折来得太快，在这个语境和场合下，她要拒绝第三次，就显得她挺不上道的。

吃多了头脑反应迟钝，宁清还蒙着呢，就因她突然结束而暂时想不到理由与话术来推辞。结果她就把纸袋拿在了手里，目送着林夏去了停车场，而自己慢慢走去地铁站。

在走去地铁站的路上，被冷风吹着，头脑清醒了，宁清才拿定主意。如果是一万出头的小包，她就收下，下次回礼给林夏。

她停在了旁边的花坛边，看四周无人，没把盒子拿出来，就在大纸袋里拆了包装。

这是个经典款。她拿出手机查了一下价格，三万多。她绝对不能收下，送给一个朋友，这个礼物太昂贵了。

宁清赶忙将包放回包装里，拿着大纸袋，跑向了停车场。就怕晚了，她背回去，就不想再还了。

这家饭店有专属的停车场，但这个地段太金贵，面积并不大。林夏在停车场遇到了赵昕远，他的车就与她隔了一个车位。

他正要开车门进去，看到她，就停住了动作。

林夏走上前："没有送你朋友回去吗？"

"她就住附近，走回去就十分钟。要开车送，这个路况，至少得花二十分钟。"赵昕远手撑在车窗上，没关上车门。

"哦，是女朋友吗？"

赵昕远笑了："婶婶，你是个聪明人。"又何必明知故问？

婶婶这个女人无利不起早，就算赵昕远不知道她怎么知道了他与宁清的关系，但她那一句多余的介绍就足够让他猜出来了。

林夏也笑了，她猜对了，也明白了他的意思，两只狐狸间没必要把这层意思说透："好的，我知道了。路上小心。"

说完，她就离开上了车，开车回家，今天倒是收获颇丰。

她倒车出来拐弯时看了眼后视镜，看到一个女人，背影很像宁清，手里好像抱了个大袋子。

林夏笑着摇头，怎么可能是她，自己看着她走去坐地铁的。

第十二章　拥抱着就能取暖

我觉得，人不能习惯接受自己配不上的东西。

目送林夏离开，赵昕远也上了车。

这一带很堵，又正值晚高峰，他都后悔开车过来了，开了五十米还不到，又得停下等着下一个二十秒的挪动。车水马龙间是此起彼伏的喇叭声，滑头的出租车司机穿插进队伍时都能想象到其他车内的骂骂咧咧。

赵昕远懒懒地坐在驾驶座上，一只手搭在方向盘上，脚轻踩一阵油门又松开，车在中间道上，一会儿过红绿灯直走。等得不耐烦，他无聊地向车窗外看去。右边是人行道，与驾驶主路之间是一棵棵光秃的银杏树，早在深秋时就掉光了所有叶子。当看到正在行走的人影时，他一怔。

宁清一只手插在羽绒服的口袋里，另一只手拿着纸袋，正不慌不忙地往前走。

没有谁离不开谁，她尤其看得开。她总能沉浸在自己的世界里，自得其乐。心硬如她，可能跟谁都不会让自己不开心。

赵昕远在车里，看着她往前走着，逐渐消失在他的视力范围内时，车流涌动，他一脚油门下去，车滑行了一段停下时，又看到了她。

他不知道自己想干吗，在停车场那么跟林夏说，也只是想让林夏在工作中多给她点儿机会。

想不想接、接不接得住是她自己的事，与他无关。

红绿灯就在前头，走在前面的宁清转了弯。赵昕远看了眼指示牌，地铁口在右边道路上。

他食指在方向盘上敲击着，脑子里盘算着今天的任务，工作上就剩一个会，还要等到十一点。他买了个划船机放在家中，开会前，他可以先玩四十分钟划船机，洗个澡，再看会儿网球赛，慢悠悠地等着开会。

这样的夜晚，这样的安排，十分闲适。

快临近红绿灯实线前，赵昕远看了眼右边的后视镜，另一只闲着的放在大腿上的手拿了上来，方向盘顺时针轻轻转了个角度，踏板踩下，车身灵活地插入了右边车流的空隙中。不出所料，他听到后边车辆不满的鸣笛声，司机估计都要在车里骂人了。

这个插了队的司机却在自己车内爆了粗口，不知在骂谁。

宁清跑到停车场时，林夏已经开着车离开。这个点打车难，堵在半路上的时间也要付费，她又原路返回走去地铁站。

这一段路挺长的，但她喜欢走路。最近天气冷，下班时天都黑透了，她只想在家里窝着，不想动。她都在午休时出来散步，吃完消食，还能晒太阳。

右转再走三百米就是地铁站，她突然听到了短促的鸣笛声，走在人行道上，也没碍着谁，但她还是往旁边看了一眼。

只看到一辆车在旁边停下，宁清准备转头继续往前走时，司机又按了喇叭，开了右边的车窗："上车。"

是赵昕远。

看着站着不动的她，他催促道："这里不能停车。"

宁清看着后边正等得不耐烦在鸣笛的车辆，打开了车门进去。

车子很新，内里基本无装饰，连个人物品都很少，后座扔了件他的外套。隐隐的柑橘香很清新，闻着很舒服。

宁清上了车，自觉地扣上安全带，看着驾驶座上的他目视前方，专心地开车，并不开口与她说话。

车内暖风足，穿了羽绒服裹得严严实实的宁清才两分钟就觉得热了，脸蛋逐渐发烫。但在安静的车厢内，她不好意思突然就拉开拉链发出突兀的声音。

这个点主城区哪里都堵，堵车几乎是每个地方的日常问题。

再一次汇入车流中等待时，赵昕远看了眼被她放在脚边的纸袋："林夏送的？"

"啊？"宁清随即反应过来他指的是这个包，"嗯。"

从未见过她背大牌包，他问："喜欢吗？"

"嗯。"林夏是他婶婶，这层关系是宁清从未想到过的，毕竟林夏看上去那么年轻，她想了想，像要避嫌，又补充了句，"但我准备还给她，太贵重了。"

"喜欢就收下。"

你哪儿来这么多理由？赵昕远吞下这句话，说："一个包，对她而言不算什么。"

年少只分喜欢和不喜欢、想要与不想要；长大了，倒要来反思，想要奢侈品是不是虚荣？收下是不是合乎身份？能不能回得起这个礼？

这一连串的问题足以混淆最原始的冲动。

宁清沉默了一分钟后说："我觉得，人不能习惯接受自己配不上的东西。"

赵昕远听到她这个回答，笑了："嗯，那你的消费理念还挺正常的。"

那一声笑，她分明听出了嘲讽的意味。他是不是在笑她，舍得为她爸一下子出十五万，却觉得自己都配不上一个包。

她转头看着他，笑意在他脸上消失得很快，他又回到了初始的冷漠。

"宁清，得到的第一步是觉得自己配得上。"

赵昕远不知道这些年她到底经历了什么。一个曾经跟他说“我这么好，你不应该喜欢我吗”的人，现在觉得自己配不上一个物件。这不是消费观的问题。

宁清摇了头：“可以有，也可以没有。如果要得到太辛苦，那不得到也没关系。”

“所以，得不到也要骗自己不想要吗？”

“不，可能是真的不想要。”

赵昕远听了这句话，彻底黑了脸。

宁清不想继续讨论这个话题，看着他阴晴不定的脸色，她的手指揪着拉链，她尝试打破这种尴尬的氛围，开口却道：“你没有送你朋友回家吗？”

赵昕远瞥了她一眼，上次她能说对他没感觉，这次就能若无其事地问他有没有送别的女人回家，不是刺探，只是坦然地问。他道：“这事不劳您操心。”

“哦。”她闷闷地回。

赵昕远心中烦躁，对这沉闷车厢内异常安静的氛围难以忍受，开了音乐。他忘了被设置在循环中的是*Vois Sur Ton Chemin*。

这辆车内设的亮点之一是沉浸式音效，此时唱诗班孩童天籁般的声音悠扬地从音响中传出。充满天真与希望的歌声响起，即使听不懂法文歌词，也能感受到一股温暖涌过心中。

宁清已经很多年没有听这首歌了，她曾经发烧似的听了一遍又一遍，多年后，在他的车上再次听到了这首歌。

曲调弥漫在车厢的每一寸空间内，听不到外边的车流涌动声，感受不到车胎在地面行驶的碾轧感，她陷入了这场听觉盛宴。黑暗的车厢内，这从四面八方传来的声源成了一个黑洞，试图将她拽入她竭力回避的过往中。

每一次看到马修走，她都哭到不行。后来，他又陪她看了两遍，拿着纸巾给趴在他怀里的她擦眼泪，说这有什么好哭的。她还边哭边指责他冷漠。

她从未自比过是皮埃尔，她却做了蒙丹。

当第二遍开始播放时，赵昕远不耐烦地切换了下一首，但循环模式中只有这一首歌，他干脆关了。

密闭的空间内重归寂静。

这么多年，他一直记得吗？她都已经不听这首歌了，他还在新车上设置了这首歌。

她迷茫地看着前方的路，这不是她回家的路，在黑暗中，附近环境看得不真切，这一带她并不熟悉。他刚来本地，还没开导航，她刚想问他是不是走错路时，车子骤然停下。

赵昕远解了安全带，看了眼后视镜，开了车门，走之前对她说：“等我一下。”

车门被他关上，顶灯亮着。宁清独自被留在他车里，她终于把羽绒服的拉链拉开，窝在舒适的座位上待着。

她等了五分钟，他还没回来。难道这是去上厕所？所以不好意思跟她说下车去干吗？

她又等了五分钟，车门再次被打开。他手中拎了个小袋子，递给了她。她接过时触碰到他冰冷的指节，冷得一缩。

宁清打开袋子看，是一块奶油蛋糕。下边是一块鸡蛋糕，上边抹了层奶油，裱了一朵花作为装饰。

赵昕远重启汽车，看着拿着蛋糕盒子不说话的她，说："对不起，我刚刚说话语气重了。"

"没关系。"宁清抑住酸涩感，掀开了塑料盖，拿着勺子一小口一小口地吃着。

小时候镇上有家蛋糕房，她经过时里面都会飘来鸡蛋糕的香味，奶奶带她上街时，有时会给她去买边角料吃。妈妈偶尔会带她去买一小块抹了奶油的蛋糕，上面还会有红色或绿色的奶油裱花。在亲戚的生日宴上，每桌都是一个大蛋糕，上面是一朵又一朵艳俗的裱花，她总要吃到腻才打住。

那一年，他给她过生日，不知从何处给她买来了从没吃过的芝士蛋糕。芝士蛋糕虽然好吃，但她说："其实生日应该吃奶油蛋糕。"

那时她觉得奶油好珍贵，长大后才知，原来那是植物奶油，对身体不好。那么廉价的蛋糕，自然不会舍得用动物奶油。

当买一块动物奶油蛋糕对她来说轻而易举时，她也不会想着特地去买一块奶油蛋糕了。

驶过路灯下时车内骤亮，车速很快，随即又陷入黑暗，直到下一个路灯来临。

赵昕远开着车，于一次亮光中看了旁边的她一眼。她安静地吃着蛋糕，奶油蹭在了唇边，估计她自己也发现了。她伸出舌头舔掉了嘴唇上的奶油，再次被甜丝丝的奶油哄到，露出了满足的浅笑。

他握着方向盘的手捏紧了一下，他深吸了口气，不再看她。

车很快就开到了她家小区门口，她刚好吃完了蛋糕，把塑料袋拿在手中，下了车，关上副驾驶的门前，她向他挥手："谢谢你。"

他看着她没有说话，她知道他内心在怪她，她不会跟他计较，关门之前还嘱咐了一句路上注意安全。

"宁清。"往小区门口走的宁清掉头，他开了车窗，"收下那个包。"

说完他就疾驰而去，并没有等她的回应。

赵昕远到家，跳过了玩划船机的计划步骤，直接去冲了澡。

热气氤氲在了磨砂玻璃上，里面的人影并不真切。莲蓬头的水流被分散，从多个细密的孔中流出，落到地面的声音就没那么大了。

独自居住时，做什么都毫无顾忌，但这个屋子的主人一向擅长忍耐。

他不是能每天投入一两个小时撸铁的人，但从未懈怠锻炼，控制着饮食，保持尽可能低的体脂，这副身躯的肌肉没那么夸张，但线条足够好看。此时右手臂的肌肉很明显地凸出了。

她舔掉了嘴边的奶油。

他闭着眼在脑海中一遍遍重现这幅场景，低喘着气，当快感的尽头袭来时，他幻想着替换掉了白色的奶油。

平日里冲澡只需要五分钟，今天，他足足洗了半小时。

出来时他边擦头发边躺到床上，灰色的床单，他身上滴的水落下后都染成了黑色印记。

赵昕远拿过手机，点开了一个头像是一个刺猬图案的人。

他在对话框上打了“生日快乐”，一个个字删了后，又打了很多字，看了许久，又再次删掉。

宁清在洗澡时开了空调，等她钻进被窝后，就把空调关了，房间不至于太干，也省电费。

她捧着手机，点开他的微信，竟然发现顶部是“对方正在输入……”。

她还以为手机有问题了，她退出去又进了一遍，依旧是这个状态。

过了十分钟，十一点时，这个状态消失了，恢复成了“赵昕远”。

那天她梦到了他，他说恨她。

从前她想要他的喜欢，就算自己想要也不会开口，要他主动把爱意献上。

从前她觉得他认真地对她说“生日快乐”好别扭，今天他一句都没说，但还是给她买了奶油蛋糕。

床头柜上的夜灯还没关，微暗的灯光落在双C的金属扣上，反射回的光落在她的眼里。

她想要这个包。

✦ ✦ ✦

宁国涛已经从看守所里出来快两个月了。

十二月份以来，活儿是越来越少。这一周以来，他才拉了三车，简直要在家坐吃山空。

他当时选择花钱出来的原因之一是想着外边有活儿，他要喝点儿红牛，从早拉到晚，自己开的这种大车，刨除油费，纯利润一天靠近两千。今年这剩下的三个月一直干的话，还愁那点儿罚款吗？那些钱，他能不还给女儿吗？

结果他才出来拉了一个月，活儿就不多了。

世道不同了。

以前只要跟一个大老板，一年到头都不愁没活儿干。到处都在盖房子，城里楼盘盖完，郊区又开始了，郊区盖完了，拆迁房又一批来了，到处也都在修路。一座座山头开采石子的机器就没停过，上山的道路，渣土车从早到晚都排着队。

那个时候，只要有肯干活儿的心，就不愁没钱赚。

后来，那些老板要么被抓了、要么跑了。他跟过的最大的一个老板，那一带的山头都是那个老板的，最后以非法采矿的罪名被抓了。被抓之前，他把儿子送出国了。

身处基建链条中最底层的一环，宁国涛感到了寒冬。

现在老板宋朝阳被弄出来后，一直在外面躲着。哪个做生意的不欠上下游的钱？他听到风声说老板最近回来了，昨天电话终于打通了，人倒是客客气气，报了地址，说让他今天过来。

原来他回来后躲在了他丈母娘家里——维州边角镇上的一个村里，宁国涛过去时都下午了，宋朝阳坐在沙发上，窗帘都没拉开。堆着一堆杂物的茶几上摆着盘花生米，一瓶牛栏山开了盖，这都两点了，他还喝着呢。白炽灯的光打在他的脸上，是一张虚浮、发肿的面孔。

“国涛，来了啊。”宋朝阳起身给他拿了个酒杯，“我知道你要讲什么事，先坐下喝一杯。”

宋朝阳欠了他五万块运输费，他自然是来讨债的，他坐了下来：“我来了，当然得陪老哥哥喝一杯。”

“国涛，我们这是倒了大霉啊。他妈的，被人举报了。”

“老宋，这件事，我们就得自认倒霉。鸡蛋是磕不过卵石的。只能安慰自己，花了钱，人没事，就能继续赚钱。”宁国涛露出苦相，“最近这日子是越来越难过了，哪有什么货要运，就在家坐吃山空。这下，山都要彻底空了。”

宋朝阳颤颤巍巍地站起身，走到里边的卧室，出来时手里拿了一沓钱：“老弟，我也不跟你哭穷，但我现在确实只能拿出一万。晚上我打个电话，问问我朋友那儿还需不需要司机，把你介绍过去。”

宁国涛知道硬逼着也要不出来，跟着老宋的这段时间，他没欠过工资，这一笔还没来得及给，就出了事。宁国涛接过这笔钱，塞到了皮衣内里的口袋中：

“老宋，我们留得青山在，不怕没柴烧。”

宁国涛回家时，发现妹妹的电动车停在楼下。他上楼进了屋子，看到宁国梅正把带来的菜放进冰箱。

“哥，你记得周日来吃饭啊，小海回来了，你来一起吃饭。”

宁国涛一屁股坐在了沙发上，腰都塌了下去。这个房子是安置房，一个人住，就地上贴了瓷砖，糊了墙，基本没装修，这个沙发质量也不行：“小海这次升了总经理，这可光宗耀祖了。不是说年底升迁吗？任命这么快就下来了啊？”

正关上冰箱门的手一滞，宁国梅说：“哥，这都十二月份了，还不算年底啊？”

“哦。”老一辈说年底，都是腊月时分，春节以前。

“哥，我走了啊。今天刚炸的肉圆，我放了几个在上面，其余的冻起来了，你记得吃啊。”

宁国涛闭着眼休息，那两杯酒后劲还挺大：“好，你把门关上。”

真醉了，他掏出手机给蒋月打电话。

响了两声，电话就被挂了。

他又打了过去，这次多响了两声，蒋月终于接了。

“我还以为你死了呢。”

宁国涛笑了：“我还以为你在外边又找男人了。”

“我当然找了，无论哪一个，都要比你好。”

“真不关心我？到现在一个电话都没有。”

蒋月觉得他哪里有脸来说这个话，没心思跟他废话：“那十五万，你必须还给女儿。她在外面工作赚钱，哪里容易啊？”

“我知道。”

“还有，宁国涛，你要有点儿压力负担。女儿今年二十八岁了，万一找了对象，说结婚就要结婚。她结婚，不管怎样，你都要给我掏出二十万当她的嫁妆。如果这笔钱你都拿不出，她的婚礼，你别想参加。”

说不让他参加婚礼是句很重的话。嫁娶是人生大事，平时省吃俭用，必然要在婚礼时争一场脸面。本地人就算收入不过三五千的，酒店一桌饭菜至少也两千，还没算烟酒喜糖回礼，烟都要软中才拿得出手。二三十桌就得十几万，根本无法靠份子钱回本。一场婚礼，真能掏空小半辈子的积蓄。

结婚是要花大钱的，就算女儿跟她闹了说不结婚，做父母的又怎么能不为她着想？蒋月这几年与老公联系少，但只要没离婚，她就要榨他的钱。

“小月，不用你说，我都知道。”虽然这是句威胁，但宁国涛挺想念老婆的唠叨的，“不要说女儿了，你最近怎么样？”

“我能怎么样？你女儿跟我闹到现在，都不肯理我。”

到底是这么多年的夫妻，蒋月一想到这件事，心就揪着疼，眼泪就掉了下来，她哭着跟宁国涛说了宁真威胁她的事。

“国涛，活到这个年纪，都不说让我和女儿过上好日子，你能不能不要再让女儿为你操心了。”

蒋月泪流不止，她知道女儿喜欢宁真的儿子。她哪里是会棒打鸳鸯的人？可是人家不会看得上她啊。她只恨自己没用，女儿没办法嫁进那样的家庭。

宁国涛挂了电话，在沙发上坐到半夜才离开。

到底是一个村子的，宁国涛找了熟人，很快就知道宁真住哪儿，他直接找上了门。

他进小区时还被门卫拦住了，看手指是个老烟枪，他直接塞了两根烟，就让他进去了。

这个小区刚进门时面前是一栋栋的普通住宅楼，再往里走去，约莫走了十分钟，才看到一片别墅。

宁国涛对照着熟人说的大致方位和特征，找到了其中一栋。门紧关着，外边还有个庭院，用栏杆围了起来，只能大概看到有一张桌子与四把座椅，角落里都是绿植。他上前按了门铃。

宁真这个月回了维州，老人冬天难熬，家中虽然有保姆，但她还是回来陪着她妈。

现代社会门铃都趋于摆设，进出小区管理严格，连推销员上门的场景都不会有。快递员会打电话，点外卖时备注一句放门口，也不会有人按门铃。在家中听到门铃声是稀罕事，宁真开了门。

看到这个中年发福、穿着肥大羽绒服、连胡子都没刮的男人，宁真觉得稀奇，她站着没动，也没准备让他进来，她问：“什么事？”

宁国涛站在台阶上，与她隔着半米的距离：“你有什么事，可以直接跟我说，不要去联系我老婆和女儿。”

“跟你说有用吗？你的烂摊子还得你女儿找我儿子解决。那你能跟你女儿说不要再跟我儿子有联系吗？”

“她为什么不能联系你儿子？如果你儿子愿意理她，那是他们之间的事，我们管不了。就算你不愿意让他们有联系，你也应该去管你儿子，而不是来威胁我女儿。”

宁真难以置信他能说出这种话，一时无言，顿了会儿，说：“那你觉得他们之间应该有什么结果，让你女儿嫁进我家吗？合着你们夫妻俩一直打的是这个算盘啊。”

宁国涛看着这个曾经的少年玩伴，这么多年，彼此都早已面目全非：“宁真，你当年跟她是一样的出身，何必这么看不起我家女儿？”

宁真被他的话刺痛，她早就不是当年宁家村那个又穷家里名声又坏的女孩：“这么多年，我靠着自己努力有了今天。你怎么好意思跟我说这句话？那你呢？我们起点一样，你这个做父亲的，为什么还让你的孩子有跟你一样的起点？我没有瞧不起，只是谈婚论嫁，基本的门当户对是要有的。”

“你说得对，我对不起她。”宁国涛看着宁真，富贵生活让她保养得宜，皱纹都很少的脸上是一副漠然的表情，“看在小时候认识的一点儿情分上，我……我求你，有事直接联系我，不要去找她们。你多保重，我先走了。”

宁真看着他离去的背影，再不复年少时的挺拔，甚至带着些许佝偻。

那时候，宁国涛长得很帅气，还没这么无赖。他们在一个学校里，也是邻居。宁真知道妈妈在村子里名声不好，俗话说，寡妇门前是非多，什么都不做也会招来别人的非议。

五年级的一天，学校组织下午看电影，但她不想看，就想回家睡觉。那天，她撞见了妈妈跟别人偷情，原来别人说的是真的，她经常被别人骂小婊子也是有原因的。

是宁国涛发现了在河边哭泣的她，他陪了她一下午，跟她说：“你不要管别人说什么，你学习成绩好，就应该考高中、读大学，走出宁家村。”

她说：“你呢？”

他拿石子在河面打水漂儿，说：“我读不进去书，就跟我爸混呗。”

她走出了宁家村，而他从没走出去过。

宁真关上了门，那一点儿情分早已毫无分量了。

宁清在加班时，收到了她爸的微信，是三朵鲜花。

她一头雾水，她爸平时发信息从没用过表情，她发了个问号过去。

宁国涛回复得很快，问她下班了吗。

她说马上回去后，他又回她：“这么晚了，路上注意安全。”

宁清回了个“嗯”后，聊天便结束了。

不过的确要下班了，她关了电脑，穿上外套，边往停车场走边系上围巾。今儿早上走得急，她连手套都忘了戴。

气温已经零下了，夜晚的寒意尤甚。露在寒风中的手，骨节冻得如同被针扎，骑着车手脚都冷得没有知觉，她只想着回家洗澡后躺在被窝里。

宁清骑到红绿灯路口时，还有两秒的绿灯。这条路，她已经走了太多次，这么晚了，车辆很少，她都没减速，僵硬的手拧着车把加了速，冲出实线时，交通信号灯已经变成了黄灯。

她正要过这个路口，到达对面道路上时，左边疾驰而来一辆左转的摩托车，她还没来得及产生任何反应，就已经摔倒在地上。

她很痛，主要是腿，她的电动车都压在了大腿上。她看了眼电动车，前边车筐里的雨披都甩出去了。

她闭了闭眼，动了下腿，没骨折，能正常移动。等这一阵突发的疼痛缓过去，她很想躺着歇一会儿，但在交通路口，夜间照明弱，如果运气足够差，会遇上不长眼的车辆进行二次碾轧。

她没觉得自己疼哭了，但为什么觉得脸上有液体在流动？她伸手摸了脸，觉得液体很黏稠，她眯着眼，只看到手上一团黑。右侧的屁股太疼了，她都没反应过来这是什么。

等她渐渐支撑起半个身子想爬起来时，才看到沥青路面上的一摊血。她看着自己的手，随着她身子竖起的动作，寒夜里温热的液体滑过她的脸，感觉格外明显。

这好像是从她脑袋上流下来的血。

✦ ✦ ✦

宁清一直觉得只是屁股摔疼了点儿，却没发现，头都被磕破了，在流血。她下意识摸了下头，一片湿润。

估计都是血，她侧了身子，发现了肇事者。那人的车都没有倒，而他停了下来，呆呆地站在车旁。他看上去四十来岁，穿了件表面皮都破了的皮衣，裤子挺脏的，黑色的斑斑点点像机油。

她看到那辆摩托车挺意外的，本城限摩，一张牌照就不便宜，本区尤其贵。平日里能见到的摩托车基本都挺新的，买得起牌照，车子自然差不到哪儿去。但眼前这辆，使用痕迹表明至少骑了五年，都快接近报废的程度了。车子右侧的后视镜偏移了近九十度，估计脑袋上的伤就是被这玩意儿磕的。

宁清手支撑着爬起来，忍着腿疼走到旁边的路牙上，对着那人说：“你报警啊。”

那人还是没动，吓傻了。他看看地上这摊血，再看看这个正在流血还能爬起来的女人，一句话都说不出来。

“你怕个屁啊。”宁清没好气，“你这是摩托车，强制上保险的。赔钱都是保险公司来，你给我喊辆救护车啊。”

那人终于嗫嚅着开了口：“我这车没牌照。”

宁清眯着眼看了看摩托车的尾巴，果然空空如也。本区格外严格，交警查得严，跨区骑行都会被罚款，更别说这种没牌照的。莫非这人是从其他城市骑行途经本城的？

“那你想怎样？”

对方没说话，看了眼四周，夜晚非机动车和行人都很少，还没人看到走过来。于是，他重新上了摩托车，发动了车子，一溜烟跑了。

宁清无语，都没力气生气。她把手伸进口袋掏手机，却发现手机没了。她手扶着地面，站起来，绕着车子看了一圈，手机果然在倒了的电动车座椅下面。她弯腰把手机掏出来，重新回到路旁，一屁股坐在秃了皮的草地上。

她将拇指上的血迹擦了才解锁手机，迅速打了110和120，说明了事故地点，并要求派一辆救护车过来。

宁国涛是个司机，曾经运货时将女儿带在车上。马路上的交通事故太多了，他看到了就教女儿，出了车祸第一件事就是要把自己弄到道路旁边，不然后面的司机来不及对前方事故产生反应，就会造成二次伤害。

宁清背靠着树歇着，觉得真倒霉。这种时候，哪里来得及感受悲伤？满脑子官司呢。

她得先想办法把自己弄回去。明天肯定要请假了，她得把手上的活儿交给师傅干。这辆车估计会被弄到交警大队去，等她好了得把车骑回来。不知要不要去派出所录口供，估计肇事者是找不到了。

算了，她懒得计较，是她自己的错，虽然不算闯红灯，但性质也差不多。估计医药费就千把块，只要能清醒地回家，她都不需要住院。她待在家躺着休息，正好把全薪病假用了，还不扣工资。

想到这儿，她都没什么好着急的了。话说，头在流血，她怎么一点儿都不疼啊？口袋里没有纸巾，手太脏了，她不敢碰伤口。她脑袋不晕，脑子也没反应迟钝，还能背乘法口诀呢。

虽说不想跟肇事者计较，但她还是拿出手机，给面前的电动车和旁边的一摊血拍了照，就不自拍当证据了，不然大晚上的这场面实在是诡异。

幸亏这些年在京州没有生过什么大病，连这种紧急情况，她都能意识清醒地独自解决好，只需要坐着等车来就好。

天气预报说这周有大雪，幸亏还没下，不然地面结了冰，她只会摔得更惨。

手机的屏幕摔出了道裂痕，刚刚拨打电话时满手的血迹也留在了上面，宁清用衣袖擦拭着屏幕，但血迹都快干了，擦都擦不掉。她希望只是表面的膜碎了，不然就要换手机了，去年才买的。

她刚刚点进了微信，想给师傅发信息请假，但又想到太晚了，不如明天再通知他，于是退出聊天界面后，没有锁屏。她左手握着手机一用力，按下了左下角的通话，借着手机亮光擦着血迹斑点时，拨通了一个电话。

现在已经很少打电话了，工作上联系大多是打微信电话，快递用短信通知，模糊的屏幕上，她都不知道拨打了谁的电话。她正想挂掉时，对方已经接了。

赵昕远正在开会，一个还挺重要的线上会议，放在手边的手机突然开始振动，忘了开勿扰模式，他皱着眉看去。

看到电话号码，他点了鼠标将自己这端调了静音，接了电话："喂？"他从电话里听到了风声，她似乎在外边，并没有说话，"宁清，什么事？"

宁清听到了声音，才反应过来是他，听他这口气像在忙："没什么事，我刚刚拨错了电话。"

赵昕远不疑有他，正想跟她说"我正在开会，等我结束了打给你"时，听到电话那头传来另一个陌生的声音。

路过的一个骑着电动车的女人看到车祸场景，一点儿恻隐之心让她停下，这里有摄像头，应该不会被讹。她走上前，帮忙把电动车扶起来，推到了最里边，走上前问背靠着树的宁清："你还好吧？叫救护车了吗？需要我帮你报警吗？"

"谢谢。"宁清忘了挂断电话，对那个热心的女人道了谢，"我已经打过电话了，正在等。"

赵昕远猛然站起身："你在哪儿，给我地址。"

同时，他将会议声音打开："Sorry, I have to end this meeting early（抱歉，我得提前结束会议）。"

赵昕远来得很快，穿着毛衣就从车里跑了下来，看到电动车和正坐在旁边满脸血迹的宁清，先把后座车门打开。

"腿有没有骨折？"他不确定她的伤情如何，如果骨折了，在救护车来之前，他不敢乱动她。

宁清摇头："没有，都已经不太疼了。"

赵昕远直接将她打横抱起，尽量不让她的腿有太大的移动幅度，抱着她走近车子，再小心地让她横躺在后座上。他半个身子探入车厢内，把副驾驶上他的外套拿来放在她脑袋下。

宁清觉得脸上是血迹混杂着灰尘，怕弄脏了他的衣服，刚想挣扎着说不要时，就被他呵斥："不要动。"

赵昕远又拿过车前的纸巾，没有耐心一张张抽，直接撕了塑料外皮，拿了一堆，放在她的伤口上："用手按着。"

这时警察也到了，赵昕远关上了后座车门，跟警察报了他的手机号，跟他们说他要先送伤者去医院，晚点儿他会去派出所看监控录口供，让他们帮忙通知救护车不用来了。走之前，他又看了眼这个车祸现场，被立起来放在一旁的车，一摊血，再往路牙和里边的树下看了眼，才上了车，启动了车子，迅速往医院开去。他又打电话给医院急诊处说："马上会有一个脑袋受伤还在流血的伤者过来，请问你们能否做好准备？"

车里面很暖和，她刚刚一直坐在外边都快冻僵了。他开车很稳，开得很快，但遇到红绿灯停车时连晃动感都没有。车厢里一片黑暗，只有中控屏上的亮光能让她隐约看到他放在方向盘上的手。宁清的脸在他的外套上摩挲着，他一言不发，她闭上眼时似乎都能听到他的呼吸声。

十分钟，车就直接开到了医院急诊大楼的门口。前边刚好有个空余车位，他一把将车塞入后就下了车，把她抱了出来，跑进急诊室，跟护士说他是刚刚打电话的人。

夜间的急诊室非常忙碌，一辆辆担架车正从外头推进来，医生、护士的节奏都异常快。每个人都情况紧急，根本无法加塞。此时，等待的科室里，一个被烫伤的小孩正在号啕大哭，嗓子都快喊哑了。

赵昕远将她放在科室门口的座椅上，就跑去挂了号，回来时她已经躺在里面简易的病床上了。

医生把纸巾揭开，看了眼伤口："这个要缝针，大概流了多少血？"

宁清想了想，那么一摊血，身上还粘了好多，便说："有七八百毫升？"

医生扑哧笑了："你知道人体一共才有多少血吗？流了八百毫升，你还能这么清醒地跟我讲话？"

赵昕远走之前大致估测了一下："应该是两百毫升左右。"

"这个伤口，流出的血都凝结了，粘住了头发。这里的头发，我要给你剪掉。"医生低头打量着伤口，已经不出血了。

"啊？"宁清被吓到了，"你要剃我头发？"

"只是一小撮，要剪掉，不然缝针时不方便。"

"医生，你给她剃光了都行。"赵昕远看着宁清，"她骑车都不知道要戴头盔，可不得让她长个教训吗？"

医生再次被这个幽默的男朋友逗笑了，值班紧张，开个玩笑也无妨，他一本正经地说："那我就不小心翼翼地只剪这一小块了，这一片头发都给剪了。"

宁清再次被这严肃的两人吓到，但看到医生眼中的笑意，她瞪了赵昕远一眼："不要。"

这时医生手起刀落，已经拿了剪子过来，把伤口上缠住的头发剪掉了。又喊了护士来做清理，他去找麻醉药和针剂。

赵昕远看她还能有心思瞪她，就想着先出去把做CT的钱给交了，等她缝完针就能直接去做CT看看有没有脑震荡，这样快一点儿。

他刚要转身走，就被她伸手拉住了，她问他："你去干吗？"

"我去交费。"

宁清抓着他的手不肯放："我不想一个人缝针。"

看着她可怜兮兮的眼神，赵昕远哪里能走开，只能在旁边陪着她。

可是，这个过程到底是在折磨谁？

打麻药时，她的手死死地抓紧他的手，针头进入那一刻，她的力气也用到了最大。

麻药起效时，原则上，她的头部已经感受不到疼痛了，连缝针的过程都不会有感觉。此时，无疑是赵昕远在受折磨。他看着医生用镊子拿着针，穿过伤口将其缝合，再从头皮肉里钻出。肉身太过脆弱，但凡她今天伤得更重一点儿，他都不敢想象会如何。一针又一针，像穿在他心上。

她是有多坏，自己打了麻药不觉得痛，却要让他守着她，让他痛。

终于缝完针，他都要出一身虚汗了。看着她这一副可怜样，他骂都骂不出口。

赵昕远问："医生，需要住院观察吧？"

宁清倒是先行回答了："我现在一点儿都不疼了，头也不晕，可以直接回家。"

"其实不需要，去拍个CT，如果都正常，可以直接回家，四天后来拆线就行。如果你不放心，也可以留下住院观察一晚。没事了，明天就走，床位紧张。"

"好，那麻烦您安排床位，我们住院观察一晚。"

他一副不容拒绝的口吻，凌厉的眼神扫向她时，她被他吓得哪敢有异议。

赵昕远带她去做了CT，又把她送到了住院部的普通病房内，是个双人病房，中间用帘子隔开了。他没来得及买毛巾，去护士站要了点儿纸巾，把纸巾打湿，帮她把脸上的血迹擦掉。

这可不是什么温馨的画面。

赵昕远边擦边讽刺她："你还真有本事，骑车都不戴安全头盔，当你是钢铁侠吗？"

宁清更不敢说是自己闯黄灯了："我以为晚上车少，谁想到对方会闯红灯啊？"

赵昕远气不打一处来："如果你今天戴了头盔，需要来缝这几针吗？出了车祸，你先想想自己的错。要真出了大事，怪别人还来得及吗？"

"干吗这么骂我？我又没让你来，你不来，我照样等着救护车来。"

这个小"白眼狼"，他把染了血迹的纸巾扔进垃圾桶："行，我不骂你，我走了。"

"你去哪儿啊？"宁清也生气了，"是你说要让我住院的，你既要骂我，又说要走，就把我一个人丢在这儿吗？"

赵昕远想说“你都有胆子骑车不戴头盔，还没胆子一个人待在医院”，又想，算了，跟她计较什么？

“那你赶紧睡，等你睡着了，我再走。”看着她又露出那副可怜样，他耐心地解释，“我要去派出所一趟，你的车子也要找人处理。”

“那你怎么知道我睡着了？”

“把你喊醒就知道了。”赵昕远瞪着她，“赶紧闭眼。”

他刚刚让她吃了药，她闭了眼后，呼吸逐渐平稳，入睡得很快。

赵昕远弯下腰，看着她的睡颜。她真是睡着了才没了那种攻击性，他手掌不受控制地摸了她的脸，又怕吵醒她，只是触碰了下，心中对她说了晚安，才离开。

当在派出所看到出事那一瞬的监控录像时，赵昕远没了刚才的温情，只想揍她一顿。她刚刚怎么好意思怪他骂她？

这都黄灯了，她还在加速往前冲，而那辆摩托车是早走了两秒，这就给撞上了。她的脑袋被摩托车上的后视镜碰到，整个人都随着惯性摔倒在地面上，车子压在了身上。

她晃悠着站起来，挪动到旁边时，她到底有多疼，又多坚忍才不向人求助，独自承受这一切。

她是不是无论出了什么事，都要自己承担，而不是找他？

他一直以为十年很短，但她已经习惯了没有他的日子。

在派出所里，他极力抑制情绪最深而脆弱处引发的冲动，一遍又一遍地看着录像回放，感受着她的痛，折磨自己才能减轻无能为力的痛。

宁清第二天醒来时，赵昕远已经坐在病床边的椅子上，正看着她。

她夜里十二点时醒过一次，他不在。那时她突然反应过来，他会去看监控录像，就知道她闯黄灯了，明早肯定要阴阳怪气地骂她一顿。

半夜人脑袋都不清醒，会胡思乱想，她竟然在担心被他骂中又睡了过去。

“醒了，头晕吗？”赵昕远夜里回医院后，去取了CT报告，找急诊科医生看了，并没有什么事。

宁清看他一脸平静，一点儿骂她的征兆都没有，摇了头：“不晕。”

“身上还疼吗？”

“不疼了，我想回家。”

他有着无限的温存和耐心：“好，我带你回家。”

宁清上了车就想起来要给师傅发信息，简明扼要地说了事故，并要请三天病假。今天周三了，连上周末，她一共能歇五天。虽然没有什么后遗症，只有屁股那儿隐隐作痛，但她也没要钱不要命到只休息一天就上班。

赵昕远在回去的路上给她买了三明治和牛奶，方便带回家加热当早餐。

他自然将她送到了家里，他没想到，她的屋子这么小，中间的隔门没有关上，从门口才走了两步，就猝不及防地进了她的卧室。

窗前是一张书桌，书桌后边便是一张一米八的大床，墨绿色的四件套，只有一个枕头。床头柜上放了本书与台灯。

宁清看着床，一阵尴尬。她前晚收的晒干的内衣内裤还没收拾，就放在了床尾。也不知他看到没有，她装作无意地掀起被子角盖住了这一团。

赵昕远看到了她的动作，不自然地瞥了眼。

卧室的私密性太强，而这个出租屋里，除了待在这儿，其他地方没法下脚，连坐的地方都没有。

赵昕远看出了她的尴尬，一直待在她的卧室也不太好："我订了一周的饭菜，会送到你家，我先走了。"

"你的车子，我让人送去维修了，检查一下刹车，再喷个漆。好了，我给你骑回来，过几天我带你去拆线。"

宁清把他送到了门口："那我每天换药怎么办？"

"我下班了来给你换药。"赵昕远轻轻摸了她的头，"在家不要工作，要好好休息。"

接下来的几天，赵昕远每天都会来找宁清。他就跟走亲戚一样，每天来都要带点儿东西，拎着坚果来时还说要她多补脑。

他帮她换了药就走，很有分寸，并不多逗留。

第四天，他白天就来了，带她去拆了线。

第五天，是个周日。天气预报说要下的雪终于来了，下午三点就开始下雪，还是雨夹雪。

傍晚时，宁清穿着毛茸茸的睡衣站在窗台前，捧着杯桂圆红枣茶。汽车在马路上缓慢行驶着，树枝上都有了浅浅的一层积雪。

他应该不会来了。

屋子里开了空调，温度高，窗户上都起了层雾。她将手握成拳，按压在窗上，留下一个小乌龟。

这也许是她今年最为清闲的一周，她睡到午时，他订的午餐丰盛而美味，她吃饱了就又躺下看电视，等着他晚上过来给她换药。

才五天，她就已经习惯了每天见到他，每到傍晚就开始等他来。

今天，她依旧在等，即使她没了理由让他再来。

等到八点，外边的积雪都厚到反射白光，大地一片亮堂时，宁清不想再等。

收拾衣服准备去洗澡时，她听到了敲门声。

她开了门，赵昕远手里拿着一袋饼干，说："是你昨天拆线时说想吃的芝士饼干。"

他的鞋子全湿了，湿意都漫到了膝盖处。他上身穿了件黑色大衣，羊绒质地，不防水，也湿了大半。他就站在门口，并没有要进来的意思。

宁清看着他，并没有接过饼干："你要进来吗？"

赵昕远本来想着送完就走，鞋子湿了，踩脏了她家不太好，干脆就不进去了。听到她问，他便说："好。"

"你把鞋脱了吧。"宁清接过他的大衣，放在了门口处的衣服支架上，"你的裤子怎么全湿了？"

"走过来的，忘记带伞了。"

"你要不要去洗个澡？我帮你把衣服烘干你再走，不要感冒了。"

小区里没有车位，他要把车停在很远的地方，再走过来。裤子都湿了，贴在腿上，他还没穿秋裤，冷得刺骨。大衣里边只有一件毛衣，也隐隐有了湿意。

她的语气和神态看上去都太过正常，甚至她都拿了新毛巾、浴巾和面盆给他。

在如此理性的宁清面前，赵昕远没敢想歪，毕竟身上的确很不舒服，寒冷的潮意跟虫子一样往上爬。

他还没来得及回答她，一个喷嚏就出来了，他不好意思地揉了揉鼻子："好，谢谢。"

赵昕远脱了鞋，赤脚进了浴室，关上了门。浴室虽小，但她很爱干净，里面连一丝异味都没有。他将湿漉漉的衣服脱下，掀开了简易的帘子，打开水龙头，莲蓬头里的热水渐渐驱散了身体的寒意。

狭小的空间内，薄薄的一层帘子实在挡不住热气，很快氤氲的热意便弥漫在整个浴室内。

冬天的寒是一层层的，他刚刚在雪中走了二十分钟，脚趾都快冻僵了。他闭着眼，听着水流落地的声音，任由热水冲刷而下。

门被轻轻地打开。

当他感受到帘子被掀开时，还没来得及回头看，就已经被温暖的身躯贴在了身后，毫无缝隙可言。她的双手扣在了他的腰间。

第十三章　做了就不要后悔

如此善良的她是被逼到什么份儿上，才会做出这个选择。

徐晨觉得宁姐最近不对劲。一句话概括就是，她课间在教室里的时间变少了。

宁姐爱看书，以前总借着大课间或午饭后看一会儿闲书，他到教室路过她座位时，大多数时候她都在。结果现在，除了上课，他很少看到她坐在座位上。

这天晚自习课间，趁着宁清还在座位上，徐晨拉住了她："宁姐，你教我一下这道题。上课老师讲的，我没听懂，今天物理作业就是订正考卷，你能再给我讲一遍吗？"

宁清转身，看了眼题，拿过他的铅笔和草稿纸，画了个分析图，并将推导逻辑列了出来。

徐晨双手握成拳交叠着放在书桌上，下巴撑在拳上，看着她纤细的手腕在草稿纸上迅速移动着，速度要比往日快，他问："你最近忙什么呢？整天都不见人影。"

"忙着上课听讲，你这道题但凡上课听了，都不至于不会。"

徐晨感到一束阴影投下，挡住了日光灯。他侧着脸抬头看去，是赵昕远经过旁边，弯着腰把他掉落在地面的笔捡了起来，放在他桌上。

"谢谢赵哥！"徐晨感到受宠若惊，赵昕远什么时候乐于助人、会低头帮人捡东西了？

宁清听了这句话，抬头看去，他正在看着她，神情微微不耐烦。他没停留，又接着往前走去。

宁清写最后一个步骤时，字都要飘起来了，她把草稿纸递给徐晨："你看这个就好，不懂的话，下节晚自习再问我。"

"喂，你怎么不给我讲一遍？"徐晨看着放下笔站起身的宁清，她怎么这么没耐心，都不那么乐于助人了？

"锻炼你的解题思维能力。"

宁清向前跑着，赵昕远腿长步子快，都到楼下了，果然在一楼的楼梯口处等着她。

晚自习是精力旺盛的高中生最骚动的时候，只将照明的路灯打开，夜里校园里半明半暗，一大群学生都下楼跑到了教学楼前的场地晃悠着。更别提操场上只有接近升旗台一片是亮的，是小情侣们的最佳散步地之一。

“我还以为你要给他讲题，不出来了。”

宁清主动牵上赵昕远的手，他脾气一向很好，遇上他生气或不耐烦时，她十分没底线，就算不知道自己做错了什么，但先哄他一下总没错吧，她说：“不会，这个时间，我只想和你在一起啊。而且我把步骤写给他了，他不会可以下节课问我。”

“他怎么天天问你题？上课都不听吗？”

“他就物理弱了点儿，可能开了会儿小差就错过了吧。”

赵昕远看了她一眼：“那你怎么从来不问我题？”

“不需要啊。”

她明显不是好学到能在她的休息时间跟人讨论学习的人，即使这人是赵昕远。况且他这种数学几乎能考满分的，极大可能不会给人讲题。

宁清是对自己成绩有点儿认知的，就像数学不算附加题，不论难易，她只要能稳在135分就够了，往140分以上冲，可以努力，但没必要逼自己。

她这种在旁人看来潇洒到可怕的心态，是在高手如林的一中逐渐养成的。

“为什么？”

她心里翻了个白眼：“那我下次晚上特地把考卷带过来，借着升旗台旁的路灯，你蹲着给我讲题。”

他被擅长冷幽默的她噎住：“那还是算了吧。”

“我还以为你大晚上的，真想给我补课，让我好好学习呢。”说完她就看到他在憋笑，一脸蒙，“难道你真想啊？”

他刚刚听着她那句话，愣是想歪了，反问：“那你大晚上的，想干吗？”

面对这个明显不怀好意的问题，宁清一本正经地扯淡：“谈人生，聊理想，呜——”

他不愿意浪费宝贵的课间时间，捧着她的脸，轻轻吻了一下。

在未知领域，一切新事物都需要学习。很巧，赵昕远擅长摸索并且归纳方法。也正如在大多数事情上一样，他都极有天赋，学习速度很快。他表面谦虚，内心狂妄，一旦发现超过对方并占领先地位，便无比从容地拿过主导权。

在浅尝辄止的吻之后，他想要更多一些。

快入夏了，她只穿了件校服短袖，靠近时是隐约的皂香。她很怕痒，当他的手不小心碰到她的腰时，她下意识抱紧了他，似乎这样就能桎梏住他的手臂。

可太过骄傲，也不免马失前蹄。当她主动抱他时，他及时喊停，一把推开了她。

宁清睁了眼，一脸的茫然：“你干吗呀？”

看他不说话，差生也有想考赢尖子生一次的冲动，宁清踮着脚，学着他刚刚的动作，但只是轻轻碰了下他的嘴唇。

她喜欢这样，喜欢被带入未知领域，喜欢被他抱着。一个简单的拥抱，能让她更有勇气去面对那些糟心事。

他竟然又一次把她推开了，是觉得她太主动了吗？

“赵昕远，你是不是有病？”

听着她软糯的责怪声，赵昕远深呼吸着平息冲动：“快上课了，我们回去吧。”

她有点儿恼，但不喜欢跟他生闷气：“你觉得我是太黏你了吗？”

“不是。”他都不知道怎么跟她解释，她生物是不是没学好？算了，学好了又何必选物化，哪里像他，选什么都行。“没有。”

“好吧，你是不好意思了吗？如果你不好意思，我可以主动点儿的。”

赵昕远觉得这人之前怎么好意思问他是不是第一次恋爱。她这副招人又主动的模样，到底从哪儿学的？

他喜欢确定性与掌控感，但在这样的关系里，是根本无法做到的。她像知道他所有的脾性和弱点，但一副天真的神情又是毫无算计的。

他只能扮猪吃老虎，顺势下坡：“虽然我有点儿不好意思，但你能不能给我点儿面子，不要直接说出来？”

两人都没看到远处有一双眼在看着他们。

李慧难以置信，那是赵昕远。

他会贴在宁清的耳边说悄悄话，被她追着打，笑着闪躲，再将她揽入怀中，手搭在她的肩膀上，毫无顾忌地往亮光处走去。

他与人相处一向有分寸，连对爸妈都不会展露出如此放得开的一面。

他到底被宁清哪里迷住了？也许乡下的女孩都很有手段，知道男生喜欢什么。不擅长学习、努力了还考不了高分的笨女孩，在这种事情上就是很有天分。

在这个令人心碎的春夜里，看着他们的亲密举动，观照自己内心，李慧忽然明白了一个道理，人应该对自己足够坦诚，并且目的性更强些。

如果赵昕远只是成绩好，但没有那样的家世，她还会喜欢他吗？大概率不会，后者才具备稀缺性。

她必然不会向宁阿姨提及赵昕远跟宁清的事，否则被他知道自己告密，他们连朋友都做不成。

而宁清骂她贱这件事，她会一直记着。

整个五月，高三的教学楼都呈现着严肃而紧张的气氛。

到了六月，这种如死水般的寂静晕染开，恐惧、跃跃欲试的兴奋与走到终点竭力掩饰的浮躁交织着。

高一教室作为考场，高二沾了光，也会放三天假。

看了看对面教学楼里来看考场的外校学生，在上班会课的夏丹看着讲台下这群心中只有放假的学生说：“明年这个时候，就轮到你们了。”

“回来了就是期末，还是统考，重要性不用我说吧？这场考完，过了暑假就是高三了，该收收心了。”夏丹边说边把讲台上的粉笔扔进盒子里，“从现在开始，在教室里，不允许看任何课外书。看一本，我收一本。以前我睁一只眼闭一只眼，现在都什么时候了，还有心思看课外书。看了，能对成绩有帮助吗？”

夏丹扫了眼宁清，目光移开时说：“我说到做到，丑话说在前头，见一本撕一本。我先通知你们了，到时候可别怪我无情。”

宁清低头看着桌上的考卷，并不抬头看她。

在上体育课时，夏丹进教室翻书桌，把跟学习无关的东西都给没收了，据说还有意外收获，找到了情书。

宁清还没发现少了本书时，就被夏丹喊到了办公室。夏丹说：“你看闲书，语文也就考个120分，这么爱看书，怎么不去选文科？数学也没好到考145分，有什么时间和资格看闲书？高考完这辈子有的是时间看书，现在你还不如多去刷几道题，多考几分，考个更好的学校。”

宁清已经习惯了动不动就发疯的夏丹，上次月考班级考砸了，这不，她这就开始用一通雷霆手段整治班级，似乎把所有娱乐方式取消，学生就能专心学习且提高成绩。

以前她还会伤心，现在心里骂了句后，就让这事过了。

这都一学年了，如果她还想不通这个问题并为此纠结影响心情，那就是她傻了。

三天假期，蒋月早就跟宁清说了来接她。

赵昕远不回乡下，前一晚送她回宿舍时，拖了她很久才让她回去。

牵着妈妈的手往校园外走时，宁清莫名想到了小时候，她说要跟爸爸妈妈生活一辈子，妈妈笑话她，说：“那可不一定，说不定你十八岁就跟别人跑了。”

当时她还被气哭了，说：“我就要跟你们在一起。”

她想到昨晚他拉着她就是不让她走，现在回想起来都觉得脸红。妈妈的话也有道理，她肯定会被他骗走的。

“爸爸呢？”

“皮卡不能进城了，他说特别是这一块查得很严，就把车停在了远点儿的地方。我们走过去，好不好？”

“好啊。”宁清一口答应，“对了，妈妈，你吃过杂粮饼没有？就在对面的小弄堂里，我再给你买杯奶茶。”

女儿这段时间晚上很少给自己打电话，蒋月还以为发生了什么事，特地喊了老公来接她，结果并没什么事。相反，女儿状态很好，看起来还特别活泼，这是许久都未在她身上看到的。

蒋月总算松了口气，她看起来对女儿要求严格，但看着女儿这副放松、开心的样子，想着只要女儿能以这样的状态学习、生活，明年无论考上什么大学，她都会满意。

宁清挤进人堆，付了钱订了杂粮饼，又跑到旁边的奶茶店买了杯珍珠奶茶，回来时杂粮饼也好了。她把热乎乎的杂粮饼递给妈妈：“你赶紧吃，这个就得吃脆的。”

她正将吸管的塑料袋拆开时，听到旁边的妈妈喊：“夏老师好。”

宁清抬头看去，穿了条牛仔裙的夏丹正戴着耳机，杂乱的耳机线插在左手的手机上，另一只手里是奶茶，就这么从她们面前走了过去。

蒋月尴尬地笑了笑，拿着女儿给买的杂粮饼低头咬了一口：“这个杂粮饼怎么这么好吃？”

“走啊，你爸爸还在等我们呢。”看女儿站着一动不动，蒋月心里叹了口气，安慰女儿，“她只是没有听到，这里人太多，你不要多想。”

“那她应该去看五官科。”宁清把奶茶扔到了垃圾桶里，快步往前走去，不想让妈妈看到她哭。

家人是她的软肋。她自己受欺负没关系，可夏丹为什么要这么看不起她的爸爸妈妈？

蒋月看到走在前边的女儿回了头，看了眼她身后，就又往回走。但女儿显然不是要来找她，冲过她身旁时都带了一阵风，她连饼都顾不上拿，往后跑着死死拉住女儿的手：“你要干吗？”

“我要给她一巴掌，问问她刚刚听到你打招呼没有。”宁清试图甩开妈妈的手，但常年劳作的蒋月显然力气比她大，“妈，你别拉着我，行吗？”

“你都被人欺负了，我为什么要忍？爸爸说得没有错，这种人就是欠揍。”看着夏丹过了马路，走回学校，宁清放弃了挣扎，“我现在不打，三天后，我进学校去扇她两巴掌。”

她刚刚越想越生气，凭什么她要软弱、无能地哭？为什么不是欠揍的人被教训？

“她也许就是没听见，你打一巴掌，然后呢？”

“那我道歉。学校里也不是没有过老师扇学生巴掌，怎么反过来就不行了？”

看着突然暴怒的女儿，知道她听不进任何道理，蒋月硬是把她扯了往前走，先把她弄回车上再说。宁国涛都教了她什么东西？让她去揍老师？

“你要跟我闹到车上，把这事告诉你爸吗？”

“不然呢？你被欺负了，他是你老公，不该知道？”宁清的手都在颤抖，无法冷静下来，“他是个男人，就应该跟我一起去讨个说法。”

“你爸的脾气，你知道，他真能做出跟你一起去打老师的事。他要是动手了，回头就得进派出所蹲着，你要让他坐牢吗？”

宁清再次甩开妈妈的手，独自往前走着。她走着走着，就蹲在了旁边的草丛上，头埋在膝盖上。

蒋月蹲下，轻轻拍着女儿抖动的后背：“为什么这么生气？能告诉妈妈吗？”

宁清哭了好久，才抬头看着妈妈，声音颤抖着断断续续地回道：“妈妈，我被她欺负了可以忍，但看到你们被……瞧不起，我就觉得自己很没用。你说读书的意义是什么？难道看到家人被欺负了，还要为了自己的学习忍着吗？”

蒋月一阵心酸，活到这个年纪，受过太多委屈，打招呼被人忽视，程度轻到都不算欺负了。这个社会，拜高踩低才是常态。

只有如此稚嫩的女儿，像母鸡护崽一样，想把妈妈护在身后，自己受了委屈不要紧，看到妈妈受了委屈就不能忍。这样的女儿，哪个做母亲的能不把一切都给她？

“妈妈没有觉得受到欺负。不管她有没有听见，我下次见了她，都不会再跟她打招呼了。”蒋月拿手帕给她擦干了眼泪，“如果你实在无法忍，我下周就去学校找领导，给你换班。”

宁清吸了吸鼻涕，情绪渐渐稳定下来，主动拿过手帕擦干了眼泪：“好，我不哭，我不想让爸爸知道。”

“好，我们不告诉他。”

蒋月带着女儿继续往前走，找到了老公。上了车，她看见女儿若无其事地跟他们开玩笑讲着学校里的趣事，既欣慰于女儿情绪恢复的能力，又觉得速度之快。她一个大人都做不到，这到底是好还是不好？

赵泽诚难得在家吃晚饭，宁真今晚包了饺子，皮都是自己擀的，馅也弄得不错。

他晚饭前与儿子一同去打了球，结束后又让儿子做了引体向上，挺好，高中课业繁忙，儿子还能做二十来个。

他看着儿子夹着饺子蘸了醋，一口一个饺子，儿子正在长身体的年纪，他让宁真再去煮一盘。

“最近在学校怎么样？”

“挺好的。”赵昕远咽下了饺子，“就是——”

“怎么了？”

“就是班主任第一次带物化毕业班，我觉得她不是很合格。”

宁真煮了饺子回来：“你们夏老师不是挺好的吗？人还挺负责，对你蛮关照的，哪里不合格了？”

赵昕远又夹了个饺子：“难道要因为态度负责就忽略个人能力吗？”

这都是从哪儿学来的官腔？宁真内心嘀咕，他爸就吃这套。

赵泽诚看向老婆：“理科重点班，为什么会让一个毫无经验的人来当班主任？”

宁真有苦说不出，她主内，儿子的学习都是她在操心，现在因为儿子一句话，老公就要来问她。

“我跟夏老师交流过，她虽然年轻，但很有干劲。学校也相信她有这个能力，才放心让她做班主任的。”

“一个领军带队的，个人能力比努力更重要。”赵泽诚停下了筷子，“为什么不把儿子放在带出过成绩的班主任班上？”

“就是我觉得她没有经验，班级成绩不行了，她就会把焦虑传递到我们身上，开始乱管一通。算了，爸，也能忍，不会影响到我成绩的。”

赵泽诚责备地看了眼老婆：“我明天出差，下周给我约校长，我要跟校长吃个饭。”

宁真看着照常吃饭、情绪毫无波动的儿子，夏丹对他一直很好，而且他肯定知道，但凡他开口，他爸就一定会插手这件事。

她要找夏丹聊一聊。

三天假期过得很快，宁国涛在外面拉货，今天跑长途，下午赶不回来。电动车的电瓶老化了，一趟城里都跑不了。

女儿下次回家都要期末了，蒋月给女儿买了一堆牛奶、水果和零食，又心疼宁清，不想让她拿着这一大堆东西坐公交车。

蒋月拿了袋油桃，又去拜托王丽芬载她去学校。不过今天是高考的日子，不知道车子能不能开到学校门前的主路上，就让王丽芬把女儿放在靠近学校的路口就好，她自己能走进去找个奶茶店坐着等开校门。

王丽芬说：“何必这么麻烦，我直接把她带到我办公室，到了晚上我再开车把她送到学校不就行了？”

王丽芬喜欢这个聪明、安静的女孩，开车把她带到酒店的办公室，又从后厨端了盘鸭舌让她吃。

宁清从未吃过这个东西，看起来没什么肉，味道竟然很好，特别是那两根须，连骨头都是鲜美的。

“好吃吗？”

“好吃，谢谢阿姨。”宁清看到她换了双高跟鞋，“你去哪儿啊？”

“我去抽查房间，中午退了房的，保洁阿姨打扫了，我要再去检查一下。”

宁清不想一个人待在这个办公室里，便说：“你能带我去吗？”

王丽芬笑了，估计宁清是在陌生环境待着不自在，想跟着她，就说：“好啊，你要小声点儿。”

“当然。”

王丽芬做事认真，一层层检查着房间，若遇上一个打扫不合格的，就喊保洁阿姨过来重新打扫，再把这人打扫的其他房间抽查一遍。

宁清跟在她身后，刚从一个房间里走出来时，另一个房间的门被打开了。听到他们的说话声，她连忙躲在了王丽芬的身后，再小心而敏捷地往外走了两步，看了看那两个人的背影。

这两个人，她都认识。

✦ ✦ ✦

王丽芬带着宁清回了办公室，顺手把门给关上了。她开了窗，拿了烟灰缸，坐在沙发上点了根烟。

“那是你的班主任？”

“是的。”

“想搞她吗？”

看着涂着艳红指甲、叼着烟的王丽芬，纵然同为女性，宁清也被她身上神秘的风尘味打动：“为什么要帮我？”无利可图的事为什么要干？

“看你合我眼缘。”

“你知道那个男人是谁吗？”这是一个设问句，“是我高一的语文老师，去年升了副校长，才三十岁出头。他不是本地人，家里甚至很穷，上面有好几个姐姐，供这一个弟弟读了师范大学。后来，他来一中当了老师，娶了个本地人做老婆，老婆是个公务员，丈人是当官的，看起来官还不小。”

王丽芬掸了掸烟灰：“你怎么知道得这么清楚？”

“他上课时自己说的。”语文课有什么好上的，他一半时间都用来吹牛说闲话，“还记得他曾说老婆在宣传部上班，只需要发点儿官样文章就好，工作都没意义。”

“很正常，这种男人在家需要哄好老婆、丈人，在外面就需要倾诉和被崇拜。”

宁清点了头：“是啊，就觉得这种人挺虚伪的。”

还有半根烟，王丽芬直接按压在烟灰缸上，按灭了烟头。把话说到这个份儿上，她又何必装傻问，你告诉我这个干什么？

这种吃里爬外的男人一般来说都挺懦弱的，当抓住他的致命弱点时，这个人就已经被攻破了。

看着这个小丫头，王丽芬就知道她没这么简单：“那你想要什么？”

“我什么都不要。只是觉得，他老婆不该被蒙在鼓里，对她太不公平了。”

王丽芬笑了：“你不想要钱？”

宁清摇头：“我只是个学生，没有任何经验与社会阅历，需要你帮忙。我不要钱，钱对我来说也没用。”

“怎么就这么恨她？”

“不是恨。”宁清想了想，不知如何向她表述清楚，“就是……我们村里的老人总喜欢去烧香，祈求好运，相信坏人会有报应，可有几个人等到过？因果报应就是软弱的致幻剂。那人为什么不能自己尝试一次呢？”

王丽芬心想，这真就是读过书的讲的话，要她说，就三个字：为了爽。

“这么确定他老婆会出手？”

“看天意喽。”

可能本地家境优渥的女人受不了婚姻上的欺骗与委屈，也有可能为了孩子，一切都能忍。与其说是天意，不如说做人留一线。

“你会后悔做这件事吗？”

“她会很惨吗？”宁清反问，“她自己说过，她有编制，就算她教不好书带不出成绩，被学生家长投诉，学校也无法辞退她。”

夏丹说：“大不了就去图书馆当个管理员，多清闲，总比当个高中班主任好，早上五点起，晚上十点才回家。”

“小心点儿。”

王丽芬看着这个女孩，或许心里有恐惧，但面上能如此淡定地把这件事说出来，让她去做。小小年纪就有如此心思，是个狠角色。

“好。还有，宁清，作为过来人，我给你一个建议。做任何事，做了就是做了，不要后悔。”

她这句话，后来宁清记了很多年。

宁清耐心地等了四天。她擅长专注，学习、看书、恋爱，每一件事都能专心地投入而互不影响。

但一切的发展都会偏离预期，甚至失控。

下午英语课才上了十分钟，就传来一声巨响，师生都吓了一跳，教室门被踹开了。

领头的是个女人，长得很漂亮。她穿着牛仔裤配着长靴，上面是一件粉色针织衫，长发飘飘，这身穿着应当是温柔的脾性。她后面跟着两个戴着墨镜的男人，腱子肉十分明显。

夏丹看到她，一时间竟忘了动弹。

这个女人走到了夏丹面前，手轻轻拍打夏丹的脸蛋，看到她闪躲，手捏住她的下巴："睡了我老公，你躲什么？"

女人转身面向下边的同学："这个人是你们班主任吧，自己有老公，还要去睡别人老公。

"这样真不好，为人师表的表是婊子的婊吗？"女人又看向夏丹，一副怒其不争的样子，"你睡男人之前，能不能先查一下他老婆、他丈人是谁？他有今天是靠谁？"

全班同学都一脸震惊地看着讲台上这一幕，谁能想到在教室会看到如此劲爆的八卦，还是当事人的自述。

班长坐在最后一排，随即反应过来，偷偷开了后门，跑去一楼的年级处，找教导主任。

夏丹拿开了她的手："没有的事，你找错人了。"

班里同学都见过夏丹发火的彪悍样，此时，这一句"找错人"驳斥得毫无力度。

"富豪酒店，不是你？你放心，为了我爸的脸面，我不会把照片放网上。跟我出来，我不想在这一群祖国的花朵面前展示暴力。"

女人都没自己动手，带来的那两个男人就直接把夏丹给请了出去。

门砰的一声被关上了。但坐在靠门处的同学适时地又把门打开了三十度，坐在窗边的也开窗把头探了出去。

宁清坐在座位上，整个过程，她连坐姿都无比端正，一个画面都不落地仔细观赏着。

当听到门外传来连续的巴掌声时，她闭了眼。她不欣赏暴力，虽然她曾想用暴力解决问题。

她也不喜欢大仇得报后的恻隐心，得了好处就得偷着笑。没有观众，就不要表演一副"我也不想这么做"的可怜样。

至此，在这件事上，她就是做绝了。

更有大胆的同学干脆开了后门，一群人挤在后门处看热闹。

教学楼的隔音并不好，旁边教室的老师听到外面的骚动声，都开了门出来看。他们只看到隔壁班的夏老师在走廊尽头被两个男人抓住了肩膀，被一个女人扇着巴掌。

看到那两个彪形大汉，没人敢上去拉架。夏丹平日里跟他们没交情，他们没必要惹一身臊。

反正在五楼能看到教导主任正从一楼的连廊处跑来，这些老师关了门，呵斥学生好好做题，再掏出手机跟要好的同事讲八卦，问这个女人是谁。

教导主任一口气从一楼跑到了五楼，来之前还打了电话，让保安赶过来，然而到了这儿，看到了打人的女人，他认识她，他更认识她爸。

保安不用来了，她爸的位置在那儿，他得罪不起。

笑面虎主任走上去，好声好气地说："倩倩，能给我个面子吗？这件事，到我办公室去说。"

女人停了手："主任，您就告诉我，这件事是不是学校里都知道，就我是傻子？"

"什么事？"主任看了眼夏丹，"倩倩，我真不知道。学生还要上课，我们能不能去办公室？我肯定帮你。"

主任劝了两分钟，她终于肯去办公室了。主任又给三班的语文老师老胡打了电话，让他赶紧来教室看着学生。

一节课就四十五分钟，这么一闹，老胡来了才十分钟，就打下课铃了。教室里都炸开了，到处都在讨论这件事。

宁清受不了这种气氛，就出去透气。

赵昕远跟在她身后："刚刚吓到了吗？"

他竟然还关心她有没有被吓到，她说："没有。"

如果他知道是她造成的，他心里会如何想她？喜欢的女生有如此歹毒的心肠？

赵昕远摸了摸她的脑袋："不要受影响，要换班主任了。"

"你想换吗？"

这件事比他预期的要快，他知道夏丹对她有偏见，即使夏丹真是因为他父亲出手被换了，他也不会跟她讲。

"我无所谓。"

"哦。"趁着没人，宁清突然抱住了他。她还是害怕的，听到那一声声巴掌声时，她真的很想把耳朵堵住。

赵昕远拍了拍她的后背："不要怕，有我在。"

她想："即使知道是我造成的，也要在，好不好？"

宁国涛上次吼了女儿，三天假期，女儿回家都闷闷不乐，没跟他说几句话。

虽然他觉得自己说得没错，但口气还是重了。他怕女儿真记恨自己，父母偶尔也是要向小孩献殷勤的。

他让他妈杀了只鸡，他厨艺不错，就是难得下厨，他亲自做了红烧鸡，又炒了两道素菜，装在了保温桶里。他开着皮卡去给女儿送饭，晚上交警少，他畅通无阻地进了城，把车停在了学校外边。

他进校门时听到了下课铃声，走到教学楼下边竟然刚巧看到女儿从二楼走了下来。这个楼梯太堵了，人挤人。女儿正转头带着笑意跟旁边的同学讲话，他看了眼那同学，哎哟，他也认识。

那不是宁真家儿子吗？这个好，学会与同学打交道了，该表扬她。

在拥挤的人群中，两人拉着手都不会被发现，但宁清走下来时看到爸爸在楼下跟她招手，她差点儿吓晕。她要甩开赵昕远的手，但他反应迟钝，拉紧了不肯放。

“爸，你怎么来了？”

“来给你送饭。”宁国涛牵过女儿的手，看着赵昕远，“你同学要不要跟我们一起吃？”

“叔叔好。”

原本宁清说好了要跟赵昕远一同出去吃饭，此时她说：“不用了，他去外面吃。”

“好吧，我想着带了好多饭菜。”宁国涛对赵昕远热情地招呼着，“下次你来乡下，到我家吃饭。”

“好的，谢谢叔叔。”

宁国涛带着女儿往食堂走去：“跟他是朋友啊？”

“是——”

“那就好，你要多跟人打交道。而且你看看人家，多有礼貌啊。”

“好。”宁清松了口气，别人父母操心孩子成绩，她父母担心她不会跟人打交道。

他们在食堂找了位置，吃了一顿饱饭。

之后，宁国涛送女儿到教学楼下，看着她走上楼，他才离去。

赵泽诚出差回来，问宁真是否预约了跟校长吃饭。

这件事，他直接打一个电话就解决了，但是，在礼节上非常不好。总该吃顿饭，晓之以理，动之以情。

看到爱人的脸色难看，他问：“怎么了？”

宁真跟他讲了夏丹的事，下午发生的，这时大家差不多都知道了，学校方面在连夜解决。

唉，也不知这事发生了多久。

若副校长有理由说早出晚归是校领导、值班任务重，那夏丹一直没被发现是因为老公是狱警。在邻市，狱警是上几休几，连着上班的日子都不会待在家。

赵泽诚刚回来，倒是没听到这桩丑闻。他认识当事者的丈人，老领导快内退了，想着退下来前帮一次女婿，一下子就给弄到了副校长的位置上。

吃软饭可以，若真的能一辈子尽心尽责地维护婚姻、照顾家庭，那就值得敬佩。认不清自己的位置，在女人问题上头脑不清，显然成不了事。

“你可真会给儿子挑班主任。对了，快暑假了，签证办好了吗？带他出去逛一逛，看看美国大学。”

赵泽诚曾跟着访问团去过美国那几所著名的高校，这些地方离城市远，说荒郊野外也不为过。斯坦福大学从旧金山出来要俩小时，伯克利大学在山坡上。他回来就想，我们这儿的大学都在寸土寸金的地段，这可能也是这里的教授薪水碾轧国外同行的原因之一，用人成本太高了。

“正在办，就等着他正式放暑假了。去大半个月，回来再盯着他考语言。”

一中领导层处理迅速，夏丹要调离本校的流程还没走，副校长的处理结果也没下来，新班主任的任命就下来了。语文老师当了班主任，又抽调了文科班的英语老师。

这是一个很稳的搭班组合，争取将影响降至最低。这一届新高三，理科重点班是要出成绩的，谁都不敢马虎。

这事在整个一中都闹得挺大，光在老师中就炸开了锅。

一中的老师流动性很低，多年同事，除了寒暑假，一天中绝大多数时间都是低头不见抬头见。这么个封闭的环境，往往人际关系复杂、流言是非多。

八卦之余，大家分析着副校长的新人选，各方一时间躁动的升职心思也起来了。

班里同学震惊之余，也私下讨论着。

晚自习结束，去校门口的路上，周冰喋喋不休地说：“没想到夏丹是这种人，怎么敢的？”

李慧心不在焉地听着。

到了门口与周冰道别后，李慧走来走去等待着，终于看到骑着自行车过来的赵昕远，她向他招手。

赵昕远握住刹车停下：“什么事？”

“夏丹这件事是宁清做的，你知道吗？”

✦ ✦ ✦

事情过去快一周了，喧嚣过后，夏丹这个人好像从没出现过。

高三学生已经离校，平日里拥挤的食堂与小店都略显冷清。高二也开始了期末考复习，数学三天一小考，英语连着几天晚上作业都是四篇阅读。

新调的英语课王老师上课从没一句废话，夏丹平日里不怎么讲的阅读，她都会拓展生词用法。英语提分缓慢，这样的功夫，在短期内无法见效。理科班轻视英语久矣，学生还能靠着以前的底子吃老本。

大家刚开始还无法适应这样高密度的英语课，几天下来也习惯了记下生词短语第二天早读背诵默写。可见，文科班英语好到底是有原因的。

宁清没想到，竟然会被英语老师夸语感好，语法题不能说出知识点，也能凭直觉选对，作文有些句子的用法也很地道。

也许真是坚持看了几本原版书籍起了作用，她第一次被夸英语好，竟然很害羞。毕竟她一直在乡下读到初中，刚进一中时连音标都读不全，有些拗口的单词还在用汉字标注读法，学不好也就没多大兴趣学，只是中游水平。鼓励也许是有用的，她渐渐对学习这门语言产生了点儿兴趣。

这天上午上完最后一节英语课，英语老师有事赶着回家，看到宁清正走过讲台前，就让宁清吃完饭帮忙把教案与水杯送回办公室，再把昨天的考卷拿到教室发下去。她只批了一部分，学生做得太差了，她懒得批剩下的。

英语老师说完又把她喊回来，给了她办公室的钥匙，英语老师当班主任的少，中午都回家午休，很少有人在。

宁清吃了午饭过来，就拿着这一堆东西送去办公室，走在路上时看着老师的考卷，上面都用红笔写着满满的词汇用法，还将阅读中干扰选项的迷惑处在原文中一个个标注。上一堂四十五分钟的课，看这工作量，至少要备课两小时。一中不光是学生努力，连老师都很认真。

她试图直接推门而入，门果然被锁上了，小扇窗户的窗帘被拉上了，看不见内里。她拿出钥匙开了门，随手就关了门。小办公室里一片黑暗，她开了灯就往里走。

小办公室里一共才六张办公桌，一面靠墙，前边还是玻璃隔板，私密性很强。地方很大，椅子后边的空间绰绰有余，放了把用来休息的躺椅。

这也是夏丹曾经的办公室，她坐在最后一排。宁清放下东西后，往后看了眼。当对上一双眼时，她差点儿吓得腿脚瘫软。

是夏丹，往日里浓妆艳抹、会被女生私下讨论她如何画眼线打眼影的一张脸此时失去了所有色彩，连嘴唇都是泛白的。

没了妆容的加持，夏丹无疑还是漂亮的。她看向宁清时，眉头微拧，眼神里透露着一股不满，鼻子都会随之而产生细微的动作，表达着嫌弃。

快一年了，宁清见这样的眼神太多次了。

办公桌旁放了个纸箱，塞了些个人物品，估计是夏丹趁着中午人少，收拾了东西，午休时再离开。

“看什么看？”

“看笑话，不可以吗？”

“你很开心？”夏丹讨厌她，也知道这个学生怕自己，没想到，她能有这种胆子说这种话。

“当然，接下来高三一整年，我都不会被你影响学习了。”

宁清看着一脸灰败的夏丹，在想，自己当初为什么会那么怕她？自己曾恐惧到想要曲意讨好她，让她对自己好一些，这个好仅是正常而已。

现在，即使知道她就要离开，往日的恐惧浮现时，宁清仍是无处可躲。

晚自习时，她被骂了，边写作业边偷偷擦眼泪，来来回回走动看班的夏丹当看不见；被说敏感时，她竭力逃避这个标签，试图表现得听话、乖巧，每次见了夏丹都礼貌地喊一声“老师好”；被威胁不让住宿舍时，她怕得一整天的课都听不进去；她怕别人知道自己被班主任厌恶从而怀疑是不是自己有问题，在一个半封闭的环境里，根本无人可倾诉。

即使这人被赋予的权力收回，不再具备折磨她精神的能力，曾经的痕迹也难被轻易抹除。

“真正优秀的学生从不怪环境不好。”夏丹冷笑，“努力了都学不好，就是笨。”

“难道你觉得，只有成绩好，才有资格评判老师做得对不对吗？”

“不是吗？班里成绩比你好的那么多。那些学生聪明又努力，怎么就你觉得被人影响了学习？”她落了难，但不代表能被这么个小屁孩落井下石，“给你个建议，遇事多找自己的原因，怪别人并不能提升你的成绩。”

“对啊。”宁清反问，“你是不是觉得很无辜？只是私生活混乱，就得丢了工作。这个道理与你共勉，遇事多找自己的原因。”

夏丹被戳到痛处，她在一中这些年带的班级都是能出成绩的，高二这一年，大考小考在理科班里从未垫底。不管她以何种方式到了一中，当了班主任，唯结果论，她做得一点儿都不差。她工作上表现优秀，却要因为私事被毫不留情地扫地出门，这是荒诞的。

“如果你认同唯分数论的丛林法则，在不公平的环境，只有成为强者才有话语权，私德有亏，多年为之努力的工作和社会地位一夜皆无，这是你工作环境的生存规则，无论公不公平，你不是强者，就得认。”宁清走近她，她的眼皮很肿，在白炽灯灯光下眼眶微微凹陷。

“我是你的学生，按理说，应该是老师为学生传道授业解惑，但我今天厚着脸皮来教你一个道理：我不需要做任何事、成为一个生存环境里的强者、有很好的成绩取得高分，来证明自己有资格反对这里的规则、反对你的教学方式。如果你设置的环境规则不能让差生发出声音，那我也无须遵守，更不需要服从你。”

宁清并非想说服夏丹，这也不是一场审判，她是在直面自己内心的恐惧。面前这个女人当初制造的恐怖让她畏惧至今。

夏丹陷在了座椅上，并不明白她在说什么。她只是单纯地讨厌这个孤僻、敏感的女孩，表现得明显了些而已。面对学生，每个老师都会有喜恶，但断然不会承认。

“你不觉得是你自己太敏感了吗？”

宁清内心摇头，从没期待她向自己道歉，只希望她这辈子都不要再当老师了。

“你应该学会对人更礼貌些，能让你少受很多罪。”

“你什么意思？”

“富豪酒店。”

夏丹骤然站起身：“你干的？”

这个女孩笑了，扯起嘴角咧到最大，却是毫无声息的笑容。六月里门窗紧闭的办公室无法让任何阳光与暖意进入，只有惨淡的白光打在这张瘆人的笑脸上，夏丹被这个猜测吓得无法动弹。

“听人说的。”

宁清转头离开，打开门时，看到李慧正迎面走来，要进办公室。握在门上要关门的手停住，留了口子，让她能进去。

李慧在学校里人缘很好，无论是老师还是同学，她都有意识地去与有用的人打交道。她托人打听了一番，知道夏丹在学校的手续还没办好，中午吃完饭便来办公室看一看，如果夏丹在，她想道个别。

夏丹对她真的很好。

夏丹在学习上对她很关心，她物理考了B会关照物理老师多照顾点儿，见她心情低落会在作业本上写try to be happy（高兴点儿），考砸了会喊她去办公室分析学科薄弱点。

生活中，她们也是朋友，夏丹会给她带面包吃，跟她聊恋爱话题，知道她喜欢赵昕远，还说：“我高中时也喜欢一个学习特好、还特帅的男生。这种懵懂又单纯的感情在这个年纪很正常，但不要影响学习。”

夏丹出了这事，站在学生的立场，她没影响学生成绩，班级在年级排名都不错；站在朋友的立场，李慧觉得她很可怜。

李慧刚来到办公室要敲门时，看到宁清从里面走了出来，她冷着脸，以前还会象征性地打个招呼，现在直接无视了自己。与赵昕远谈了恋爱，让她更加目中无人。

李慧走了进去，看见夏丹一脸的震惊与愤怒，她看到了自己，情绪收敛起来。

李慧从父母那里知道了这件事的结局，所幸事件最终没有闹得太大，夏丹要去一所乡下学校，保留了编制。为了家庭，双方都没有离婚。原来，闹得那么凶狠的女人最后也会选择原谅。

两人刻意抛开那件事不谈，照旧聊着天。她们说要保持联系，放暑假了，夏丹要带她出去吃甜点。

离开前，夏丹才第一次跟她提了这件事，说可能是宁清做的。

很多人都知道地点在富豪酒店，但宁清那样的笑容和散发的恨意，像条毒蛇。

夏丹并不确定，李慧却隐隐觉得就是她。

宁清骂她贱的仇，她一直记着。不管是不是宁清，她都要跟赵昕远说。

赵昕远看着校门口人来人往，跟李慧说“回去讲”，就骑着自行车走了。

在同一个小区，两人已经很久没有这样聊天了，看他在等自己，李慧快步走了上去。

“谁跟你说的？”

“夏丹跟我说的。”

“她想怎样？”

李慧听到这个问题很迷惑：“她不想怎样，她要去乡下教书了。”

“好。”赵昕远点头，“那你想怎样？”

“什么叫我想怎样？”

“你就告诉了我一个人吗？还告诉别人了吗？”

“没有。”看着他怀疑的眼神，李慧不知道他为什么不相信自己了，“除了你，我没有告诉任何人。”

“那请你继续保持，不要跟任何人说这件事。”

他用了“请”，却是命令的口吻。

“如果我说了呢？”

夏丹没有任何行动，估计没有证据，更可能只是猜测，不会蠢到对宁清做些什么。他只需要让李慧保持沉默就行。

“你可以说，拿得出证据满校园说都行。但我不觉得你闲得没事干，有这个必要说点儿捕风捉影的事情。”

“你对这件事完全没有看法吗？”李慧完全没预料到，他的反应仅仅是让她不要告诉别人。

“这事跟我没关系，我为什么要有看法？更何况事情已经过去了，我不想关心，也不想知道更多细节浪费我的时间。”

李慧看着赵昕远不以为意的淡漠神情，他一直是这样的性格，对不相关之事，连知道的兴趣都极其有限。

“你不在乎她做出这样的事情吗？你还是喜欢这样的她吗？”

赵昕远想说“你拿出证据再来说是她”，但他显然懒得说，若说了，万一她真没事找事去找证据呢？

况且是不是宁清，他都不在乎。即使是她，只要不让别人知道就好，不要把不重要的问题复杂化。

“这是我的事，与你无关。”赵昕远面对这个旧友说了句颇重的话，“我也不觉得做了这件事就道德败坏。”

他说完就转身离开。

期末复习紧张，宁清心态一向挺好，晚自习照样跟赵昕远出去牵手散步。

发生了这么大的事，她都没有跟最亲密的人说一说，她总觉得瞒着赵昕远不好，但也错过了最佳的开口时机。

她有许多话想跟他讲，也只能将语境略去。

牵着他的手，宁清跟他碎碎念：“我妈妈上次来接我，我问她，读书的意义是什么。”

“嗯？”

“其实我也不是找到了意义，就是突然觉得人永远都是有选择的。也许选项本身不那么好，但永远有选择的权利，不论身处何种弱势地位。”

赵昕远知道她在说什么，她不想让他知道，他也不会问。如此善良的她是被逼到什么份儿上，才会做出这个选择。

“对，所有经历的事也是由一个个选择组成。一定有选项，就看要舍弃什么。对自己负责，就不要放弃选择的权利。”

宁清会心一笑，他总是懂她。

站在路灯下，赵昕远看到了她的笑容，笑容是那么纯真，看着他的眼神又是那么勾人。他对好人坏人的评判没兴趣，并且自私得不想与任何人分享对她的感觉，包括她。这种最私密的感受应当藏着，自己享受。是他的，就应该全都属于他。

喜欢人为什么要有理由？做阅读理解上瘾了吗？看到她，有接吻的欲望，那就是喜欢了。

宁清抱着他不肯放："赵昕远，暑假我也想亲到你。"

"我……应该有半个月回乡下。"

"哦。"有半个月能见到他就很开心了，"我可以带你去钓小龙虾，那你剩下一个月就在城里吗？"

"我要去美国。"

"哇，好羡慕啊，去旅游吗？"

"对。"

"会去纽约吗？"宁清抓着他问，她身边还没有人去过美国，更准确点儿说，是没有人出过国。

"不知道。怎么了？"

"能拍张照片给我看吗？我超喜欢汤姆·汉克斯，他演的《西雅图夜未眠》，男女主角就是在帝国大厦见面的！"

宁清连省都没出过几次，对这个世界的认知都来自电影和书。她跟着电影看到了很多国际大都市，看中东史时，拿着地图对照着一个个小国家。她虽然羡慕能出去旅游的人，但并不觉得自己有多匮乏。

"好。"看到如此激动的宁清，赵昕远问她，"你想去吗？我带你一起去吧。"

"不要。我要去，肯定是自己能挣够钱的时候。"看着因自己的拒绝太过利索，他面色隐隐不虞时，宁清讨好地说，"那我今年问我爸爸多要点儿压岁钱，我们下个暑假就能出去玩了。喂，你再不跟我说话，我就不理你了。"

第十四章　平静的背后

如果恨她，那还要爱她，好不好？

干燥皮肤上的汗毛迅速沾上了浴室细密的水雾，热水冲刷过的身躯微微发烫，宽阔后背上的水滴落在了宁清的身体上，晕开后染湿了身子，接连而下的水珠又滑入了肌肤相连处。

前边的双手被花洒接连而下的水冲刷着，脸靠在赵昕远的背上，一如多年前那样，他就是她的。

她失去了所有抗拒内心声音的力气，只想任由自己放纵。她想要他一个晚上、一个冬天。

往年，她知道来年便是春，会给自己定下很多目标，寒夜在炉边读书学习，总会有许多憧憬。

这个冬天异常难熬，对开春失去了期待，她迫不及待地想抓住剩余的每一分、每一秒。

这一刻，她不想管任何人了，只想要他。

他却没有动弹，水龙头依旧开着，水流从两人没有遮挡的身躯冲刷而下。热水不断化为热气，并不用担心在这个狭小的地方受冻。

“昕远，你还要我吗？”

他依旧没有说话。

她的唇印在了他的背上，轻轻吮吸着水滴：“要我好不好？”

曾经放弃他是个选择，她跟自己说过，做了决定，就不要后悔。

后悔吗？谁心中没有过悔恨？只看藏得有多深。

“清清，不要这样。”

“不要怎样？”

她抱在他腰间的手并不安分，指腹滑过肚脐眼，往小腹处移去，可还没移动几厘米，就被他抓住了手。男人力道之大，让她毫无动弹的能力。

手被桎梏住了，他没想到这让她抱得更加紧，甚至在他背后有意无意地摩挲着，背上软绵的触感让他处在失控的边缘。

他不耐烦地松开了她的手，拉着她远离了自己，他转了身子，面对她：“你想干吗？”

他的眼神很乖，只盯着她的脸看，没有往下移。质问声是如此不耐烦，可那是他对失去自我掌控感的无奈与怒火的交织。

她的昕远对她其实很有耐心的。

她踮起脚，双手捧着他的脸，就将唇送了上去。

对接吻都生疏的两人像回到了第一次。

而他的反应并没有那么快，正为她唇的柔软而大脑停止思考时，她就已经将舌头送入，凭着往昔的记忆，不甚熟练地想要缠绕。

可这些，当初都不必要她来，全由他引着她，她只需要跟随就好。

她的手绕过他的腰间，重新开了水龙头。剩余的一阵热水流完后，一股冷水急流而下，冻得她发抖。

感受到了怀中人的颤抖，赵昕远都来不及躲兜头而下的冷水，下意识地抱住了她，想推着她的肩让她远离时，此时烧开的热水再次流下，温度重新升腾起来。

他抱着她光裸后背的手却没有放下，带着一股怒意把她推到了墙上，这样水只会流在自己身上。

如果她痛过，是不是就能知道自己有多痛？

后背碰到带着凉意的墙，她嗅到了危险的气息，失去了所有掌控感，被动承受着他激烈得像带着恨意的吻。

他不复温柔，跟冒雪来给她送饼干守分寸得连门都没打算进的风度翩翩截然相反。这不是一个亲吻，他咬了她的唇舌，忽视了她的疼痛，将她剩余的所有气息掠夺。

宁清没有躲，也不敢挣扎，怕他再也不想亲她。但溺毙的恐惧袭来时，她忍不住推搡着他的肩，但手被他轻而易举地禁锢在墙上。知道她喘不过气，他极其吝惜地只让她喘一口气，便再次撕咬着她的唇。

她感受到了他的恨意。如果恨她，那还要爱她，好不好？

她另一只未被他禁锢的手轻柔地安抚着他的肩，试图抚平他的恨、焦躁与抗拒。

许久，赵昕远放开了她："这就是你想要的吗？"

她的唇已经被他咬破，舌头舔到了血，一股腥味弥漫在口腔里。

"那你想要多久呢？就这一次吗？得到之后，就再跟我说一遍你没有感觉吗？"

看着沉默的她，赵昕远的心已经彻底凉了，如果想跟他再次好好地在一起，她绝不应该这么做。这是用献身来偿还他的恩情吗？

"你凭什么觉得，只要你回头，我就一定会在原地等你？"

宁清被他这句话刺伤，放开了他的手。

她不能回答他想要多久，她已经不奢望永远了，她也不想对自己认真了，只想要一个冬天的温暖。

她再看这一片狼狈，自己这算怎么回事呢？用身体去吸引他吗？用一场欢爱来弥补这十年的差距吗？

“对不起。”

宁清逃出了浴室，关上了房门。她看着床尾自己刚刚脱下的每一件衣服，只觉得讽刺。

身体没有擦拭，水分被空调的热度蒸发，带来了冷意。她随手拿了浴袍套上，抽了纸巾将唇上的血印擦掉。

听到浴室的门再次开启时，宁清开了房门，看到他重新穿上了潮湿的衣服，头发擦得半干，他看到她时一怔，并未说话。

宁清对他笑了笑，仿佛刚刚无事发生，像个懂得迎来送往的主人，客气地招呼着要离去的客人。

她走上前拿过衣架上的大衣，递给了他，又从鞋柜底下找了把伞：“外边还下着雪，车开慢点儿。”

赵昕远接过伞：“过两天我过来把伞还给你。”

“不用了。”宁清开了大门，寒风袭来，屋子里那么点儿热气都要被吹散了，“不要再特地过来了，我还有一把伞。”

他看着她，并没有动弹。

她再次开了口：“走吧，太晚了，路上小心。”

雪已经很大了，赵昕远撑着伞，走在雪地里。

楼下有个简易车棚，宁清的车已经维修好了，又加了个挡风罩。这是个老小区，并没有地下车库，私家车都停在了小区里的道路边上。

这里与方才浴室的热意相比，简直是冰火两重天。湿了的衣服汲取着他的体温，冷风吹过，骨节都冷得像在打战。

他应该适应这样的寒冷，曾有一年冬天，每个夜晚，打工回家，他都在这样的雪夜里穿行。那时，他想要的不过是攒钱换一套公寓。

后来，无论是读博还是工作，他投入了所有的时间与精力，连休息时间都留得很少。纵使他读博不顺，在工作上也比旁人走得更快些。

一个结识多年的朋友说过，高考是他的分水岭，之前，他还能轻松地对待生活，之后，他的状态是渐渐紧绷的。他努力刻苦，头脑尚佳，能在世俗的名利上取得丰厚的回报，心态却难以舒展。

赵昕远当时笑着打了马虎眼，说：“功名利禄哪里不好？谁都是一脑门官司故作轻松。”

大雪天，各家各户门窗紧闭。

那句话，他连自己都骗不过。功名利禄，哪里能让人躲避痛苦？即使身家再添一个零，也只是一个毫无意义的数字。

他借着恨意亲吻她时，内心才有了一瞬的安宁。

此时，赵昕远再次烦躁。她为什么这么会折腾人？

他又走了一段路，真冷，还得开车回去，路滑还堵，估计要开一个多小时。

行人很少，颇厚实的雪地上留下了一道道脚印。这个在夜里独行、已经走了很远的男子突然回头，沿着来时的印迹原路返回。

赵昕远走后，宁清就去洗了澡。

昨天拆完线，赵昕远嘱咐她不要洗头。她回来就去理发店让人帮忙洗头。伤口小而浅，洗完也没疼，刚刚打湿了头发，她便干脆再洗一次。

她很少哭，今天却忍不住躲在浴室里随着水流声哭了一会儿。

他不要她了，她却不恨他。谁都在往前走，她没有资格让他停留。

哭完了，宁清就像个没事人一样擦干了身子，重新穿上浴袍，在里面擦干了头发，抹上了精油。她走到外边，拿了吹风机，先把伤口处那一块湿的吹干，再喷上药膏，这样会形成一层保护膜。

痛得难以承受，也要让生活一切如常，这是她唯一能做的事。

正在用低挡冷风吹发尾时，她听到了敲门声。她以为是隔壁人家的，并没有搭理。

但敲门声越来越急促，她放下吹风机，走到门口：“谁？”

“我。”

她开了门，还没来得及问他是有什么东西忘拿了，他就进了屋子，关上了门。

伞被他扔在了地上，他随手脱了外套，都来不及挂在衣架上，就将套头毛衣脱了扔在地上。

“你干吗？”现在轮到她问这句话了。

赵昕远没有回答她，该死的裤子，在外面走了一圈都快冻得硬成块了。他解了皮带，踩着裤脚就给脱了下来。

“做你想做的事。”

只有一次也比再没以后好。痛苦无法消弭，用麻醉剂哪里不好？

他说完就打横抱起了她，踢开了卧室的门，再用脚钩上。

卧室里很暖和，他刚从冰天雪地里回来，身体没有一点儿热气，冷得几乎僵硬的手却毫不怜惜地扯开了她的浴袍带子，向内摸索，脱了整件衣裳时，她冻得直往后躲。

一米八的床，一个人睡绰绰有余，可他覆上来后，她根本无处可逃。刚刚洗完澡的微热身体被他的一双寒手放肆地用来取暖。

当被摸到柔软处时，她再也无法忍耐："昕远，我冷。"

"赶我走时就不怕我冷了？"

虽这么说，他还是拿过旁边的被子，盖在了两人身上，顺手把碍事的浴袍扔了下去。

"我没有赶你走，是你不要我的。"

倒打一耙是不是她的本事？可他看见她一副委屈样，眼眶内微微泛红，她是哭了吗？

赵昕远怜惜地吻了她的眼，抬起头时看了眼她的伤疤："头疼吗？"

"不疼了。"

她的头陷在枕头里，被他用被子包裹着，成年男子的体温回升很快，被子里已经很暖和了。

他的手肘撑在枕边，帮她捋去脸颊上杂乱的头发，手蹭到她的嘴时，他看到了她唇上的伤，手指滑过抚摸着。他再次低头吻住了她的唇，这次无比温柔。

卧室里的灯开着，下雪天外边的马路上都没什么声音，只有空调的运作声。不，还有一些细碎、隐秘而无从识别的声音。被子鼓作一团，男人正低头吻着女人。女人伸出手抱着他的头，在墨绿色被套的衬托下，纤细的胳膊显得极为白皙。当男人的头埋在她的颈窝时，似乎是咬了她，闭着眼的女人露出一副痛苦却隐约透露着欢愉的表情。

当手已经触及了太多柔软，触碰到她小腹的那一刻，赵昕远自制力极强地从她身上下来，深呼吸，看着天花板。

身上骤然失去了重压，宁清茫然地睁了眼，难道这也得她主动吗？

被子里她的脚踢了他的腿，却被他夹住不让动弹，还被他训："不要动。"

她翻了身，半撑在他身上："我的床，为什么不让我动？"

看着她怀疑的眼神，赵昕远想，她不会觉得他不行了吧？

"没有套。"

床头柜在他那一侧，宁清趴在他身上，伸手拉开抽屉，把一盒未拆封的避孕套捞了出来，扔在了柜子上。

看着他很臭的脸，她躺了回去，掀了被子盖住头，从被子里发出的声音很沉闷："我今天买的。"

当被子再次被他掀开时，屋子里已经一片黑暗，他再次覆在了她身上。

几乎未被其他人光顾过的卧室，今晚有了第一个留宿者。

他们选择了什么都不问，语言天花乱坠、充满矫饰，只用身体最初的本能交流。

也许是出租屋的床不那么牢固，也许是太久没有情事的两人太过思念彼此，床垫牵引着床在地上轻微摇晃着，混杂着女人刻意压制的低吟与不知是谁的喘息声。

✦ ✦ ✦

等到宁清再次醒来时，已经是中午。被窝里温暖至极，她睡前都会将空调关掉，鼻腔呼入的是冰冷的空气。

她早上时醒来过一次，睡意太过沉重，又要爬起来上班，她捞过自己的手机，试图刷一会儿让自己清醒。她看了本地新闻才知下了整夜的雪，交通出行危险系数大，公司群内已经发了信息让他们在家办公。手头并没有要紧的活儿，至少这半天可以偷懒，估计也没人这个天一大早就开始找她。

睡在旁边的赵昕远嘟囔了一声，翻过身抱住了她，脸埋在她肩颈间躲着手机光。她放下手机，听着他的呼吸声，又和他一同睡去。

快三点时，两人才睡醒。

宁清之前没戴头盔，被赵昕远阴阳怪气说了半天，结果从车祸到基本痊愈，关于闯黄灯，他都没说一个字。

搞得她心中也理直气壮了，她是看见绿灯才走的。是对方闯了红灯，她才是受害者。

结果，经过昨晚，他开始跟她提这件事了。

也不知他哪根筋搭错了，在床上就训斥她闯红灯，她辩解说是黄灯，就被他打了一下。

宁清这人一向不知好坏，听不得人训斥她，工作除外，因为给了钱。她嘴硬地回他，说：“黄灯不就是让人通行的嘛，你干吗来骂我，你怎么不让交通部去把黄灯取消？”

这下可好，他直接将她翻了身，方便打她。

她当时真哭了，之前被他折腾得身体和精神都累到极致。大半夜的，他还要打她。他还上了瘾，他在雪地里走了那么久，浑身都冻僵的仇全在这儿报了。

不疼，让人恐惧的是未知，不知何时以何种力道落下。面对恐惧，有人对抗，有人服软以求一夕安寝。

但掌控权从来不在被动接受的人身上。

在恐惧、谄媚、讨好和抗拒中，不知怎么又变成了一场爱。

在有着回音的十几平方米的卧室里，彼此的声音都无比清晰。她闭着眼，光是想象她看不到的动作，她都脸红得不敢再细想。

她看不到他的神情，不知在占有时他会是什么表情，还是那么冷淡吗？还是会像接吻时那样沉醉。

是的，她虽然已经快三十岁了，对于男女之间最密切的契合却仿如第一次，她无比陌生，甚至觉得害羞，仍然是放不开的。

他还未醒，睡得很踏实。她轻轻拿开他的手，起身，披上了衣裳。她看到地板上被随意扔掷的纸团，捡起来扔进垃圾桶，再走出卧室，将房门关上。

肚子好饿，她打开冰箱，只有一盒鸡蛋、一袋青菜，和昨天中午剩的牛腩。早上是面包、牛奶，中午吃食堂，晚饭加班就点外卖。她很少做饭，但基本的家常菜，她都会做。

她小时候就跟着奶奶在灶台间帮忙烧火，要爆炒的菜就直接放晒干的稻草，火势来得快而旺；大荤就要慢炖，放进劈好的木柴慢炖。茄子油多才好吃，炒四季豆，盐不妨稍微多放些。而具体多少油和盐，何时调味，她看久了，做菜时自然心中有数。

那时她自得于能帮奶奶做饭了，看电视剧时插播的蓝翔、新东方的广告，她都津津有味地看，想着读不进书了，她可以去报名做厨师。

奶奶却感叹："在家烧一辈子饭的人才辛苦，别人都以为你清闲，只要做顿饭而已，可众口难调，烧得不好吃，没有钱，还要听人发牢骚。还不如出去上班呢，以后你可不要在家烧饭。"

宁清从柜子里找到一包雪菜，又拿出三个鸡蛋，锅里的油热了后，倒入打散的鸡蛋。鸡蛋煎好了，她倒入热水，汤色瞬时发白，再将雪菜和牛腩放入，抓两把挂面放进去煮，同时，将青菜洗了放在一旁。

赵昕远醒来时，她已经不在床上。他开了台灯，借着床头柜上发出的一束光，看着这个屋子。

床的右手边是衣柜，左边是一张书桌，角落里有张单人沙发。窗帘拉着，但他之前看过，是一个飘窗，可以用来晾衣服。整个家里也只有这些家具。

这里看不到任何家的属性和温度，生活的痕迹少得可怜，似乎只是一个暂住地，随时能收拾行李离开。

他就这么打量着，许久都没有动。

她是否也曾跟他一样在等待些什么？

快十年了，到底谁会停留在原地？说出"等待"二字，都会被人嘲笑思想腐朽。

他看回床头柜，才发现放了一本书。

熟悉的一本书，是她高中时看的。书被保存得很好，只微微泛黄，他随意翻开封面，看到扉页上的一行字。

他盯着那行字，心中难受了很久。

锅里的水再次烧开，宁清听见卧室的开门声，正在放青菜，还没来得及回头看，就被赵昕远从背后拥在了怀里。

他的头埋在她的颈窝，手紧紧地抱着她的腰，他不动，也不说话。

任由他这样抱着，她用筷子搅拌着青菜让其沉到锅底烫熟，感受到他情绪低落，她左手抓住缠在她腰间的手，摩挲着安抚他。

寒冬的厨房里，锅里的热意袭到两人身上。他沉默时，她静静陪着他。

当看到扉页被反复抚摸的痕迹后，赵昕远知道自己只能再次认输。

从那一句话，他看到了孤独的她。

那个孤独的她是藏在壳子里的。她将爱恨都藏起，得不到也会跟自己说："我能接受这个事实。"

在他看不见的时光里，那层壳在慢慢变厚，厚到无论刀枪利刃，都难以进入。她已经不需要任何人了，任何人包括他。

他决定不问，不问她之前为什么拒绝，也不问为什么要回头找他。如果她不想谈以后，那他就只要现在。

"还想带你出去吃饭呢。"

煮到沸腾后，宁清关了火。外卖很便利，低至二十多块的粉面便餐，高至各类高档餐厅的美食，即使下雪天，也能在两小时内到达。但她不会在雨雪天气点外卖，骑手骑车太危险了。煮一碗面，也能填饱肚子。

"还下着雪呢，面条可以吗？"

"可以，晚上带你去吃火锅吧。"

"好。"

虽不动声色，但她很开心，他下午都会陪着她。怎么办？她好像又开始依赖他了。

平日里都是一个人，宁清没有买折叠饭桌，在家里吃的东西都味道不太大，她就买了块餐垫，把里边的书桌当饭桌。

赵昕远出来时将窗户打开通风，卧室门也没关，好让屋子里的空气流通。卧室里寒风瑟瑟，没有厨房温暖。

两人干脆就站在厨房里吃，昨夜体力消耗太大，睡到午时早饭都没吃，都很饿。

雪菜开胃，面汤中估计带了少许的淀粉，没那么稀，但入口时少许的混浊使鲜美的汤汁口感更好，一筷子夹着面条和翠绿的青菜，冬天里饿时吃这个太舒服了。

他都没夸好吃，五分钟就吃完了一碗面。

宁清惊讶地看着他的光碗，刚刚锅里五分之三的面条都捞给了他：“饱了吗？还用再给你煮一碗吗？”

“不用了。”

赵昕远把锅放进水池里，挤了洗洁精，开了热水，就开始洗锅、碗，看见她碗里还有一小口，就说：“赶紧吃，我把碗一起洗了。”

吃完午饭，宁清就进屋子把窗户关上，将空调打开。他的衣服放在了沙发上，对准了空调的风口，估计一下午就能烘干。

她打开电脑看邮箱，大多是事务性工作，还有跟同事在细节上的一些沟通。她同时找了好几个人要资料催进度，回消息速度都异常慢，明显一副不想今天解决问题的样子，反正也不着急。看来下雪天待在家，大家都不想上班。

她回头看时，赵昕远又躺到了床上，毕竟可待的地太小，要么坐沙发上，要么坐床上。

他一个人霸占了整张床，都不用主人招呼，自己把两个枕头垫起来舒适地半躺着。他在床上连衣服都不穿，盖着被子，光着肩膀拿着手机迅速打字，眉头微皱着，估计在工作。

他发现她在看她，都没抬头，边回消息边问她：“你是不是没事干？”

“有啊。”

“哦。现在两点，我们五点出门？”

美色当前，她实在没忍住，从柜子里找了块毯子扔给他：“披上，别感冒了。”

赵昕远看了眼她，放下手机，慢悠悠地裹上了毯子：“你怕什么？”

宁清没理他，转了椅子回头继续工作。

两人的高效与专心一如既往，几乎能忽视对方，各自处理工作，但也觉得互相陪伴着，工作都没那么烦人了。

雪在中午时就停了，傍晚，两人换了衣服出门。他们牵手走了很长一段路，到了停车处，赵昕远上车系上安全带后，问宁清：“你有驾照吗？”

“有啊，大二就有了。”

在学校报名考驾照很便宜，那个暑假，她参加了一个竞赛，待在学校搞集训，正好有了理由不回家。空闲时间还挺多，她就顺便考了驾照。

“会开吗？”

“当然，跟我师傅出差，都是我开车，好吧？”宁清在她熟悉的领域总是无限自信，觉得别人都不行，只有自己最行，“怎么了？觉得路滑很难开，要我来帮忙吗？”

看着一脸嘚瑟的她，赵昕远又把安全带解开：“你开吧。”

真的啊？从她有限的经验来看，一般男人都不肯让女人碰他的车。老家表哥买了车，表嫂有驾照，他都不敢让她开，就怕被她剐蹭了。

他这还是新车，她还没开过特斯拉呢。

宁清有点儿兴奋，换了座位，他跟她讲了下基本操作后，她就直接发动车子上路了。

赵昕远不是在别人开车时会指手画脚的性子，既看着前方的路况，又注意着她的开车习惯和对复杂路况的处理。

她开得挺好，他就不懂了，她开汽车知道遵守交通法规，不抢跑，也不赶绿灯，骑安全系数明显更低的电动车时，她怎么就敢闯红灯？

下雪天，本城面对恶劣天气应急能力强，城区主路上雪基本上都化了，道路没那么滑，出行人也不多，道路已没了往日的拥挤，但她还是压着速度慢慢开。

很容易就在外边找到了停车位，一个完美的倒库后，宁清下了车，得意扬扬地看着他问：“开得怎么样？”

“挺好的，车借你开吧。”

“啊？”宁清没明白他的意思。

“我工作和住的地方挺近的，冬天骑电动车太冷了，可以借你开一段时间。”赵昕远一路观察着她的开车技术，起码过关了，“对了，你的电动车修好了，换了个新电瓶。估计下次你闯黄灯时，动力更强，速度更快些。”

“哎，你能不能别提那件事啊，我知道错了，还不行吗？”别看他性格好，但嘲讽人的功力一流，宁清主动挽上他的手，“真不用了，我上班骑电动车就十来分钟。天太冷，我就打的或者走过去当成锻炼身体。”

他不置可否，没有吃火锅，带着她去了家西餐厅。

餐厅环境清幽，人很少，灯光恰到好处地昏暗，墙上挂的画增添了艺术气氛。靠墙的餐桌，位置隐蔽，白色的桌布上铺了花瓣，还有一朵玫瑰插在小巧而造型独特的玻璃瓶里。

中午的面食易消化，两人早就饿了。餐前面包很惊艳，看她一个人都吃了一大半，赵昕远又让人上了一份。

“你元旦在哪儿过？”

蒋月要上班，她还没想好怎么面对宁国涛，回维州不想住回那套拆迁房里，干脆都逃避了。

“就在这儿待着呗。”宁清不以为意，“你呢？回去吗？”

“不回去。”他随意地问道，“要不我俩一起过节？”

“好啊。”

她有时过年都能一个人待着，更别说三天假期的元旦了。本城跨年都能将市中心挤得水泄不通，她没出去凑过热闹。新历换旧年，也不过是平常的一天。

在等主菜的工夫，宁清撑着头看着他。相比年少的青涩，他成熟了太多，她有时是看不懂他的。

她已经不相信说一句“我喜欢你”便能有厮守终身的信念与恒心。昨夜欢愉到极致，两人都闭口不谈爱。

“看我干吗？”

她随口就来，毫不扭捏：“好看。”

“你对男女关系的定义是什么？”

宁清想了想：“最起码是思想和肉体上的一对一。”

“那我们是吗？”赵昕远盯着她看，“我能做到。”

她笑着低头，躲避着话题：“你这话说得，搞得像我多不忠贞一样。”

“那你怎么看待昨夜？”怕她真说出什么屁话气自己，他打了预防针，“你敢说一夜情，我现在就把你拖出去扔车上。”

说话做事伤人只能在一定限度内。如果是爱的人，是不忍心让他失望的。

“我觉得，昨夜——”她说到这儿时，停顿了一下。

耐心十足且抗压能力极强的赵昕远此时却下意识屏住了呼吸，如果她说的不是他想要的，他做好了拂袖而去的打算。

他不会永远对她有耐心，惯着她。他没那么贱，要睡他，她付得起这个价钱吗？

“如果你没想好，那就不要说，等你想好了再跟我讲。”

“昨夜的事，昕远，你要对我负责。”

✦ ✦ ✦

宁真一直以为儿子会回维州过元旦。

哥哥的生意越做越大，他明年还有望当选人大代表，这份殊荣是一个平头百姓从零奋斗到有一份产业的最高奖赏。

相聚时兄妹偶尔提及年幼的艰辛，早年丧父，在村子里被人瞧不起。十几岁的哥哥常年在外奔波当供销员，有了人脉与积累后自己办了厂，从一个容纳十几人的小厂房发展成现在能解决本地上万人就业的公司。

从前宁家村没被拆的时候，他们偶尔回乡，总是被村里人夸命好，可是，他们的命又好在哪里？哥哥第一个厂倒闭了欠债到处躲的时候，个中滋味，谁知道？

他们不过是掌控了对命运的主动权，这是宁家村的人最稀缺的东西。村里人一向逆来顺受，习惯了贫穷。他们被夸农民最伟大，却要顶着一顶光辉的帽子过一辈子苦日子。

同样，村里人接不住财富。拆迁这种意外之财，虽说不能让他们翻身，但拿着拆迁款，足够细水长流满足今后的温饱了。

被拆后，聚集的村落被打散了，几乎每户人家都有一套安置房。乡下房子面积大，有人选择拿两三套房，有人选择拿一套房，剩下的折现。当然，不是什么大钱，顶多十几二十万，毕竟安置房很难转手卖出去。村子里大部分老人都是住在安置房里，李老太早两年没事干时，还经常跑去那个小区找人唠嗑，听些秘辛八卦打发时间。

那些选择拿钱的人家，有一半都在拿到拆迁款后一两年内迅速被小辈们败光家产。当拆迁兴起时，一条地下产业链浮出水面，找准了手里有拆迁款的人家，将他们带去地下赌场。人性经不起考验，不用多久，他们就能输光所有本钱。空手离场都算智慧，赌徒是会接着借高利贷翻本的。

宁家村的大部分人，命运一眼望得到尽头，基本是在复制上一辈。机会来了抓不住，机会走了，还有一些人彻底跌入泥潭。

不过，宁真不爱听李老太讲这些村里的事，这些人，她这辈子都不会与他们再有交集。人往高处走，水往低处流。谁会跟过得差的人交朋友？

元旦他们自然得跟娘家人相聚，她家的这些表亲都在兄妹二人的照拂下，工作体面，小日子过得滋润。

春节会去公婆家，这是儿子回国的第一年，宁真以为，他元旦肯定是要回来的。他再没空，回家吃顿饭，也是礼数。

宁真给赵昕远打了电话，结果他说他不回来，有事要忙。

儿子不喜欢给人理由，成年后更是厌恶被人管着，宁真也不敢问。她跟老公打电话时抱怨了句，老公却说：“儿子不喜欢饭局，你们自家人聚着吃饭，他不想去，就不要逼他。”

你们自家人。这句话个中的微妙只有当事人才听得出。

宁真心里十分不痛快。

没有谁的生活是等待救赎的。

家离公司两公里多，宁清断然拒绝了赵昕远把车借给她开，或是接送她的提议。这不是扯淡吗？她从没娇弱到连两公里的路都走不了。

她重新骑上电动车时，发现会有点儿应激反应，摔下那一瞬的痛感与恐惧重新浮现时，她骑行速度慢到旁边的自行车都能赶上。

她平日里几乎不运动，长时间加班忙碌时，是断然不能激烈运动的，会有猝死的风险。只要不是雨雪天气，她干脆走路上班，天气冷，她会小跑着当锻炼。

宁清加班少了，前三个季度足够拼，最后一个季度，她不想那么累了。她总要在收入和生活之间找到平衡，不，都不是生活了，是健康。

十月份回维州时，她就有过头晕的征兆，这是身体的警示。

她读书时爸爸就一直跟她念叨，身体是第一重要的。

人有时很难接受身体各项机能会一年不如一年的现实。当接受和感知能力跟不上身体变化时，遇到连轴加班时，就会发生一些惨剧。

高中时，宁清不见得是多认真的人，给学习定个目标，达到目标后也不想着更上一层楼。

没有退路的生活会改变一个人。她想进设计院，就念了研究生，要为生活兜底，就得加班赚更多钱。

宁清有让自己开心的能力，但此时，她更喜欢跟他待在一起。

下班后赵昕远会来接她去吃饭，刚开始她不适应，说："我坐地铁去找你不是更方便吗？还不用浪费你的时间。"

他回："那你怎么不点外卖？把这些餐厅的食物打包了送到家，更节约时间，为什么要去店里吃呢？"

她享受两人的时光，但又怕自己太过依赖他。

两个都是爱吃的人，踏遍城中饭馆。但她不习惯每次都是他付钱，有次吃完饭之前，那顿饭有点儿贵，她先去把账给结了。看到他错愕的眼神，她觉得无从解释，他却没说什么。

也许两人最契合的应该是床上。送她回家时，他会留宿。

如同年少时的接吻一样，宁清发现她对与他做这件事在慢慢上瘾，他勾着她上瘾。

过去是他们从不曾谈论的话题，对于上一次的分手一致缄口不语，未来是她不想谈论的。

在床上，彼此反而能以无限的坦诚对待。她克服了害羞，会开着一盏昏黄的台灯，能看到对方脸上的每一寸变化，欢愉、忍耐、疼痛、失控。

看到那样占有的眼神，谁都不能说他们是不爱彼此的。

她爱他的每一个时刻，最爱事后他趴在她身上，给莫名怅然若失的她无限体贴的温存。

他们都在上瘾，他偏爱在清晨她困倦之时上班之前，将她拖住。冬天，起床都要用极大的毅力，这样的温暖又着实舒服。就是时间太紧凑，他几点上班都行，她心里着急迟到。

学习都是被迫的，她学会了主动让他早点儿结束。

两人也会有不愉快的时候。

两天前，吃完晚饭，赵昕远晚上要开会，她就说："那我先回去了。"他说先送她回去，线上会议十点多才开始。

她说不用，觉得一来一回很麻烦，打的回去也可以。

赵昕远半开着玩笑说："我家就在附近，要不去我家？你在卧室睡觉，我可以在客厅开会。隔音挺好的，不会打扰你睡觉，明早送你去上班。"

宁清想也没想，就拒绝了。

她拒绝得太过利落，连思考的时间都没有，她当然看出了他的不开心。

她不想面对这个问题，就跟他说再见，打车离开了。

那时两人站在路口，出租车来得很快，她上车后，看到后视镜里的他还站在原地看着出租车离去。

她允许他入侵她的生活，但不会踏入他的领地，是在为自己留退路吧。

一个戒糖很久的人，再一次吃甜品时，糖分进入血液疯狂地分泌多巴胺，愉悦的感受是真，心中隐隐不安的抗拒也不假。

上一次戒糖的痛，反复的戒断反应，让她只敢将摄入量控制在可控范围内，他想要给更多，她却不敢吃。

临近下班，完成了当日的所有任务，宁清撑着头坐在座位上。她打开两人的消息框，上一条信息是他昨晚发的，说要加班。她回了个"哦"字，他就再没回她，真小气。

她错在拒绝得太快，没有表演纠结一番后忍痛拒绝，说下次一定。

宁清主动发信息问他："晚饭吃了吗？"

此时赵昕远正在处理工作，工作交流几乎不用微信，通信软件都在电脑上挂着。午睡醒来后，他看着手机与她的聊天界面，她的一个"哦"字格外醒目。那个小"白眼狼"今天也没给他发信息。

前天的事，他是生气的。

她床上和床下就是两个人。前者无限依赖他，他的一切要求都会答应。后者，当他试探着问出口时，她连一秒的反应时间都没有，就回绝了。

他当时冷着脸没有说话，他也是有脾气的。她应该给出解释，为什么不要？她吃饭都想着AA，那按照交往的对等原则，她怎么不该到他那儿去？

结果，她直接打车走了。

这口气憋在心里，赵昕远真生气了。她还能真两天都不联系他，他把手机扔在沙发上，起来工作。

他是真忙，工作努力了就有结果，做得再不如意，也是可预期的，恋爱却不会。工作可以调整预期，对待她，他无法调整，只想要她的更多。

办公桌上非常凌乱，有一个台式机、一个笔记本、两个屏幕，还有一个像MP4的黑色机器。他时而拿着黑色机器点击触碰，时而对着屏幕改一堆乱字符。

等到稍微闲下来，他隐约听到哪儿发出的振动声，才想起手机放在了沙发上，他走过去拿起手机。

是她的电话，她还会主动打电话？

赵昕远累得躺在沙发上，拿乔地等着又响了两声，才接电话："喂。"

"你能下来接我吗？这里需要刷卡，我进不去。"

他才躺了两秒，立即反应过来她在哪儿，他瞬间弹跳而起。

宁清在单位时给他发的信息，他没回，打了电话也没接。她待在座位上，越想越气，到了打卡时间就下班，气冲冲地打了车来找他。

她到了大楼门口，被拦下了，这里有门禁。走到这儿，她居然觉得有点儿不好意思了，他说不定有事，她开会时也会将手机调成静音。这么一通火发了，要是他真在工作，那不是无理取闹吗？

来都来了，于是她跑去旁边的餐厅，打包了晚饭，三个菜就五百多。她肉疼地付了钱，拎着包装纸袋给他打电话。

他再不接，她就把外卖拿回家吃。

赵昕远跑下楼时，一眼就看到了人群中高挑的她。她穿着驼色大衣，围了条围巾，在等他。

这种感觉很好，她来找他，她在等他。

下电梯时他才发现她给他发的信息和一个未接电话，他顿时产生了愧疚，但不好意思承认。

赵昕远接过她手中的包装纸袋，牵着她的手，带她进去："冷不冷？"

"冷啊。"宁清跟着他进了电梯，过了下班的高峰，电梯里只有他们俩。

"我下午在工作，手机放在沙发上，没看——"

赵昕远话还没说完，就被她吻住了唇，今天她穿了靴子，不用踮脚，只要抬头就能碰到他的唇。

"不要生我的气了，好不好？"宁清一脸委屈地看着他，来时怒气冲冲想要找他要个说法，见了他，却想着哄他，不想跟他有任何争执。

他在办公室吹了半天空调，忙得没顾得上喝水，干燥的唇被她的吻滋润着。他低头看着她这副嗔怪的样子，这个女人的本事就是，把他气了两天，再轻飘飘地把这事翻篇，他若再想谈这件事，倒成了他的不是。

他可没软下心肠，眼神移开不看她润泽的唇，说："如果我还生气呢？"

赵昕远绝对没有以前那么好哄了，她心里没底，说："那我就一直亲你，亲到你不生气。"

他耸了耸肩："你几岁？我不觉得这个方法有用。"

说完正好电梯门打开，没有放开牵着的手，他带着她走了出去。

他再次刷了门禁，一个小型创业团队，办公场地不需要太大。宁清倒是惊讶，这个点，没人加班，就他一个人。

他的办公室在最里边，有一张升降式办公桌，长沙发上放着毛毯。他将外卖放在了沙发前边的茶几上，他的确有点儿饿了，坐在沙发上，把包装精致的打包盒一个个放在茶几上。三个菜、两碗米饭。

办公室很热，他见她脱了外套，里面穿了贴身的针织衫。他拿过米饭盒的手一顿，眼神回到了筷子上，没看她。

结果，她拿过了他手中正在拆的筷子包装袋。

"你这是连饭都不让我吃了吗？"

"生气时不该吃饭，对胃不好。"

赵昕远气笑了："那我早两天吃饭时，你怎么不来关心我的胃？"

宁清拿不准他的脾性，这个男人才跟她复合多久，就开始跟她耍心眼，要她一个个答应他的要求。

她弯下腰，被他焐暖的双手轻轻捧住了他的脸，温柔地从额头亲到眼睛，感受到他睫毛的晃动，停留在鼻子上，再到唇。

"还生气吗？"

第十五章　你能抱抱我吗

如果他是一个修行者，那她就是天然的得道者。

有时解决问题的方法是忽略问题，这个阶段无法解决的问题，等到下一阶段，无须费力就能迎刃而解。

人是贪婪的动物，才一周多，赵昕远就想要宁清踏进他家，他知道自己步伐过快了些。

他感受到了不确定，这种感觉是无法用情事上的默契来消除的。

爱怎么会让人生活平衡呢？如此排他性、强烈的目的性、付出与回报比无定数、让人直面弱点的东西，有多美妙就有多邪恶。

她爱他，是不求回报的。

他爱她，充满欲念、占有与贪婪。

他年少时想过，关于感情的最私密感受，他对谁都不会说。

说什么呢？

说在她身上，他看到了自己的自私、对不确定的慌乱、对失控的恐惧？这些年少恋爱时对自我人性的一瞥，在今后数年，无一不展露在学业与生活中。

出车祸那一天，他已经意识混乱得不知国内是几点，那个号码，她是否还会使用。绝境中，他想问她，他该怎么办。

家境、学历、皮相、财富都是外在，在男女关系中毫无吸引力可言。这些并不可贵，只是运气好，然而符合了世俗标准的衡量依据，被世人纳入了性魅力的组成元素。

对他来说，这些什么都不是。

若见过最纯粹的爱意、最强悍的内心、对世俗标准能用天然的自由意志抗拒的灵魂，你还会觉得那些东西珍贵吗？

那些是一文不值的。

如果他是一个修行者，那她就是天然的得道者。

在强者眼里，爱情是驯服与被驯服，哪有那么多的沟通？如果交流有用，还会有战争吗？爱的逻辑简单粗暴得毫无公平可言，是一个灵魂对另一个灵魂的臣服。

一个内心骄傲到傲慢的人，若没有致命的吸引力，没有灵魂上强弱的碾轧，怎么会爱得如此深沉？

他不会让她知道，I'm your slave（我是你的奴隶）。

赵昕远知道自己急躁了，他应当有耐心，而不是逼她。他享受她的小别扭，即使有时如此折磨人。

一双欲念加深的眼望着她，他说："我肚子很饿，现在没力气。"

以为他真生气的不安化作哭笑不得，宁清捶他的胸膛，搞得像她居心不良，送饭就是为了那件事。她没那么欲求不满，好吗？

赵昕远抓住了她的拳头："坐下陪我吃饭。"

他掀开饭菜的包装盖，里面是萝卜老鸭汤、蟹膏豆腐和芦笋百合，香气顿时弥漫开，冲淡了暧昧的气息，两人专心地吃饭。

跟他在一起后，宁清明显吃得更多了。她以前再放纵，也不至于几乎每晚都外食，她吃开心了，却没胖。

可能是因为她挑肉和蔬菜吃，也可能是因为晚上消耗很大。但他都会吃一碗米饭，也没胖。

宁清比他先吃完，然后就在他办公室晃悠。她看见桌上有一个黑色机器，挺好奇是什么。

怕他介意碰他工作的东西，她用指尖指着问："这是什么？"

赵昕远喝了口汤，就抽了纸巾站起身，走到她身边："你坐下。"

"啊？"宁清还没反应过来，就被他推着坐到了办公椅上。

坐下时她下意识地往后仰靠着椅背，本以为是把极其普通的椅子，简约的造型并不觉得有什么特别，上班久坐族对椅子的感受是敏锐的，她明显体会到了腰部的支撑感，连椅背的弧度都能与背部贴合。

"你这椅子怎么这么舒服？"

赵昕远倾身，拿过键盘，输入开机密码："舒服啊？我给你买一把寄到你公司去。"

"贵吗？"

"不贵。"屏幕亮起，他回头看了她一眼，"就当你亲我的礼物。"

宁清笑了，再问他多少钱岂不是自讨没趣，她说："那我可要多亲亲你。"

"那可不一定行。"

"为什么？"

"亲嘴也有不管用的时候。"他一本正经地说完，从抽屉里拿了个未拆封的黑色机器，"这是硬件钱包，送你一个。"

看着他拿了线将黑色机器与电脑相连，她问："这是干什么的？"

"简单点儿说就是储存加密货币的，储存在这个硬件里，处于离线状态，更加安全。交易的时候才打开，通过电脑或手机来操作。"

宁清不太懂电子货币，作为外行人，她觉得特地买个硬件储存，携带和使用特麻烦，估计这东西也不便宜，她问："那可以用手机储存吗？"

"好问题。可以的，可以自己设置手机钱包，免费且同样有效果。手机钱包和硬件钱包的用户是两个群体，手机系统有时是不安全的，安卓手机被root（破解权限）后第三方获得了超级管理员权限，这会非常危险。"他想了个类比，"当你手里有一个亿的时候，你会将银行卡号和密码都储存在手机里吗？不会的，有句行话是：Not your keys, not your coins（你没有私钥，就不能掌握资产）。"

他的解释简洁明了，她想了想又问："那这个钱包是怎么储存货币的？像银行一样，你做了钱包，就得承担托管的责任吗？"

他拍了拍她的脑袋："你怎么这么聪明，我来教你怎么用。"

赵昕远看电脑和硬件储存关联上后，就随手从混乱桌面的角落里抽了两张白纸，快速写下一连串的单词后，又在另一张纸上从1写到24，递给她，说："这里有二十四个字母，你随机把这些数字顺序打散，随机性越高越好。第二十四位一定要换位置。"

宁清觉得很好玩，像回到了高中做数学题时。她从他手里接过笔，先是前后三次调换了一遍顺序，再打散了乱排序，好了之后拿给他看，问："怎么样？可以吗？"

他却没接："你不要给别人看，自己知道就行。"

"哦。"她点了头，"可你又不是别人。"

他看着仰头望着眼底一片澄澈的她，沉默了三秒，继续讲："你再按照正确助记词的顺序抄两份。"

"一份做备份吗？"

"对，我可以帮你保存备份。"他看着她埋头誊写，搞得跟看小孩写作业一样，"你自己那份放好了，不要被人找到，你这种丢三落四的性格，可以去银行租个保险柜。"

"谁丢三落四啊？"她边写边抗议他的措辞，"我这里面又没钱，怕什么？"

"我给你转几个币不就有钱了吗？"

几个币值多少钱？她妈妈的黄金都随意地放在抽屉里，她这两张纸，还得租个保险柜存放，会不会太夸张？

安静的办公室里，女人低头在纸上抄写着东西，男人站在她身旁，见她的头发垂到了桌上，他用手将发丝捋到了她耳后。看到她写完了，男人弯下腰，手搭在椅背上，两人的脸贴得极近，他细声跟她讲着如何操作。如同年少时做题，他从不给她答案，让她自己摸索，只是偶尔给两句提示。

随后，账户创建完成后，赵昕远拿过鼠标，不停地切换着界面，看得宁清目不暇接，主要是他都快贴在她身上了，他还能专心搞电脑，可不代表她能不受影响啊。

他在敲打键盘时，身体倾到她前边，随着换键盘位置的动作，手肘还时不时蹭过她的胸前。看着他帅气而十分专注的侧脸，她想他不会是故意的。

她想往后微微移动时，被他呵斥别动。

宁清再聚焦看向屏幕时，只看到他点了界面上的transfer键："你这是给我转了几个币吗？"

看到正在交易中，赵昕远站起身，笑得十分狡黠："转了点儿给你玩玩。"

"怎么玩？"

"你在这个网上看中了什么，我都可以给你买，你也可以自己买卖。"他很喜欢她来找他，在他的办公室，他带领着她进入web3.0的世界，两人可以一起玩，"明天来吗？来了，我就教你。"

"后天来就不教了吗？"

"今明两天免费试用，后天开始收费教学。"赵昕远拿了封口袋，把刚刚的两张纸分别装了起来，"这个不想玩就放着。遇上烦恼了，就打开此袋，必能解忧。"

宁清被他逗笑，他何时这么贫了："那我一定要好好收藏。"

交易没这么快完成，他在办公室待了一天，想活动一下身子，附近就是繁华地带，他问："散步去？"

"好啊。"

两人穿搭倒是一致，都是大衣，一个驼色，一个黑色，色系挺配。

他们牵着手遛圈，从办公楼散步到了购物商城。又是一年圣诞，不过今年活动都很低调，外边广场上现在都还没有圣诞树，但热闹的氛围不减，购物季已经开始。不过是十倍积分，工作日奢侈品店门口已经开始排队。

赵昕远本想着人不多，可以带她去买条项链。她太朴素了，他几乎没见她戴过首饰。但看到这么多人，他不想把跟她散步的时间浪费在排队上，不如他白天再来。

两人又走了出去，看到他对人多处避之唯恐不及，宁清问："是不是惊叹于本城人的消费能力？能把奢侈品店都挤得水泄不通。"

"是的，我这个乡下人算见世面了。"

"去你的。"她笑骂，他这个城里人来抢什么乡下人的名额，"你是乡下的，我就是村里的。"

"那我就是你村里的，说，我是不是你村里长得最帅的？"

他搭着她的肩，把她揽在怀里向前走着。两人笑作一团，毫不顾及所谓的形象。

“昕远？”

两人循着声源看去，是程帆和林夏，此时他们正在一家酒店楼下。

赵昕远拉着宁清走上前：“叔叔、婶婶，晚上好，这么巧。对了，这是我女朋友，宁清。”

“林总好。”宁清跟林夏打了招呼，她旁边的男人不知如何称呼，就点头致意了下。

“叫什么林总？跟着昕远喊我婶婶得了。”林夏看了眼宁清身上的包，是她送的那一个。

宁清一阵尴尬，这一段关系在她看来就先这么着吧，没想到，他就这么把她介绍给他的亲戚了。

程帆不知林夏怎么就和赵昕远的女朋友认识了，他问：“酒店上面有个酒吧，要不要一起上去喝一杯？”

赵昕远不知宁清愿不愿意，他觉得遇到了认识的人，大方地介绍女朋友是应该做的。他想将她拉入他的社交圈，但又怕她抗拒，觉得太快而无法适应。

看她没说话，他就给回绝了：“一会儿我们可能有事情。”

宁清此时却转头看着他：“我没去过酒吧，你能带我去玩玩吗？”

看到这一出的林夏笑了，她走过来挽住宁清的手，向酒店门口走去：“这儿的酒吧环境氛围不错，他有事让他走好了，我带你去。”

她总是给人惊喜，若说他刚刚没有一丝失望是假的。

两个男士走在后面，程帆见侄子一副彻底放松的样子，身上少了上一次见他时的紧绷感。

做事业的人，各项事宜都要强势执行来推动，日程安排紧张是一方面，更重要的是对紧张感的把控。做事节奏要紧张，心却要不断向外打开、足够开阔地慢下来。

很明显，刚来京州搞创业的赵昕远身上是有种较劲感的，人一较劲，就会紧绷，紧绷就会动作变形。

这并非绝对的好与坏，只是个过程，谁都会经历。但时间不宜过长，在紧张到绷断之前，要及时松开，这看个人悟性。

程帆从那个阶段过来，也保不准以后绝不再经历这样的过程。经验丰富总是件好事，能够敏锐地察觉到心的松紧。所以，他一眼便察觉到，赵昕远已经迈进第二个阶段了。这个速度非常快。

宁清不喝酒，真没去过酒吧。她坐了好一会儿电梯，才到达酒吧所在的楼层，一入内，并没有刻板印象中的嘈杂，放着轻缓的音乐，人不多，装修风格复古而奢华，灯光柔和，氛围十分舒服。

程帆夫妇本就预订了窗边的位置，两张长沙发间是张矮茶几，林夏拉着宁清坐在了一张沙发上。

虽在这个城市待了好几年，但这是宁清第一次来这个地方。她坐下后往外一瞥，几乎半个城市都收于眼底。

河流从城市中穿行而过，亮着灯的是电视塔、连接两旁陆路的大桥、金融街和商场，高耸的住宅楼穿插在其中，参差交错处，不知那些低矮的楼房、偏僻幽静的街道落在了哪里。

她面对如此景观，心中的震撼是无法压制的。

宁清看着幕墙外边，走了神。这样的高度由财富搭建而起，若要细想，这样的景色是以无数人为代价。感叹壮丽过后，心中的恐惧与悲悯也会随之浮现。

她回过神来时，对上了他的眼，朦胧灯光下，他的棱角都柔和了几分。这一刻，他不知她在想什么，可又感知到了她的情绪。那一眼是安抚，是我也在。

三个人都点了酒，而赵昕远给她点的是无酒精饮料，搞得她跟孩子一样。他杯子里的看起来漂亮又好喝，走之前她要偷喝一口。

对面的两个男士开始聊市场、生意。看着这个十分谦逊而聪明的后辈，程帆愿意多提点两句。与不同年龄段的人聊天，会感受到思维的差异。年轻人不喜欢被定义，中年人不喜欢听到否定。多与年轻人交流挺好的，不至于变成惹人生厌的中年人。

两个女士到底没他们那么无聊，自然不谈工作。她们从时尚穿搭说到保持身材，林夏说起行业秘闻如数家珍，十分有话题，而宁清捧哏也十分到位。

林夏喝完酒杯中最后一口酒，对宁清提议：“要不要我带你去露台转转？”

“好啊。”她坐久了又喝了饮料，虽是无酒精的，但不知为何她的脸有些发烫。

长形的幽暗走廊两旁亮着一盏盏椭圆状的灯，沿着走到尽头，推开一扇门，就猝不及防地到了外边半开放式的露台，旁边的摩天大楼似乎都触手可及。

“喜欢这样的景色吗？”

“挺好看的。”

“我每一次看都觉得很喜欢。喜欢这样的高度，还想要更高些。”林夏裹着披肩，转头问她，“你呢？”

“看过了就好，不一定非要得到。”

“不想要更多吗？”

“不是我想要更多，就会拥有。”宁清看向林夏，“我喜欢这样的风景，也想要一步步爬上来。但得不得到都不会成为定义自己的方式。”

“有没有一样东西让你觉得一定要得到？”

“有。”宁清停顿了下，继续说，“这样的执念并不好，失去时会很难受。”

“那失而复得是不是也很开心？”

宁清没有说话，可能想到了林夏是他家亲戚，想到他家，她不想面对一些事。过去的事，她不怪任何人，只希望不被重新提起。

可她跟他要有未来，就一定要面对过去。这是她避之唯恐不及的过去，就算是被他家人万般瞧不起、看不上的她爸爸，也曾护她如珍宝，他们又有什么资格轻视她的爸爸呢？

她一如年少的她，不允许任何人看不起她的父母、她的家庭。

林夏看着这样反应的她，明明与她没见过几次面，在河边有过一次谈话，交过心，但又那么不值一提，但林夏很心疼这个女孩子。

“你知道吗？有一次我跟昕远吃饭，无意中在他的手机上看到了你们俩的合照。”

“啊？什么照片？”宁清完全不记得了，她不喜欢拍照，自己手机里的自拍都寥寥无几，旅行照也大多是风景。

“在学校门口拍的，现在都在他手机上保存着。”

宁清想了想，校门口的照片，那好像是高考前拍集体照那次。班里有个同学带了相机，想多拍些照片留下合影。那人看到了赵昕远，说：“我给你俩拍一张吧。”他俩的事在教室里估计是公开的秘密。赵昕远便拉着她到校门口，拍了张合照。

她不太喜欢看到照片里的自己，最终也不知道那张照片被怎么处理了。她也绝对不会想到，那一张照片还在赵昕远现在的手机里存着。

“听我老公说过一句，这么些年，他都没有过女朋友。”

林夏想，自己是不是年纪大了，就爱看花好月圆。

爱情有很多种样本类型。她和程帆这样的，有爱，更有利益捆绑。她也见多了圈子里相敬如宾的夫妇，熟到上一次床都算对彼此的礼貌，只有外面的新鲜血液才能唤醒性欲。年轻的二代们太过容易得到一切后，会玩世不恭地用叛逆与游戏的心态对待感情。

赵昕远和宁清这种很难见到，却是真实存在的。

林夏看着再次陷入沉默的宁清，每个人的出身不同，造就了不同的脾气秉性、对风险的偏好程度和对天花板的设定。她们的性格看似截然相反，但有一部分极其相似。

林夏欣赏一切能将资源利用到极致、不清高、不怕脏甚至吃相不优雅的女性，那样才能在钢铁丛林中获取一席之地。至于那些你若盛开清风自来、女人要优雅知性的论调，不是她欣赏的。

林夏一向不喜欢给年轻人建议，显得太过好为人师，同为女性，也许是从宁清身上看到了曾经的自己，觉得她的未来可以有无限的前景，不应该被不配感困住。

于是她说："宁清，对于想要的，就要不择手段去拿。恐惧失去是人性，告诉自己不想要和争取后还得不到的感受是有差别的。你只要愿意走出一步，他就会陪着你到最后。"

✦ ✦ ✦

王丽芬带着女儿来京州整牙。

女儿的牙齿长得不齐，笑起来不好看。她上次带女儿去补牙时，医生就说上面有颗牙无法咬合，需要做矫正。

牙齿成了第二个门面，女儿班级里的同学有好些都整了牙，王丽芬也不甘落后。她怕维州的医生技术不过关，干脆带女儿来京州的口腔医院，估计要一两万，但牙齿是需要投资的。

挂的是下午的号，王丽芬一早就带着女儿坐高铁过来了。她想起宁清在京州，她们加了微信，偶尔也会在微信上聊两句。王丽芬想今年没见到过她，便问她是否有空一起吃午饭。

宁清一口答应了，还主动订了吃饭的地方，把地址发给了她。

王丽芬本想从火车站直接打的到吃饭的地方，带着女儿，她却坐了地铁。其实她不会坐这儿的地铁，有意让女儿用手机帮她查了线路，再主动问了工作人员如何购票，过了闸机口后，两人根据指示牌找到了地铁，中间还换乘了一次。

她是个大人，做这一切时心中都带着未知的恐惧。但她要让女儿拥有最基本的生存能力，带着女儿感受一下大城市的节奏，见见世面。

出了地铁，又跟着手机导航走几百米，就到了餐厅门口。这么冷的天，宁清特地站在门口等她们。

"笑笑，来，叫姐姐。"

小女孩害羞地喊了声"姐姐好"，宁清笑着应了，再拉过她的手，带她走进了餐厅。

"这是上初中了吧？"宁清把菜单递给笑笑，"想吃什么甜点呀？"

"对，把她送到了城里最好的一所初中，就是希望她能努力考上一中呢。笑笑，你知道吗？这位姐姐就是一中毕业的，你得多跟她学习。”

当年拆迁后，她家里只要了一套房给公婆住，剩下的拿了钱，全家人再贴了些，在城里买了套小户型的房子。早两年，她又把那套房子卖了，买了女儿初中的学区房。

现在，在城里有房，女儿上了最好的初中，王丽芬心中是十分骄傲的。她从一个偏僻的小地方到了维州，有如今的日子，全靠她个人的努力。至于她靠什么过上了这样的日子，不重要，她已经对得起自己和女儿了。

“不要给孩子太大压力嘛。”宁清看笑笑翻着菜单时略显拘谨，便主动问，“不知道什么好吃吗？要不要我帮你点？”

宁清想起她小时候，第一次去西餐厅是跟着一个阔绰的亲戚。她不知道什么是牛排的几分熟，看着周围人熟练地用刀叉，她怕出丑，吃东西都小心翼翼，怕被人嘲笑。

所以她特别能理解对面的小孩，也觉得，如果她以后有孩子，会带孩子见更多世面，也会教孩子面对不同场面如何表现得落落大方。这些都是她后来自己学会的。

“姐姐，什么叫巴斯克蛋糕？”

“就是口感很绵密的芝士蛋糕。”

“是原味好吃还是抹茶的好吃？”

“都点一份，你尝尝差别。”

王丽芬拦住了宁清：“给她点一份就好了。”

“没事，我们这儿三个人呢。笑笑，再选两个你爱吃的甜点。”

王丽芬心中一暖，对她女儿这么好，就是在对她好，她说：“工作怎么样，忙不忙啊？”

“还好，不是很忙。”

今天是周六，赵昕远有点儿忙，还要赶去开工作会，创业者实际上没什么工作日与休息日的区分。他昨晚睡在了她那里，早上醒来后还要把赖床的她拉起来，她被他弄得回笼觉也睡不着了。她干脆拿了电脑陪他去加班，在他办公室里，他还给她弄了个显示屏接上，方便她工作。

宁清化妆了，打扮得还挺好看。在风月场待惯了的王丽芬，在男女之事上第六感格外敏锐。明显，宁清有女人味了，眉眼间有了风情。

王丽芬是直来直去的性子，从没觉得是刺探隐私，她直接问：“有男朋友了？”

宁清惊讶，她这是随口一问还是发现了什么，她是怎么知道的呢？

此时服务员上了菜，她点了沙拉、牛排、油封鸭、烩饭、意面这一类，满满地摆了一桌，都可分食。笑笑一脸兴奋地拿着叉子尝着每道菜，手边是王丽芬的手机，压根儿就不想知道她们大人在谈什么。

纠结了下，宁清还是对王丽芬说出了口："我又跟他在一起了。"

不用说人名，王丽芬都知道是谁。她是宁清青春期里可以谈论爱情的人，年龄相差不大，她没有大人的严肃。王丽芬在男女关系上从不是个简单的人，兴许是她从未有过被人珍重的青春期，听着少女心事，觉得很单纯，也很有意思。

她也见证了宁清的分手，那天，蒋月去找她，麻烦她来家里陪女儿。宁清一直在哭。王丽芬像抱女儿一样抱着她，跟她说："做了就不要后悔，再伤心，也不要后悔。"

王丽芬没有问他们是怎么在一起的，被她教着从不后悔的人一直在向前走。她一个人在京州工作、慢慢扎根，选择回头，一定是因为爱。

"你把以前的事跟他说了吗？"

"没什么好说的。"

"从不觉得他对不起你吗？"

"为什么会这么想？如果不是跟他谈恋爱，没有他家人帮忙，我爸得进去两三年。"

当初与宁国涛合伙干的人就老老实实在里面蹲了两年，后来在里面争取了减刑。虽有他家的帮忙，宁国涛还是给合伙人的家里赔了钱。这事过后，宁国涛还颇为仗义，每个月都带着那人的老婆孩子，开一二百公里的车去探监，还要给狱警塞钱。他每一趟去，算上路费，都要花千把块。明明当初都用钱摆平了，为了这事，蒋月又是一顿数落，吵起架来骂他："你是不是跟人家老婆有一腿？"

她恨他吗？她有什么资格恨呢？好处是不能两头占的。

"如果以后要结婚，就一定要面对以前的事。"王丽芬对他人情感的问题一贯冷静而现实，"我建议你，与其让他被告知，不如你先跟他说。"

宁清摇头，笑了笑："我没想那么远。"

看她当鸵鸟，王丽芬无话可说，她从不操心别人的感情。这就是宁清的性格，太清高了。是不是读书读多了，都有这个毛病？

清贫后面跟着的就是穷酸，穷酸不就是自尊心太强吗？

如果是她，对方有那样的家庭背景，她一定会死抓着不放，就算要脱层皮，也要捞够了才放手。

她当年的狠劲去哪儿了？

宁清不想谈感情的事，看到王丽芬，就想起了在维州时李慧跟她说的事。当初她虽那么回了李慧，但那几年，家中接连走霉运时，她真怀疑过是不是当年她做得太过分了。

“夏丹你还记得吗？上次回家听人说，她得癌症了。”

“然后呢？”

“在极偶尔的时候，我会想我有没有做错。”

“得了吧你。”王丽芬看出她心中所想，这个小姑娘真的需要被骂醒，想什么呢？“你以为她离开一中后会过得很差吗？人家还是在编制内，旱涝保收的。一个走过快捷通道的女人，你以为她会习惯脚踏实地？这个社会上，她这种人才吃香、混得好。你吃了饭有闲心操心别人，不如心疼自己。”

宁清习惯了她说话冲，知道她在开导自己，笑了：“好啦，我说了是极偶尔，我哪里会犯贱去心疼欺负过我的人？”

“你知道就好。”

见了故人，一顿饭，她们吃得颇为开心。抹茶蛋糕被笑笑一人全部吃光了，见她喜欢，宁清又下单打包了一份。

吃完饭，她刚走出餐厅时，赵昕远就来接她了。下午两人约了看电影，电影院就在这儿附近。她看了下时间，果然快开场了。

宁清向王丽芬介绍了赵昕远，说：“这是我男朋友。”简单寒暄后，两人又陪着这母女俩等待出租车，待她们上了车，才走去电影院。

路上，赵昕远还风凉地说：“我还以为你要说我是你朋友呢。”

程帆开了一下午的会，回了办公室，站在窗前点了根烟提神。

他抽完克制住拿第二根的冲动，坐回座位时拿起手机才发现刚刚开会时的未接电话，是宁真打的。

这位嫂嫂是个厉害角色，年轻时是个大美女，嫁进赵家后还真有能耐，站住了脚跟，这很不容易。

当年赵泽诚为了她，放弃了平步青云的机会。

赵泽诚当年被老领导的女儿相中了，在旁人看来非常好的机会，他却拒绝了。

当然，可以传作笑谈是因为爱情，谁年轻时没有过爱？但也是权衡利弊的结果，老领导女儿脾气骄纵，上门女婿不是好当的。赵家条件也不差，没必要为了比别人快几步而把自己搭进去。

程帆回拨了电话：“嫂嫂，我刚刚在开会，没接到电话。好久没联络了，您有何指教？”

宁真笑了：“对你，我哪里敢有什么指教？

程帆从前边的一沓文件里抽了一份翻开看：“上次哥来，他还说咱们过年要好好聚一聚呢。”

“是啊，他离开京州后见面都少了。不过这走了一个，不又去了一个吗？

哎，我这儿子去了都快三个月了，连趟家都没回过。”

“昕远正是干事业的时候，忙得很，而且现在年轻人休息时都喜欢躺着不动。”

“唉，我也不敢明着催。不过，他这元旦都不回家过节了，我都不知道他到底在忙什么。”

程帆翻了页文件，随口应付道：“这不是有了女朋友，假期要陪女朋友嘛。春节回去不就行了吗？”

他拿着笔将一个数字画出，扔到了右边，这是要被退回的方案，才发现电话那头一直沉默着。他看了眼手机，正在通话中。

“他有女朋友了？你见过？”

可能赵昕远没跟他妈讲，但她至于这么个反应吗？

程帆懒得细说：“应该是吧，他这个年纪谈恋爱不是很正常吗？”

宁真挂了电话，来到客厅。李老太坐在沙发上听戏，电视里咿咿呀呀地唱着，是一出《四郎探母》。

如果一个人好几年都不曾有过恋爱的痕迹，去了京州，才三个月，就有了女朋友，那人是谁？还需要问吗？

今晚有饭局，过节的当口，元旦前每一天的行程都排满了。她没有时间去处理这件事。

她又要怎么处理呢？

她不知道。

那一天，宁国涛跟她说：“你当年跟她是一样的出身，何必这么看不起我家女儿？”

多么幼稚的问题，但也是个好问题。

宁国涛油滑是一方面，幼稚是另一方面。如果他不幼稚，不至于一把年纪混成这样，搞所谓的人脉到今天，都不知道等价交换是基础。

宁真决定节前暂时放下这个问题，换了衣服去参加饭局。

她没想到，饭局结束，出来时看到了宁国涛。他穿着工作服，手中的推车上是摞满的脏盘子。他不该走这条客人通道，不小心撞了人，正在跟人道歉。

她走上前，问：“你怎么在这儿？”

宁国涛最近没什么生意，之前老板说要介绍运货的，也黄了。老板都自身难保了，过年前还要再去催账。

这么多年了，他第一次闲在家里也心急。他这辈子准点打卡的班一次都没上过，却跑来这儿端盘子，结束后再开车运两趟泔水，心里虽觉得丢人，但一晚上也有三百，总比没有好。

他没好气：“在这儿工作呗，不然跑来吃饭啊？”

散场后，电影太过精彩，两人吃饭时都在讨论这部片子的内容和导演风格，又由此衍生到若干话题。

吃完饭，赵昕远带着她消食。他今晚有会，散完步跟她说：“我先送你回去吧。”这个热爱开会的工作狂还抱怨了句，“烦死了，不想工作了。”

囊中羞涩的宁清又不能跟他说“我养你吧”。

看着暴躁的男朋友，她脑抽了，突然说：“要不今晚我去你家？你家就在附近，是吧？”

“对啊，再往前走一公里就是。”

赵昕远没有任何表示，继续带着她往前走，若无其事地聊些其他话题，以堵塞她可能冒出的还是想回自己家的念头。

宁清跟着他走进小区，刷了门禁后进了电梯，再跟在他身后进了门。他把灰色棉拖给了她，自己穿了夏天的凉拖。

家里就两双鞋的极简作风体现在了他的室内布置上，客厅里就一张长桌，靠窗处放了个划船机。

第一次进入他的空间，宁清有些不敢乱碰，随着他走到客厅，还以为他要带着她看一圈房子，没想到他转身就把她抱起放在了桌子上，站在了她的腿间。

她的手挂在他的肩上，他并不亲她，也无任何动作，她说：“你怎么了啊？我跟你回来还不高兴了？”

“你上次拒绝了我，说实话，我心里不痛快。但我知道，我要有耐心，等你对我们的关系有信心，等你愿意走出这一步。”他认真地看着她，“清清，谢谢你，我很开心。”

记忆深处有着彼此最爱时的浓度与她毫无保留的热烈爱意，他又怎会没有失望？对自己的失望。

“你知道吗？我恨过你，恨你跟我分手。我真想报复你，让你哭，让你疼。”

她的指尖轻轻滑过他的脸，描摹着他的轮廓，她问：“那现在还恨吗？”

“如果我说还恨呢？”

“恨我不重要，只要还爱我就好。”

“那你呢？还能给满了吗？”

她刚刚被他抱起时，外套拉链都已经松开。她拉着他的手，放到左侧锁骨下，隔着一层柔软的羊绒，她穿的是他的毛衣，她说：“这里从来都是你的。”

“空过吗？”

真是刁钻的问题，她轻笑着反问：“你呢？”

“以为空过，想填满它。我曾以为用成功和金钱就能塞满它。”

“塞满了吗？”

“塞满那一刻，就又空了。我做过很多事来证明自己，却是为了逃避做真正想做的。”

掌中是她的心跳，他说：“告诉我，这里有没有空过？”

“试图空一点儿时，只会更多。”

静谧的氛围里，毫无征兆，赵昕远突然就捧着她的脸开始吻她，激烈得像一个久别重逢的吻。

她不甘示弱，抱着他的头，回吻着，双腿钩到了他的腰间，要他离她更近些。

当她口袋中的手机再三振动时，她拍打着他的肩，让他放开她，她要接电话。

赵昕远不情不愿地埋在她的脖颈间，说：“赶紧接。”

宁清看了眼手机，是她爸，是个微信电话，看来没什么急事。

他抱着她不肯放，她已经感受到了他的反应，不敢乱动，只能就在他怀里接了电话：“喂，爸？”

对方并不说话，她又看了眼屏幕，信号挺好的啊。

“清清，爸爸对不起你。”

是浓重的鼻音，话没说完，他就开始吸鼻涕。她爸这是喝多了，往事浮上心头，借着酒精才会哭。这种情况之前发生过，第二天他就跟个没事人一样，再不提伤心事。

宁清推着赵昕远的肩，要他放开自己，这个电话不能在他面前打。

“我不该让你当年跟他——”话还没说完，又是一个酒嗝。

宁清从桌上跳下来，快步往阳台走去。

赵昕远若有所思地看着她慌张的背影。

✦ ✦ ✦

前几天，蒋月的腰就一阵阵地疼，但她没在意。

今天早起，剧痛袭来时，幸亏她手里没抱着孩子，不然站都站不稳。宝妈看她不对劲，就开车送她去了医院。

她在这家做了挺长时间，宝宝晚上能睡整觉了，她与宝妈关系也不错。

蒋月虽然没什么文化，但很勤快。她做月嫂前经过了专业的训练，刚开始带孩子时，还会上网看科普文章，很快便形成了自己的一套带婴儿的方法。

当初接这家的活儿时，宝妈刚生下孩子，母乳不多，还被婆婆责怪：“奶不多，孩子都喂不好。”

宝妈都有些抑郁了，哭着说：“我觉得对不起孩子，不能给孩子最好的营养。”

蒋月当即就说:“没有母乳最好这回事，用奶粉喂是一样的。”

这是花钱请的月嫂，她一句话就把人家婆婆给唬住了，婆婆也不敢质疑。

蒋月心中暗想:“你们这些有文化的，怎么就跟信邪教一样相信母乳喂养呢？以前有些妈妈没奶，用米糊都能养活孩子。现在都有奶粉了，没奶还要硬挤吗？把女人当母牛呢？”

没想到宝妈因为这件事跟她关系更好了。可不是，因为她的话，宝妈干脆把奶停了，有她这个月嫂，自己晚上也能睡整觉了。睡得好了，心情才会好。

宝妈还经常在她面前吐槽婆婆，知道她嘴巴严，从不与小区里其他住户的保姆讲闲话，从她嘴里听不到别人家的八卦，意味着她也不会向别人说自家的事。

蒋月做月嫂一贯这样，做事老实，科学带孩子，给宝妈指导。生意也一向很好，都靠着熟人介绍。甚至之前还有一户人家问，要不要跟着他们一起去美国做保姆带孩子，签证都能给办好。

听说美国保姆难找，价格贵不说，还没国内的人做事靠谱、踏实能干。有钱人不怕花钱，就怕找不到合适的。蒋月还真考虑过，过去了住在人家里，住宿吃饭都不花钱，挣的是美元，带回国可是一大笔钱。但她终究还是拒绝了，她不会英语，没这个胆子。

做刚出生婴儿的月嫂是最辛苦的，作息跟着孩子走，晚上睡不好。长期睡不好也不行，一般做这行的，做个大半年，总要歇息两个月。

但这么几年，蒋月基本上没怎么休息过，放着有钱不赚，歇着也难受啊。乡下人一辈子没什么前途和理想，只想着赚更多钱存着，哪里能心安理得地休息?

她腰没闪到，但拍了片子一查，是腰椎间盘突出，她疼得坐立难安，医生建议她要静养。

她原本以为是小毛病，休息一天就好了，但静养不是一两天的事，她也疼得带不了孩子了。

蒋月觉得非常抱歉，原本说好了做到年前，这一时要走，人家也要手忙脚乱地重新找人，给人家添麻烦了。

宝妈倒是安慰她:“没什么，本来就说年后让孩子外婆来，现在就是让外婆早来一个月，你身体要紧。”

蒋月不想再麻烦人家，就打了电话给女儿，跟她说了这事。女儿说今天就来接她，她就开始收拾行李，总不能干不了活儿还待在人家家里不走吧。

宁清是下午工作时接到蒋月电话的，她翻了一下包，刚好身份证就在包里。她当即就跟师傅请了假，打车去了火车站，路上就把动车票给买了，下车后就进站过安检上车。

蒋月只说腰不好，宁清安慰自己，接回来多休息就好，不是什么大病，但也没办法让医生对症下药立马就给治好。人不可避免地要吃苦，还是要靠静养，好些时再做些医生推荐的运动。

人老了，就必须接受身体各项机能的衰退。

不过，她要接蒋月去哪儿？

跟着她在京州，不是不可以，但那么小的屋子，她白天要上班，蒋月在那儿不认识任何人，只能在卧室里待着，估计会憋得慌。

如果回维州，那套拆迁给的房子，一百多平方米，够住了。

说来搞笑，蒋月还嫌弃城里的房子，虽然是个乡下人，穷得很，但宁家村那套房子，不包括院子，占地面积都两百多平方米，还有两层，空间大得很。城里房子那么点儿空间，一泡尿都没撒完，就能逛个遍了。

在维州，能让宁国涛照顾着点儿，但宁清心里又觉得愧疚，就坐在动车上看京州两居室的房子。

她在高速行驶的动车上，看着窗外风景变换浮现，心想：到了这个年纪，在父母遭遇困难病痛时，沉重的压力与无力感有时会让人很沮丧。为什么不能赚更多的钱？为什么不能有钱到让他们退休不用再工作？

她不知道五十多岁的退休年龄是怎么来的，在宁家村，几乎没有人能不做到死。五十多岁还有力气在厂里干体力活儿，六十多岁能找个看门的闲职，七十多岁能在田地里种菜省饭钱。遇上子女不孝顺的，八十多岁被扔去养老院，几百块一个月的养老院是个送死的地方。

但她要打起精神，她是日渐老去的父母唯一的依靠。

她下了火车，打的直奔蒋月雇主的小区，向雇主道谢送她妈妈去医院检查，看着蒋月再次道歉说给添麻烦了后，她拉着行李箱往外走。刚刚麻烦司机登记开进了小区，出租车就在前边的路口。

看着忍耐着腰疼的妈妈，宁清简直要落泪，上次跟她闹得不开心，都没怎么联系。她疼了好几天，都不告诉自己。

“这么担心干什么？我正好可以歇一歇了。既然你来了，就送我回维州吧。”蒋月哪里愿意给女儿添麻烦，住到女儿的那个小破屋子里也不舒服，她当然要回家。

没离婚，那套拆迁房有她的三分之一，她凭什么有房子不住？她在家静养，吃喝都花宁国涛的钱，她才不去京州让女儿多花钱。

“好，我送你回去。”

许久不见了，蒋月打量着女儿，她头发长了，平日里不喜欢打扮的她还化了妆，白里透红，气色很好。看到她背的包时，蒋月这几年也算见过世面了，说：“哟，你这包还是香奈儿啊。”

宁清呼吸一窒，不知道说什么。

“挺好看的，配衣服蛮合适的。你不要太节省，喜欢就买。”蒋月摸着她的头，“你要学会开心一点儿。”

宁清笑了，颇为无力地解释：“妈妈，我没有不开心。”

到了火车站，宁清一手拉行李，一手搀扶着蒋月，领着她慢慢走近安检口，等待最后一道安检时，口袋中的手机开始振动。宁清以为是工作电话，连忙拿出来看，结果是赵昕远的电话。

此时轮到她刷卡进入，还要顾着后边的蒋月，也来不及接，她就把振动的手机扔到了包里，想着有空了再给他回信息。

她们上了车，正值饭点，嘈杂的车厢内混着食物的气息。宁清给蒋月买了份套餐，给自己买了桶方便面。想不到蒋月看她吃方便面看馋了，说要吃。宁清吃了两口就给了她，自己再将她剩下的饭菜吃了。

今天上午那阵尖锐的疼痛过去后，就只有钝到麻木的痛，兴许是刚刚多走了几步路，不知痛觉神经如何传导。蒋月吃完饭打了个饱嗝后，灼痛感再次袭来，她撇着头看向窗外，试图转移注意力，极力忍耐着。

宁清扔完纸盒垃圾后，回来便发现妈妈不对劲，从她随身的布袋里找到了今天在医院配的药，翻到了止痛药，拿了一颗，让她服下。

“有止痛药，你为什么不吃呢？”

“我怕吃多了对身体不好，想着疼可以忍一忍。”

“花钱买了药，不就是为了让身体少遭罪吗？这个止痛药每天能吃一颗，再忍，你人都要不行了。”

“哎，那家人真好，今天走，都把这个月的钱打给我了。就怕再找不到这么好的雇主了。”

宁清拿出包里的病历单和配的药仔细看：“妈，你就好好歇着吧，我养你。别想着赚钱，腰歇不好，以后真瘫痪了躺床上，我可不理你。”

药效还没起作用，虚弱的蒋月被女儿逗笑了：“你不理我，我那点儿财产你一分都别想要。”

“说真的，妈，如果有那么一天，我希望你把自己的钱全部花完、享受完再走，不要为了我节省。”

唉，真是个孩子，一点儿都不懂父母的操心。

“给他打电话了没？”

蒋月口中的他自然是指宁国涛，母女两人都没有家里的钥匙。

宁清从包里拿出手机，手机没电关机了，上次手机摔过一次，现在电池不太行了，电量消耗得很快。她从包里拿了充电线，插在座位底部的插孔上充电。

她又拿了蒋月的手机给他打电话，结果，第一个电话没有人接。

蒋月冷笑："他是不是在外面搞姘头了？"

"你不要急，他要在外面搞姘头不回家，我就喊人把门锁撬了，你再骂死他。"

"呵，说不定我不在家，他把姘头养在家呢。"

宁清觉得她妈一把年纪了，这么几年不回家，腰疼了还能管老公有没有姘头，还真是有活力。

过了十分钟，宁国涛回拨了电话过来："干吗呢？"

"你在不在家，几点回家啊？"

"不在家，八点多回去，怎么了？"

"没事。"

"行，我这里有事，先挂了。"

蒋月挂了电话，她倒要回家看看，他有没有讲鬼话。

车里太暖和，来回在城市间奔波也累，宁清想闭眼休息会儿，结果就枕在妈妈肩膀上睡过去了，到站时还是被推醒的。

宁国涛今天搬泔水时，不小心洒在了身上，幸亏穿的是皮裤，一擦就掉了。他边走边闻着自己，总感觉有股臭味。

还没走到单元楼门口，他就停住了脚步，难以置信地看着前面的两人。

女儿拿着行李，老婆站在旁边。

"你们怎么回来了？"

"妈妈严重腰椎间盘突出，要回来静养。"

宁清上次见到他还是在看守所里，两个多月了，他出来后气色也没好到哪里去，也可能是外边冷，她说："今晚还出去运货吗？"

宁国涛走上前，拿过行李箱："吃过晚饭了吗？"

"在火车上吃过了。"

拆迁房一共才六层高，自然没有电梯。既想采光好，又想以后爬楼梯不太累，大家都想要三四层的房。当初分房时，平日里就不对付的人还闹出了不愉快。

宁国涛这么会搞小关系，自然是拿了三层的房。

开了门，一股冷清扑面而来。瓷砖地，本就冷，饭桌还是以前家里的八仙桌，半瓶二锅头放在桌上，旁边还有盘花生。墙上挂着本去年的日历，沙发上放了几件外套。

蒋月回了家，仔细看了看阳台晒的衣服，进了卧室，打开衣柜扫了眼，再抽出床头柜翻了翻，这像只有他一个人住的房子。她出房门时，看到女儿把她的行李箱摊在地上，再把东西收拾了出来，问："他人呢？"

“他说门口有个羊汤馆，拿着锅出去了。”

小时候，冬天是要去浴室洗澡的，一周洗一次，都是下午去。浴室还在隔壁村，都是宁国涛骑着摩托车带着母女俩去。那时是难得的享受，没有时间限制地冲着热水澡，把身上搓干净，出来后在热乎乎的垫子上躺着睡一觉。他们出来时天都黑了，宁国涛会带着她们去喝羊汤。

蒋月看着收拾东西的女儿，等着端羊汤回来的老公，许久没有的场景，她都不知自己心中是何种滋味。

宁国涛回来得很快，他把电饭锅和手上的两个袋子都放到了桌上，去厨房拿了碗筷和盐，想起冰箱里有大蒜苗，又拿了两根，切成细碎端了出来。

蒋月打开两个袋子，分别是羊肉和羊肚。这满满当当的两大袋，估计要两三百吧，真不会当家。

女儿爱吃羊肚，她抓了一大把，又加了肉和汤，添了盐，说：“清清，过来喝汤。”

三个人，一家人，好几年之后，能坐下来一同喝一锅羊汤。宁国涛将碗里肥瘦相间还带着皮的肉夹给了老婆，蒋月没拒绝。

屋子里很冷，客厅里没有装空调，但羊汤落肚，身子逐渐暖了起来。

宁国涛突然开了口，对宁清说：“明天就是元旦了，你也留下来过节吧？”

“嗯。”

已经九点多，最后一班回京州的动车估计赶不上了，只是她说好元旦要和赵昕远一起过的。

宁清突然想起，他的那个电话，她没有回。她急匆匆喝完最后一口汤，从包里拿了手机，不知这里的房间隔音如何，就跟他们说吃撑了要出去走走，然后出了家门。

她边下楼边看刚刚一直没碰的手机，他打了三个电话，发信息问她在哪儿。

她走到前边的草丛旁，回拨了过去，他很快就接了：“喂——”

她还没说完就被他打断：“你在哪儿？”

“我在维州，我妈妈腰椎间盘突出，有点儿严重。我今天把她从杭州接回了家，刚到没多久。”宁清耐心地解释着，“我刚刚一直在赶车，手机放在包里，忘了回你电话——”

“为什么不告诉我？”

宁清原本想说“这件事，我能自己解决，告诉你干吗”，开口却说：“我当时有点儿急，只顾着买票赶车去了，你生气了吗？我不是故意不接你电话的。”

赵昕远深吸了口气，上次她出车祸的阴影还在，他以为她出了什么事，差点儿就要去报警了。他说：“没有，我只是担心你。那你明天回来吗？”

两人已经定好了元旦的行程，假期第二天去郊区徒步，晚上酒店房间有私汤，可以泡温泉。

“明天不回去——”听着电话那头的沉默，宁清又轻易妥协了，“那我明天晚点儿回去，我们第二天行程不变，好不好？”

“不用，你妈妈腰不好，你假期陪她吧。”

宁清冷得蹲在了草丛边，小声地说：“可是我也很想陪你啊。”

赵昕远笑了，她这一个“也”字安抚了他，但他真要说“那你回来吧”，又显得他这人无比刻薄，不让她陪妈妈。

“乖，就三天。三天后，你就来陪我。”

她已经有衣物和护肤品放在他这里。

宁清又跟他亲昵地聊了会儿才挂了电话。他们明明说的是情侣间的亲密话，却不知为何，她在动车上的无力感、回到家中别扭的不适应感，这些不好的感受都消散了。

宁清从未想依赖他让他帮她解决问题，感受着他的爱，她溢出的爱意就能将自己的糟糕情绪冲刷掉。

恋爱是件很好的事。

在家中的赵昕远挂了电话，坐在客厅的桌前，看着阳台，想起了那一天。她站在阳台打了许久的电话，他来不及问她怎么了，就先开始了他的会议。

这是一个很长的会，开完会，他悄悄地进了卧室，卧室已经关了灯，她洗完澡躺在了床上。

洗完澡后，他轻轻地掀开被子躺进去，怕把刚入睡的她吵醒，他平躺着睡。

在黑暗中，她突然开了口，说：“昕远，你能抱抱我吗？”

那一晚，他只是抱着她，哄着她入睡。

赵昕远拿起手机，找出帮她爸那次别人给他发的文件信息，从上面找到了手机号，同时，买了明天一早去维州的火车票。

他心中的怀疑再也无法压制。

宁家村没了，她的生存痕迹被磨灭了，现在的她似乎与过去的一切都断了联系。

第十六章　回忆里的真相

命运写尽了开头，却吝啬于告诉她“我把捷径给你了”。

年轻人喜欢元旦，不用等到春节，在新年倒计时活动中，他们相聚在城市中心，与成千上万的陌生人一起跨越到新的年份。

老一辈过年只认春节，比春节那一天的鞭炮更热烈的估计是迎送财神。再无宗教信仰的人，对于财神爷也要信一信、拜一拜。

在这个郊区安置房的小区里，跨年这一夜，安静得就像普通日子。不同的可能是冰箱里塞满了肉和蔬菜，明天菜价会格外贵，子女回来过节的，家里早已买好了大鱼大肉备着。

宁清昨夜睡在小卧室里，没有空调，幸而早些天姑姑过来，帮忙把床单、被套洗了，衣橱里的被子都拿出去晒了，不然她今晚还要盖带着樟脑丸味的被子。

手在被子外边冻得都受不了，刚想抱怨怎么就不买个空调呢，她又暗笑自己的矫情，从小冬天不就是这么过来的吗？乡下甚至更冷。

宁国涛那间屋子里是装了空调的，但没见他们开。夏天热得受不了，没办法才用空调制冷，冬天往被子里一钻不就暖和了，冷就再加一层被子，开什么空调浪费电？

用金钱构建起的消费习惯，人是由奢入俭难。

比如，宁清又觉得这个被套不舒服了。

她怀念赵昕远家的床单，丝滑得贴着皮肤都觉得是轻微而柔软的触碰。被子也是，不知是什么材质，没有厚重感，也没有轻浮感，服帖得不着痕迹，整个人被包裹着陷进去。难怪他在自己家喜欢裸睡，在她家睡时要穿一件T恤。

她用过了好东西，再回到家里的床上，就能明显感觉到差距了。昨晚她发信息问他在哪儿买的，她想着给爸妈买两套，给自己京州的床上也换一套。

他也没睡，发了个问号。

她说：“舒服啊，我要给自己床上也换一套，是什么牌子？”

他过了会儿回她：“反正你买不起，告诉你也没用。”

没有发语音，两人打着字聊到半夜。宁清眼皮渐沉，都没来得及跟他说“我睡了”，手机就砸在了枕头旁，她睡了过去。

她醒来时才发现他在零点时给她发了“新年快乐”，窝在被窝里，抱着手机，她笑了。

听到门把手的旋转声时，她迅速锁了屏，把手机塞到枕头底下，装作刚醒来的样子看着进门的蒋月。

她这一连串的动作，自己都觉得纳闷，她心虚什么啊？

“妈妈，你腰好点儿了吗？”她走近时，宁清才发现她手里端了碗芸豆红枣汤，里面还放了个剥好的白煮蛋。

蒋月昨天被女儿逼着吃了止痛药，还真有用。她前一刻还疼得死去活来，药效起作用了，腰间就像打了麻药，一点儿都不疼了。她甚至想她特地回来干吗，但今早又开始隐隐作痛，被打回了原点，但还能忍。

“好点儿了，起来吃早饭。”

“我没刷牙。”

“吃完刷。”

蒋月把滚烫的汤放在床头柜上，从床尾捞了棉袄让女儿披上，又拿了块毛巾垫在了被子上。

枣的甜炖进了口感绵密的豆沙中，一小碗很快就见了底，宁清吃完又打了个哈欠，披着棉袄半躺在床上。

看着她妈忙把碗接过去，又拿了纸巾给她擦嘴，她一脸狐疑：“你这无事献殷勤，非奸即盗，什么事啊？”

“你个大学生，语文怎么学的？”蒋月脱了鞋，坐在了床上，“妈妈不能惯着女儿吗？给你送个早饭怎么了？”

“你对我跟你爸的事怎么看？”

一大早，就来了个这么现实的问题。她能怎么看？没看法。

当初蒋月刚到外地打工时，姑姑还来找过宁清，让她劝劝蒋月，一家人和和睦睦在一起多好，为什么要跑出去打工，搞得一家人都不在一起，这个家是会散的。

宁清当时就拒绝了，说：“这是他们的事，我管不了。”还被姑姑说心硬，哪有不盼着父母在一起的孩子？

也许是从小一直被亲人爱着，有过太多的爱与安全感，她更希望他们自己过得自由、开心，如果在一起不幸福，那就分开。

这不是她该干涉的事情。同样，她的感情，这一次不会再允许他们来干涉。

“妈妈，无论你做什么决定，我都支持你。但我觉得，你这个腰，最好在家歇半年，不要再做月嫂这么辛苦的工作了。”

“我歇在家里哪里有钱啊？”

“我可以每个月给你两千的生活费。”

蒋月笑了，真是心眼实在的女儿：“妈妈手里只要有钱，就不会要你钱。我也来跟你交个底。”她看了眼门口，门被关实了，她压低声音说，“到明年，我出六十万，让你爸掏十万，你拿三十万，咱们凑个一百万，应该够首付了，后面还贷就要你自己来了。”

六十万，对一个乡下女人来说，几乎是大半辈子的存款。

早些年蒋月手里就抓得紧，她知道老公是什么臭德行。

后来，鸡棚的拆迁款下来了，这是一笔被别人眼红的“意外之财”。宁国涛觉得这是他建鸡棚的英明决定，当初所有费用也都是他出的，这笔钱当然是家庭储蓄，但得放在他卡上。蒋月用离婚来威胁他，押着他去了银行，三个人按2∶2∶1的比例把这笔钱分了。女儿的那份存在她手里。

当初女儿说想读研，蒋月鼓励她去，并且把属于女儿的那一份钱给了她。这个研究生才能无负担地读下来。

这个家，成也宁国涛，败也在他。

若没有他建鸡棚、多讨拆迁款的脑筋，维州的乡下人，想凑够一套京州房子首付的钱，想都不敢想。但他若能好好攒钱，房子早就有了。

他的赚钱能力跟他的败家能力不相上下。

看女儿沉默，蒋月纳闷了，她老娘的棺材本都要给她了，她怎么就这表情？

“你干吗？还指望我给你出全款啊？”

“不是。”宁清不知怎么开口，干脆坦诚地说，“我拿了你这么多钱，以后在一些重大决定上我就得听你的，不是吗？”

“你怎么会这么想？”

“妈妈，我知道你爱我，但这就是人性，甚至不以你的意志为转移，我们不要考验人性。这笔钱，我自己多存几年就行了，我没那么着急地想要房子，也不想啃老，更不想把你的全部储蓄都押在房子上。”

这几年，女儿已经彻底独立了，蒋月看着近在咫尺的她，却觉得特别遥远。

“你会在哪些重大决定上完全不听我的意见呢？”

“看，这就是你希望我听你的。”

“难道你希望我说的每句话都要称你的心意吗？”

“你不应该吗？”这句反问口气很冲，但宁清真这么觉得，“如果人与人之间交往，说话都不能让对方开心，总是充斥着为你好的建议和否定，你还会跟这种人当朋友吗？妈妈，你不要总拿长辈的架子来压我，不然我以后什么事和想法都不会跟你分享。”

宁清这些年独惯了，远离父母，一切决定都由自己承担，并不需要旁人的意见，更烦被管着。

宁清知道她是爱自己的，知道自己这么说会让她伤心，忽然抱住了她，说：“妈妈，你现在还是我最好的朋友。不要做我妈妈，做我最好的朋友，好吗？”

听了这话，蒋月心中一阵酸涩，女儿小时候朋友少，自己总让她多交朋友，女儿听烦了就说："妈妈，你就是我朋友啊，还是最好的。"

房间门被打开，厨房的香味瞬时飘进了房间。宁国涛穿着围兜，对母女俩说："两位小姐，可以出来吃午饭了。"

宁国涛厨艺很好，就是懒得下厨。早上，他去买了只鸡，一大锅土豆烧鸡，用不锈钢大盆装着端上桌。女儿回来了，素菜都是买最贵的芦蒿和冬笋。

他还拿了瓶酒，给自己倒了杯后，还给老婆倒上了，说："腰不好，可以喝点儿酒，下午我再去给你买点儿药酒回来。"

今天过节，他明天带老婆去看老中医，看看怎么个治法，要不要推拿。

蒋月看着女儿把鸡翅膀夹到她碗里，便说："你可别给我献殷勤。"

"你们母女俩怎么又窝里横了呢？"

"她还不是跟你学的？"

"好好好，优点都是你的，缺点都是我的。"宁国涛把冬笋最嫩的一段夹给老婆，"她难得回来，别骂她了。"

虽然今年他混到了年尾都一场空，但母女俩都回来了，就是最大的喜事。

酒还没喝两口，男人的臭毛病又来了，他先是问女儿工作辛不辛苦，又说要给领导送送礼，要出去转转，看看有没有机遇赚大钱。

他随即又否定了自己："不过你们这代人，大环境不好，没什么机遇了，只能靠上班拿死工资了。哪像我们，至少还有点儿机会发财，再不行，碰上个拆迁也值了。"

蒋月冷笑："没有她的死工资，你怎么还能在这儿吃饭？"

"那我这不是倒霉吗？"

"你什么时候运气好过？"

宁清在一旁听了心生厌烦，她从不用功名利禄来衡量身边人的价值。失败并不可怕，令人失望的是一个曾经意气风发的男人如今絮絮叨叨，再无眼光与行动力。

她怀念过宁家村，记忆中的故土总是美好而单纯的。怀念乡土生活，也许是种吃饱了的无病呻吟。

当年宁家村拆迁是全村人的要求。既然都拆到附近了，为什么不能再稍微规划一下路线，把村子也顺便给拆了？

这些在乡下待了大半辈子的人，几乎没有谁会怀念农村生活，当看到一点儿亮光时，就要抓住机遇逃离。

她这次回来，住在这个拆迁安置房里时，宁家村在她心中已经彻底逝去了。她不喜欢这里，甚至觉得都比不上她在京州租的小破屋。她曾经敬佩的爸爸也不复存在。

她不再为关系的疏远而难受。兴许五年后，她能与他坐下喝一杯酒聊人生。但现在不是适宜的时机，父女情分也只能到这个份儿上。

这里毫无可怀念的了，她做好了人生走向下一阶段的准备。

赵昕远能给多少，她就能接住多少。

午饭后，蒋月吃了片止痛药，与女儿一同躺在阳台上晒太阳。

宁清正昏昏欲睡时，听见大门砰的一声被关上，便问："他干吗去了？"

"估计去买药酒。"

太阳慢烤着棉袄，热意再温暾地爬到背上，被晒得舒服极了，她闭着眼趴在躺椅上，开口："妈——"

"说。"

"我想回去了。"

"这么想回京州，有男朋友了吗？"

"嗯。"

"今天就走吗？"

"可以吃顿晚饭再回去。"

"晚上太冷了，你再休息会儿就买票走吧。"蒋月摸着女儿被晒烫的头发，暖着手心。

"你明天做完检查把报告发我，我年前再带你去京州的医院做次检查。你在家不要干活儿，好好躺着休息。"

"好。"

蒋月没有问是谁，女儿也没有说是谁。那就是他了。

宁国涛骑了电动车，来到一家茶馆。他进门前还以为是个收茶水费的麻将馆，但还真是个纯喝茶的地方，他被服务生带到一个包间。

包间内的赵昕远正在倒茶，倒了两杯茶，才抬头看他，说："宁叔叔，好久不见。"

赵昕远长得更像他爸一些，特别是眉眼间，凌厉是试图温和的表情难以藏住的。

许多年前见的他，若不是他自报了姓名，宁国涛都认不出了。

"什么事？"

见对方如此开门见山的态度，赵昕远笑了："自从宁家村拆迁后，就再也没见到过你。"

“没什么关系，见不到才正常。”

“是的，但现在有关系了。你女儿现在是我的女朋友。”

“你早几天晚上给她打了个电话，她接完电话后心情很不好。所以，我瞒着她冒昧地来见你。”

宁国涛被戳了痛处，霍然站起身：“你为什么还要跟她在一起？你到底想对她干什么？”

赵昕远坐着没动，抬头看他：“那一天，你说你对不起她。你对不起她什么了？跟我有关吗？”

中午喝的几杯酒让宁国涛涨红了脸，他瞪着这个年轻人，一言不发。

赵昕远没了耐心：“要么你告诉我，要么我自己去查。每个人出于不同立场对一件事会有不同的版本描述，我更想听你的。”

这是一个试图发家致富的故事。

不是所有人都能看见机遇，少部分看到机遇的人中一大半都无法承担风险，或者是，无法获得幸运女神的垂怜。

发电厂附近有大量煤灰，位置偏僻，放在那儿没人动。在附近上班的人天天路过，把这些当垃圾一样看待。确实，锅炉燃烧后的粉末根本不值钱，一吨才几十块。又不是电线会有人偷，谁会把这些垃圾当回事？

如果，有一辆渣土车、一台挖掘机呢？

实际运输时会超载，少一点儿装二十吨。卖出去一吨三十块，卖的地方不远。晚上七点开始，早上五点结束，一夜能跑四个来回，刨除油费，你算算一夜能赚多少钱。

挖煤灰不需要任何技术含量，而且现钞结算，不用交税。

在厂里干体力活儿，三班倒，一个月撑死了四五千，而他两三天就能赚到人家一个月的工资。当然，这账不能这么算，他一辆运输车就要几十万，这是成本投入。

只要不被抓到现行，就没有关系。有指纹、脚印怎么了？不能去发电厂玩一玩吗？

宁国涛跟朋友一拍即合，又找了个开挖掘机的人，三个人就开始干。他们边干还边开玩笑说挖的不是煤矿，简直就是个金矿。

他们把土糊在车牌上，就算被抓到，交个罚款，回去继续把车牌盖上。

他们干了很久，后来被人举报了。派出所的人晚上蹲点，直接把三个人给抓了。没有任何发票单据，直接就算销赃。

而三个人，就算个犯罪团伙了。

他和朋友够义气，一口咬死了开挖掘机的不知情，然后他俩，一个人不开口，另一个人的证词也没用。

但那个开挖掘机的以为他俩出卖了他，全说了。

金额足够坐牢了，他还是主谋。

他被关了好一阵子，老婆过来找他，说把钱吐出来，事情就能解决了。

这件事的后续之一是，在他这个案子了结后，那片才被他挖了一个小角落的煤灰被当地一个大老板的哥哥拿去挖了。挖了没多久，另一伙人去抢，两伙人打架斗殴，闹得极大。

最后，那片煤灰被挖完了，几十万的纯利润不知落到了谁的口袋里。

他是最先发现机遇的，但钱并没有落到自己口袋，甚至以极惨痛的方式过早地结束了致富梦。拿到钱的人却安然无事。

“我在里面不知道是你家帮了忙。”看着对面年轻人苍白得随时要暴怒的脸色，宁国涛最后说，“她什么都没有做错，是我做老子的对不起她。”

✦ ✦ ✦

这是宁清今年第二次从维州回京州。

她第一次回来时藏着伤心。多年后两人相见，她什么都不能做。

这一次，她坐在靠窗的位置，看着窗外的风景变换，心中很静。

读书时再穷，她也去过很多地方。

大学时，她坐着绿皮火车，夜里听着落在轨道上的轰隆声，充满稚嫩与好奇的眼看向无边无际的黑暗。

读研时，她乘着“红眼航班”，去周边东南亚小国，拿着地图在大街小巷走着，慌乱而兴奋地面对未知。

那时她经济并不宽裕，朋友依旧不多。远离了父母，她能不被往事牵绊，不愿计较对与错，更不愿对影自怜，她永远拥有让自己快乐的本领。

她看过很多风景，经历过很多事。这一刻，她想回到赵昕远的身边。

下了火车，她坐地铁去他家。门是密码锁，她进去后找了一圈，他却不在家。她没问他在哪儿，昨天在家里洗澡太冷了，连头都没洗。她放下包，去卧室拿了睡衣，就去洗了个舒服的热水澡。

她洗完后出来，才五点多。她想等他回来一起吃饭，就去厨房冲了杯热可可，抱着杯子焐着手走到客厅。

如此大的客厅，连个沙发都没有，看这划船机的架势，他这是要么让自己坐着工作，要么站起来就运动。

有如此自律的男朋友，宁清只能端着杯子坐在桌前。

桌上放着一台电脑，是他在家偶尔处理工作或开会用的。她没用过苹果电脑，之前看他开机用指纹倒是很惊讶。他就帮她也设置了个指纹，跟她说：“这台电脑里没什么重要文件，你可以用。”

他不在，电脑却没关机。

她偶尔制造惊喜，比如此时没有告诉他她回来了，想等他回家。如果他回来得晚，两人可以一起吃夜宵。

宁清想找部电影看着等他，解锁了屏幕后，发现他的邮箱界面正打开着，满屏英文的工作往来邮件。她刚想关掉时，却在界面上看到了一个熟悉的邮箱地址。

那是他的另一个邮箱，如果不是在邮箱名里看到自己的姓名缩写，她绝对想不起来了。

可可的香气飘到鼻翼，巧克力混着牛奶的鲜甜，她抿了一口，她应该关掉页面。

她不该碰，每个人都有自己的隐私，未经他允许，她不该进入他的黑洞。可放在触摸屏上的手许久没有动弹。

这个邮箱是他们一起注册的，他还帮她注册了一个，说：“手机号码会换，QQ会被盗号，有这个邮箱在，我们就能永远保持联系。”

她当时不信，说：“手机号码换了会告诉你，QQ号被盗了就再找回来，怎么会断了联系？”

后来，她的手机号码换了，QQ注销了，那家提供邮件服务的公司也退出了本土市场。

她几乎没有用过这个在无比幼稚的年龄用两人姓名缩写和特殊日期交叠排序注册的邮箱。

年少追求特别，邮箱名都要设置得充满个人气息和具备特殊意义。现代人邮箱是应付工作需求，公司内部更是整齐划一地用姓名做前缀。

客厅很静，似乎静得能听到指腹在触摸屏上的点击声。收件箱里只有早年的几封垃圾邮件，并没有处理掉，除此之外，只有一封当年注册后测试用的“Test”邮件。

宁清此时心中莫名恐惧，他为什么还要留着这个邮箱？从未收到过来信，为什么还要顺手挂着？

她点进了已发送邮件的归类里，有好几页。每一封的收件人都是她的邮箱地址。

她点开了第一页最早的一封。

7.30

延期了，这件事已经过了很久。不知道该怎么说，也没跟任何人讲。

早两天梦到了你，你不肯跟我讲话。

8.8

又在实验室待了一整天，一个字都读不进。

导师责怪我为什么写不出好的paper，他却不熟悉我的研究方向，无法给我指导。

我很失败，是不是？

8.30

这段时间过得糟糕极了，很久没有睡。

很久没有跟人有过交流，也许我该去看心理医生。

犹豫很久，知道你不会回。面对你，就一定要面对自己。

我无法接受这样的自己。

9.2

所有人都让我再坚持一下。

如果你在，你会不会让我放弃？

9.3

梦里的你不会给我答案，是不愿意跟我讲话吗？

清清，我快坚持不下去了。

9.3

我准备退学了。

12.8

生日快乐。

这段时间发生了很多事。

我已经退学了，找到了实习。

你呢？工作了吗？

1.10

想回国，想联系你。

可初恋于你只是一段回忆。

多么丢人，我忘不掉你。

1.20

快过年了。

订了机票，又取消了，不想回去过春节。

已经好几年没有回国了，假期就把自己扔到一个陌生的地方。假期会去新西兰的Roys Peak（罗伊峰）徒步，常常从体力的自虐中获得快感。

会留在这儿工作几年吧，做些感兴趣的事。

先祝你新年快乐。

12.8

生日快乐。

刚工作完，大脑依旧很兴奋。

一年没有联系过你了。

哦，Roys Peak挺险峻的，我爬了三个多小时。

登顶时看着下边的湖景，有人说，在大山大河间会忘了个人情爱，简直是扯淡。

在那儿坐了很久，却决定不再联系你。

不会再给你发邮件了。

如果有一天，你看到了这些邮件，就当没存在过。

我不会再允许自己在你面前展现脆弱。

最新的一封，是今年。

9.25

我回国了。

宁清觉得视线一片模糊，再也看不清屏幕上的字，直到眼泪落到了桌上，她才后知后觉发现自己哭了。

对不起，我不是故意看不到的。我只是……以为我们彻底断了联系。

她扯过纸巾，擦掉了眼泪，突然站起身，换下睡衣，拿着手机和包，边跑边打车，去自己家。

自己的出租屋好几天没回，宁清连鞋都没有换就冲进了卧室，看到床头柜上的那本书时，她停下慌乱的步伐，慢慢走上前，把那本书抓在手里，一屁股坐在了地板上。

在家时，这本书就放在她的书桌上。

他在注册邮件时，随手拿了这本书，翻到最后一页，把复杂的密码写下，说："怕你忘了。"

这些年，她到哪儿都把这本书带着。

她只看到了扉页的字，偶尔再翻阅一遍内容，却从未翻到最后的空白页。

命运写在了开头，却吝啬于告诉她"我把捷径给你了"。

窗帘拉着，房间里的所有光源只有那一小方手机屏幕。经过反复操作，她重新登录进了那个邮箱。

地板很凉，房间很冷，她整个人如同僵硬了一般，只有指腹在屏幕上滑动。一条条地，她看完了这些年他给她发的所有邮件。

许久，砰的一声，手机砸到了地板上，房间里唯一的光源消失，又陷入了一片黑暗。安静得让人以为她好像睡过去之时，她跪坐在地上，抱着床上的一团被子，将脸埋了进去。

再号啕的哭也会被厚实的被子吸声，化作嗡嗡的呜咽声。纸巾擦不掉的泪，可以被棉花吸去，只在被套上晕染作一团湿意，无从分辨到底流了多少泪。

手无力地在床垫上捶打着，她恨自己，为什么不肯翻到最后一页，是忘了，还是不愿意？为什么没有在他最需要自己的时候出现？

那段时间，那么密集的邮件，他是在向她求救。她的昕远，那么高傲又自信的一个人，当他说坚持不下去时，他到底承受了多大的压力？

隔了三个月，才有了下一封邮件，他一定是出事了。

她好恨自己，在他最需要自己的时候，她却什么都不知道。

一直没有回复的邮箱，像冷漠的旁观者，看着他陷入黑暗，看着他挣扎，都无动于衷。

他为什么还要回来找她？为什么还要来帮她？她有什么可值得的？要恨她就恨到底，不好吗？

这是他藏在深处的伤痛，他要她装作看不见，她不知道，她该不该问到底出了什么事。

可是一切追问又是那么颓然无力，揭开伤疤是种痛，一如她不会在他面前提当年的事。

许久，当再无泪可流时，宁清拿起手机，哭肿的眼畏光，看到手机屏幕时下意识闭了眼，她想起身开灯时才发现腿已经彻底麻掉，她半趴在床上点开了微信与他的聊天界面。

她问他：“你在哪儿？”

元旦，宁真一家有一场午宴、一场晚宴。

没了午宴的人多热闹，晚宴是与更亲近的自家人一起吃。自家人便不必推杯换盏，更没有劝酒，只是舒舒服服地吃一顿饭。

中午时宁真便被问：“昕远终于回国了，怎么元旦都不回来一起吃顿饭？”她只得解释：“儿子在创业，自己当老板，哪里会分工作日、休息日？”

她自是被夸了儿子能干，都不用劳烦家里安排工作。虽然知道这是场面话，都不知道她儿子在干吗就这么夸，但她还是挺受用的。不管创业怎样，都是他自己在操持一摊事，从不问家里要钱。

晚饭她跟哥哥和几个平日里联络热切的表亲吃饭，上次昕远回国时已经跟他们聚过餐，自然没了被问的烦恼。

侄子这次带了女朋友一起来吃饭，小姑娘知书达理，很文静，估计明年就要定下来了，宁真想起儿子的事，心中不是滋味。

一大家子人站起身说了贺词，一起碰了杯，各自喝了口杯中酒水后刚坐下时，包间的门猛然被推开。

“昕远？”坐在主位的哥哥看向门口。

宁真转了头，看到儿子似是风尘仆仆地赶来，但脸色十分不好看，盯着她，一副要拿她是问的神情。

他的情绪控制能力一向很强，几乎不会跟身边人发火，此时他这种愤怒着直接就闯进来的状态着实不对劲。

宁真微笑着问他：“昕远，你怎么来了？什么事？”

赵昕远到底是控制住了自己，不会让她在亲友面前下不来台，进来后向长辈们一一问好，然后说：“我有朋友在这儿要招待，听说你们在这儿，就过来打个招呼。”

寒暄完，他低声对宁真说：“我有事找你，回家说。”

儿子走后，宁真彻底没了吃饭的心思。有哥哥在这儿招待着也不失礼数，她就找借口先走了。

她喝了点儿酒，喊了司机送她回家。她走上台阶正要开门时，闻到了一股烟味，是从右手边的院子里飘来的。

即使白天有太阳，院子里也觉得冷清，冬天就被荒废了，没人去，更别说是寒气重的晚上。

赵昕远坐在院子里并不出声，只有手中香烟的光点随着他吸吐的动作移动着。

宁真打开院子的灯，走了进来。

见开了灯，他眯着眼把最后一口吸完，掐着烟头按在烟灰缸里，将火星子按灭。余烬的烟灰冉冉升起，在寒冬的冷空气中消散。

赵昕远很少抽烟，成瘾性物质不能帮助解决问题，有瘾不是件好事。当发现自己对任何物质有瘾时，他就会自虐式地戒除，不允许自己被掌控。

尼古丁可用于镇定精神，他刚刚在门口超市买了一包，也就允许自己抽两根。

他只是听宁国涛说了个大概，至于细节，当初在狱中的宁国涛一概不知。

赵昕远看向走过来的他妈，说："坐。"

宁真看着桌上的可乐，他从不喝这玩意儿，怎么想起来买了？她拉开椅子，坐了下来。

"掌控别人的命运是不是很好玩？"

"你是指什么？"

"你为什么能够自大到为我做出决定，让她跟我分手？"

"是她为你做出了决定，昕远，是她把你卖了。"

赵昕远笑了："妈，不要在我面前说这种话。这件事，谁都有自己的版本，而我只相信她。"

宁真心想：宁清真是好手段，才两个月就又将他哄得团团转。

"如果你心里都有结论了，那来找我干什么？"

"可以听一听你的版本。当然，无论你的版本如何，都不会影响我和她之间的关系。"

"你和她的关系？什么关系？"

"男女朋友关系。"

"那你这次想到哪一步？"

"结婚。"

"那这次她是不是要弄出个怀孕来跟你结婚？"宁真冷笑，"上一次，她跟我说，她跟你上床了。如果我不答应帮她爸，她就要把这件事说出去，来毁你名声。"

看儿子沉默，天很冷，她不想在这儿多待，便站起了身："赵昕远，我是为了你的自尊心才没有跟你说这件事的。你所谓的爱情也不过如此。"

✦ ✦ ✦

宁清的高三过得是快乐的。

"高三""快乐"，这两个词似乎是矛盾的。"一考定半生""要坐穿板凳”“拼尽全力”“不敢松懈”“对得起自己与父母”，这些苦大仇深的词句哪一个与快乐有关？

为了错开高峰节省时间，午饭和晚间洗澡，学校都会安排高三学生早十分钟下课。饭点时，食堂近门的一角早已被一群家长占了座，爷爷奶奶居多，多是住在附近的，他们提着保温桶过来给孩子送饭。

学生学业也紧张了，周日休息半天，一个月才有一个完整的周末。

有人认为高考成绩只是对知识掌握程度的量化，看到失常发挥的，总要惋惜一句，这次没发挥好，这不是他应有的水准。他们不肯承认，体力和心态也包括在个人实力中。

带了这么多届学生的老胡知道，“发挥失常”这句话就是用来安慰人的。高考就是场综合比拼，而非仅仅比拼知识内容本身，没有发挥不好这回事。

老胡对待学生是放养式，这群学生本就自觉性高，若懈怠了，他敲打一下就好。如果真出现问题，大都是学生对自己要求太高了，这时老师就跟心理医生一样，喊出去聊聊天。

高三时，老胡也就喊宁清出去聊过一两次。

这是个挺特别的学生，虽然学习成绩不是拔尖的，但她知识涉猎面广，很会思考。这种特质不是学校教育能带来的，只能靠个人悟性和后天的自我学习。比起学习能力，她更强的是心态，非常稳。这种学生，高考成绩就是平时成绩，如果题合胃口，还能超常发挥。

聊也没什么好聊的，他只是提醒她说：“要权衡好五门功课的投入。你物理、化学那么强，都考双A+，但总分没那么好时，A+就会被浪费。”

宁清挺喜欢新班主任老胡的，他对她挺宽松的。不像高二时，她一大半的烦恼都是不知班主任何时会发疯，她要小心翼翼地遵守一切规则，就怕逾矩一步遭了天雷。没了学业以外的烦恼，她明显开心很多。

谁也不能将这一学年过得丰富多彩，六点起，十一点后入睡，醒着的大部分时间都是学习。重压下难得的喘息才显得更珍贵。鸡血与理想不总是有用，要有一丝甜、一点儿放松，才能骗过劳累的身心。

宁清和赵昕远会在晚自习的课间一同散步；在春天里的周日下午，他会带着她骑车溜达；回宿舍时，她会得到一个晚安吻。

两人太过了解彼此，平日里他总是对一切都游刃有余，当宁清察觉到他偶尔的紧张时，虽不能体会在成绩排名上高处不胜寒的苦恼，但遇上这种时候，她总会不动声色地主动拉他出去散步聊天。

赵昕远当然发现了她的特意，他十分欣赏她内心强大，跟她在一起时，他的心会很静。他有时觉得她单纯到冒着傻气，有时又觉得她什么都知道。

两个人偷偷的，藏得很好，没被老师和家长发现。

开了春，就是倒计时一百天。他们的夜间散步变成了跑步，繁重的学业带来的身体与心理的双重劳累在这三圈跑步中得到宣泄。

赵昕远腿长，体力很好，跑步天生有优势，却压着速度，略微在她前方，还能优哉地跟她说两句话，她显然只能顾着追他，连话都说不了。

最后半圈时，他会猛然加速，带着她冲刺一百米。等到她实在跟不上时，他一把抓过她的手，拉着她跑。

宁清每次都累得跟条狗一样，觉得在被他训练，跑完后人仰马翻累得想一屁股坐下，他都不让，会扯着她再慢走一圈。

这样的确很解压，疲惫被赶走，他们又能回去再学习两小时。

这一百天，过得太快了。

进入六月后，一场大考在即。他们已经不上课了，进入了自主复习、老师答疑环节。所有学生的状态都如同一根皮筋，已经绷到了断裂点之前。即使绷断了，也要重新打个结再次拉紧，把这三天坚持下来。

三天如同一场梦。考前很紧张，进了考场把会做的题都做了，出来后假装认真地复习下一门要考的科目，再次循环往复。

最后一场考完，宁清走出考场时，竟然发现赵昕远在楼下等她。她不顾有同学在，跑到他跟前，问："你怎么比我先出来？"

在拥挤的人群中，赵昕远直接牵住了她的手，他喜欢这种光明正大的感觉，问："考得怎么样？"

"还行吧。"

"你是不是今天就要回去？"

"对啊，我爸来接我，还得把宿舍里的东西搬回家。"

"就不能让他明天来接你吗？"赵昕远有点儿不爽，两人都不会为了恋爱耽误高考，他都已经一个月没跟她好好待着了，"刚考完，你就赶着回去，是一刻都不想跟我待在一起吗？"

他寒假本该是跟着父母一起回爷爷奶奶家过年的，但为了跟她在一起，他硬是找了借口说焦虑，不想回家见人打交道浪费时间。他想待在外婆家，村里安静，适合好好学习。

寒假被他糊弄过去了，暑假是一定要回去看爷爷奶奶的。

宁清这才刚考完，又要在他这儿面临考验，她说："我想啊，但我爸都已经来了呀。"

"那你明后天有空吗？"

"有吧，反正考完也没事，怎么了？"

“我们去京州玩吧，玩两天。”

“一天行吗？”

“我过几天要回爷爷奶奶家。”

她打了个哈欠，考完好累啊，顺着他的话随口问他：“哦，你老家在哪儿啊？”

看到他突然停下和不虞的脸色，宁清瞬间清醒，改了口：“可以，两天。”

宁清被接回家后，做了半天心理建设，才敢去跟蒋月说，她明天要去找赵婷玩，想在赵婷家住一晚。

没想到蒋月想了一分钟，就答应了，还给了她一百块钱，说：“不能空手去人家家里，记得买箱牛奶拎上门。”

对于能出去玩，宁清还是很激动的，她都不好意思说，高中这三年，她都没出过市。

她才考完试半天，就已经把高考彻底给忘了。她睡前收拾了衣服装在书包里，再从她的私房钱里数了十张红票子，藏在书包夹层里。跟他出去玩，她不想花他的钱。

他们说好了上午在一中门口见面，赵昕远一早便到了，昨天就拿她的身份证去买了票。

他做事一向稳妥，此时却担心她没有手机，万一她有事不来联系不上她怎么办？他正低头看时间时，肩膀就被人从后面拍了下。

他回头。她穿着背带裙，一脸笑意地看着他：“我没有迟到吧？”

他扫了眼她的腿，又移开视线：“没有，走吧。”

宁清被他带着上了火车，他特地给她买了靠窗的座位，能让她看窗外的风景。

这是两人第一次一同出行，毫无学业压力、肆无忌惮地牵着手。下午他们伪装成大学生，光明正大地进两所大学逛了一圈。晚上赵昕远又带她去了夜市，吃饱了肚子，在河边逛了一圈，她才跟着他到了订的酒店。

进了房门，房间窗帘是拉开的。宁清跟个乡下人进城一样，都顾不上放下书包，就跑到窗户边，从房间里竟然能看到刚刚散步的那条河！

她再看这个房间的摆放装饰，比她的卧室都要好，来之前她还担心住的宾馆不卫生呢，她问：“多少钱啊？”

“没多少钱。”他走到了她的身后，把她背上的书包扯下来放在沙发上。

宁清不信，双手抱在他的颈后：“喂，不要瞧不起我好吧，我带了好多钱来的。”

赵昕远低头看了眼，她本就短的裙子随着她的动作更往上移。原谅男性就是视觉动物，她的腿很长、很直，平日里都是被校服密实遮挡着不见太阳，还很白。

“你带了多少？”

“四位数呢。”

“那你真有钱。”他心不在焉地夸奖着。

“是我存了好久的家底呢。”宁清说着自己倒乐了，“你说，我们要是不回去，别人会不会以为我们私奔了？”

他们村真有人十八岁就跟别人跑了，妈妈还一直拿这件事来警告她，说别小小年纪就谈恋爱，是会毁一生的。

“搞这么波折干什么？大学不就能来这儿读了吗？”

她想起大学校园里道路两旁都种满了树，时不时就有一片花丛，今天去时月季与绣球正盛放着，她笑着说：“是啊，没想到大学那么美，跟个公园似的。”

她忽然仰头看着他，说：“你知道吗？高一班主任说过，假期可以去附近大学看一看，或者去想考的大学，给自己一个梦，才会更努力去实现。没想到，高考完，我才知道大学是什么样子。昕远，谢谢你带我来。”

赵昕远忽然抱住了她，过了许久对她说：“我们还会一起去很多地方。”

命运有时是毫无征兆的。

那一天，宁清睡到了下午才醒。妈妈和奶奶在鸡棚住着，爸爸昨晚没回来。

她昨晚在看电视剧，一集又一集，上瘾极了。她还特地调低了声音，要是听到开门声，她就立刻关电脑去睡觉，怕被骂一顿。

结果她边等边看到早上六点，人都困得不行了，然后飘着上床，埋头倒下，一头栽进了睡梦里。

她爬起来时已经是傍晚，她给自己煮了碗泡面，还煎了个蛋，边吃边懊悔，今天一定不能熬夜了。

她吃完给爸爸打电话，想问他什么时候回家，能不能带份烤鸭回来。但电话没有打通。

她又给妈妈打电话，响了一会儿，直接被挂掉了。

这是怎么了？都不接电话。

宁清没有多想，估计他们都在忙，她决定干会儿活儿，把从学校带回来的书都整理了塞进蛇皮袋里，明天看到上门收废纸的喊过来一起给卖了。那么多书和考卷，估计能卖几十块钱呢。

等到了晚上，她准备再打个电话给爸爸，想委婉地催一下他，他之前说要给她买手机，他什么时候能有空，或者直接给她钱，让她自己去买。

电话依旧没有打通，她第二次给妈妈打电话时，也没有人接。

天已经彻底黑了，宁清刚刚在收拾东西，还没来得及开灯，在二楼的房间里抓着座机的话筒，在一片黑暗中听着嘟嘟的响声，她心中突然很害怕。

她一个人在家中待了两天，此时爸妈都联系不上了，像做梦一样，反复喊人都不会有回应。

她呆了片刻，想给赵昕远打电话，想听见他的声音，让他告诉她这不是梦时，听到了楼下钥匙塞进门锁里的声音。

宁清小心翼翼地出了房门，走到楼梯口，蹲下来看要进来的人是谁。如果是小偷，她立马就回房间锁门，再打电话求救。

白炽灯被啪地打开，下边一片亮堂，她看到是妈妈和奶奶，被吊起的心才放下。她扶着楼梯扶手两步一跨地下了楼，责怪道："妈妈，你怎么不接电话啊？吓死我了。"

妈妈却连忙把门关上，拉着奶奶到了最里边的房间。宁清觉得不对劲，跟了进去："妈，到底怎么了？"

"别吵。"蒋月不耐烦地呵斥她。

孙英红着眼，这个房间连个窗户都没有，她却依旧压低声说："你爸爸被抓了，我们不能让任何人知道这件事。"

宁清显然无法理解，她爸爸昨天下午出门前还跟她说："明天带你去城里买手机。"

"他为什么被抓了？"

"拉了不该拉的东西。"

"好了，别跟她讲了。"蒋月打断了孙英，对女儿说："你上楼去。"

"我先把国梅喊过来，让她打听打听，有什么关系可以找。"

"她能有什么关系？"蒋月看女儿不离开，也没力气赶她走，想了想，说，"妈，咱们这儿不是有个现成的关系可以问一问吗？"

孙英自然知道媳妇说的是谁："但我们家跟她家向来没有任何交情。"

说没交情都算好的，当年发生过那些事，估计现在去找她要被她笑死。

"总要试一试吧，她老公位置还那么高。都是这么多年邻居了，不至于这点儿情面都不给吧？她要真帮了忙，我们肯定给人家钱啊。"

她们在说赵昕远的家人。

宁清记得，家长会那天，他妈妈还很客气地跟她和妈妈打了招呼。

赵昕远那么好的人，他妈妈也一定很好，肯定能帮她家。

那个晚上，她一直这么安慰自己："没事的，爸爸不会有事的。"

第十七章　她曾亲手毁了一切

和好，好不好？

第二天一早，蒋月便看到李老太在门口择菜，满满的一箩筐，再装进塑料袋里。蒋月问了下，原来是她女儿今天要来接她去城里过夏天。她女儿担心她天天下地干活儿，会中暑。这是老一辈人改不掉的毛病，无论子女有多少钱，只要能动，都要在田地里种点儿菜，犯不着花钱买。

等宁清起床下楼时，发现妈妈坐在躺椅上，皱着眉头，叹着气。

旁边的奶奶唠叨地埋怨着："我都说了让你别去，这下可好，别老太婆一张嘴管不住，搞得村里人都知道了。这个讨债鬼，我就说他怎么之前拉货时要把车牌用泥土糊上，原来在外面偷煤灰。"

"赚了多少钱，退回去，不知道能不能少判点儿。"

"哪里有这种好事？他不是拉了一两天，一两个月都不止。弄得不好，听他朋友老婆说，要判两三年。"

"那个女的哪里是好东西？就怕国涛少判、她老公多判了。"

"哎，你也是，平时都不管管他吗？他在拉什么、赚了多少钱，你那里没有一本账吗？"

"你儿子是什么东西，你不知道？他的钱只能自己抓在手里，我能管他什么？"

"我儿子是什么东西啊？那你不还是嫁给他了吗？你是他老婆，你不该管他吗？"

蒋月听烦了婆婆这老一套，看到女儿突然站起身："你去哪儿啊？一会儿就吃饭了。"

这种类似的对话，宁清从昨天晚上就听到了，想不到她们今天还能继续吵。她听得不耐烦，穷人家有三门富亲戚算不上穷，她家，一门都找不出。

六月已经开始闷热了，在考场上的三天，空调、风扇都不允许开，夹着紧张的闷热感，薄汗打湿了背部的校服，她也无暇顾及。此时站在午时的烈日下，各家各户都在家做饭，远处大片的树林枝叶随着微风无力地晃动着，蝉鸣都显得敷衍，村子里简直是静到窒息。

屋子里死一般的寂静，两个无能为力还在相互责怪的女人，谁都不能给她一句安慰、一句保证。

宁清鬼迷心窍地往李老太家走去，偏屋是厨房，她走进去时，李老太正在炒菜，宁真从柜子里拿碗出来。

“清清啊，考完了吧。”李老太又转头问女儿：“是不是今天就能查分数了？”

“对。”宁真将碗筷放在桌上，对着这个女孩打招呼：“好久不见，考得怎么样？”

“阿姨好。”宁清克服了心底的恐惧，再次开口，“我能不能找您说件事？”

宁真猜到了她的来意，但不明白，刚刚自己已经明确拒绝了蒋月，蒋月为什么又要让孩子掺和进来？

两家人没有交情，平日里也没有交好过，又没有回报的一天，那就没必要用老公的关系帮忙。她们说给钱更搞笑，她差那点儿钱？

“好，你跟我来。”

宁真带着她走进客厅，从桌上拿了瓶饮料递给她，说：“你额头上都是汗，喝点儿饮料。”

像被她的热心举动鼓励到一样，宁清克服了不好意思，说：“阿姨，请问您能不能帮帮我爸爸？”

“清清，这件事，我已经跟你妈妈说过了。你现在应该等分数出来填个好志愿，再去读大学。你爸爸这件事，你帮不了忙，还不如先顾好你自己。”

这是真心话，对这个女孩子的真诚建议。

“您能不能……看在昕远的面子上帮我家一下？”

昕远？听到这个称呼，宁真有种不好的预感，问：“你什么意思？”

“我们在一起了。”

“多久了？”

“一年了。”

宁真多聪明，瞬时就反应过来了。

儿子说不想去国外读书，但之前语言都考了，也别浪费，文书、各项资料和申请，都能找到靠谱的中介一手包办，反正申请上了先把占位费交了。

今年她将工作放手了一半，花了更多时间操持家里。就算不用顾公婆那儿的事，她也不闲。她要顾及孩子的升学考试、出国留学，家庭理财、保险和置产，还有旅行和体检安排。

结果，她没想到，在儿子这件事上，她疏忽了。主要是换了班主任，看儿子一次次模考成绩都挺稳定，她就没多管。

她不动声色地下了套：“哦，昕远没跟你说吗？他要去国外念大学，你们这是要至少异国恋四年吗？”

“他没有。”宁清不明白她想说什么，赵昕远不会在这件事上骗她，他说好会跟她一起去京州。

“没有吗？要不要我给你看他收到的offer？”

“不要。他会去京州，他会报京州大学。”

宁真内心一惊，要是儿子上不了最好的那几所大学，她也认。京州大学是本省最好的学校。问题是，赵昕远要是脑子进水、浪费分数怎么办？都不是她做家长的愤怒，这是他对他自己不负责。

对付一个小丫头并不难。宁真柔和地笑了笑：“你爸爸这件事其实蛮严重的。最近市里在搞环境治理，一些有运营执照的都被强制取缔了，要整治一番，更别说你爸这是去偷煤灰。既是偷，又是偷露天煤灰污染环境，就怕是要被严惩以儆效尤，可有太多人想去偷这些东西了。

“昕远爸爸自然有能力在这件事上帮忙，说不定你爸真是被同伙教唆的，这个犯罪性质就变了。虽然不是不可以帮忙，但这件事挺麻烦的，还不如就相信法律，等着判决。京州大学虽然不错，但我和他爸爸都不太会赞成他去。就看他自己的选择了。”

宁清从不擅长拐弯抹角，她问：“也就是说，你是有能力帮忙的，是吗？”

“是，但我不愿意白帮这个忙。”

听到妈妈在厨房喊自己吃饭，宁真下了逐客令：“你可以回去好好想一想，要尽快，不然，我帮不了。”

宁清此时觉得自己很笨，不能理清楚，宁真为什么要她和赵昕远分手才能帮她爸爸。

她再次想到爸爸在派出所待着，还可能要坐两三年牢，她显然无法接受这个事实，特别是，宁真说有能力帮忙时。

当一个人想好处两头占、不愿付出任何代价时，就会犯一些愚蠢的错误。宁清不愿意走，她两个都想要，心中的恶魔再一次浮现。

“你想知道，我们俩之间到哪一步了吗？”

宁真停下往厨房走的脚步，回头看她：“你想说什么？”

“你知道我想说什么。”

“什么时候，在哪里？”

“去问你儿子不就知道了？”宁清看着宁真，竭力表现出一脸淡然，“如果你不帮我，我就让你儿子名声扫地，反正我不在乎名声。”

宁真怒急攻心，直接一巴掌扇了上去，说：“你给我等着。”

宁清跑回了家，去后院的井里吊了一桶水，冰凉的水扑在脸上，以降温来淡化红痕。她微微颤抖的手将毛巾挂在脖颈后，她装作太热边擦脸边跑进了房间，将房门给锁了。

是她太贪心了。这一巴掌，她应该挨。

赵昕远回了爷爷奶奶家，他已经很久没有回老家了，行程很满。他与亲友们聚会，见几个旧日好友，又被大人带去周边城市玩了一圈。

宁清没有手机，他催了她好久，她才说过几天去市里买。她常常连QQ都懒得登，他离开前便要了她家的座机号码，每天都会给她打电话。

他一直是被家中大人们宠大的，从小娇生惯养造就了他极其挑剔的性格。某种意义上，他是难伺候的，对身边亲近之人的要求极其高，高到吹毛求疵。

不同类型的关系有不同的要求。恋人关系是所有关系中最紧密而特殊的一种。

在认定对方是自己想要的人后，赵昕远只有一个要求，感情纯度的要求。他能给出一百分时，就无法接受对方给的低于九十五分。

宁清是他的初恋，他从未谈过恋爱，也不想知道别人如何对待感情，这就是他的要求。说苛刻，他也认，这就是他的性格。

如果对待感情都不能高纯度地给予所有能给的爱，那为什么要浪费时间谈恋爱？他无法接受对方有一点儿不够投入的迹象。

也许是距离远，赵昕远觉得她好像不够喜欢他了。

今天晚上出成绩，他吃了晚饭，就拿着手机去院子里遛弯，给她打电话。

电话竟然没人接，现在晚上七点了，估计本省所有高考生此时都守在电话前，就等着到点打电话查分吧。

说他此时不紧张，是假的。一场高考，无论满意与否，都该有个分数。

在京州酒店的那一晚，两人故作心虚地买了份报纸回来，对了遍答案，预估了下分数。

做了下题，人就什么心思都没了。赵昕远觉得不合适，把她带出来玩，如果发生点儿什么，搞得好像他心怀不轨一样。

他们就是抱着亲了很久，他的手不安分地探索了很多未曾触及的地方。

赵昕远坐在院子里喂了半天蚊子，到点查完分，打电话告诉了他爸。QQ上老师发信息问考了多少分，他考了410分，一个尴尬的分数，与清北无缘。

他对自己是有失望的，但也没有很多，这个结果，是他能接受的。独自待了一刻钟后，他给宁清打电话，这次很快就接了。

“你考多少啊？”

“还没查呢。”

“真的？不会考砸了正准备哭，不告诉我吧。”

躺在黑暗房间里的宁清被他逗笑了：“我哭的话，你会不会来哄我？”

“会，但要先打一顿，问你为什么考砸了。”

“真无情，那你帮我查吧。”

“行，那先挂了。你要真考砸了，那我今晚就不打电话了。”

宁清等了十五分钟，他都没有打电话过来。她自己又打电话查了一次，按下座机键时心都在颤，这次终于打通了，385分。

他竟然故意吓她。

她恼得直接打了过去："你干吗吓我？"

他低声说："想要你主动给我打电话。"

宁清翻了个身，头埋在了枕头上，楼下的妈妈和奶奶依旧是一副愁容。她待在房间里一下午，谁都不想理。她一直在想，中午说错话了，她不该利用赵昕远，说出那样恶毒的话。

"手机买了吗？"

爸爸被关在派出所里，没有人给她买手机了，想起这件事，她就想哭。家里伤心的人够多了，她不能再表现得像个孩子了。

"没有。"

"那我给你买一部，好不好？你每个月还我一百就行。"

在黑暗中，她摇了摇头："不用，我就要我爸爸给我买。"

"好吧，后天要去学校，我可能去不了，要再待两天才回去。"

"嗯。"

"喂，你就一点儿都不想我吗？"

"想你也没用。"

"真的？"赵昕远伸手扯了垂下的树叶，在掌中蹂躏了一番，再扔进草丛里，"不喜欢我了吗？"

"喜欢是种动态行为，不是静止的固定变量，有时多有时少。"

"那爱呢？"

"爱的最低阈值都比最多的喜欢还要多。"

"那依旧是有时多有时少吗？"

"对。"

他冷笑着轻轻吐出了三个字："你扯淡。"

"那你说爱是什么？"

"不会问爱不爱，只会计较够不够。"

"那你这是在跟我计较了吗？"宁清的唇微弯。

"是。"

出成绩后过了一天，徐晨又慢悠悠地骑着电动车来学校，竟然在路上看到了宁姐。她这人一放假就失联了，他按了喇叭，她才抬头看前方。

她的脸色好苍白，状态明显不对劲，她看上去很不开心的样子。

她不会是考砸了吧，这里离学校还有一段路，徐晨说："上车，我带你过去，你今天怎么从这儿走过来啊？"

"市里大桥在修，绕了一圈，我从终点站走过来的。"

"你爸没送你来啊。"

"嗯。"

"一会儿还要坐公交回去吗？我送你到始发站吧，这儿也太远了。"

"好，谢谢。"

徐晨的好奇心还是没按捺住，他不顾她状态不对，还是问："你考了多少分啊？"

"385。"

"……"她有病吧，考这个分还一副郁郁寡欢的样子干吗？要是他，早回家请二十桌亲戚吃饭、放鞭炮了，"你选修多少分？"

"A+。"

"宁姐怎么这么牛啊？不过，我得请你吃饭，我物理是A。你还记得你考前一天给我讲的那道题吗？竟然考到了，分数还不少呢，不然，我也拿不了A啊。"

徐晨寻思，她这分数，"985"都能上了。

他们今天进去就是拿参考资料，再听老师讲如何填报志愿。这几天各个任课老师几乎都在学校里，学生家长随时都能拿着成绩去问具体学校和专业的填报。

填报志愿是门学问，每个人的需求点不同。有人觉得不能浪费分数，宁可去偏远省份，也想要"985"的名头。有人想要去大城市，有更多的实习机会，就业环境更好，那可能分数就只够上"211"了。

进了学校，从每个人的脸上就能猜到考得大概怎样，在拿东西乱窜打探别人分数的，肯定差不了。一脸菜色、低头玩手机、连话都不愿多说两句的，那估计发挥一般。

宁清准备填完表格、拿了资料就回家。殊不知看到她这苍白的脸色，人家都以为她考砸了。

李慧知道宁清的分数，昨天班主任就开始整理班级同学的高考分数，她来学校帮忙。前天，她被宁阿姨找去问了，宁阿姨问她知不知道赵昕远与宁清的事。她顺便从宁阿姨那里知道了宁清家里的事，还被叮嘱，绝对不允许跟赵昕远说。

看到她走出教室，李慧跟在她后面，走到楼下时喊住了她。

宁清停住转了身："什么事？"

"你考得挺不错的。"

"谢谢。"

“赵昕远考的分数，肯定够上京州大学了，你们真要一起去京州吗？”

“你怎么知道？”

“宁阿姨告诉我的，我就想问，你是真喜欢赵昕远吗？”

宁清的脑子很乱，但她还是从有限的几句话里听出，李慧知道她说了什么，更知道她家里的事。

上一次在厕所被李慧在背后议论的阴影浮现，她都不敢想象同学知道这件事后的流言蜚语，昨晚一夜未睡的头痛与恐惧化作尖锐的刻薄，她说：“你这次又想干什么？李慧，我真的很讨厌你，为什么要在背后说人是非呢？在厕所那次，我听到了，不要总说我针对你。还有，我喜不喜欢他跟你有什么关系？”

“我只是觉得，你没那么喜欢他。”

“跟他在一起，能看到你不爽，我就很爽，知道吗？”

“你跟他在一起就是为了让我不爽吗？”

从某种意义上说是这样的，当初她就是见李慧喜欢他才接近他，不然，她也不想主动跟他打交道与他成为朋友，喜欢上他是后来的事。

“可以这样说。不过，你的觉得并不重要。”宁清面带警告地看着她，“这件事跟你无关，我奉劝你，管好你的嘴，不要说不该说的。”

家人是她的底线，李慧要敢说她爸爸的事，她就敢抽李慧。

宁清再不愿跟脑子不好的人纠缠，转身就准备继续往前走。

她一回头，就看到背着书包的赵昕远正看着她。

✦ ✦ ✦

昨天宁清被带去看了爸爸，本来蒋月是不想让她去的，但又怎么拦得住？

她是纠结的，她想去，但又怕去了让爸爸觉得难堪，父母被子女见到深陷囹圄，心中该是何种滋味。

她坐了很久的车，到了一个她从未去过的地方，仅有二十分钟的探视时间。

人摊上大事，满脑子都被这一件事充斥时，有时反而不知应该表现出何种情绪。甚至是，太大、太过激烈的情绪，无论是抱头痛哭，还是愤怒地嘶吼，都显得夸张而有了表演的成分。她站在那儿，面无表情，看似连情绪波动都没有时，心里早已翻江倒海，她用几乎没有社会经验的大脑将这件事翻来覆去地想了一遍又一遍。

宁清看着坐在前边的妈妈和奶奶，心想：什么是社会经验？她们活到这个年纪，在这件事上依旧跟她一样茫然与稚嫩。那坐在对面的爸爸呢？

他是有一些社会经验的，如果没有他，她的生活不会如此轻松，能吃饱穿暖，只要读好书。比起村里初中毕业就去厂里上班的同龄人，她是幸运的，那些人读书不一定比她差。

出了这事，宁清从未怪过他，也没有资格怪他。做子女的天生偏袒父母，她觉得他只是时运不济。

她看着奶奶哭泣，听着妈妈不停地问该怎么办，爸爸身上还是穿着那一天出门时穿的衣服，心中的酸涩让她红了眼圈，手下意识地去擦眼泪时，却被爸爸吼住。

“我还没死呢，哭什么呢？”宁国涛即使被关着，也摆出气势，不让她看见自己的软弱，“你哭能解决什么问题？都要成大学生了，不会动脑子吗？”

“那我该怎么办？”

“你要面对事实，事实就是我可能要被关两年。这是最坏的情况，但家里的钱够你上大学了。我就当在里面养两年身体，有那笔拆迁款在，并不比在外面上班的人挣得少。我是不会让你上大学为钱操心的。”

宁国涛看着站在后面憋着眼泪的女儿，这是好的，至少她没一来就大哭着要他安慰，女孩子不应该被养成那样。

从小对她百般宠爱，不对她学习有要求的同时，他承认自己就是有封建思想，没有儿子，女儿就该当儿子养。遇到事，哭哭啼啼的，不想着解决问题，就该被骂一顿。就算解决不了，也应该学着忍耐。

老婆性格怯懦，没遇到过这么大的事；老妈都一把年纪了，老爹死得早。家中唯一的男人不在家顶着，只有三个女人，如果三个人都软弱，没一个主心骨，就会被别人欺负。

要是他家没人出头，地都能被人占去种菜。还有鸡棚，只有两个女人守着，保不准会有人敢去做偷鸡摸狗的事。

他在里面没有办法。

如果宁清是个男孩，现在就要担起保护妈妈和奶奶的责任，是个女孩，同样要如此。

“清清，你十九岁了，不小了。我不想让你来看我，但今天你来了，我就得给你上课。我在里面，你就代表了我们家的门面，村子里，脸面最重要。”宁国涛的视线扫过面前的老婆和老妈，“现在这个时候，你不准哭。我这次倒霉也认了，如果真在里面关两三年，你就得承担起责任照顾她们。我不在家，有谁要是敢去欺负你们，你就要拿出气魄来。”

阴冷的小房间里，宁清被震慑住了，她不敢哭，不敢表现出慌张。她心中有无数个问题：“如果你真要在里面关两三年，那我该怎么办？我该怎样保护她们？除了读书，我又有什么能力呢？要是有人欺负她们，难道我拿刀捅了人来跟你一起坐牢吗？”

看着爸爸严肃到凶狠的眼神，她不敢问。

就算伤心，她也应该表现得若无其事。担起责任的人，心中再茫然，也不应该展现出无能为力，装也要装下去。

在回去的路上，她对妈妈和奶奶说：“爸爸已经在里面，暂时出不来了，你们再伤心，也要把自己的身体放在第一位。这个家不能再有一个人倒下了。”

她要把自己当作大人了。

可是，当看到赵昕远的这一瞬，她又不想长大了。

她装过大人，在他妈妈面前口不择言过，但她怎么会伤害他？造口业就要承受业力的吞噬，这件事，她再没了在他面前开口的余地。

而刚刚这句，宁清不知该如何解释。

她当然不会怪自己，只觉得李慧是不是有病。

赵昕远瞒着父母早一天回来，骗爷爷说去朋友家玩。宁清还是没有手机，他联系不上她，一下火车就赶来了学校，估计能碰上她。

他们已经有十天没见了。

可真是个惊喜。

他无意当演员让别人看戏，也不愿当着别人的面让她觉得难堪，他装作什么都没听到，对她说：“拿完资料了？走吧。”

李慧看着他们离去，赵昕远连招呼都没跟她打。

从教学楼到大门口是颇长的一段路。他们看着旁边人来人往，一下子都无法适应。终日穿着校服、被高考的重压折腾得灰头土脸的高三学生，终于开始打扮自己了。

正青春的时候，他们都被塞进了肥大的运动服里，对服装的审美实践彻底缺失。被压抑了好几年后，获得打扮自由的高中毕业生们开始了对审美的初步尝试，穿上自己的衣服不说，还染了头发化了妆，做一切本有权利做但被认为会影响学习而被禁止的事。

还未至盛夏，他就已经穿上了运动短裤，脚蹬球鞋，当他步伐稍快时，宁清快要小跑才能追上他。

一直走到校门口，他都不跟她讲一句话。

出了校门右转，宁清终于走上前，主动拉了他的手。可她刚触碰到他的手指，就被他甩开。他加快了步子，像对她避之唯恐不及。

她知道自己说错了话，又讨好地跑上前再次拉住他的手，怕他再次甩开她，这都不是牵手了，抓着他的四根手指像拧麻绳一样扯住。

在爬满藤蔓的学校围墙边，赵昕远突然停下，说：“你没有一句解释吗？”

如果是旁人，他自尊心强得断然不会要解释，当场就能绝交。

“我跟她说什么，你就要信什么吗？”

他再次甩开了她的手，心中的火极大，他无法接受她这样不纯粹的喜欢，问：“那你说的是真的吗？”

“不是。”

“那你为什么要对她说那句话？就为了自己爽吗？”

第一次见他如此生气，宁清不知如何解释，也不敢再碰他的手：“那我跟你道歉，行不行？”

他想也没想，一句“不行”就说出了口。

“你要怎样才能原谅我？”

“你的喜欢如此廉价吗？就是为了气别人吗？那你把我当成什么了？”

她担惊受怕了两天，再见到他，就被他指责她的喜欢廉价，如果让他知道她对他妈妈说出那样的话，她都不敢想他会怎样。

“我对你有多少喜欢，你自己不知道吗？”

“不知道。”

两人的僵持被电动车的喇叭声打破，徐晨问：“宁姐，你怎么不等我？”

徐晨刚刚去了物理老师办公室，考了A，让老师请他吃饭。老师说请他吃蚕豆，又被踢了一脚后灰溜溜地回教室了。他回教室发现宁清已经走了，他说好送她去汽车站的。他想问她什么时候有空，那一道物理题的恩情太大了，他必须请吃饭。

他边骑车边往右边看，还真看到了宁清的背影，正在和她讲话的是赵昕远。他刚刚去物理老师办公室还听到老师在说赵昕远，说赵昕远这次非常可惜，差了几分，当初计划过留学，忙着考语言，也没参加自主招生拿到加分。

赵昕远冷笑一声：“我耽误你们了？”

宁清忽略了他的阴阳怪气，对徐晨说：“我自己走过去就行，你先走吧。”

徐晨听到赵昕远的话，心想：他们好像在吵架？他没考上清北，万一心态失衡了，要欺负宁姐呢。

“你确定你没事？”

赵昕远直接回徐晨：“那你觉得她能有什么事？”

“哦，就是我说好要送她去车站的，既然你送她，那就没事了。”徐晨不跟没考好的人计较，“宁姐，回去记得看QQ，请你吃饭的事，我可没忘。”

宁清勉强笑了笑：“好，再见。”

“这么不舍得，你怎么不坐他的车走？”

赵昕远很烦，她能对别人笑着挥手告别，对他怎么一句解释都没有？

接连说错话，接连的恐惧，还要被他不断指责，她再也压抑不住极度疲倦后的不耐烦，说：“我都说了我错了，你还要我怎样？”

“我无法接受你这样不够投入的喜欢。”

“那你就不要接受了。”她说完就继续往前走，来时她看过了公交车班次，要是在十分钟内走到站点，不必等待就能赶上回乡的公交车。

家里就她一个人在，鸡棚那儿还有鸡要养，是夏天来临前的最后一批，过几天她就要一大早抓鸡送去卖。妈妈和奶奶就睡在鸡棚那儿，装作无事发生，不让村里人发现端倪。

她能一个人做饭了，有了第一志愿，但她还得填两个保底志愿，要回去研究一下学校。不知道暑假能不能找到打工的地方，她要出去赚点儿钱。

她一个人走到公交站点时，果然才等了一分钟，公交车就来了。公交车开了门，她走上车，塞了三块钱硬币，走到后排的位子坐下，她边走边无意透过车窗向外看去。没有人，他没有追上来。

公交车拖着沉重的身躯，排放着尾气缓缓开动。宁清坐在靠窗的位子，这是她小时候喜欢坐的车，能进城。

那时车子开到桥下，她一手拉着爸爸，一手拽着妈妈，进了城便喊饿，让他们给她买关东煮吃。

有一次她发烧了，要挂好几天的水，奶奶抱着她坐公交去医院。一个不识字的老人一路向人问路才找到儿童医院。

他要怎样就怎样吧，反正她什么都没了。

赵昕远的窝火彻底变成了内火，明明是宁清的错。她那能叫认错吗？她居然搞得像他咄咄逼人一样。

看着她离去，他什么时候受过这种闷气？他就是无法接受啊，她不会换位思考吗？

他一脚把石子踢到了路边，他无家可回。

他前天打电话告诉父母分数，然后他们昨天一天都没联系他。估计一拨又一拨亲朋好友问他们儿子考得怎么样，他们觉得丢人。

他在她后面远远地跟着，她真心硬，头也不回，走到车站就上了车，都没往后瞧一眼。

他心中一阵烦躁，他为什么要让一个投入感情都不够纯粹的人掌控他的情绪？

他不知去哪儿，在车站漫无目的地站了二十分钟，又来了一辆公交车。回乡的班次少，到中午就停了，乘客们蜂拥而上。他等到了最后，司机用方言催促着要关门时，他才上了车。

看着后视镜关门的司机看到这个小伙子正在塞一百块钱进去，连忙喊住："哎，我这儿没钱找，你去哪儿啊？"

"宁家村。"

"三块就行。"

赵昕远身上没有硬币，也懒得跟车上的人换钱，直接就塞了进去，往后走去。

司机一脸狐疑地看着他，后面的站点没什么人上了，找不开的。这都去乡下了，装什么大方啊？不会是假钞吧？

城乡之间的公交车不像市内公交那样严格得只有到了公交站台才能停车，虽然原则上也需要如此，但乡下站点间距离远，若有人提前喊让司机在前边停，司机都会好心地停下。

这事也麻烦，按照规定要到点就停，但有些乘客不明白，说："你顺便踩个刹车的事，为什么不能体谅一下？不然，我要多走一公里路。"

宁清正坐在后边发呆，并未在站点，车就突然停下了。后车门开启，看着窗外的她猛然站起来，跑到了后车门处，对司机喊："别关门，他被撞了。"

刚刚下车的男人，脚才刚着地，一辆电动三轮车估计没注意到公交车突然停下，也没减速，直接就把他撞了。

所幸是电动三轮车，速度并不快，人被撞倒在地上，一下子都没起来。而电动三轮车已经驶离了现场，没有牌照，是抓不到的。

宁清刚要下去扶他时，就被坐在后门口的一个老太太拉住了："小姑娘，别下去，让司机去。"

宁清看到那人痛得都无法动弹，还是下去了，和司机一起扶他起来，问他能不能动。

刚刚好声好气地跟司机说能不能让他在前面下的人瞬间翻了脸，让司机带他去医院检查拍片。

车里的人抱怨着要回家，问什么时候开车，被撞了的人拉着司机要说法。司机无奈，从车里拿了路障锥放到车的前后边，再给人打电话，问下一班车何时到，让它在这儿停一下，把他车里的人顺便带走，他要带人去医院。他心里懊悔不已，这事他全责，是他违背了规定，不在指定站台停车。

联系好车子后，司机上车说："下一班十分钟后到，到了再下车，现在在马路上，下车危险。"

宁清被司机催促着上了车，她觉得他好倒霉，不知公司有没有保险给报销。

等了许久，下一辆公交车姗姗来迟。大家又都赶着上车抢座位，离乡下还有段距离呢。

宁清被挤着上了车，刚上车时就见到最后边还有座位，等她挪动到最后边时，才看到正往窗外看的少年，赵昕远棱角分明的侧脸如刀锋，能刺伤她。

如果她不坐，她就要往回走到车厢中间位置拉住扶手站着。

赵昕远显然不知道刚刚发生了什么事，就忽然上来了好多人，察觉到一道视线在注视他时，他转头看了过去。

他不耐烦的神情瞬间收住，却也没表现出开心。她特地来找他的？可她怎么知道他在这辆车上？

宁清不想表现得小气，这儿也没别的空座位，只能坐在他旁边的位子上。他坐在靠窗的位子，她都不能假装看窗外，只能当没看到这个人。

通往乡间的公交车上，少年假装认真地看着窗外的风景，少女坐在旁边闭目养神。两人好像从不相识，一句话都不说。

公交车开过尘土飞扬的一段厂房后，窗外风景便是初夏的绿意盎然。车在乡间小路上慢跑着，两旁是葱茏的树木，透过绿叶的缝隙望去，一望无垠的田地里全是水稻。带着暖意的清新空气从拉开的窗户缝隙中吹来，将她的发丝吹得凌乱。

她的长发拂过他的脖颈时，他不自然地转头看她。她闭着眼，像睡着了。

睡着时她才毫无攻击性，也不会跟他撒娇。

他将她被风吹散的几缕发丝撩到了耳后，手触碰到她的脸颊时并不想离开。

他说过，不会问爱不爱，只会计较够不够。他觉得她不够爱。

知道她在装睡，他可是第一次受了委屈还得主动去和好，他凑到她的耳旁，说："和好，好不好？"

她没有睁开眼。

"如果不回答我，我就要亲你了。"

宁清扯开了他的手，看着他想问他："你不是要跟我分手吗？"

可她话都没能说出口，委屈与眼泪再也忍不住，极丢面子地第一次被他欺负哭了。他怎么可以真把她丢下，他怎么可以说不知道她多喜欢他？

当他的手在她的脸上抚摸时，她就明白，她一刻都不想失去他。如同年幼时的玩偶一样，只能被她霸占，被她珍藏。

赵昕远慌了神，忙从书包里拿出纸巾，帮她把眼泪擦掉。她可真是个孩子，他一哄，这眼泪就更多了，就是明摆着知道能靠哭解决问题，他说："鳄鱼还会流眼泪，是吧？"

越哭越觉得委屈，她撒着气胡搅蛮缠着说："明明就是李慧欺负我，你还要帮着她，是吧？她跟你是好朋友，我可比不上你们之间的关系。"

看着她哭又心疼，但听了她这倒打一耙的话，赵昕远都不知道这到底是谁的错了，他说："论欺负人，她给你提鞋都不配。"

宁清边吸鼻涕边瞪着他："那你去喜欢她好了。"

"这不是没办法嘛，我的品位一般，只喜欢某个会欺负人、会倒打一耙、不占理还会哭的人。"赵昕远一脸嫌弃地把湿纸巾扔进塑料袋里，再塞到书包旁边的兜里，"不许哭了，我没纸了。"

宁清可怜兮兮的，连哭都不被允许，车上人多，当大家频频看过来时，她自己都不好意思了。

到了宁家村的停靠站点后，两人下车，她被他牵回了家。

"你外婆不在家。"

"那你收留我呗。"

她家没有所谓的客厅，就一张八仙桌，用来吃饭的，桌上摆满了杂物。没有沙发，要坐就是板凳。放在小房间里的一把折叠椅还没拿出，想躺下，只能到床上去。

这连着坐公交一来一回，宁清直接去自己房间窝着，也不介意他到她的卧室，反正他寒假进来过。

天已经有点儿热了，窗帘拉上了，挡住了大半的热气，但又不够遮光，日光借由淡黄色的窗帘透过，没有白炽灯的房间里都有朦胧的光亮。

她的床没有床垫，底下是一块块的长条木板拼起来做的床板，凉席下面是一层垫被，没那么硌人。凉席上是条薄被和一个枕头。

宁清累得拿了听可乐就坐到了床上，灌了一大口，看着他坐在了书桌前的板凳上。房间面积并不大，他们之间不过一米距离。

不开灯的房间里，可乐冒着气泡，他看着她喝可乐，随手拿起她桌上的笔转着。

她屈起双膝，下巴搁在膝盖上，同样注视着他。见了面，她才问了她不敢隔着电话问的问题："考这个分数，你是不是很难受？"

赵昕远将头偏向窗外，背对着她，没有回答她。

她的心中一阵酸涩，她的昕远肯定很难受。

他那么骄傲的一个人，表现得再无所谓，又怎么会轻易放下呢？她没有说话，看着他的背影，他不是个会诉说悲伤的人，她只是静静地陪着他。

她心想：我在这儿，以后你难过的时候，我都会这样陪着你。

乡下的午后幽静极了，有鱼跳出水面的声音，有风吹过树林，还有蝉鸣。

这样一瞬很短，又很长。

过了许久，她开了口：“你过来。”

他整理好情绪回了头：“怎么了？”

“我要你过来。”

他刚走到她跟前，就被她抱住，她仰着头问：“还在生我的气吗？”

他抱着她，没有说话。又似乎不需要回答，他怎么会生她的气？

后来，宁清常常怀念那天下午。

一切糟糕铺天盖地袭来前，给了她一个绚烂到极致的序章。

第十八章　到来的黎明

就算再害怕，他们也在往前走。黎明一定会到来。

过去重要吗？

若是专业人士，要对国际形势和具体事件做出预测分析，靠着近几月、近几年的资料都不够，甚至要对过去数百年的历史起底。一个族群，在漫长的历史演变与塑造中，形成基因级别难以撼动的特性，不回看过去，无法做出任何有价值的预测、判断。

于个人，原则上，是可以不面对过去的。

这么些年，赵昕远遇到过大大小小的挫折，当有不好的事情发生时，他总会做一个判断，这件事有弥补或挽回的余地吗？

有，就马上行动；没有，就让这件事过去。

感情上，他能这么理性吗？

各方的叙述没有清晰的时间节点。若是十年前的他，会生气，会想知道她那句话是出于何种动机在什么时间、地点和情况下说的，会去质问她，会逼着她做自我辩护。

当年他不会明白，所谓郑重其事的推理与分析只不过是想为她开脱。十年后的他只要结果，不问过程。

他听到那一句时，心中被刺痛。

这个傻子如果想伤害他，当年为什么一直瞒着他？但凡她有点儿心机、没那么爱他，她都应该告诉他。

他只是很失望，对自己。

冬夜里很冷，寒冷的湿意好像浸入了骨髓，他的手指冰得僵硬，指节都不灵活了。

他只在赶车时吃了一个三明治，一天都再无胃口。他拿过桌上的烟盒，想再抽一根，烟瘾这东西，他才抽了两根，就有了故态复萌的趋势。

他又拿了一根烟咬在嘴里，手捂着烟点火时，从小卖部买的打火机坏了，他连按了好几下都无法打开。

烟盒被粗暴地蹂躏后塞进口袋里，被扔到桌上的打火机碰到了可乐，发出清脆的一声响。

他看着眼前的可乐，买烟时看到旁边堆着的一箱还没来得及上架的可乐，收银员正跟他说烟多少钱时，他却莫名想到了她说过的，不开心的时候就要喝可乐。曾经的她一天喝一罐。他就顺手拿了一罐，一起结了账。

他从来不爱喝这玩意儿，他现在很饿，但没心情吃东西，又需要补充能量。他拉开了拉环，灌了一口，细密的气泡在舌尖上跳动着，咽下时一半都是泡沫，在碳酸的作用下，感官上的甜味被冲淡，不会觉得那么腻。

赵昕远皱了眉头，还是不爱喝。

这是她最喜欢的饮料，她逼他喝过。想起那一次，一天心情都糟糕透了的他忽然笑了。

那个下午，他在她的房间里，接吻时似乎都能听到放在地上的可乐的冒泡声。许久之后，气泡或许是没了，或许残存的还在冒泡，但已被床板一下又一下的嘎吱声盖住了，再也听不到。

她求他不要有那么大的声音，都快捂起耳朵了，不想再听到，手却被失控的他拉住。他到底是睚眦必报，自己受了委屈，也得让她尝到无力抗拒的滋味。

许久之后，她趴在枕头上，这么热的天，还见鬼地盖了条被子，被他笑："你这是做贼心虚。"

"做贼的要能不心虚，这人干什么不成啊？还至于沦落得去当贼吗？"她利落地回击完，又对他发号施令，"我要喝可乐。"

可乐就在他这一侧，他懒得起身，颀长的手臂一伸就精准地够到了地上的可乐，递给了她。

她却不肯接，开始拿乔："你喂我。"

这是易拉罐的包装，又没有吸管，他好心地跟她说："你起来喝，不要洒到床上。"

此时，她就是又矫情又作，知道他不喜欢喝可乐，直接给了他选项："要么你去楼下给我拿吸管，要么你喝一口可乐。"

若是平日，他就跑一趟了。但此时他不想离开她一分钟，便直接拿起可乐灌了一口。

没了气泡的可乐，他倒是能接受，但欣赏不来，喝完就捏着她的鼻子讨功劳："我对你好不好？这么难喝的可乐，我简直是以身试毒。"

她很乖地点了头，说出的话却是一语惊人："那你再喝一口喂我呗。"

那个下午和晚上，冒泡的可乐让人快乐得眩晕。

那时，她是不是很不开心？家中到底有没有出事？

赵昕远又喝了一口可乐，甜到最后就成了苦。

宁真站在房间里，透过窗户看着坐在院子里的儿子。

外边气温已到零下，他穿得并不多。他愿意受冻，就待着呗，又不是三岁孩子，还需要大人提醒穿衣保暖。

若把养孩子当作一款理财产品，肯定是血本无归。倾注了大量时间、金钱和心血培养的儿子，再次跟宁家村的那个女孩在一起了，站在温暖室内的宁真忽然体会到了冰冷、强悍得不容任何抗拒的宿命感。

她曾那么努力地从宁家村走出来，那么些年，她几乎没有回过宁家村，是心气太高，也觉得没必要。

当老公调到维州，她再没理由不回乡，当她带着儿子回去时，万万没想到儿子会爱上宁家村的一个女孩子。

两个也许这辈子都不会有交集的人因为她相识了。

那个女孩什么都不用做，就轻易得到了她曾被欲望与野心燃烧着拼命才得到的一切。

她的终点成了宁清的起点。

宁家村早被拆迁了，但又没消失过。那一群人不过是从村落里搬到了安置房内，劳作的土地变成了厂房。

能够走出宁家村的人并不多，宁真不得不承认，她们在某些方面很像。比如，下得了狠心，宁清放弃了她儿子，这十年都再没联系过他。比如，拼命维护家人的尊严，虽然她认为宁国涛不值得。

她当年结婚，公婆自然对她的家庭背景做了调查。她的妈妈名声很不好，一个丈夫早逝、要养两个孩子的女人能讨的生计有限。

结婚时婆婆说："办婚宴，来的大人物多，怕你妈妈不擅长跟人打招呼，就不安排她坐主桌了吧。"

跟赵泽诚结婚是她人生跃迁的开始，在那个关头，她却失去了理智、忍耐和考量，对他说："如果我妈不能坐主桌，这个婚，我就不结了。"

能够走出来的人，为了往上爬，觉得自尊都不重要，但弱点也在那儿，有时将至亲、血脉看得比自己都重要。

宁真不蠢，走一步看十步。他们俩已经到了这个份儿上，不再是个孩子了，没有父母犟得过孩子，爱就是天然的弱点。

她从过商，从商是一件能颠覆人的认知、重塑行为逻辑的事情。

商人天然厌恶低效，爱好高效。人生总避免不了妥协，而商人只向真正的利益妥协，且姿态柔软，转变无比顺滑。

旁人厌恶生意人狡猾、算计多，生意人笑话这些人因为旁人的评价，连真正的利益都能放弃，只为博个好名声。

但是，她的儿子、她的家庭，真的要去面对那样一家人吗？

那个女孩就不该用她儿子当筹码，哪个做母亲的受得了这种威胁？

看到坐了半小时的儿子终于起身，宁真去开了大门，却发现他正走出院子，要往外边走，手中还拿了罐可乐。

“不回家吗？”

“嗯。”

“那你去哪儿？”

他要去哪儿？

赵昕远不知道，但他并不想待在家，也不想挨冻，想找个温暖的地方坐着。

宁真想再做一次尝试：“当年她说出那样的话来要挟我，昕远，作为母亲，为了你，我必须帮她。我对她的意见就是，她不是真的爱我儿子。她不该利用你，你觉得她有多少真心爱你？”

在寒风中坐了半小时，情绪上，他已经冷静了。

“妈，我曾经因为对感情要求纯粹，不容许有一点儿瑕疵，才失去了她。”赵昕远的手插在口袋里，他看着他妈，说出这句话时，冷风吹进鼻子里，一阵发酸，“她是不是真心爱我是我们俩之间的事。她没办法跟你证明这件事，你对她有意见的前提就不存在。当年的事是一笔坏账，核销吧。”

“你是在怪我吗？怪我干涉你的人生吗？”

是，但他不能说。

“我没有怪你。当年我出车祸，是你一直守着我，我知道你有多爱我，你只是想保护我，我怎么会怪你？”他往回走了两步，靠近宁真，他并不想与人多说感情的事，但他此时需要说，“妈妈，我知道你希望我过得开心幸福。说话会口不择言，但感受不会骗人，她让我感受到了幸福。我希望你理解我，不要做一些让我们关系生分的事情。爸那里，我去解释，外边冷，你赶紧进去，早点儿睡吧。”

宁真看着儿子远去的背影，思绪很乱。他那一句同样是威胁。

赵昕远走出小区要打车时才拿出手机，冬天衣服厚，他没感受到振动。宁清一个小时前发了信息，问他在哪儿。

他一反常态地没有直接打过去，而是发信息问她：“你在哪儿？”

她很快就回了信息，说：“在家。”

刚好一辆出租车在小区门口停下，乘客从里面走了出来，他上了车，跟司机说了目的地。

坐在车里，他终于感受到了暖意，冻僵的手指回温得慢，拇指缓慢地打着字，他说“等我”，可又删掉了。

他在外面待了太久，头有点儿疼，出门时没带药。在摇晃的车厢里，眼神聚焦在手机上，头更晕了，他只能将手机锁屏，靠在椅背上，看着窗外的夜景转移注意力。

现在，他根本不在乎什么利用不利用。

被宁清利用是他的价值之一。他身上若无一点儿被她利用的地方，那他就该怀疑自己是不是不够优秀。

此时，赵昕远不知该如何面对宁清，他无法为自己找到理由。

宁清哭完肿着眼，赵昕远没有回信息，她也没打电话催他。

她不该让他知道她偷看了他的隐私，他让她当没存在过。

她不想再哭，不想再干等着他的信息，她起来开了灯，洗了拖把和抹布，开始打扫卫生。

这是她心情低落时最爱干的事情之一，让自己忙碌起来，清理着物理空间的垃圾，似乎能将心里的不舒服也清理掉。

她好几天不住，地上掉落的头发没有多少，就是一些灰尘。兴许是临街，就算白天窗户紧闭，回家开一会儿透透气，屋子里的灰尘也不少。

她边打扫边盘算，又是三个月了，过几天要交房租，这段时间她的花销挺大的，主要是谈恋爱费钱，还会带来一系列想要买衣服、化妆品的冲动消费。

不过，她的确更开心了点儿，花就花了吧。

当听到手机铃声时，正跪着擦地板角落的她匆忙起身拿了放在书桌上的手机："喂。"

"我在你家楼下。"

宁清连鞋都来不及穿，踩了双棉拖就跑了出来，铁门砰的一声被她随手带上。她踏过黑暗的楼梯间，跑到楼下，拿着手机环顾四周，却没看到人。

"你在哪儿啊？"

赵昕远抬头看了眼单元号，说："三单元。"

"什么三单元，我家不是在五单元吗？"宁清猛然想起，刚刚昏头了，跟他说了在家，"你现在在维州吗？"

赵昕远以为自己记错地址了，往前走到了五单元，也并没有人，他说："对啊，你不是说你在家吗？"

他是特地去找她的吗？

不能两个人同时搞惊喜，不然就是场惊吓了。

"那个……我在京州的我家。"

"什么？你回京州了？"

天很冷，寒意顺着裸着的脚脖子传到了身上，听着他的声音，宁清却联想到了邮件里的他——那个让她心疼的他，便说："你不是想要我今天回来陪你嘛。"

现在才八点，最晚的班次是九点多。赵昕远再次往小区门口走去，说："我现在回去，估计十点多到。"

宁清冻得准备上楼，边走边摸索口袋，说："完了，我没带钥匙。"

"那你去我家，在家等我。"

✦ ✦ ✦

家中开了两盏灯，宁清一个人住，就在办公室放了把家中的钥匙。虽然一晚上的电费没几个钱，但她就是觉得很浪费电。她先打车去公司拿了钥匙，然后回来拿了包，把灯关了门锁了，再打车去赵昕远家。

路上她发信息给赵昕远，问他晚饭吃了吗，他说没吃。她心一动，跟他说："你先吃点儿别的垫肚子，回来我给你做三明治吃。"

下了出租车，宁清就去附近商场内的超市买东西。他家厨房没有任何开火的痕迹，她就只买了面包、黄油、鸡蛋、芝士、午餐肉和蛋黄酱，再拎了瓶牛奶。

明天是假期第二天，原定行程取消，两人也许会在家窝一天。接近中午的早餐可以再吃个三明治，喝一杯牛奶。

她原本没这么爱赖床，周末到点就醒，醒了后会把日程排满。在考证的那几个月里，她周末六点就爬起来学习。她潜意识里是不敢浪费时间的，假期都要给自己找点儿事情做。

高中时她完全不是这样的性格，也许是这几年，没了家庭的有力支撑后，她反而不敢那么放松了，有时单纯地享受快乐都会带来点儿心理负担。

现在，她很爱与他无所事事在一起的每一个周末，赖在床上，理直气壮地浪费一个上午，也许是他家的床太舒服，也许是与他做的事很舒服。她被他珍重地爱抚着，会对望着彼此的眼不说话，会十指缠绕，每一寸肌肤的贴合被汹涌的潮水覆灭后，被他压着，心中的恐惧与空虚都会被挤出。

特别是生理期之前，被他亲一下，她都会有感觉。一次两人出门前，他抱着她亲了会儿，就放她去换鞋子，被雌性激素支配，她抱着亲着都觉得不够，但她又不好意思主动跟他说"我们别出门吃饭了吧"。

黄油的香味在厨房里散开，宁清将鸡蛋和午餐肉煎好，再把面包放入锅中热一层焦脆。面包涂了蛋黄酱，一层层放入芝士、鸡蛋和午餐肉，再拿一片面包盖上。她又倒了杯牛奶，拿着三明治，一起端到客厅的桌上吃。

她吃着晚饭，等着他。他回来后，她再给他做个三明治。她仿佛回到了小时候，爸爸在外面开车，回来得晚，妈妈会等着爸爸，给他热饭，在饭桌上陪着他再吃两口菜。

看着赵昕远家中空旷的客厅，吃完想躺着等他的沙发都没有，宁清突然想买一张沙发。

很久之前，她周末出门看电影，看错了场次，早到了半个多小时，就去了旁边的一家家具店闲逛打发时间。她看到一把深棕色的休闲椅，就坐了上去。椅子皮质细腻，头部和靠背都可以调节，还有一个脚凳可让人跷起腿舒舒服服地躺着。她整个人仿佛都陷了进去，不想再起身。

她现在都记得价格，三千多。她不是买不起，是没处放，若换套更大的出租房，又得考虑后续搬家的麻烦。

得到一件喜欢的东西容易，难的是为喜欢的东西安置空间。

看，人是有多贪心，永远不会满足。她原本只想要一个有他的冬天，此时却想买把椅子放在他的空间里。她不想考虑未来，但又在无数个未来生活场景的描摹中有他的身影。

赵昕远打完电话就喊了出租车，边等边买好了火车票。上车之前，还有十分钟，他在车站内买了咖啡和面包。

宁清在家等着他，会为他做夜宵。

这么些年，他都独来独往，从不习惯与人合租，只在大一经济状况窘迫时跟人合租过，从那以后，都是一个人住。他喜欢偶尔的热闹，圣诞节会被同学邀请到家中一起过，春节会去朋友家吃饺子。

从未有人在家等过他，他也不觉得有这个需要。一个人多舒服，不用迁就任何人。那时，他总觉得时间不够用，有太多东西要学。

家庭给了他很优越的物质生活，他得到一切都很容易。出国读书，才是他独立生活的开始。

人要想自己活得更有尊严、更体面，只有两条路，要么比别人强，要么比别人辛苦。

列车飞速行驶着，车窗外一片黑暗，驶过城市时才有点点亮光，随即又陷入了黑暗。他独自一人时，总想走得更快些，不被落下，当遇到她时，他想更慢些，慢下来体会曾经被忽略的无数感受。

车厢内没几个人，安静极了，列车的行驶声都成了噪声。他闭了眼。恐怕他自己都没察觉到，车窗倒影中的人眉头紧锁着，难以舒展。

他心中还是有些东西停留在原地，爱情是很珍贵的东西，他依旧想要纯粹。

他下了火车，坐上出租车时，她又发来短信，问：“还有多久到家？”

赵昕远进小区前，又在旁边的便利店买了一打可乐回去，家里冰箱太空了。他刚开门，还没来得及关门，一个温热的身体就扑到他怀里，还想着跳到他身上。他只得把左手的可乐放在玄关，双手架住她的腿，一脚把门踢着带上，抱着她往客厅走去。

宁清可算等到他了，她已无聊到在客厅的划船机上对照着教学视频锻炼了半小时，出了身汗，又去洗了个澡，换上了毛茸茸的睡衣，又去厨房给他做了三明治。

“都十点半了，你迟到了。”宁清挂在他身上，玩着他的衣服扣子，“我可以给你买张沙发放在客厅吗？”

“不可以。”

“为什么？”宁清看他进来时都没笑容，甚至带着一股寒意，他这是怎么了？突然对她这么冷淡。

“你不住过来，买了，不是浪费钱吗？”没有沙发的确不好，他只能把她放在桌上，“我今天特地去找你，白跑了一趟，还赶了夜车回来，你要不要奖励我一下？”

他真的逼她逼得很紧，之前她不肯来他家，就跟她闹别扭。现在她来了他家，他又不允许她回去自己住。

宁清亲了他一口，他的嘴唇好凉，她又拿过他的手帮他焐，说：“这算不算奖励？”

“不，你这是搞诈骗。”

她闷笑着凑到他的耳旁，说：“那我帮你焐身体，好不好？”

“你要怎么焐？”

“你想的那种焐。”

“这不是奖励，这是你该做的。”赵昕远没被她诱惑，回来的路上，他有很多话想跟她说，看到她时，脑子里却不由得在想，这些年她一个人是怎么过的。

他不会自负到认为她离开他就一定过得不好，相反，她有强大的生存能力。她有一份工作养活自己，在偌大的京州有寄居之地，精神世界还是那么丰富。

她会不会孤独？同他一样孤独，功成名就、掌声遍地时，却觉得无人可分享内心的骄傲，不顺遂、情绪陷入低潮时，最想要的陪伴不在。

他的清清很孤僻，只有她认可的人才能走进她的心。他都能想象到，这些年的苦与难，她都是一个人撑过来的，她不会向别人诉说，更不会找个依靠。

“对不起。”他摸着她的脸颊，这一句道歉毫无征兆地脱口而出。

宁清一僵，他回去过，他是知道了什么吗？

“没事，就迟到了十分钟而已。”她推了推他的肩膀，“外边冷，你先去洗个热水澡吧，我去给你拿衣服。”

看她逃避，赵昕远没有动，这一刀总要将伤口再次切开。如果他不切，他们没有共识，如何面对以后？这一刀，无论他有多少温柔，都会再伤她一次。

“今天，我去找了你爸爸。过去发生的事情，我都知道了。”赵昕远没想到自己会哽咽，他抓着桌角，顶着手心用疼痛克制情绪，“对不起，我不该什么都不知道。”

宁清不知道他为何产生了怀疑要回去问，更是被他突如其来的话搞得措手不及，蒙到不知该有何反应。

她知道，跟他又在一起后这一天有可能会到来，但她逃避着问题，却又更像一种解脱，一颗地雷突然被挖了出来，不知会不会爆。

她没有动弹，语调很冷静地问他：“那你知道我当年对你妈妈说过什么话吗？”

“知道。那时候，你是不是很害怕？”

那件事发生时，妈妈顾不上她，爸爸出来后，全家人对这件事缄默不语。这么多年，从来没有人关心过，当她面对他妈妈说出那句话后，她的内心有多恐惧。

一句失言，一句别无他法的威胁，折磨了她很多年。说出的话如泼出的水，无任何挽回的余地。

他为什么不质问她为什么要利用他，而是来关心她害不害怕？

“你为什么这么袒护我？是觉得我可怜吗？”她说完，眼泪毫无征兆地流了下来，她摇头，“赵昕远，我不要你可怜我。”

“我这几年过得很好，不需要你的对不起。你不要因为同情我，才跟我在一起。”

唉，真是个傻孩子，跟他一样大，还这么傻。

“我没有资格可怜你，我更不会因为同情而委屈自己，勉强自己跟任何人在一起。就算是你，没有爱，也不行。”他从她的身后取了纸巾，小心地帮她擦去眼泪，然后说，“不要哭，我的目的就是告诉你，不论以后谁提到这件事，你都要放心，我全都知道，我也一定是相信你，而不是其他人。”

“你什么都不想问吗？”

“不想。你不想提，我就不会再说一个字，这件事就此打住。”

“你真的对我一点儿怨恨都没有吗？”眼泪被擦去，模糊的视线再次清晰，她盯着他说，“昕远，不要为了照顾我的感受而说谎。”

“怎么可能没有呢？”赵昕远知道在这件事上要绝对坦诚，不然她就会乱想，“怨你瞒着我，怨你不告诉我。但是，我只要怨你，就会开始怨我自己。清算你的过错时，我的错也一定会被连带着揪出来。把你斗倒了，我也得在阴沟里翻船。”

“所以，我们谁的账都不算。”他故作轻松地笑了，“原谅我自私，我只是不想承认我的错。”

宁清曾以为是万丈惊雷，过了冬天，就会打响，招来惊蛰。她从未想过，他会是如此反应，就这么轻飘飘地让这件事过了。她以为自己要被误解，她一定会好好解释，就算他生气，她也会主动迎上他的冷脸，不允许这一次再错过。

她的手摸到了他的脸，真实的触感让她确定就是这个人。

可眼前的赵昕远再不是十八岁时的他。

“昕远，分手那天，你跟我说——”

他挽回过，她还是要分手，脾性一向很好的他第一次对她发了火。那一天，他的每一个字，她都记得。

“你说如果我不够爱，那就的确没有在一起的必要。”说完后，她再也说不了任何话，不想让他看到她哭泣，她抱着他，脸埋在他的肩膀上，呜咽着问，“你现在还会怀疑我不够爱你吗？”

他抱着她，许久说不出话，久到她都停止了哭泣，抬起头看他。可是，她刚看到他，他就将脸别了过去。她什么都没说，装作没看到，又抱住了他。

“昕远，抱我去床上，你去洗澡，好不好？”

他没有说话，将她抱进卧室时，都没开灯，把她放在床上就出去了。在黑暗中，她脱了衣服钻进被窝，等着他。

他不愿意让她看到他的脆弱，她就不会开灯。他还是像多年前那样，她什么都不用说，只要在他身边就好。

外边的灯已经被他关掉，卧室门再次被打开时一丝亮光都没透入。他掀开被子，摸到她时才发现她裸着在等他。

谁都没有说话，只听到了床头柜被打开的声音。

委屈、后悔、难受、愤怒、无能为力……只要回首往事，两人就都会被伤到。

他们已经很成熟了，但灵魂还是有交织的碎片一同停留在了十八岁，一同找回时，谁都会被伤到。碎片里的他们没有二十八岁解决问题的能力，却有将对方烧死的爱意，于烈火中寻找碎片，就得再感受一遍成长的痛苦。

他们身体拥抱着取暖，用性当止痛药，侧着身，她却回过头，与他接吻。

很久之后，当一切都结束后，她钻进他的怀里，头枕在他的手臂上，手指在他脸上滑动着，却被他抓住了不让动。

“我有个秘密想告诉你。”

“嗯？”

她笑了，他事后的一声“嗯”都好性感。

“是你的秘密，你让我知道了也假装不知道。”

“我有什么秘密？”

“你退学那一年，中间三个月发生了什么事？”

“没什么事，在找工作，那一年经济差，工作都很难找。”如此准确的时间，赵昕远猜到她看了邮件，“突然退学，工作还找得不行，心情当然很糟糕了。”

他捏了捏她的鼻子，说：“偷看我的电脑？”

宁清伸手抱住了他，贴着又亲了他一口，说：“很难熬吧。”

“还好，能知道自己适合做什么、不适合做什么，就算有价值。这么心疼我？”

“嗯，心疼死了。”

“那你搬过来跟我住，当补偿我。”

✦ ✦ ✦

“我拒绝，你会怎样？”

“会对你用冷暴力。”

“怎么冷暴力？”

明明屋子里只有两个人，赵昕远还要凑到宁清的耳旁，压低声音说话，可刚说完，就被她踢了一脚。他的腿夹住了她的脚，不让她动弹，他说：“别招我，你不答应，我真干得出来。”

他真的很会得寸进尺，看准了用她今晚的心疼来拿捏她，知道她什么要求都会答应他。

“可是搬家很烦哎，我搬过两次家，买了纸箱，把所有东西打包，再喊了车送到新租的房子里。那时还很抠门，为了省两百块的搬运费，租的还不是电梯房，我都是自己一趟趟扛上去的。”

那时候，她的工资是不低的，但消费观念在那儿，她觉得这个事可以自己干，就没必要花钱，还能锻炼身体。

他捏了捏她的胳膊，说：“这么有力气啊。我找人给你搬，明天先去买沙发？”

“好。”

“拆迁后，你家搬到哪儿了？”

“就随便去租了套便宜的房子，等安置房下来。”

“你妈妈为什么突然去杭州打工了？”

“她跟我爸爸吵架了。分房子的时候，爸爸给了姑姑一套，妈妈一气之下就出去了。”

“你生气吗？”

“我不生气啊，反正安置房也不值钱。爸爸觉得家里的房子是有姑姑一份的，妈妈觉得奶奶生病时治疗费的大头都是爸爸出的，姑姑就没资格拿房。”

听到她提奶奶，赵昕远没有继续问，这是她不能触碰的伤心事，他赶紧转移了话题：“回家只陪了你爸妈一天就来，他们生气吗？”

“我妈不生气，她知道我来找你。就是不知道我爸，唉，估计他觉得我还是不肯原谅他吧。可是我真的不生他的气，也不怨他，知道他对我好，但就是有种疏离感。我想让关系回到从前，但这不是我努力不努力的问题，这个阶段就是做不到。”

他轻轻拍着她，说：“暂时做不到就做不到吧，下次我陪你回去看他，好不好？”

“昕远，我知道你妈妈很讨厌我。跟我在一起会让你为难吗？”

“不会，他们那儿交给我。小时候我会觉得父母是最亲密的关系，但长大了会变的。我会跟你有很多人生规划，不能跟父母说的话会跟你说，有了自己的家庭后，只会偏心得更厉害。这么说会显得很伤父母，但你我都会这样，不论承不承认，这是一定会发生的事情。”

宁清躺着想他的话，这是她无法否认的。

在成熟的他面前，她觉得自己好幼稚，就想着跟他玩，暂时不想承担责任。

“其实我心理上还没准备好跟你同居。”

“所以你生理上早就准备好了吗？”

她又被他逗笑了，小声跟他说：“对啊，我真的很喜欢跟你在一起，喜欢你亲我，喜欢你摸我，喜欢你在乎我的感受，我喜欢你的一切。”

她真会勾人。

“那你知道我在国外是怎么想你的吗？”

“怎么想的？”

“你说呢？你呢？会怎么想我？”

“你怎么想的我就怎么想的。”她支起身子开了灯，掀开了被子，“要不要给你看，我是怎么想你的？”

赵泽诚昨夜接到了老婆的电话，夫妻夜话了许久，聊儿子。

他完全没想到，赵昕远又和那个女孩子在一起了。

赵泽诚记得那个女孩，当年是他主动找她谈了话。他这半生识人多，从不以自己的喜恶来影响对别人的判断。

那是个好孩子，眼神纯粹。但没办法，儿子的前途不能因为年少懵懂的爱情被耽误。儿子那么年轻，有更好的路摆在眼前，他不会允许儿子放弃。

那个女孩答应了。

他却低估了这个痴情种，这么多年，连一个女人都忘不了。兴许是他对儿子在学业上一向严苛，儿子从小培养的兴趣广泛，在男女感情上反而很单纯。

但那次车祸，作为父亲，面对躺在ICU的儿子，赵泽诚怎能不怪自己？如果他当时说一句“不想读就直接退学吧，我支持你”，就不会有那场车祸。

车祸过后，儿子找工作，再到回国创业，赵泽诚一件事都没干预，儿子也没来要过一分钱。

面对儿子的那个女朋友，赵泽诚内心很纠结。

他对那个女孩的家庭不满意，她出身太差。女孩父亲这次的事，他略知一二，不是什么大事，判不了刑。一个人反复成不了事，不是运气不好，是能力不行。但这也没什么，大部分人都这样，都是普通人。资源永远是稀缺的，只会跑向能够驾驭它的人。能出头的普通人是人精中的人精。

但是，儿子已经二十八岁了，不是十八岁，再过两年就到而立之年了。

当年把他送到美国，赵泽诚有钱，却只给他最基本的生活费，那么折腾他，就是想让他拥有独立能力。毕竟，在国内，由他地位所带来的一切资源都让儿子过得太舒服了。儿子可以说是养尊处优，长辈们还都宠着。

独立能力是让他有担当，矛盾在于，一旦培养出来，做父亲的基本上就没有了对他的人生进行干涉的权利，就算再不情愿，这也是事实。

如果想让儿子凡事都听自己的，他又何必绕这么一圈让儿子过苦日子？况且，儿子的表现在他的预期之上，事业做得不错，从没借过他的东风。

做事一定有高下之分，赵泽诚不愿意跟儿子闹僵，那次车祸给他留下的阴影太深了。

哪个做父母的不难？管得太过，就是控制欲强；不管，又不放心。

昨夜老婆说她没办法了，儿子说要来找他，昕远嘴上说得好听不怪她，心里却已经在恨她了，回来了都不住家里。

两人许久未见，老婆这样的抱怨、示弱倒是难得。

挂了电话后，赵泽诚坐了许久，想起了陈年往事。当年的宁真漂亮、聪明得耀眼，为了娶她，他拒绝了老领导的女儿，最后闹得很不快，家中父母反对了很久。

他笑着摇头，谁能不背叛青春的理想？后三十年否定前三十年。

今早赵泽诚给程帆打了电话，之前就让在京州的他照应儿子，想着问问他是否知情，先摸个底。

结果他才知，赵昕远早就带着那个女孩见过程帆夫妇了。

他问程帆："你觉得那个女孩怎么样？"

程帆说："我跟那个女孩只有一面之缘，昕远感情的事，我不懂。我只能说，上次见他，感觉他做事的心定了。心不定，是干不成事的。他那个圈子来钱太快太疯狂了，有这股定力在，即使他今后犯错，也有给自己兜底的能力。"

赵泽诚笑了，说："你这是在为昕远说话啊，我问你，你觉得这事我该怎么做？"

他这个老弟年轻时甚是风流，玩够了才结婚，娶了门当户对的老婆。

程帆却说："每个人的性格不同，昕远是我看着长大的，他的性格，你很清楚。做事无非是在代价跟收益之间权衡，老哥，该做什么，你心里很清楚。"

两人又聊了一会儿才挂了电话，赵泽诚又等到十二点半，才给儿子打了电话。年轻人爱睡懒觉，他做老子到这份儿上，没几个人能像他这样。

结果是个女人接的，很明显，儿子还睡着呢。

宁清是被振动声吵醒的，两部手机都放在她这侧的床头柜上。她闭着眼伸出手抓到了振动的手机，她困得连来电显示都没看，直接就接了："喂？"

对面的人沉默了三秒，才说话："我找昕远。"

赵昕远从她手里拿过手机，亲了她一口，轻声说："睡吧。"

他掀开被子，摸黑从地上捞了睡袍，然后出了卧室，关了门，走到客厅的窗户边。天气很好，阳光都刺眼。

"爸，元旦快乐。"

"不敢当，当爹的还得战战兢兢等到十二点半，才敢跟儿子打电话，就怕打扰你睡觉。"

"你这么说，可真是显得我很不孝顺。"

"我还在等你电话呢，你妈说你要来找我。"

"你都知道了？"

"对，你到底是什么规划？"

赵昕远头脑还没清醒，跟他爸打着太极，说："规划吗？工作还是生活？"

"你都跟我讲讲。"

"工作上，预估下半年推出产品。交易平台也在筹备中，没那么快。到了合适的时间点，会考虑拿投资人的钱做扩张。"

"生活呢？"

“我在哪儿工作都行，准备在京州安个家。我原本对房产无所谓，但现在想定下来，来年会买一套装修了当婚房。”

“婚房？”赵泽诚笑了声，“都考虑到结婚了吗？不需要我给你买吗？”

“你要给我买，我也不会嫌自己房多，是吧？”赵昕远晒着太阳，看着客厅这块地，的确有点儿空，需要买沙发。

“你要跟谁结婚？”

赵昕远没有回答，而是反问了回去：“爸，你当年为什么要跟我妈结婚？那时候，你有旁人眼中更好的选择，为什么就选择了我妈？”

赵泽诚没有说话。

“她就是我的选择，正如妈妈当年是你的选择。爸，你是我最敬佩的人，我能力有限，这辈子都没法达到你的高度。但我有能力承担我的所有选择，不论你赞成还是否定，这都是我要的生活。”

“呵，少给我戴高帽。如果我不答应，你又会干什么？再来一场那样的车祸吗？”

“那次是驾驶失误，是我的错。你可以干涉，也可以把我和你们的关系搞得很僵，但我觉得没必要。不论哪种关系，都最怕失望。我一向珍惜你们，不要做出让彼此失望的事情。”

赵昕远还是将姿态放低，又给他爸戴了顶高帽：“我一直都最渴望获得你的肯定，妈妈听你的。在这件事上，当儿子的求你一次可以吗？”

啧，先好言好语地吓唬他，再来求他，分寸到位，姿态柔软，心眼多，脸皮厚。

挂了电话后，赵泽诚知道这件事到了无法逆转的地步，儿子不能再像十八岁时那样被他规划人生了。

他想起上次去京州，订餐厅的秘书说那个地儿易谋成事，可以跟儿子规划生活，他当时拒绝了。结果现在，还真就没成。

昨晚，宁清猜出了那三个月赵昕远有事发生，但他显然觉得没必要让她知道。

谁都有秘密，这些年里，他们都有过不想让对方知道的委屈，正如他不会问“你奶奶去世时，你是怎么熬过来的”。

赵昕远回房间时，发现她已经醒了，却在装睡。他开了灯，钻进被子挠她痒，说：“怎么就不敢睁眼了？”

她睁了眼，茫然地看着他：“我刚醒。”

赵昕远知道她害羞，也不提昨晚的事，拍了拍她，说：“赶紧起来吧，我热了你做的三明治。”

两个人分了一个三明治，昨晚体力消耗太大，又睡到了中午，这点儿显然不够垫肚子。

无所事事的假日，他们出门闲逛着，找了餐厅吃饭，吃完，两人开车去了家具店。

那款椅子还在，宁清拉着让他坐下，说：“是不是很舒服？我以前就一直想买。”

赵昕远看着她，宁家村的家没有客厅，读书时，她不怎么回家，毕业后，她租的房子也只有卧室。她想要这把椅子，想了很久都没有买。也许她想要一个客厅，一个有客厅的家。在他人眼中很简单的东西，她却一直没有得到过。

“我给你买。”她想要什么，他都会给她买。

逛家具店是件幸福的事，看着各类家具，脑海中描摹出与彼此今后的生活场景。人生充满不确定，寻找爱人、安一个家，在不确定中寻找着稳定内心的常量。

这些年，他到处走，没有在一个地方长久待过。他没想过稳定，在异乡都算流浪。

在这座城市，此刻，牵着她的手，挑着各色家具，赵昕远很想有个家——属于两个人的小家。

逛了很久的家具店，宁清又被他带去了她家，他说让她拿些重要的东西，明天他找人来搬家。

她想不到现在搬家都能如此便捷，都不用自己打包收拾。搬家公司会派人来分门别类地收纳整理，几乎能原封不动地搬到新家。

宁清回去拿了电脑，好像也没别的需要今晚就拿走的。

她要走时，看着屋子，有些不舍。

她一个人在这里住了许久，地方再小，也是她在京州的家。她习惯了外边马路的嘈杂，也站在窗前等待过他。此刻，他站在她身边，陪她收拾东西，要带她走。

“走吧。”

走到门口时，赵昕远突然想起什么，又回到里边的屋子。他走到床头柜边，出来时手里拿了本书。

这本书陪了她十年。

“送给我，好不好？”

“好。”

两人牵着手，一如年少时在操场上散步。只是那时他们不知后来要在漫长的黑夜里独行多久，才能再次牵到对方的手。

就算再害怕，他们也在往前走。

黎明一定会到来。

番外

他是红尘过客，却让他看到一种叫作命运的东西。

除夕的清晨，别墅的大门已经打开。

前几天预订的兰花送上了门，宁真支使着随行的工人搬到家中的各个角落。她有点儿洁癖，工人走后，她又亲自拿着拖把将客厅拖了一遍。

她打扫完时，丈夫赵泽诚刚好晨跑回来。外边天冷，他绕着小区跑了好几圈，出了薄汗，到家洗了把脸出来后，宁真已经将熬好的小米粥和酱菜端上了桌。

“他俩睡到现在都还没起来。”

赵泽诚看了眼时间，说：“才九点多，又没什么事，别喊他们。”

宁真自然不会讨这个没趣去喊醒儿子和儿媳，赵泽诚看着对儿子严厉，实则是最惯儿子的，难得儿子假期归家，什么事都不会劳烦儿子去做。

当然，他们怎么对儿子就怎么对儿媳。

宁真是个拎得清的女人，会迅速接受事实，并且做出与身份相符的行为。

他们有一定的经济条件，家中琐碎的事，她从不让儿媳沾手。不管心中怎么想，她在外人面前，对于儿媳，只说好话。

更何况对面的男人不是不懂家庭关系，而是没多少时间与精力花在上面，只要求家庭和睦。这一句话就是提醒，让她不必管小夫妻俩的事。

有那么点儿令人啼笑皆非的是，她自认没多少婆婆能像她一样有分寸，都做到这个程度了，儿子还下意识地护着儿媳。

她了解她儿子，心思不比他爸少，兴许戒心更重。每次带宁清回家，他处处都护着，生怕她会欺负他媳妇似的。

宁真剥了个鸡蛋，递给赵泽诚：“嗯，随他们去。一会儿我侄子过来提前拜年，他下午就飞三亚了。”

他们吃完早饭没多久，侄子就带着侄媳和侄孙过来了，与其说来见她这个姑姑，不如说是特地来给赵泽诚拜年的。

他们在客厅说着话，侄孙昊昊从沙发上爬下来，含混不清地嘟囔着说要找叔叔玩乐高，就迈着两条小短腿往楼梯处跑去。

添了茶水回来，宁真才发现一直要让她抱的昊昊不在客厅，才记起刚刚路过楼梯时听见的声音。这三岁的孩子哪能离大人的眼，一不注意保不准就会惹出事，她放下茶壶就走向楼梯口。

她还没走到二楼就听到孩子兴奋的尖叫声，他喊着“开门”，兴奋地拍打着厚实的房门。这孩子非常聪明，知道谁会陪他玩，一来她家就凭着本能跑来楼上的房间。

宁真赶忙走到房间门口蹲下，做出嘘声的动作，示意他安静："小声点儿，叔叔在睡觉。"

孩子一时没了声，天真无邪地看着她，知道叔叔就在里面后，下一秒就如恶魔一般坏笑着大喊："叔叔开门！"

"不要这么大声。"她抱着孩子起身，"我先带你下去，叔叔起床了就来陪你玩，好不好？"

宁真看了眼紧闭的房门，哄着孩子将他带离了二楼。

卧室里的宁清听着远去的脚步声，明明有一扇隔音十分不错的门，她却心虚地觉得是被发现了，推搡着身后的男人，再不敢继续。

他们是昨天傍晚开车回维州的，赵昕远开车很稳，回来时宁清就睡了一路。

年前她成了一个小项目的负责人，专业方面于她而言没那么难，但与甲方打交道变多，还要协调各方关系。

她不觉得自己有很强的事业心，由她负责的事情一定要做到最好。她第一次主导项目，总不免熬夜加班，更别提有周末了。

赵昕远原本安排了过年的旅行，见她工作这么累，干脆取消了计划，毕竟旅行是件很耗费体力的事，不如先带她回家歇着。

他们昨晚到家时已经过了饭点，跟爸妈打了招呼后，也没多聊，他就带着睡眼蒙眬的她上了楼，让她先洗澡，自己去给她煮碗面。

他煎了荷包蛋，煮了阳春面，拿上去时，她刚好洗完了澡，光着脚丫踩在地毯上。她十分好打发，一碗简单的面就能让她开心。嘴馋到碗还在他手里端着，她就低下头，喝了口面汤，问两个荷包蛋都是给她的吗。

他看着她吃完了面，收了碗筷，等他洗完澡出来，房间的灯还开着，她就已经睡着了。

赵昕远掀开被子，侧撑着看着她。她脸蛋素净，因为连日熬夜，黑眼圈隐隐显现着，吃得不少，可还是瘦了点儿。这个年，他要把她养胖，先从夜宵开始。

他自认挺有事业心的，在国外那几年，对个人生活没什么追求。他想要有一番事业，并且能牺牲很多私人时间，一天中清醒的大部分时间都花在工作上也自得其乐。

可有她之后，他想花很多时间跟她在一起，有时出差都特地凑个周末，带她一起去。

年前她很忙，他不会跟她说适度地放下工作，站在她的角度来看，她需要将项目做好。但他心里还是有那么点儿不舒服，她似乎把工作放在第一位，没之前那么黏他了。

这种有失风度的抱怨，他当然不会说出口。

新春的整个假期，她都是他的。

漫长的一觉醒来，她已钻到他的怀里。她最喜欢的睡姿是背贴着他的胸膛，抓着他的手，搭在她的腰上。

这是他的卧室，他高中搬来维州住的房间，在清晨，恍惚中想，睡在他床上的是不是十九岁的她？

她还未醒，无意识地半翻身时，柔软的发丝在他的鼻翼间摩擦着。明明只是一个很单纯的拥抱，他却骤然起了反应。

宁清这一觉睡得很舒服，卸下了工作的压力，在松软的被窝中似乎能将连日所缺的睡眠一并补回来。

婚前蒋月对她有诸多提点，其一便是在婆家要勤快，不能像在家里那么懒。她左耳进右耳出，也不会跟她妈说，是她老公带着她赖床的。

她光裸的背触及身后宽阔的胸膛时便觉得安心，只要有他在，她什么也不用管。可他的手并不安分，虽然她还想接着睡，但还是由了他，想要全然依赖一个人，还是要付出点儿代价。

温暖的被窝里，彼此身躯严丝合缝地贴合着，动作却很迟缓。即使将灯打开，也无法察觉到鹅绒被下的异常，只以为两人还在睡。

他极有耐心，她却禁不住这样的撩拨。这种滋味，像她极爱吃的奶油蛋糕，他只允许让她舔一下。她想要更多，他却要她猜他的心思，猜对了，才能再喂她一口。

宁清不知她最近怎么招惹了他，他大早上就给她不痛快。她捏着他的手，要从她身上扔下去时，忽然听到了房门外的尖叫声。

她像做坏事被抓包了，紧张到不敢动弹，只能听到耳旁他的喘息声，接着便听到了宁真的声音，他俩都没有睡觉锁房门的习惯，宁真不会是没分寸到未经同意就开门的人。但恐惧之下，她哪里还能理智？她只能扣住他的手掌，依附着他，不敢问他怎么办，心虚到怕被人发现。

赵昕远也没料到会有人上来，这没什么，哪知她这么害怕，吓得快缩成一团了。他进退两难，在黑暗中皱起眉头，等着门外人离去。

听着外头彻底没了声时，她松了他的手，心中着恼："放开。"

箍着她的臂膀松开，离开了被窝，带入一丝凉意时，她还没来得及反应，柔软的布料就滑过肌肤，鹅绒被兜头而下，将她与他包裹在其中。

他们躲在蓬松的被子里，像进入只有彼此的安全领域，再无一丝光线，安静得能听到对方的心跳声。

“就不放。”

在绝对的安全领域中，很难辨别谁是主宰者、谁又是追随者。

空气稀薄地带，他的抚摸抹去了她方才的紧张，她再无暇去纠结是否会被猜到敲门而不开的原因，只能沉浸于他带来的快乐中。

她又变得很黏人，两条胳膊都要钩住他的脖颈，缠着跟他热吻，仿佛一秒都离不开他，他伸手去够纸巾时，她都要不满地哼一声。

赵昕远都不知他的喜怒为什么总是能被她轻易掌控。她这人可真是两副面孔，工作忙起来时只是敷衍地亲一口，此刻闲来无事，倒是有心情来应付他，是不是？

他将帮她擦拭的纸巾扔在地上，随手将床头灯打开：“肚子饿吗？”

“你就不能陪我再赖会儿床吗？”

看着她嘟着嘴撒娇的样子，他却回了句：“你之前也没陪我。”

宁清下意识地想辩驳哪里没有，随即反应过来这一个多月她周末都准点早起。本习惯了与她在休息日睡懒觉的他也没独自享受，跟教练改约了一早打球。

她看着近在咫尺的他，欢爱过后，他头发凌乱着。她见识过在工作中严谨与成熟的他，才知他在家袒露给她的是最真实的一面。

“那我假期每一天都陪你。”

“难道你不应该吗？”

看着他一脸认真的表情，她忍不住笑了：“那我跟你道歉好不好？”

“不用。”赵昕远伸手将快遮住她眼睛的刘海儿捋到一旁，“工作都避免不了有忙碌的时候，只是希望你把身体放在第一位。”他还想说少熬夜，但这事他显然没什么发言权，他也得经常倒着时差开会。

“我把你放在第一位。”她抓住他的手，放到唇边，亲着他的指腹，“我一个人时，工作是为了养活自己；跟你在一起后，是想跟你经营好家庭。”

他听完沉默地看了她许久，忽然抱住她，过了半晌，却说：“你个骗人精。”

宁清头埋在他的胸膛上闷笑着，不想跟他计较。

两人拖到十二点才起床，见他们下楼，宁真煮了两碗馄饨给他们。晚上的年夜饭早已订好地方，午饭就随意了些。

宁清接过馄饨时说了句“谢谢妈”，这是她们的相处方式，礼貌而不亲近。

两人长居京州，她若是要看望父母，周末随时可以坐高铁来回，在家住一夜。

今年过年蒋月和宁国涛去了泰国，这是他俩第一次出国。蒋月在朋友圈里晒阳光、沙滩和泳池，配文还要加一句：“感谢女儿的赞助。”

赵昕远实则比她更有边界感，将他的家和父母的家分得很清。两人很少住在他父母家，除了这些节假日。

在结婚之前他就跟她说过："如果让你在我父母家感觉不舒服，一定是我的问题。"他的情商比她高得多，他也的确没让她烦恼过。

赵昕远见她还剩三个馄饨，便拿过她的碗一扫而光。他看到外边有太阳，吃完就带着她出门遛弯。

冬天晒着太阳散步很舒服，走几分钟就能驱散寒意。

两人早已习惯牵着手散步，不过半路上赵昕远给她买了杯珍珠奶茶后，她就捧着奶茶了。她喝了两口，还要将吸管送到他的嘴边，逼着他喝一口。

他干脆接过奶茶，再次牵上她被奶茶焐暖的手。

他们一路上聊着天，赵昕远闲着也爱找碴儿，在路旁看到一棵树，就顺嘴问她一句："有没有人在这棵树下跟你表白过？"

宁清内心翻了个白眼，就因为她跟他说过在大学里有男生在树下跟她告白，这个记忆力很好的男人就彻底记住了，早知道她就不说了。

他们散着步路过一中。学校大门紧闭，门卫室里有值班的保安，对面的小商铺都关了门。

他们许多年没来这儿，后街的店铺换了一轮，两人惊讶地发现书店还在，甚至现在还开着门。

老板还是当年的老板，就是变胖变老了，他坐在舒适的沙发椅上翻着书，手旁是一杯冒着热气的茶。赵昕远看了眼一旁被撬开还未收起的茶饼，老板并不以经营书店为生。

见他们进来，老板抬头看了眼，又低头继续看书。

宁清凭着记忆走到高中时常去的角落，书的位置显然被多次调整过，但还是那些经典的小说和分门别类的社科大部头。

她流连在书架前，这个地方是她学生时代的栖息地。她往这儿一扎，用密集的阅读让自己喘口气，就觉得遇到的糟心事其实并不算什么。

她回维州颇匆忙，书都没有带一本。这个假期她哪里都不想去，就想跟他窝着晒太阳、读书和长肉。

宁清挑了两本书，想看看他在哪儿时，却发现他就站在她的身后。他微弯着腰，将下巴搁在她的肩膀上，问她挑了什么书。

她手中拿着书，要转过头给他看时，他突然亲了她一口。

偷了香的赵昕远一脸狡黠的表情，他在她耳旁小声地问："还怕被发现吗？"

书店里就他们两个顾客，安静得很，被他偷亲时心跳还是会加快，她笑着轻声说："当然会呀，走吧。"

他的手顺势搭在她的肩膀上，他陪着她往结账处走去。

宁清将书递给老板时，说：“老板，新年快乐。”

老板一愣，她旁边的男人也对他说了“新年快乐”。他从旁边拿过一个全新的帆布袋，将书装入，递给她：“送你了。”

她不知该不该收时，赵昕远大方地接过：“谢谢老板。”

老板笑了下，有些不好意思地说出口：“新年快乐。”

宁清又跟老板道了谢才离开，跟着他走到门外才说：“咱们下次来多买几本。”

到底是冬天，从温暖的室内走出来时，赵昕远就已经牵上她的手：“好。”

老板看着他们的背影，他们高挑的身形，穿着羽绒服，进门时，他就觉得熟悉，但哪还能记得是哪一届？

他又低下头看书，翻页时嘴角依旧微弯着。兴许这是今年除夕最高兴的一件事。

他是红尘过客，却让他看到一种叫作命运的东西。

图书在版编目（CIP）数据

黎明破晓前 / 码代码的Gigi著. -- 北京 : 北京联合出版公司, 2024.4

ISBN 978-7-5596-7342-8

Ⅰ. ①黎… Ⅱ. ①码… Ⅲ. ①长篇小说—中国—当代 Ⅳ. ①I247.5

中国国家版本馆CIP数据核字(2023)第254157号

黎明破晓前

作　　者：码代码的Gigi
出 品 人：赵红仕
责任编辑：李艳芬
产品经理：谢佳卿
出版监制：辛海峰　陈　江
特约监制：殷　希　穆　晨
特约编辑：王苏苏　丛龙艳
封面设计：白砚川（@白砚川）

北京联合出版公司出版
（北京市西城区德外大街83号楼9层　100088）
北京联合天畅文化传播公司发行
天津中印联印务有限公司印刷　新华书店经销
字数 392千字　710毫米×1000毫米　1/16　21印张
2024年4月第1版　2024年4月第1次印刷
ISBN 978-7-5596-7342-8
定价：54.00元